半边兽脸

戴小雨 著

天津出版传媒集团
百花文艺出版社

图书在版编目（CIP）数据

半边兽脸 / 戴小雨著 . -- 天津 : 百花文艺出版社，2025. 8. -- ISBN 978-7-5306-9258-5

Ⅰ . I267

中国国家版本馆 CIP 数据核字第 2025PV6763 号

半边兽脸

BANBIAN SHOULIAN

戴小雨　著

出 版 人：薛印胜

责任编辑：王　燕　徐　姗

装帧设计：彭　泽

出版发行：百花文艺出版社

地址：天津市和平区西康路 35 号　**邮编：**300051

电话传真：+86-22-23332651（发行部）

+86-22-23332656（总编室）

+86-22-23332478（邮购部）

网址：http://www.baihuawenyi.com

印刷：山东临沂新华印刷物流集团有限责任公司

开本：787 毫米 × 1092 毫米　1/16

字数：412 千字

印张：26.5

版次：2025 年 8 月第 1 版

印次：2025 年 8 月第 1 次印刷

定价：88.00 元

如有印装质量问题，请与山东临沂新华印刷物流集团有限责任公司联系调换

地址：山东省临沂市高新技术产业开发区新华路 1 号

电话：（0539）2925886　邮编：276017

目录

电影剧本

小说原著

故事梗概

电影剧本

五车

湘作登字－2023-A-00000062
历史武侠动作片

故事简介：

公元前213年，秦始皇嬴政采纳李斯建议，下令焚烧《秦记》以外列国史记，对私藏《诗》《书》等前代典籍一并限期烧毁。至此，还未散去战争硝烟的秦都咸阳再度笼罩在一片恐怖之中。为保护前代诸子百家典籍，传承中华文脉，一场惊心动魄的民间保经护书运动由此展开。

故事以博士官伏胜密遣得意门生乌宿（代号南陔），将五车珍贵典籍偷运出关潜入楚地藏匿为主线展开。以南陔为首领的众侠士一路舍身护书，秦将赵援与吕子岩所率秦兵的一路追杀，为正反双方明线。而在暗线中，为保经书万无一失，南陔借助止芙的速记天赋暗记书简，瞒着众侠士实施"人书共焚"障眼之计以策万全。其实，一路暗中护书的猎人张，其真实身份却是秦军高层瞒着赵援与吕子岩安插在护书队里的内线，以达到查明各地私藏禁书和反秦势力情况，并在适当时机派重兵实施一网打尽的策略。由此，正反双方各有明暗两条线，或平行或交叉，亦明亦暗地推动着故事向前发展。

故事开篇，一为明志，二为障眼，南陔以《诗经》中只有标题却无内容的六篇笙诗标题"南陔、白华、华黍、由庚、崇丘、由仪"作为护书车队六位侠士的代号。以南陔为首的众侠士受恩师伏胜重托，在秦将赵援与吕子岩率领的秦军追剿下，携带五车经书出秦入楚，途中在客栈救下来中原寻兄险遭秦将赵援欺辱的楚女止芙。客栈失火，烧毁了入楚路线图，同时也让南陔发现了止芙的速记天赋。

逃亡中偶遇兄长止长中箭身亡，为报陌路相救之恩，止芙与护书车队同行带路。由此，南陔内心便萌生护书的万全备用之策。

在秦兵严密监视与追查下，护书车队巧用影子车队金蝉脱壳战术成功逃出咸阳向楚地进发。出秦第一隘便是武关，车队在猎人张的暗中打点下进入关中，却在城隘中遭到偷袭，历经九死一生后逃脱出关。此番变故让众侠士开始怀疑车队里有内奸。渡长江入黔中时，众侠士再次遭秦兵追剿，不识水性的崇丘不慎坠江生死未卜。为避秦兵追赶堵截，众侠士在止芙的建议下，改道水路来到沅水中游的夸父山下苗寨。从猎人张处得知前站辰龙关戒备森严，便在苗寨暂作休整。

一路来，前有天堑地障，后有大秦官兵追剿，熟悉环境地形的楚女止芙，为护书车队躲避秦兵追剿立下汗马功劳，同时也对身怀侠气的儒生南陔暗生情愫。在夸父山休整期间，诸多事故突发。之前坠江的崇丘突然回队，接着护书车队行踪暴露，遭秦军多次偷袭。白华等侠士开始怀疑崇丘为奸细，不料遭到南陔与止芙的强烈反对，护书车队的内部矛盾再次激烈起来。结果，崇丘在一次秦兵的偷袭中不慎被抓，赵援以崇丘作为人质逼南陔交书换人。众侠见南陔欲用众侠舍身所护经书交换人质，心生不满，在白华的建议下，将五车空木箱运至辰龙关前交换人质，试图趁机潜入关内解救崇丘。崇丘不明真相，以为南陔真要用书简交换自己，情急之中毅然从城门墙楼上飞身跳下，以身践行了“人在书在、人亡书存”的护书誓言。

当崇丘的尸首着女装下葬时，众人才知晓她原来为女扮男装。在多年前的长平之战中，崇丘祖辈被秦国名将白起满门抄斩，唯家母年幼逃脱隐姓埋名，后嫁鲁国男子为妻。崇丘十岁时，再次遭秦军屠村灭门，伏胜见其聪慧可怜收为养女。崇丘得知养父伏胜欲偷运禁书入楚，一为报养育之恩，二为对师兄南陔的爱慕之情，三为借机杀掉白起之后白华，以报两度灭门家仇，毅然女扮男装加入了护书车队。一切的恩情家仇，在护书大义面前，女子崇丘表现出来的担当与胸襟，让白华深受震撼，也明白了崇丘一路来的种种异样举动，更加坚定了要誓死护书的决心。

崇丘的死，让查找奸细的线索中断，苗寨巫师石元又进入了众侠的视线，他们认为如果没有石元的暗中助力，秦军不可能如此精准地偷袭苗寨。最后，随着石元中箭身亡，真正的奸细方才现身，原来竟是一路竭力护书、南陔与白华的共同好友猎人张。

奸细的现身给众侠士，特别是给了南陔与白华沉重打击。最终在首领南陔的矢志不渝和大侠白华的侠胆忠义感召下，护书众侠再次携手团结起来，誓死完成护书任务。厮杀混战中，白华拽奸细猎人张坠滩、由庚由仪拉赵援火中共亡、南陔按照最初设想与书简共焚、反派吕子岩醒悟拔剑自刎，仅剩止芙在族人帮助下，将从大火中抢夺下来的部分典籍，运至二酉山藏匿保存下来，更在之后凭着超强记忆将焚毁篇什抄录下来。在之后的岁月里，止芙在保护整理幸存下来的文化典籍同时，还用恋人南陔的真名“乌宿”在二酉山下创办了一家私塾学堂，传授儒家等诸子百家学说。

秦亡汉立，儒家等诸子学派复兴，汉文帝派太常掌故晁错召见伏胜，才得知五车珍贵《诗》《书》等前代典籍的下落。护书六侠的舍身取义，用生命践行了“人在书在、人亡书存”的悲壮誓言；止芙等土著苗民的舍命相助，彰显了人类社会对文明之光和文化大融合的不懈追求；反派人物吕子岩的“三不杀”与最终觉醒守住了正义底线，更以血祭的方式捍卫了中华文明最后的密码。正是因为无数个像乌宿、止芙等“功崇惟志”护书志士的以身殉道，中华民族五千年文明才得以生生不息，绵延至今。三十年后，止芙将书简从二酉山洞穴取出，整理归档后一并呈献朝廷，留下“书通二酉，学富五车”的典故，谱写了“中华文脉，天下二酉”的壮美叙事。

人物小传：

人物01：南陔（gāi），男，28岁，真名乌宿，大秦博士官伏胜得意门生，出身世儒之第，身藏侠骨之气，喜结江湖豪杰侠士，在秦都咸阳威望很高。他虽为护书六侠首领却并无武功加身，为完成恩师临危重托将经书偷运出关，托信好友大秦侠士白华出手相助。途中偶遇从楚地来中原寻兄的苗女遭秦兵欺辱，不顾众侠劝阻毅然出手相助救下苗女止芙。一次失火事件中运书路线图被毁，然此图被只看过一眼的止芙完全默记下来，让南陔心里有了新的备用计划，并说服众侠让止芙留在了护书车队。他们在腥风血雨中彼此相互产生感情，由此也在护书车队内产生矛盾。南陔用所护经书交换人质、后自焚经书等一切不可理解的行为，让众侠失望之极，直到最后才发现这一切原来都在南陔的计划之中。

擅用兵器：护身短剑。

人物02：止芙，女，23岁，其父原为秦国客卿，因“郑国案”被逐回楚国，定居沅水夸父山。止芙受其父影响自幼习武善读，且速记天赋惊人，过目数卷不忘。平舆之战后楚亡，受其父苗王之命前往中原寻兄，途中险遭秦兵污辱，幸被南陔护书车队所救。当她得知护书车队前往目的地正是楚地黔中，亲见兄长身亡后请求加入护书车队却遭众侠反对。一次偶然机会，南陔发现了止芙的速记超能力，心中有了万全备用计划，坚持将她留在了车队，由此也引起了众侠猜疑。止芙为护书车队躲避秦兵追剿立下汗马功劳，同时也对身藏侠剑气的儒生南陔滋生爱意。护书六壮士相继牺牲后，遵照恋人南陔遗嘱将书简运至二酉山收藏，并以南陔真名乌宿为名创立私塾学堂。秦亡汉立，儒家等学派复兴，止芙将成捆书简从二酉山洞穴取出，整理归档后一并呈献朝廷。

擅用兵器：落叶飞镖与苗家弯刀。

人物03：白华，男，30岁，真名白露，大秦侠士，武功超群，侠肝义胆，为大秦名将白起之后，自幼受墨家思想影响，奉守“兼爱、非攻”宗旨。秦始皇下令焚书，受好友南陔相求仗剑加入护书车队，越秦岭、下汉水、入洞庭溯沅水，一路刀光剑影铁血护书。当他发现崇丘护书之行，还有一个目的是暗杀自己时，并未改变护书初衷。当他得知崇丘有机会刺杀自己，却放弃家仇恩怨，自己还错怪她是秦兵奸细时深感愧疚。最后崇丘为阻止南陔用经书向秦兵交换自己和白华免遭羞辱射杀，舍身从城门高墙纵身跳下。这一幕让白华的内心受到极大震动，为替崇丘报仇和掩护护书车队过辰龙关，他毅然单枪匹马冲向秦兵阵中。

擅用兵器：秦剑与弓箭。

人物04：吕子岩，男，26岁，秦兵军侯，信奉法家思想，武功高深莫测，行事恪守底线，不擅变通，遵从“三不杀”原则：不杀读书之士，不杀无兵之人，不杀妇孺童叟。在追杀护书车队途中，见都尉赵援屠戮无辜土著苗民，心生不满。与护书车队高手白华的较量中，被白华的肝胆义气感动，受众侠士不计个人恩仇舍身护书的大义精神感染，特别是在南陔自焚护书的那一瞬间，主动放弃了自己遵从多年的法家思想，张弓射杀了最后两名逃跑报信的秦兵，然后面向神秘而庄严的二酉山自刎身亡，守住藏书最后的秘密。

擅用兵器：银枪与弓箭。

人物05：崇（chóng）丘，女，22岁，伏胜养女，赵国女侠士。祖辈被秦国名将白起满门抄斩，唯母亲年幼逃脱隐姓埋名，后嫁鲁国男子为妻。崇丘10岁那年再次遭秦兵灭门，伏胜见其聪慧可怜收为养女。因爱慕南陔女扮男装加入护书队，同时也想伺机出咸阳后杀掉白华为家人报仇。护书途中不慎掉入长江险些溺亡，后赶上护书车队被白华等侠士疑为奸细。最终因南陔的执着，仇人白华的大义，以及秦兵军侯吕子岩保护苗民的举动，让她放弃了家仇誓死护书。当她发现南陔喜欢上了止芙，失去理智杀入秦军中被俘。在秦军诱逼南陔交书换人时，知道自己犯下大错，为阻止南陔，毅然从城墙上纵身跳下，完成舍身护书壮举。

擅用兵器：秦剑与弓箭。

人物06：赵援，男，42岁，秦兵都尉，足智多谋，阴险狡诈。因屠戮苗民遭手下吕子岩背叛，最后被由庚所杀。

擅用兵器：秦剑。

人物07：猎人张，男，40岁，深藏不露，神出鬼没，明为护书，实为秦兵内线，任务是借机找到更多禁书，并刺探各地反秦势力情报。

擅用兵器：短剑。

人物08：华黍（shǔ），男，45岁，护书六壮士之一，长相凶悍，络腮胡子，体型壮硕，行走如风，落座如石，老沉持重中霸气外露。

擅用兵器：戟与秦弩。

人物09：由庚（gēng），男，25岁，护书六壮士之一，机智勇敢。

擅用兵器：刀。

人物10：由仪（yí），男，23岁，护书六壮士之一，活泼可爱。

擅用兵器：棍。

人物11：伏胜，男，60岁，大秦博士官，护书行动发起人与幕后指挥。

人物12：石元，男，25岁，苗兵巫师，欲借秦兵之力当上苗王。

人物13：苗王，男，60岁，止芙之父，曾为秦国客卿，郑国案发后回到楚地。

人物14：止长，男，26岁，苗王之子，止芙之兄。受苗王之命，借从军之名长期潜伏关中搜集秦军情报，被猎人张侦知杀害。

001. 字幕。

满屏淡入一卷展开正在燃烧的竹简，火苗自上而下燃烧。

字幕起：公元前213年，秦始皇嬴政采纳丞相李斯建议，下令焚烧《秦记》以外列国史记，对私藏《诗》《书》等前代典籍限期三十日焚毁。至此，刚刚散去战争硝烟的秦都咸阳再度笼罩在一片恐怖之中。为护前代诸子典籍，传承中华文脉，一场惊心动魄的民间保经护书运动由此展开……

随着竹简燃烧进度，字幕自上而下随火苗燃没。

002. 咸阳城，黄昏，外。

秦都咸阳城笼罩在一片恐怖之中，日落余晖下的街道巷陌被几处焚烧书籍跳动的火光照亮，几队慌乱的人群在零乱的街道上奔跑，一队骑着战马的秦兵急驰而过，战马窜起的旋风将火焰吹得左右摇曳。

镜头一：一队手持兵器气势汹汹的秦兵，抱着散乱的书简从一个庭院冲出，身后儒生模样的老者紧追其后，未等开口便被都尉赵援手起刀落斩于街口。老者身后书童见先生倒下，扑过来欲扶起先生亦遭秦兵飞箭射中。

镜头二：一个小男孩好奇地走向一堆烧着书简的火堆，准备捡散落在火堆旁的书简。此时，一支寒光逼人的飞箭从远处疾驰而来的秦兵铁骑队中射出。就在飞箭快要击中男孩的瞬间，被横射过来的另一支飞箭击中坠落。两支箭擦出的火花晃人眼目。循着横射过来的飞箭方向，秦兵军侯吕子岩手中的弓弦还在抖动。

003. 城外驰道，黄昏，外。

驰道上，五驾装满书简、外表包裹得严实的马车缓缓向咸阳城方向驶来，由远而近。

一阵狂风骤然拔地而起，车队瞬间被云团般的黄沙吞没。

风沙过后，车队渐次清晰。领队书生南陔取下面罩，一张刚毅俊朗的脸出现在观众面前。

出片名：五车

004. 咸阳城门，夜幕初降，外。

夜色将至，一匹黑色战马领着两匹棕色战马疾驰冲出城门，朝着夜色渐浓的郊外奔去。骑黑色战马的是博士官伏胜，骑棕色战马的分别是崇丘与华黍。

005. 城外驰道，夜幕初降，外。

一望无际的黄土土塬，高低起伏如波峰浪谷，一条蜿蜒的马路从远处伸展而来，五驾马车列队正缓慢前行。

此时，一黑两棕三匹战马越过一道形如刀锋的土岭，裹着夜色朝着车队飞驰而来。随着距离越来越近，南陔才看清纵马在前的是恩师伏胜，心里不免一惊。

来到车队前，崇丘与华黍飞身下马，南陔疾步向前拽住恩师伏胜的马缰，搀扶着伏胜下马。车队里的由庚与由仪面面相觑，不知道发生了什么事。

南陔：天色已晚，先生何故来此？

伏胜（语气有些急促）：上苍护佑，还能在此处截住尔等。始皇帝已下令焚烧《秦记》以外列国史书，限期销毁私藏《诗》《书》等各国典籍。

南陔：城内情况如何？各家藏书可还安全？

伏胜：唉，大抵已遭焚毁，怕只有尔等这几车幸免了。

伏胜说着向前查看车上经书，虔诚地拿起一卷书简端详。

伏胜：想当年，夫子皓首穷经删述六经，意在让春秋大义留传于世。今天下初定，始皇帝雄才大略，一天下，护农桑，书同文，车同轨，掖货殖，置郡县，千古罕有。然废乐弃礼，焚书禁言，意欲使天下人之天下为一人一家之天下，此举恐是逆天而行，久之必生祸乱。尔等定要誓死护得这些典籍周全，留待后世中兴所用。此事若成，功德无量。

伏胜说着将一张标注路线的地图交给南陔，然后把他拉到一边。

南陔：先生可还有事交代？

伏胜：如今民间谚语流传，道是“楚虽三户，亡秦必楚”，你可曾有所听闻？

南陔：确有其事。先生何故问及？

伏胜：老夫所忧者，自秦崛起，秦楚争霸，积怨甚深。如今始皇帝横扫六国，君临天下，楚人极是不服，怕是有人要借楚地民心，啸聚生事，到时刀兵再起，历几世不易得来的天下一统又要四分五裂，生灵涂炭啊。

伏胜说完，长长地叹了一口气。

南陔：先生之意……

伏胜：此去楚地，一来护送这五车珍贵典籍，择地妥为藏匿保管，以待日后所用。这二来嘛，沿途留意楚人各派势力之动向。若有欲起兵反叛者务要好言劝谏，使其弃绝此等念想，抑或劝其蛰伏，若有朝一日秦政真是暴虐无道，到时再起事兴兵亦无不可。兹事体大，你须竭尽所能，好自为之。

南陔：先生安心回城，所托之事学生谨记于心，定当尽我所能。

伏胜点头，拉着南陔回到车队旁，面朝众人。

伏胜：老夫拜托了！此去楚地，路途险远，诸位珍重。

伏胜说着便伏地行起大礼。

众侠见伏胜突然伏地行礼相托，立即伏地回礼。

众侠：人在书在，人亡书存！请先生放心！

006.咸阳城外，夜幕初降，外。

天慢慢暗下来，伏胜骑着黑色战马向咸阳城方向奔去。

刚到城门下，迎面一队威风凛凛的秦兵铁骑卷着风沙飞驰而来，伏胜赶紧勒马躲开，一股强大的气流掀翻他头上压低至眉缘的斗笠。

伏胜理了理衣冠，面色沉重地目送绝尘而去的秦军铁骑。

007.咸阳宫，夜，内。

一个全身黑衣，头戴斗笠，黑巾蒙面之人，悄无声息地走到咸阳宫门口。当值秦兵交戟阻止。黑衣人从袍袖中取出一块金色物件，亮在士兵面前。士兵一见立即撤戟，挺身而立放黑衣人进去。

黑衣人来到听事殿外，当值官迎上。黑衣人拿出金色物件亮了亮。

当值官：皇帝已候多时。

黑衣人点了点头，径直走上台阶朝殿门口而去。

殿门外，黑衣人并未出声报告，只是轻轻敲了两下门，就推门进去了。

始皇帝背手立于大殿尽头案前，仰头望着壁上的皇舆图，似乎在沉思着什么。

黑衣人疾步上前，在始皇帝身后十步位置停住，跪下。

黑衣人（声音沉闷）：微臣参见皇帝陛下，陛下万岁万万岁。

始皇帝回过身来，双眼里透着逼人的光芒。

始皇帝：卿夤夜求见朕，想是有要事吧。

黑衣人：正是。微臣查得有人正偷运五车禁书出咸阳，为首者乃博士官伏胜门生乌宿。另有五人同行，其中一人为白露。

始皇帝：白露？白起将军之后白露？

黑衣人：正是。

始皇帝（沉思状）：如你所言，伏胜有如此大胆，敢指使门生偷运禁书？

黑衣人：此事……究竟为伏胜指使，抑或乌宿独自为之，微臣不敢妄加揣测。

始皇帝：伏胜之事你不必去管，朕自有区处。你曾说白露与你乃是至交，可否去助他一臂之力？

黑衣人：恕臣愚钝，微臣不明白陛下圣意。

始皇帝转身望着皇舆图，招了招手。

黑衣人起身上前在始皇帝侧后站定，望望皇舆图，又斜眼看看始皇帝，没有出声。

始皇帝：依爱卿看来，乌宿这干人要把那些禁书运往何处？

黑衣人（手指皇舆图西南一片）：楚地，一定是楚地！楚人憎怨我大秦久矣，在楚地乌宿等人可得到援助。而楚地又多深山密林，便于禁书藏匿。

始皇帝：爱卿真乃聪慧之人。

始皇帝突然话锋一转：楚虽三户，亡秦必楚，爱卿可曾听闻？

黑衣人（恍然大悟）：微臣明白，陛下是要臣去楚地……

始皇帝：明白就是……爱卿此去定要协助乌宿一干人把禁书运到楚地，必要时，朕会命都尉赵援与卿配合。

黑衣人：微臣明白。只是，臣职微言轻，赵都尉他……

始皇帝：此事不足为虑，朕擢卿为将军，赐尚方剑。

黑衣人当然知晓秦制，这将军之职虽不常设，但战时品位极高，仅次于上将军，于是呼地跪下。

黑衣人：微臣谢陛下擢拔之恩，万岁万万岁。

008. 平原·集镇，日，外。

止芙漫无目的地走在集镇人员混杂的街道上，也许是走累了，想找个地方坐下休息，便在一处卖嘉谷粥的摊位前停下来。

店主端来一碗黍米粥，放到止芙面前的木桌上。

店主：姑娘这身装扮，是楚地人吧？

止芙：正是，我来此寻我兄长，他七年前从军来关中就断了音讯。

店主：唉，这年头兵荒马乱的，你往哪里去寻啊。

止芙：哥哥的最后一封家书就是从你们这一带寄出的。

店主：好心劝一句姑娘，回去吧，别再寻啦。

正说话间，一队秦兵铁骑突然从街道急驰而过，人们不知道发生了什么事，赶紧进屋闭户。止芙被好心店主拉进身后一间客栈，就在她走进客栈大门的瞬间，回头刚好与秦兵首领赵援的目光相遇，一种不安在心底骤然生起。

009. 平原 · 马道，夜，外。

一条马道向前方不远处的集镇伸去，左侧是一座形同墙体的土山。

南陔的护书车队借着夜色蛰伏在土山后，准备待出城搜寻的秦兵返回后，再趁着夜色驱车入镇。为了不给秦兵留下追踪的车辙印迹，他们正在给车轱辘捆绑废旧的棉被和席卷。

南陔：前面就是秦楚边境，此去一路定会险象环生，为隐匿身份，往后我等五人便以六篇笙诗为代号相称，我是儒家门下，就称南陔吧。

崇丘：那以后我就叫崇丘了，我喜欢这个名字。

接着华黍、由庚和由仪相继挑选了各自代号。

崇丘：还差一位墨家白华呢？

南陔：众侠放心，白露大侠随后就到。

正说着，刚才出城搜寻的秦兵折返回来，朝着咸阳城方向奔去。看着远去的骑兵背影消失，众侠士才驱车转出土山朝着前方的集镇驶去。

010. 集镇 · 客栈，夜，内。

为不引人注意，南陔五人前后走进客栈，在一张长条形木桌前落座。店小二提来一壶热茶往他们面前一蹾，接着排上五只陶瓷泥碗准备倒茶。

南陔警惕地注视着店里的每一个人，斜眼见西北角长条桌前一个黑衣人（止长）神色冷峻莫测，不觉心底一怵。

崇丘见店小二粗手粗脚，便伸手接过茶壶，给每人倒了一碗冒着热气的茶水。

崇丘：天冷，先喝碗热汤暖暖身子。

崇丘话音刚落，一声刺耳的声响袭来，客栈的木门被人一脚踹开，两个带刀秦兵闯进来，都尉赵援跟在后面。崇丘等人条件反射地将手放在兵器上，随时应变不测。南陔伸手按住崇丘，眼神示意大家不要轻举妄动。

此时，南陔警觉地发现，刚才角落的黑衣人突然起身，闪身从秦兵赵援身后向门外走去，只留下一个神秘的背影。

崇丘低声说：秦兵不是走了吗，这是从哪儿冒出来的？

南陔端起茶碗碰了碰崇丘，示意他别说话，静观其变。

原来赵援命令军侯吕子岩带队回城复命，自己却留下来进行暗访。

赵援将长剑往柜台上一放，直逼店主盘问。

赵援：朝廷有令，私藏禁书与匿奸不告同罪问斩，你可知晓？

店主答道：回将军，鄙店地偏店小，哪来的禁书？

赵援狡黠地看着店主：书没有，人呢？

赵援说着将一张通缉画像在店主面前展开。

赵援：近来处士横议，妖言惑众者猖獗，可曾见过此人？

店主：从未见过，本店过往均是本分生意人，望将军明察。

赵援抓起放在柜面的长剑，带着两个秦兵随从朝二楼走去，经过南陔众侠桌前时停下脚步，问紧跟身后的店主。

赵援：这一干人是做甚的？

赵援说着又将手中画像展开，对照南陔众侠观看辨认一番。

南陔正欲起身被店主伸手拦住。

店主：都是咸阳本地人，本店常客，做点马匹、药材生意养家糊口。

赵援：兵荒马乱的买马意欲何为？莫不是想造反？

店主：将军明察，当今皇帝威加海内，谁人敢来造反啊！买马是为卖马，卖马那不就得先买马不是？

赵援如鹰般的目光，将南陔众侠打量一番后，朝楼上走去。

011. 集镇 · 客栈，夜，内。

赵援带着两个秦兵上到二楼，一间一间敲开房间盘查。

脚步声越来越近，止芙紧张地贴着房门倾听，警觉地将随身携带的落叶飞镖与苗家弯刀在腰间藏好。一阵急促的敲门声响起，止芙佯装镇静地拉开房门。

赵援一双眼睛直勾勾地盯着止芙：打何处来？

止芙：民女自南阳来。

赵援：哦，楚地最近可不太平啊，来咸阳做甚？

止芙：遵家父之命，来寻兄长。

在赵援的示意下，两名秦兵随从会意退出房间，并将房门反锁。止芙这才回想起眼前这个人，就是白天与自己打过照面的秦军将领，心中顿生不安。

赵援：要证你清白，就让我搜搜身。

赵援说着向止芙扑过来，止芙本能地闪身躲避。赵援没想到一个小小女子身手如此敏捷，险些扑倒在地，恼羞成怒，拔出腰间长剑，步步逼向止芙。

退避躲闪中，止芙不小心跌倒在床上，被赵援扑身抱住。

搏斗中，止芙的衣裙被撕破，情急之中一口咬破赵援左耳，挣脱魔爪跳上窗台欲跳窗逃走。

012. 集镇 · 客栈，夜，内。

听到楼上打斗声响，南陔一行神经再次绷紧，突见一个撕破裙衫的漂亮女子，神色惊恐地欲爬窗跳楼，便明白刚刚房间里发生了什么事。

南陔与崇丘同时起身欲出手相救，遭华黍等人制止。

华黍：先生所托事大，二位万不可冲动，以免节外生枝。

由庚、由仪亦点头示意，表示赞同。

南陔：见弱被欺而无视，所学何用？

南陔说着拔剑向二楼冲去。

崇丘：遇事不平而罔顾，习武何用？

话音刚落，崇丘抢先一步飞身跃上二楼，横剑拦住闻声赶来的两位秦兵。南陔见势一个箭步向前抱住止芙，只手吊悬空中。

一楼华黍见状，一脚将身旁木桌踢飞过去，刚好落在南陔与止芙身下。

南陔环腰抱住止芙跌落在木桌上站稳，发现眼前姑娘跟赵援手中的画像有几分相似，心中不免一惊。

赵援见对方人多势众捂着流血的耳朵从房间里出来……

013. 集镇 · 客栈，夜，内。

夜半，客栈已有鼾声起落。

止芙和衣斜靠在床上，睁眼不敢入睡。

南陔手拿路线图，来到止芙门口，举手敲门。

南陔：止芙姑娘可已歇息？南某有事求教。

止芙忙起身开门。

止芙：南大侠于小女有救命之恩，有事吩咐就是，哪里用得"求教"二字。

南陔自救下止芙后，对这位楚地姑娘就有一种莫名的好感与信任，隐隐有种前世就已相识的感觉。他自己也不明白这种感觉从何而来。

南陔进屋，关紧窗户，小心将手中的路线图在木桌上铺开。

南陔：姑娘是楚地人吧。实不相瞒，我等正欲前往楚地行商。此去关山重重，前景难料，姑娘可否帮忙参详一二？

止芙站到南陔身旁，手指地图，一边比画一边跟南陔讲述前往楚地几条路线上的种种事宜，包括险关要隘，秦兵屯守，山川地貌，甚至当地风土人情等等，十分详尽，听得南陔连连点头称善。

夜渐深。南陔收起图纸。

南陔：姑娘放心歇息，有我等在，你不必担心。

南陔退出止芙房间，带上门。

014. 集镇 · 客栈，夜，内。

南陔带着崇丘向藏着书简的马车后院走去，突然发现一个鬼鬼祟祟的黑影（赵援）在翻看马车木箱，立即警觉起来。

崇丘屏声敛气爬上一处高墙，张弓搭箭，伺机而动。

南陔猎身绕过院墙，从另一侧转到马队后面，对着马脚猛扎一针。黑马被扎疼后发出一声嘶叫，惊得黑影（赵援）险些从马车上摔下，接着只听见“嗖”的一声，一只锋利的箭镞稳稳地扎在他手臂扶按着的木箱上……

两个刚从客栈方向跑来的秦兵，见自己的将军遭袭，前来持剑助阵。

秦兵边战边退。南陔不知秦兵详情，不敢轻举妄动。此时，突然从暗处窜出另一道黑影（止长），向逃入夜幕的赵援等秦兵追杀而去。

南陔正犹豫间，发现身后客栈亮起火光，听见很多人在喊：走水啦，走水啦，救火啊……

当南陔与崇丘赶回客栈，火已扑灭。

南陔发现自己房间也被烧了，清点物件时发现那张路线图也一并被烧毁。

南陔心里沉重起来，没了地图可如何走啊。他走到烧得有些焦黑的木桌边，一拳砸在桌面上。

此时，止芙走了进来。

015. 集镇 · 客栈，夜，内。

止芙惊魂未定地走进房间，望着一脸愁容的南陔，心存愧疚，欲言又止。

止芙：都是我连累了南大侠，遭秦兵报复。

南陔：姑娘你这话就说得生分了，路见不平拔刀相助，本是分内之事。

止芙见南陔正对着一堆灰烬叹息，俯身过去询问。

止芙：什么物件让南大侠如此惋惜？

南陔：方才你看过的地图被焚毁了。

止芙：只要人无恙就好，地图烧了再画一张便是。

南陔：（一惊）姑娘莫要玩笑，那地图密如掌纹，你可凭一眼之力记下？

止芙：南大侠只管取绢笔来。

南陔将信将疑，出门去别处寻找绢笔。

南陔将找来绢帛笔墨放在桌上。止芙铺开绢帛，提笔就画。

南陔站在一旁，直看得目瞪口呆。那一笔笔，一处处，均与原图不差半毫，心想这姑娘真是天赋异禀，有过目不忘之能。

此时，南陔突地心中一动，滋生了一个想法，试探着问道。

南陔：姑娘，你可愿与我等同行？一来相互有个照应，二来路上定有诸多借重姑娘之处。

止芙：如此是好，只是小女寻兄心切，明日便要与众位大侠分别了。

南陔：既是如此，南某也不好强求。他日姑娘寻得兄长，同归楚地，若有缘重逢，亦是美事。

南陔说完把刚画好的地图收入怀中。

016. 马道，晨，外。

清晨浓雾。

急促有力的马蹄声由远至近，一队秦兵铁骑快马加鞭朝这边奔来。随着声音越来越大，几匹高大的战马从浓稠的雾霭中显现出来，威风凛凛。

吕子岩勒住马缰伫立雾中，目光如鹰般凝视着脚下伸向秦岭腹地的马道，和远方还处在一片混沌中的茫茫秦岭。

赵援勒马朝吕子岩这边靠过来。

赵援：夜黑路险，他们应该不会走远。我怀疑此一干人在偷运禁书。

吕子岩跳下马，查看马路上的车辙。他并不确定赵援向他所描述的实况，马车队所装一定就是朝廷禁书，他向来特立独行，只根据自己的判断行事。

车辙印果然在前方不远处消失了，只留下模糊的车辙印迹。

赵援：若非图谋不轨，何以要掩藏辙印？

吕子岩仍然没有理会赵援的推断，继续向前走去。在一处路陷坑坳里，他弯腰捡起一枚半露在泥地外的书简，脸色突然沉下来。

半明半暗的雾气中，吕子岩的目光慢慢从手中书简上移开，望向远方仍处在一片混沌中的茫茫秦岭……

017. 马道，晨，外。

护书车队奔驰在晨雾中的马道上。

止芙不会骑马，南陔只好扶她坐上自己马背，一路快马加鞭往秦岭腹地飞奔。

止芙：南大侠，这是欲往何处？

南陔：先过秦岭，甩掉追兵再说。

止芙：过秦岭少习山（武关），再往南便是楚国的商於之地了。

经过一处十字路口，南陔指着一条伸向远方的岔路对止芙说道。

南陔：地图标注，沿这条岔路往前直走五里地，便是你的去处。

止芙下马，对南陔抱拳，眼中突生留恋之意。

止芙：各位大侠前往楚地，原本小妹就是楚地人，想与各位结个伴，当个向导。只是小妹寻兄未果，只好与各位暂别，来日若是楚地重逢，小妹定当尽地主之谊，好生款待各位，以谢相救之恩。

正说话间，只见远处一个骑着战马的黑衣人（止长），身子歪歪斜斜地朝这边奔跑过来。来人刚至跟前便摔倒在地，南陔连忙下马向前扶起黑衣人（止长）。

南陔觉得眼前的人眼熟，原来正是赵援手中通缉画像中的人，心中一惊。

止芙一眼便认出眼前这人，正是自己苦苦找寻的兄长，惊叫一声，奔了过去。

止芙：兄长，小妹寻得你好苦，你如何这般模样？

止长双目不睁，两唇紧闭，脸色紫黑，显见是晕过去了。

止芙急忙撕开止长破了的左肩衣服，见长长的刀口还在冒着黑血，刀口两边的肉与皮肤都已泛黑，便知是中了剧毒。细察之下，又不识是何种毒物，一时间不知如何是好，急得哇地大哭起来。

兄妹以这种方式相见，在场的众侠士无不伤感。

南陔从怀中取出一个白色小瓶，递给止芙。

南陔：这是我自制的解毒药，看此病灶恐难对症，只能缓得一时，难救令兄性命。

止芙忙接过小瓶，拔了塞子，往左手心里倒出几粒红色药丸与一些白色粉末。

南陔：药丸一粒喂服，白粉撒于伤口。

止芙照做。完了，看着沉沉昏睡的兄长泪水涟涟。良久，止长苏醒过来，看着眼前的妹妹，慢慢抬手抓住妹妹的手，眼中有泪溢出。

止芙：哥哥，我们这就去镇甸，寻最好医师把你治好。

止长摇头制止，看看南陔，又环顾围在四周的众侠。

止长：各位义士，我自知命不久矣，各位能否暂避，我与舍妹有话交代。

南陔向崇丘等人示意，几人会意一同走开。

止长艰难地从怀中取出一方白巾，递给止芙。

止长：小妹，你定要回去将此物交与父王，请父王转与项将军。我将咸阳周边山川地貌，险关要隘，及咸阳城内秦军部署，均绘于此图之上。此图万分紧要，你务要小心为是。

止芙：（含泪点头）小妹谨记。

止长：小妹莫要伤心，为兄已为万千楚人成此使命，死亦含笑。

止长说完，吐出一口黑血，双眼一闭咽气西去。止芙紧紧抱住兄长的头，口中发出呜咽之声，哭也哭不出来了。

众侠听闻呜咽之声，都围将过来。

018. 马道，日，外。

追兵越来越近，止芙在马背上紧张地不停扭头回看。

华黍：秦军如此兴师动众，穷追不舍，想来我等行踪业已暴露。

崇丘：南兄，我等马车没有骑兵快，须得想个法子躲开。

止芙伸手指了指前方大声说：这条道我记得，绕过前方山峦有一岔道，左侧便是深涧，先过去暂避一时，再做区处。

南陔带领众侠驱车朝山峦后奔去，刚绕过山峦秦兵铁骑就赶了上来。

南陔命令车队立即转到山后，希望借助山体掩护躲过追兵视线。

马车的目标太大，根本不能在如此短的时间里藏好。

秦军追兵越来越近，已经听到了急促的铁蹄声，急得众侠紧握兵器欲与秦兵做拼死一搏。就在这千钧一发之际，只见一行五辆马车从左侧岔道飞奔而至。众侠士不知发生了什么事，将目光一齐转向南陔。

南陔见援兵已到，心里稍稍踏实下来。

南陔：有救了！

来人正是前来助南陔护书的好友白华大侠与猎人张。

019.马道，日，外。

白华驾马车冲到护书车队前勒马停下，跳下马直奔南陔跟前。

白华：南兄受惊，小弟来迟了。

南陔会意白华的金蝉脱壳，立即令众侠士跳下马车直奔白华的马车队。

止芙下马也要同南陔一起去白华的马队，遭到南陔制止。

南陔：此行凶险万端，你一小女子万万去不得。

止芙不认识白华，坚持要跟随众侠士一同调换马队。就在客栈南陔飞身救下她的那一刻，她心就被面前这位儒雅与侠气并存的男人征服。

秦军追兵的马蹄声越来越近，再迟一步就要错失良机，南陔立即向白华递了一个眼色，驾车向岔道奔去，口中大喊。

南陔：白兄，我于下个路口候着各位！

白华会意勒马向前，俯身一把将止芙拽上马背，驱着护书车队向山峦后的深涧奔去，借着山峦阻挡躲进了山涧深处。

020.马道，日，外。

白华的金蝉脱壳果然成功，秦军追兵很快追上南陔调换的车队，几十支飞箭带着风声落在马队的车厢上。南陔众侠并没有停下马车，继续奋力向前奔跑。他们心里明白，自己的马队跑得越远，白华的车队才会更安全。

马车队毕竟跑不过秦兵铁骑，无论怎么努力很快就被秦军追兵截住。吕子岩一马当先挡在南陔马车队前面，紧跟着赵援也追上拦住去路。

吕子岩剑指南陔大声说：逆贼报上名来。

南陔：（不紧不慢）行商坐贾，敢问军爷，逆名从何而来？

赵援：违抗皇命即为叛逆，偷运禁书便是死罪！

南陔：始皇帝天下一统，“车同轨、书同文”，不就是为了顺天惠民，行通商之便吗？我等何罪之有？

吕子岩：如此诡辩，我看也是个该死的腐儒，待我查实，便让尔死个明白。

吕子岩说着用手中长枪去撬马车木箱。

崇丘年轻气盛，哪容得敌人在自己眼前放肆，与华黍飞身合剑刺向吕子岩。双剑笔直刺来，哧哧的破空之声隐隐可闻，剑身寒光刺眼。吕子岩的眼睛眨也不眨，身子笔挺，一动不动。待得双剑堪堪刺到眼前，吕子岩银枪轻轻一挑，枪头反射出的刺目光芒直射崇丘二人的面门。接着是叮当两声脆响，一股大力将崇丘二人撞得倒飞出去。

由庚等人见状，正欲拔剑相助却被南陔叫住。

南陔：天朗身正，何惧影斜，军爷随意搜查便是。

南陔说着与众侠退到一旁，任凭秦兵翻车掘箱搜查，布匹、药材及一些生活用品散落一地。

南陔：早就说过我等乃是正经商人，诸位军爷偏是不信，按大秦律，抢夺商队财物可是大罪。我等虽为生意人，但与咸阳一些王公贵族却也有些来往，就不怕我等回咸阳讨个公道？

吕子岩自知理亏，便不再言语，只是内心存有疑虑，正经行商，何故行踪诡秘？这次追剿禁书扑了个空，让赵援感觉在下属吕子岩面前没了威信，扫兴而去。

吕子岩更是心中不爽，扬鞭策马独自向前一路绝尘而去。

南陔注视着吕子岩渐渐远去的背影……

021. 私塾学堂，日，内。10年前。

字幕：公元前223年。

伏胜（50岁）带着弟子南陔（18岁）和从战火中救下来的女孩崇丘（12岁）周游列国讲学。一间简陋的私塾学堂，衣冠整洁的伏胜屈膝跪坐堂前，几十个少年弟子跪坐堂下聚精会神听先生传经授典。

伏胜："苟利社稷，死生以之"，尔等可知此言出于何处？

南陔：先生，此言出于《左传》。

伏胜：然也。尔可否熟诵其文？

南陔：苟利社稷，死生以之。且吾闻为善者不改其度，故能有济也。民不可逞，度不可改。

伏胜颔首而笑，继续问：尔可知其中奥义？

南陔：士当为天下殉道，为家国利益，个人生死安危当可置之度外。

伏胜：何为国？何为家？

崇丘看了一眼南陔，抢答：此一节学生却也略知一二。孟子有云：民为本，君为轻，社稷次之，可见，国者，乃天下人之国也。

伏胜正欲接话，被屈膝跪坐在角落里的吕子岩（16岁）打断。

吕子岩：此言大谬，今天下之国，皆为周公所封，莫不家国一体，先君后国，君即是国，君临天下，方可施仁惠民于天下。

南陔：愚以为不然，若君昏政苛，民当何以处之？

吕子岩：君不明臣可谏之！然不可逾礼越制，犯上作乱。

伏胜怒：荒谬！民为邦本，本固邦宁。倘君王暴虐无道，则代之以德政，此天道也。商汤革命，武王伐纣，乃有道伐无道，顺天安民。如尔所言，岂非也是犯上作乱！

吕子岩生气向门外走去，伏胜望着他离开的背影叹息地摇了摇头。

伏胜环顾一遍堂下噤若寒蝉的众弟子，大声说道。

伏胜：吾辈习《诗》《书》，知先贤理政之本、晓家国兴废之由、谙个人修身之要。是以吾辈不仅要熟习《诗》《书》要义，更要护好前代经书典籍。苟利社稷，死生以之。礼义不愆，万世昌盛……

吕子岩远去的背影慢慢叠印成壮年吕子岩的背影……

022. 山涧 · 马道，日，外。

止芙趴在山涧一处高高的岩石上，看着秦兵渐渐远去的背影。

023. 山谷 · 马道，日，外。

五驾马车呈一字形行进在山谷间的马路上。

止芙不会骑马，只好坐在马车木箱上，身子随着车身摇摇晃晃。白华骑马不紧不慢紧跟其后，留下猎人张断后以防不测。

山谷中的天暗得早，两侧山峦渐渐变得模糊起来。几声凄厉的野兽低吼传来，止芙突然有点后悔没有跟着南陔他们的马车队。

白华似乎看出了止芙的心思，慢慢勒马靠过来，紧挨着止芙向大山深处走去。

天色越来越暗，转过一处山坳，前面出现一条岔道，几个模糊人影从岔道口闪过。白华立马警觉起来，勒马向前拦住走在最前面的马车，示意止芙与猎人张不要发出声音。

一阵紧张等待后，一匹轻骑随后冒出头朝着这边奔来。

止芙兴奋地跳下马车：南大侠，没错，是他们。

止芙说着向南陔奔去。

两个马车队按照约定地点成功会合后，南陔向众侠士介绍了白华。

南陔：这位乃白华白大侠，此次多亏他及时赶到，方才化险为夷。

白华接话过去：南兄切勿见外，分内之事，无需挂齿。

白华说着转向众侠：见过各位大侠。

众侠皆抱拳回礼，表达谢意。

猎人张走过来向南陔及众侠辞行。

猎人张：前面便是武关，此地“扼秦楚之交，据山川之险”，定有重兵据守盘查，容我先去打探打探，尔后才好择机过关。

白华取出一袋钱币递给猎人张：买路通关，勿惜钱财。

024. 群山 · 马道，大雨，傍晚，外。

乌云压顶，暴雨将至。护书车队行驶在群山中一条孤独的马道上。

南陔与白华低语几声后，便冲众侠士大声喊道。

南陔：跟紧车队，务要于大雨到来前走出山谷。

白华：南兄所言极是，沟谷之地，倘骤降暴雨，必有山洪来袭。

天色越来越暗，护书车队在大雨磅礴中艰难地行驶群山间的马路上。

南陔回头见后面有两驾马车没有及时跟上，勒马向后查看情况，才知其中一辆马车的轱辘陷进深坑里拉不上来。黑马经过几次奋力拉扯都没成功，反而前蹄打滑跪倒在地上挣扎。

白华气急败坏地扬鞭抽打黑马，被赶过来的南陔阻止。

在南陔的带动下，众侠士有的跳下坑洼奋力推车，有的站在外面用力拉拽，经过好几次尝试，终于把马车拉了上来。

伴随着惯性，止芙被黑马撞倒在地。白华正欲上前去扶，被南陔抢先一步扶起，解下围巾替她擦拭身上的污泥。

这个动作被崇丘看见，眼里掠过一丝难以为人觉察的不快。

025. 咸阳城 · 伏胜府邸，日，内。

赵援与吕子岩带着一队秦兵，气势汹汹冲伏胜府邸而来，几个门生见状立即跑进后厅向先生伏胜禀报。

伏胜镇静地安慰学生：休要慌乱。

赵援与吕子岩撞门而入。

伏胜：（不紧不慢）将军突访寒舍，有何见教？

赵援不回伏胜的话，手握长剑伫立不动。吕子岩绕到伏胜身后，眼神冷峻地将屋里所有人审视一番。几个门生低着头，不敢直视。

伏胜见吕子岩走进乌宿房间，立即跟将过来。

吕子岩：此间为何人居住？

伏胜：禀将军，乃门生乌宿居所。

吕子岩：乌宿现在何处？

伏胜：三月前往齐鲁游学，至今未归。

吕子岩：有传言乌宿实乃携禁书潜逃，可有此事？

伏胜：断无此事。

吕子岩：先生恐有隐瞒吧，可知大秦律“刑其傅黥其师”一条吗？还是请先生跟我们到都尉府走一趟。

此时，赵援带着几个秦兵进来，将伏胜押出房间。

026. 秦岭 · 马道，日，外。

武关本是兵家关隘，因常有商贾与官差来往寄居，逐渐演变为一个偏僻小镇。护书车队在离武关不到两里地处停下，南陔与白华吩咐众侠就地歇息，等待去关内策应的猎人张反馈消息后再作行动。

白华：武关乃昔日秦楚边界，秦兵守卫甚严。

止芙：我们楚人称少习关。

南陔：此话不假，此关本为楚人御秦所建，后被秦攻取后更名武关，乃秦拱卫关中之要隘。

华黍：当年楚怀王在此遭秦劫持，囚于咸阳，故楚人怨秦久矣。

南陔：楚虽三户，亡秦必楚。民心可用，先生不愧智者啊。只是，唉……

南陔心里也犯糊涂，不知自己是在说先生选择藏书之地明智，还是在说先生预感楚人可能谋反有先见之明。

众侠正说着，只见猎人张从武关方向骑马朝这边奔驰而来。

猎人张来到车队前：让各位久等了。

白华有些焦急地问：张兄，武关之内情形如何？

猎人张：已买通当班职守，酉时，当值官兵举白幡为号，即开关放行。

猎人张交待完过关细节后，匆匆返回了武关。

027.武关 · 黄昏，外。

酉时刚至，护书车队按计划行至武关城墙之下，果见关墙之上升起一片白幡，白华立即命令车队火速向关内进发。遵照猎人张事先安排的路线，护书车队从西门而入，果然没有受到职守秦兵的严格盘查。

护书车队佯装镇定地行走在关内街道上，不敢快也不敢慢，生怕引起秦兵怀疑遭到拦截盘查。众侠之间也不敢言语对视，总感觉街旁哨卡上的守兵眼神有些怪异，让人捉摸不透。

就在护书车队快要接近东门出口时，南陔无意间发现一文职官人正在关墙上与一位守将模样的人附耳密谈，觉得那身形似乎有些眼熟，但在哪里见过，是谁，又无法有清晰的印象。南陔心中生起警惕，正欲命令车队加速过关，突然一匹受惊的战马从街旁横行穿插过来，将护书车队拦腰截断。

突如其来的变故，让南陔与白华一时慌了阵脚，车队受惊乱成一团。

回过神来的白华甩鞭猛抽南陔身下的战马，希望他带领前面的车队迅速出关，自己折身向后去救掉在后面的由仪。当他刚要靠近由仪的马车，一团火球在马车旁炸开，瞬间火苗四散腾起，所幸没有烧到马车与人。

白华见状，提缰纵马越过大火奔至由仪身边，扬鞭猛抽车前战马，同时大喊。

白华：由仪，快啊，护住马车，速速过关！

已冲至城门之下的南陔，见白华与由仪被困，欲回身去救被崇丘拦住。

崇丘：出关要紧，白大侠自有脱身之力。

城门关闭的瞬间，果见白华、由仪护着马车飞奔而出。白华冲车队大喊。

白华：护好车队，华黍、由庚助我断后！

城门又开，一队秦兵铁骑尾追而来。

白华与华黍、由庚边战边退。渐浓的夜色里，只闻兵戈撞击之声。

夜已来临，镇关守兵似是不敢追敌太远。他们在官道的一个拐弯处停下，放了一阵乱箭后便收兵回关。

马队慢慢消失在了夜色之中……

028. 群山 · 马路，晨，外。

逃脱出来的马车队，慢慢地行走在刚从夜幕中苏醒过来的群山沟谷之中。

众人心情沉重，都沉默着只顾赶路。

白华：南兄，实在抱歉。小弟明明已让张兄打点好了一切，未曾想还是出了这等事，都是小弟办事疏忽。

南陔：白兄无须自责，此行凶险，我等为完成恩师嘱托，成就护书使命，早已将生死置之度外。

白华突然说道：我等是否遭人暗算？

南陔沉思片刻：此事果真蹊跷，若是奸细出卖，秦兵在关内将我等捉拿便是。即便是我等侥幸逃出关来，为何秦兵追击又半途而废？

白华：确如南兄所言，此事诡异。只是小弟实在想不出是何环节出了差错。

经此一劫，白华等众侠深刻感受到了此行的艰辛与诡谲，特别是那一车经书险遭焚失，更坚定了南陔偶然发现止芙的天赋异禀后，心中酝酿的那个万全计划。

029. 群山·溪谷，日，外。

穿过南阳盆地，山势明显变得高大险峻起来，护书车队踏入楚国腹地后，众侠士心里稍稍放松下来，脸上慢慢有笑容露出。

止芙：再行两天路程，便可进入黔中郡了。

南陔：姑娘也快到家了。

止芙：离家倒还远呢。

护书车队穿过一段树林浓密的山谷，眼前豁然明亮开来，一条清澈的溪流蜿蜒着向山外流去。此时正值深秋，南方山林层林尽染，如此秀美山色令人沉醉。崇丘最先跳下马来，欢快地向前奔去，瞬间融入山色之中。

一路奔波劳累未曾片刻歇憩，南陔吩咐将马车赶入丛林中隐蔽起来，卸下马鞍让马儿吃草喝水，众侠们原地休憩待命。

和煦的阳光照来，除白华在远处放哨观察情况外，其他侠士均仰躺在软软的草地上闭目休憩。崇丘抱来大捧落叶向仰躺在草地上，闭目养神的南陔抛撒过去。南陔警觉地扒开落在头上的落叶，只见崇丘大笑着跑开。

崇丘被溪边一朵色彩艳丽的野花吸引过去，她俯下身摘下花朵，习惯性地往头上别插时突然僵住，警觉地回头望了一眼，表情尴尬。这时，崇丘看见止芙一个人坐在溪边一块巨大的岩石上望着远处发呆，便走过去将花朵递给止芙。

止芙接过鲜花，放在鼻边嗅了嗅，说了声“谢了”便又望着远处沉默。

崇丘见状，爬上石块挨着止芙坐下。止芙此时并不知道崇丘乃是女扮男装，本能地往旁边挪了挪。

崇丘：你须想开些，逝者已逝，活着的还得好好活着不是。

止芙转头看了崇丘一眼，没理崇丘，又转头望着溪流的远方出神。

崇丘见止芙不理会自己，有些尴尬，便跳下石块离开。

崇丘走到南陔身边，伸手拍了拍南陔的左肩，又指指溪边的止芙。

南陔起身往止芙那边走去。崇丘望着南陔的背影，表情复杂。

南陔跳上岩石，在隔着止芙一尺远的地方坐下。

南陔：止芙姑娘，我知你为令兄之死难过。你要节哀。

止芙见是南陔，犹如亲人在旁，连日来的孤独伤心一齐涌起，有许多话想说又说不出来，眼中泪水如珠串般泻下。

南陔见此情形，一时找不出话来安慰眼前这位不知经受了多少磨难的异地姑娘，只好默默地陪她坐着。

此时，一只金乌鸟从远处飞来，歇在不远处的一块岩石上。

过了一会儿，又振翅而起，朝着南方翩然飞去……

030. 群山 · 溪谷，日，外。

突然，一支响箭带风穿过丛林，落在白华身旁的树干上。循声望去，一个背影迅速消失在密林中。白华拔下箭矢，取下穿插在箭头的布卷，展开：

行踪暴露，速过江入黔中。

031. 长江 · 渡口，日，外。

众侠与止芙护着载书马车队，马不停蹄地向长江渡口奔来。

来到渡口码头，望着白浪翻腾的长江众侠士愣住了，前有大江拦截，后有秦兵穷追，不知如何是好。留在后面断后的白华与崇丘，此时也追了上来。

白华：秦兵已过丹丘，我们需速速过江。

南陔：江阔风急，半只船筏不见，如何渡江？

正在众侠士一筹莫展时，上游江湾漂来一艘大船。南陔以为是秦军水兵得到消息在此拦截，正欲命令众侠士驾车调头，顺江岸而上，突见迎风伫立在船头的人在向他们挥手招呼。

南陔觉得此人形态眼熟，示意众侠暂且停下观望。

船体与码头越来越近，白华终于看清那人是谁了，心中大喜。

白华冲来人大喊：张兄，来得正是时候。

南陔伸手拉住白华：当心有诈。

华黍：南兄说得在理，武关之事颇为蹊跷，须倍加小心才是。

经这么一提醒，众侠士立即紧张起来，紧握兵器拉开阵势。

猎人张：在下已在此恭候列位多时，请速登船渡江。

木船借着风力靠向码头，南陔见船上并无他人，江面上下也未显异常，加上追兵将至，便只好下令登船渡江。

032.渡口·江岸，日，外。

赵援与吕子岩带领二百余秦军向江边渡口飞驰而来。

铁蹄溅起的沙砾如同水浪一般向两边散开……

033.长江·渡口，日，外。

在南陔与白华的指挥下，众侠士手忙脚乱地搬箱登船。然而，北地战马没见过长河大江，不肯扬蹄登船，一个劲儿地嘶叫后退，这下可急坏了众侠士。

此时，白华突然想起了什么，大声说道。

白华：速将马儿眼睛蒙住。

白华说着扯下一块黑布缠绕在马眼上，果然马儿不再害怕，顺利地登上船板向舱内走去。其他侠士见状立即照样去做，一会儿全部马匹便登上了船舱。

大船刚离岸不久，赵援与吕子岩的追兵就赶到了渡口。

不待二人发令，训练有素的秦军士兵迅速列成阵形。

赵援挥手：放箭！

无数支带着风声的利箭，排成一个庞大的三角阵形，如同黑压压的蜂群般向南陔他们的大船扑面飞来。

034. 长江 · 船舱，日，外。

眼见箭群逼近大船，白华挺立船舷，手中之剑往江面奋力挥去。

“轰”的一声大响，江面上突地竖起一面水幕之墙，射来的箭支纷纷掉落水中。但还是有部分箭支穿过了水墙，落在了船上。

众侠士躲过第一波飞箭后，立即将还没有进舱的马匹往舱板下驱赶。

白华收剑，从背上取下长弓，搭箭拉弓，只听“嗖”的一声，利箭裹着江风向岸边飞去，不偏不倚正中赵援胸口。

赵援大叫一声滚下马去。

气急败坏的秦兵再次向南陔他们的船只发起第二轮射击。

船只疾驶江心，距离江岸越来越远，飞箭纷纷掉入翻滚的江水中。

吕子岩见状，气愤地张弓搭箭，一只飞箭滑过巨浪向船只电掣般飞来。

眼看飞箭将至，白华躲闪避让，利箭带风从他耳旁擦过。

此时，突然船舱内一阵骚乱，原来那只飞箭刚好从一匹黑马的屁股上擦过，痛得黑马扬蹄嘶叫，其他马匹受到惊吓也一同躁动起来。

南陔见状立即扑过去，死死拽住受伤黑马的缰绳不放。

035. 长江 · 船舱，日，外。

暂时脱离险情的船只，疾驶在白浪翻腾的江面上。

南陔与白华迎风伫立船头，江风吹着他们的巾衫沙沙作响。突然船身一阵剧烈抖动，船底撞到了暗礁，船舱里的战马再次受到惊吓骚动起来，白华立即冲众侠士大喊。

白华：各位莫要惊慌，先稳住战马。

慌乱中，一匹马被倾倒过来的桅杆打在屁股上，只见那马一声嘶鸣，扬蹄奔窜，掀翻马车后将一箱书简弹射到了船舷上。

离木箱最近的崇丘飞身而起，抓住即将掉落江心的木箱。因为惯性太大，加上船舷溅水湿滑，崇丘根本来不及自救，就连着木箱掉进白浪翻腾的江水中。

南陔见崇丘掉下江中，立即抄起一根竹竿向浪峰中的崇丘递过去。

因水流太急，南陔手中竹竿刚刚接触到江面，崇丘就漂去很远了。白华也向崇丘抛去锚绳，未等崇丘伸手接住瞬间又拉开了距离。

南陔知道崇丘不识水性，水浪这般湍急，就算不被秦兵抓住，也多半会葬身鱼腹，心中骤生悲戚，带着哭腔冲着江面大声呼喊。

南陔：崇丘，抱紧木箱，千万别松手啊。

南陔的呼喊声未落，只见白华纵身一跃，飞身蹿入江中向崇丘快速游去。南陔立马转身冲进舵舱，命令调转船头去救崇丘与白华，却遭到猎人张强硬阻止。

猎人张：南兄，我等重任在身，大局要紧。

南陔拔出腰间佩剑直逼猎人张。

南陔：闪开。掉入江中的乃是兄弟，情同骨肉。我若不救，天不佑我！

猎人张并不躲闪，沉静地直视着南陔。

猎人张：南兄此时心情，在下自然理会，然自古欲成大事必有牺牲。在下受公子扶苏旧部之命暗中疏关护书，自知肩上之责重逾千钧。况南兄亲受尊师托付，岂能将重任抛诸脑后？南兄切勿冲动，误了大事。

华黍、由庚见状，赶紧过来劝说。

华黍：南兄息怒，张兄说得在理，秦兵如此步步紧逼，我等使命在身，还是赶路要紧。天可怜见，望白大侠与崇丘贤弟能绝处逢生。

南陔右手拄剑，单腿跪在船上，望着崇丘与白华消失的江面……

众侠士一言不发。

036. 渡口 · 江岸，日，外。

秦军正有序地撤退。四个士兵抬着受伤的赵援。

吕子岩驻马迎风伫立江边，望着慢慢消失在江面烟波里的那艘大船……

037.三岔路口，日，外。

过江上岸后，猎人张便与众侠分手道别。护书车队一路飞奔来到一处三岔路口停下。此地为三地交界处，往南入长沙，向西便是黔中地界。

华黍见南陔从马上下来，也跟着跳下马向南陔走过来。

南陔：止芙知晓路线，你率众人护车队先行入黔中，我随后就去。

华黍看了一眼南陔，欲言又止。

南陔：白华与崇丘不知生死，我在此处迎候一下，还可帮车队断后。

华黍心里明白，以他对南陔的了解，他一定会这么做的，只好上马与止芙几人率护书车队向黔中郡进发。

华黍勒马回头向南陔道别：我等在黔中等候，南兄自行小心珍重。

038.黔中城门外，日，外。

黔中郡是楚国的黔中郡，秦一统后虽也置黔中郡，但辖区却大为缩小，并不包括原楚黔中郡的今沅陵常德一带大片地区。秦之一统，楚人并未真心臣服，所以原郡治关隘城墙上的“黔中郡”几个大字并没有换下。

护书车队一路马不停蹄，赶在秦军追兵之前来到故黔中郡城门下。

华黍指着城门墙上“黔中郡”三个大字对由庚说道。

华黍：昔日秦将司马错和张若两度攻打黔中，杀人掠地无数，要说楚人怨秦，此地最甚。

华黍话音刚落，止芙便接话过去。

止芙：黔中之人怨秦，又当以辰州为甚。

华黍回头看了一眼止芙：何以见得?

止芙：日后你自然知晓。

华黍并不确定城关守将是否收到朝廷封关搜查急令，只好将护书车队在城墙外很远的地方停下，亲自前去打探。

华黍：各位在此稍事歇息，待我前去打探虚实。

止芙：家父在秦做客卿时曾与守城王将军有过交道，小妹或许能说上话。

止芙说着同华黍一道向黔中城门飞驰而去。

039. 黔中城门外，日，外。

在由庚、由仪焦急的等待中，华黍与止芙从城门出来向这边驱马奔来。

由庚紧张地盯着华黍与止芙身后，观察是否有守兵追过来，直到他们来到跟前，将手中通关文牒亮给他看，才放心下来。

尽管手里握有通关文牒，一行人还是有些提心吊胆，生怕过城门时突生事端。车队通过城门口时，过来几个哨兵例行盘查。华黍将通关文牒递给其中一个哨兵，哨兵一边端详文牒，一边指着车上的木箱说道。

哨兵1：车上所载何物？

华黍：布匹、药材等日常杂物。

华黍说着从腰间掏出一袋钱币，向前悄悄塞给正欲查验的哨兵。

止芙：兵荒马乱，挣些细碎小钱。你家将军与家父乃是旧交，望各位军爷给小妹行个方便。

哨兵2：姑娘认得我家王将军？

华黍神色镇定地回道：这还能假？

几个哨兵听言认得王将军，便不再纠缠，分了钱币放行。

040. 三岔路口，日，外。

南陔站在三岔路口举头张望，心情无比焦急沉重，他在担心华黍一行能否顺利入关进城，更期待白华与崇丘突然在马路尽头出现。

眼见与华黍约定的时辰将至，南陔准备离开。当他绝望地再次回头望去，只见一个人影跌跌撞撞朝这边跑来。南陔认出来人正是白华，心中一喜，但又见只白华一人狼狈归来，心里咯噔一下沉入悲凉。

南陔向前一把抓住白华双手。

南陔：见到白兄甚好、甚好……崇丘呢，为何不见一同归来？

白华：开始还见崇丘贤弟一直抓着木箱，然江中水浪太猛，片刻间便踪影全无。我沿江岸寻了许久，一无所获。

停顿片刻，白华接着说道：真是抱歉，未能救得崇丘贤弟。

空气瞬间凝固，未入黔中便痛失有如亲人一般的崇丘，南陔心中无比悲戚。好一阵，南陔才缓过神来，与白华一道向黔中郡方向策马奔去。

041. 临元县城 · 码头，日，外。

临元是黔中郡最东陲的一个县城，楚时叫高蔡。临元是沅水入洞庭湖最后一个大码头，过渡南岸可走官道至辰龙关进入辰州。

这条路线也是伏胜出发前给护书车队规划的路线，华黍决定就按此路线走，却遭到止芙反对。

止芙：各位大侠，小妹倒是觉得走水路为妥。

由庚面向华黍。

由庚：华兄应速做决断，若秦兵此时追来，我等便有前后夹击之虞。

华黍：追击我等的秦军主将中了白大侠一箭，不死亦伤，当不会追得太快吧。

就在他们犹豫不决时，远远见南陔与白华骑着战马朝这边飞奔而来。

042. 临元县城 · 码头，日，外。

众侠士见南陔只带白华一人回来，预感崇丘出了意外，不知该如何去安慰，低头沉默着谁也不先说话。

白华安慰众侠道：各位放心，崇丘在江南上了岸，会追上来的。

止芙：秦军想来应是过云梦渡长江，便只能先南去长沙，再西入黔中了。

南陔：以秦兵的追赶速度推测，当还不知我等行进路线。

止芙：就算秦兵暂不知晓我等行进路线，待到长沙，定会折身向西追来，我等不如以马车走辰龙关官道诱敌，暗中将书简装船走水路。

南陔：此去辰州水路多远？

止芙：上行六十里便是辰州水路边界，那里有山名夸父，敝寨就在山下。我等可在那里暂住休整。

白华：姑娘如何断定秦兵不从水路追赶？

止芙：照理不会，即算会也不必惧怕，夸父山地形险要复杂，无人带路便是进山容易出山难，况我族人怨秦已久，定会助我等摆脱秦兵。

时间紧迫，必须立即拿出行动方案。白华见南陔的表情是偏向止芙提出的走水路建议，便将他拉到一旁。

白华：南兄不担心有诈吗？

南陔狐疑地看了一眼白华：此话怎讲？

白华：南兄请细想，是在哪儿遇见止芙姑娘的？她又怎么会与秦兵同时出现在客栈，刚好被南兄救下？南兄不觉此事太过巧合？

南陔有些生气地说道：白兄是怀疑止芙乃秦人奸细？

白华：我曾见她夜间偷翻车上书简，此事难以不让人心生疑窦。

南陔：白兄多心了。你看这样可好，华黍、由庚、由仪三人驾车走辰龙关官道吸引追兵，你我二人同止芙姑娘护书走水路。

时间紧迫，白华见南陔坚持，又无确证证明止芙是内奸，便只好依从南陔的建议兵分两路出发。

043. 沅水 · 夸父山，日，外。

护书木船穿行在风光旖旎的沅水峡谷之中。

南陔、白华均来自北方，哪里见过如此景色，完全被眼前的山色水韵陶醉，一时竟忘了身后可能还有秦兵追赶。

玉带般的沅水从夸父山脚下绕过，三座百余丈高的雄伟巨石成三角形耸立在沅水北岸。巨石下沟壑纵横，暗涧密布，犹如八卦迷魂巨阵。

在这三座巨石与沅水之间，有一个居住着千余土著苗民的村寨，他们以打猎捕鱼为生，相传他们也是因躲避战乱在此安居下来的。

护书木船向夸父山驶来。

止芙开心地站在船头冲南陔与白华说道。

止芙：快来看，那山即是夸父山，我到家啦。

白华：此地风景绝美，不知为何名为夸父？

止芙：老辈传言，夸父逐日路过此地，那三座巨石便是夸父架锅煮食之处。

044. 沅水 · 寡妇滩客栈，日，外。

夸父山下，一间田字形两层楼院落客栈临江而建，一块刻着“寡妇滩客栈”五个大篆字的巨型木牌悬挂在横梁之上，途经这里的船夫排客，从江心处便可以远远望见。

装着书简的木船缓缓朝江边客栈驶近。木船刚靠上码头，止芙就迫不及待地纵身一跃，轻盈地跳上岸去，站在岸上冲船上的南陔与白华喊道。

止芙：二位大侠稍候，我去唤些人来帮忙。

不一会儿，止芙便领着石元等一群乡民走下码头来帮忙卸货。

白华见码头突然涌来这么多人，警惕地观察着周围，担心落入秦兵陷阱。

白华：南兄稍作停留，待我上岸侦查一番。

白华说着纵身一跃上得岸来，迅速朝村子里跑去。止芙见白华如此提防自己，心里自然不快，生气地招呼乡民散去。

南陔见止芙生气，便跳上岸来解释。

南陔：此行凶险诡异，自须谨慎在意，姑娘不必多心。

一袋烟工夫，白华回来向南陔示意可以卸货入店。止芙还在生气中，见南陔、白华一箱一箱将书简从码头扛向客栈，也不前来帮忙。

南陔扛着木箱经过止芙跟前，不小心摔倒，就在木箱即将翻下码头之际，止芙才伸手一把接过木箱。

二人相视一笑，一起抬着木箱向客栈走去。

045.寡妇滩客栈，夜，外。

月下的夸父山更加神秘壮观，三块巨石如同三位巨人顶天立地矗立在天地之间，守护着身披银光的苗民村寨。

止芙陪南陔并排倚在客栈临江二楼的栏杆边。

南陔：这寡妇滩客栈又有何由来？

止芙：沅水流至这一带，水急滩险，岸边又多峭崖，放排拉纤之人常是有去无回，留下很多孤儿寡母。后来寡妇们捐钱铸环，于江边石崖架上一条供纤夫攀缘的铁链，人称寡妇链，河中险滩便有了寡妇滩之名。

止芙与南陔注视着悬停在夸父山上的那轮明月。

南陔伤怀地说：不知崇丘现在何处，是否也能看到这轮明月。

止芙轻声说：崇丘兄不会有事的。（欲言又止）我总觉得崇丘兄有些……

南陔没有接话，深邃的目光久久停留在夸父山顶那轮明月之上。

白华从房间里出来，准备找南陔商讨事情，见南陔与止芙在赏月聊天，便又悄然退了回去。

不知是不是感觉夜凉，止芙有意无意地往南陔身边靠近了些。

月光如水，一夜无事。

046.寡妇滩客栈，晨，内。

第二天一早，止芙换上苗家服饰来到客栈，准备前往辰龙关打探情况。白华坚决要求一同前往，止芙不允。

止芙：我一人去便可，你一副北地人样貌，去了反倒让人生疑。

白华心里还是有些不放心止芙，担心她去向秦兵通风报信。

白华：那我远远跟着你可否？暗中也好有个策应。

止芙生气道：你去便是，本姑娘可不奉陪。

白华道：我要认得路，何须你去！

见止芙与白华争执，南陔便出面劝导白华。

南陔：就让止芙姑娘一人去便是，白兄还是留下护书吧。

止芙出门半个时辰后，白华还是心里不踏实偷偷跟了上去。

047.山丘·河滩，日，外。

止芙穿过螃蟹谷，一路来到象鼻山下，远远看见前面有两匹战马在山间草地甩尾啃草，立即警觉起来。一路来，她总感觉身后有人跟踪，几次猛然回头却未见半个人影，心里便更加紧张起来。

止芙慢慢朝战马方向靠近，然后躲到一棵大树后观察动静，好一阵都没有异样，就大着胆子向战马猫身走过去。

只见战马不见人。止芙继续在溪沟树丛中寻找，果然在一处溪沟里发现一个秦兵躺在那里一动不动。止芙警惕退回到一块巨石后，弯腰捡起一枚石子扔过去，正好落在那个秦兵头上，但见秦兵仍然一动不动，便手持苗家弯刀走过去查看。

止芙来到秦兵身边，发现秦兵已经死去。

两匹战马应该不止一个秦兵，止芙继续往溪沟里寻找，果然在不远处发现另一具被人扒去衣服的秦兵尸体躺在那里。

此时，突然一道人影闪过，吓得止芙心里一揄。当她摸出落叶飞镖准备射出时，白华从树丛间探头出来。

止芙：你在跟踪我，秦兵可是你所杀？

有了客栈上岸时白华对止芙的猜疑，止芙便不再对白华以大侠相称，而是直呼你我。

白华连忙解释：我在姑娘之后，如何先于姑娘杀了这两名秦兵？

止芙不理白华，轻声嘀咕：真是邪门了。

048. 寡妇滩客栈，日，内。

南陔见白华与止芙这么短时间回来，还带回两匹秦军战马，知道肯定出了状况，暗暗担心行踪可能已经暴露，心里不免惴惴。

回到客栈，止芙将遇到战马和发现秦兵尸体的经过，向南陔一一作了描述。

止芙：这里为何有秦兵出现？又为何人所杀？

南陔：看来行踪业已暴露，须尽快离开此地。

白华：倒也未必，我查看过二人均是驿卒打扮，想来只是路过此地，遭人打劫。南兄若不放心，我再去探探，若真是行踪暴露，再走也为时未晚。

止芙接话：这般说来有些道理。

白华：愚意先将书简找个安全处藏好，待时再做区处。

止芙：只能先行如此，离开此处殊为不妥，此地左近有易守难攻的螃蟹谷，鸟也飞不过的寡妇滩，进退均方便。再沿江上行，难寻这般好的所在了。

正说着，只听门外一群七嘴八舌的苗民乱糟糟地向客栈走来，正欲出门查看，只见巫师石元带着几个苗兵押着一个秦兵破门而入。

苗兵将五花大绑的秦兵推倒在地，待秦兵抬头的瞬间，南陔立马上前一把将其扶起。

南陔：崇丘，怎么会是你？

几个苗兵见此情景，惊得面面相觑。

崇丘一把抱住南陔，嘴里不停地重复一句话。

崇丘：找着你们了，可算是找着你们了……

站在一旁的止芙禁不住落下泪来。

闪回1：江面，日，外。

崇丘抱着装满书简的木箱，顺着翻滚的江水向下游漂去。她看见白华在向自己漂来，一个大浪打来便不见了踪影，空空荡荡的江面上只剩下她一人。

在一处江水拐弯处，崇丘伸手一把抓住一根垂伏到江面的树枝。

闪回2：马路，日，外。

崇丘躲在一处稠密的小树林里，秦军铁骑从身边急驰而过。

秦军远去，崇丘从树丛里出来，循着马蹄印一路追去。

闪回3：驿站，夜，外。

崇丘闪身进入驿站拴马的后院。

崇丘爬上马背溜出后院，飞奔在月光下的马路上。

闪回结束。

049.咸阳城·书房，夜，内。

伏胜府邸。一张地图出现在观众面前，接着是伏胜的背影。

镜头转到伏胜的正面。伏胜脸色凝重。

闪回至25场戏：咸阳宫，日，内。

赵援、吕子岩押着伏胜并没有去都尉府，而是进了咸阳宫。

到达宫门外，赵援与吕子岩退去，什么话也没说，只留下伏胜一人呆站着，心中惴惴，不知要发生什么事。

一会儿，宫内出来一当值官大声说道。

当值官：皇帝有旨，宣博士官伏胜殿内觐见。

伏胜快步走上台阶，躬身进宫。

宫内有两人，一人是始皇帝，端坐龙椅之上，脸色冷峻。丹墀下站着一人，伏胜认得是秦将王翦之子王贲。

伏胜快步行至王贲之侧，跪下行礼。

伏胜：微臣伏胜参见皇帝陛下，万岁万万岁。

始皇帝不紧不慢地回道：平身吧。

始皇帝说完，不理伏胜，转向王贲说话。

始皇帝：王将军，如今百越虽已初定，然瓯越之地尚有叛逆残余，或割据一方，或啸聚深山，不愿归于王化。此事朕夙思夜想，难以成寐。

王贲：陛下不必忧心，只要陛下有令，臣愿再率我大秦虎狼之师南下，一举荡平瓯越全境，使之尽归大秦版图。

始皇帝：将军忠勇可嘉，然你父子二人为我大秦多年征战，劳苦功高。朕欲拟旨一道，命赵佗率本部人马征讨瓯越残余叛逆，着你八百里加急送往南海，命其旨到之日，即刻出兵，不得迁延。

王贲：喏。

王贲退在一边。

始皇帝转向伏胜，眼中杀气一闪而过。

始皇帝：瓯越残余叛逆之事，先生有何高见？

伏胜向前一步，躬身抱拳，恭敬肃立。

皇帝只字不提偷运禁书之事，而问瓯越征战不知何意。但他心里明白，只要自己言语稍有不当，便会立遭杀身之祸。

伏胜朗声道：古语云，普天之下，莫非王土。瓯越叛逆，不归王化，乃逆天而行。陛下派兵征剿，顺天应民，实乃英明之举。然微臣以为此次进剿，可命赵将军率精兵强将，多携绢帛珠宝，剿抚齐用，恩威并施。愿归降者，抚赏之。顽抗者，杀之。如此，可收事半功倍之效，且可永绝后患。事成之后，陛下德施千秋，泽被万世。

始皇帝微微颔首。

始皇帝：甚好，甚好。卿等退下吧。

伏胜怀揣狐疑地走出大殿，才发现内裳全已湿透……

闪回结束。

050. 马路 · 界亭，黄昏，外。

华黍、由庚及由仪三人驾着五辆马车一路向辰龙关方向驰奔。马车队行至离辰龙关前最近的一处界亭，被在此等候多时的猎人张拦住。

猎人张：几位侠士何以此时才到？张某在此已候多时了。

华黍等人见是一直在暗处保护他们的猎人张，连忙跳下马来握手寒暄。猎人张说话间朝马队后观察，未见其他侠士跟来便焦急地问道。

猎人张：怎不见南陔诸兄？

华黍：情况有变，南兄他们走了水路，担心张兄你被秦兵拖住不能赶到，便令我与由庚、由仪二人驾车一路引诱秦军。

猎人张听后应道：如此甚好。

华黍：辰龙关那边情形如何？

猎人张：我两天前便到此地，乔装成本地乡民去辰龙关打探虚实，见城门戒备森严，门墙贴有通缉南陔兄的画像，才知赵援追兵已抢先一步到了辰龙关。

由庚：那便如何是好？

华黍：我意先与南陔兄会合，再谋过关之策。烦劳张兄继续蹲守于此，再探关上情形，随机应变，如何？

猎人张：也只好如此了。

051. 界亭驿站，黄昏，外。

华黍、由庚及由仪三人在猎人张的引导下，将马车藏进一处隐蔽山谷里。安顿停当后，华黍三人便向猎人张拱手告辞。

华黍：这里就全仰仗张兄了。

猎人张拱手回道：几位侠士安心前去，张某在此等候调遣。

告别猎人张，华黍三人一路向过往乡民问路寻道，走走停停，朝着夸父山方向而去。

052. 寡妇滩客栈，黄昏，内。

华黍、由庚及由仪三人终于在沿路乡民的指引下找到了夸父山，来到南陔等人栖身的寡妇滩客栈。

兄弟相见，悲喜交加。三人与南陔紧紧拥在一起。

由仪在三人中年纪最小，之前一路上只要闲暇，就与崇丘一起玩耍。他见到立于一旁的崇丘，恍如梦中，上前拉住崇丘的手，喜极而泣。

053. 寡妇滩客栈，夜，内。

客栈大堂内灯火昏黄，众人围坐在木桌四周。

华黍将在界亭遇到猎人张及辰龙关赵援已到，关前戒备森严等情形，一一向南陔说明。南陔听后双眉紧锁。良久，南陔看向止芙。

南陔：止芙姑娘，自此地走水路往辰州，是否可行？

止芙摇头：不可。由此沿江上行，有诸多急流险滩，行船极是凶险，稍有不慎便船毁人亡。各位大侠所运之物极为贵重，万不可冒此大险。依小妹之见，各位且安心在此住下。秦军在辰龙关久候无果，必然撤去，到时再走不迟。

白华：不妥。赵援、吕子岩绝非等闲，若是探知我等在此，率军进剿，如何应对？到时怕是我等性命货物不保，还要殃及贵寨。

止芙横了白华一眼：那你下道令去，让赵援撤出辰龙关。

白华：你……

南陔：好了，莫要争执。止芙姑娘，白兄所虑也不无道理。

止芙：此事大可不必担忧。其一，敝寨地处偏僻，秦军很难寻到。其二，即算秦兵前来，敝寨上下千余人，皆勇悍能战，定能护得各位与货物周全。其三，敝寨山后有无数洞穴，极为隐蔽，藏人藏物，若无人指引，外人无法寻到。

众人听后有的点头，有的沉默，然后都将目光集中到南陔脸上。

一会儿，南陔心中有了决定。

南陔：照眼前情形，也只好依了止芙姑娘所言。

止芙：明日我让家父派人，择地将货物藏好，以策安全。

南陔点头应诺，众人散去。

054. 柳林苗寨 · 祭祀广场，夜，外。

苗寨祭祀广场上，正在为南陔一行举行盛大的欢迎晚宴。

广场上布席十余桌，坐着南陔一行及苗王、巫师石元及苗民共百十余人。

席间觥筹交错，热闹异常。苗王、石元、止芙及几位老者陪着南陔一行在祭坛正下方一桌。席间相互之间不免诸多寒暄，敬酒。

南陔起身抱拳行单跪之礼，众侠跟随。

南陔：兵荒马乱误入贵地，蒙苗王与族人不弃，我等感激不尽。

苗王上前搀起南陔：侠士请起，感恩的应是老夫才对。

苗王说着单膝跪地：犬子命薄，未能回乡为苗寨效力，人生之憾啊！感悌诸位大侠救爱女一命，当受老夫一拜。

南陔见苗王如此厚待，连忙向前一把将其扶起，落座。

吃喝了个把时辰，忽听鼓声响亮。苗民将席撤去，广场中央燃起一大堆篝火，苗民男女走到广场上跳起欢快的苗舞。

苗女要拉众侠士跳舞，南陔等人连连推让，直说不会。

夜深，尽兴而散。

055. 寡妇滩客栈，日，内。

南陔一行在柳林苗寨一住半月有余，期间除了刚来时两名秦兵驿卒被杀，也再无秦兵踪影。

这天，南陔叫来华黍与由庚商议。

南陔：还得劳烦二位兄弟再往辰龙关一趟，知会张兄，让他不断探查辰龙关情形，赵援、吕子岩若撤，即刻传书过来。

华黍二人抱拳：我二人明日一早便去。

056.江边，日，外。

天清气朗，水绿云白。止芙带一众侠士来到河边玩耍。河湾处，一大片滩涂伸向河心。河风徐徐吹来，使人格外舒爽。

华黍等人玩了一阵水，便在软软的草地上躺着。

止芙与崇丘在水边散步。此时止芙心中已确认崇丘乃是女扮男装，便不再避她，只是不去说穿罢了。

南陔与白华坐在江边一块大岩石上。

白华：莫非赵援这贼料定我等必走辰龙关，守株待兔将我等一网打尽？

南陔：确有可能。只是而今这等情形，除了等待也别无良策。

二人正说着，忽听得崇丘大声叫喊：快来看啊，止芙姐姐献舞啦。

众人听见叫喊声都围了过去，看着止芙在软软的草地上翩然曼舞。

苗舞动作变化虽不多，但止芙舞姿曼妙不可言状，头上的银冠与身上银饰闪闪发光，美丽的苗服旋转飘舞，众人均看得着迷。

一只白鹭从远处飞来，歇在不远处的一块岩石上，南陔注视着那只白鹭。白鹭好像知道有人在看它，振翅而起，朝着江对岸翩然飞去……

白华远远地欣赏着止芙曼妙的舞姿，神情复杂。

南陔看着止芙开心地舞蹈，心中涌起一种欣慰。

057.寡妇滩客栈，夜，内。

渐渐浓稠下来的幕色笼罩在河面上，一只小船慢慢向苗寨码头驶来。

南陔、白华等众侠正在寡妇滩客栈的饭厅里，围着一张方桌喝酒聊天，石元领着几名苗民壮汉进来了。众侠士见状立即起身相迎，邀他们一起坐下。

南陔：我等来贵寨半月有余，多有叨扰，我等敬诸位一碗水酒。

众侠士将酒碗举过头顶，而后一饮而尽。石元等人也举碗将酒喝了。

酒宴正酣时，两个船夫打扮的男人从大门进来，白华警觉地看了二人一眼，示意众侠士落座继续喝酒吃饭。

来人选择一处偏远角落坐下，招呼店小二要了两斤牛肉和一壶水酒。

白华从他们的神情与迈步姿势看出，来人并非一般船夫。为了探查虚实，他端着酒碗过去向二人敬酒试探。借着酒性，白华故意踢倒斜靠在木桌边的两个大竹筒，只听里面发出金属碰撞的声响。

二位船夫神色紧张地扶起被白华拌倒的竹筒，端起酒碗与白华碰碗见礼。

白华举碗一饮而尽：方才不慎绊到二位行李，多有得罪。

船夫1：无妨，无妨。

白华离开时突然回转问道：竹筒里装的可是什么宝贝？

船夫2：义士见笑，道上行走，混碗饭吃，免不了带些随身杂物。

斜眼里，白华见二人警觉地将手伸向竹筒，心里已经明白那人口中的杂物是什么，便不再说什么，转身离去。

058.寡妇滩客栈，夜，内。

夜深人静，白华悄悄叫上崇丘向二位船夫的客房摸去。

他们躲在门外听了良久，见房间里没有任何声响发出，崇丘便跃身跳上屋背探查，透过缝隙发现房间空空如也，示意白华撞门进去查看，果然已是人去房空。

白华紧张地对崇丘说：速去后山查看书简，我去码头堵截。

说完，二人分头行动。当白华趁着夜色赶到河边，果见两个黑影从山上下来，正在向码头方向移动，便抢先一步飞身跳上木船拦住二人去路。

此时，南陔也赶过来将二位船夫夹在码头中间。

船夫见事情败露，正欲摔破竹筒取出兵器之时，白华纵身挺剑朝二人刺去。

南陔：白兄且慢，待我问清虚实。

二位船夫见南陔像是头领模样，立即下跪求饶。

船夫：大侠息怒，我兄弟二人常年行走沅水之上，做些细碎买卖，不懂江湖规矩，更不知何处得罪了大侠，还望大侠高抬贵手。

船夫一边说一边后退，乘人不备，纵身跳入夜幕下的河水中……

059.山路，晨，外。

华黍与由庚从辰龙关打探情况返回，策马朝夸父山方向飞奔，高大而浓密的树林间阴气森森，加上又起了晨雾，更加显得虚幻与恐怖。

行进中，突然看见前面有两个行踪诡异的人影在移动，华黍与由庚立即藏马于石峡，躲在一棵大树后观其动向。

两个黑衣人说着话，从大树前经过。

黑衣人1：若非我俩水性好，恐怕早就喂寡妇滩的鲤鱼了。

黑衣人2：禁书定是藏于苗寨某处，我们速去禀报将军。

原来是从夸父山打探情况回来的秦兵探子，华黍与由庚想着，此二人定是留他不得，不能让藏书位置泄露出去。华黍慢慢拉开弩弓，只听“嗖”的一声，一支弩箭穿过树叶向黑衣人飞去，正中黑衣人2右腿。

说时迟那时快，由庚持刀从树后飞身跳出，大喝一声拦住正欲逃跑的黑衣人去路。黑衣人被这突如其来的偷袭，吓得一时蒙了头。

一场厮杀后，黑衣人1见不是华黍与由庚对手，用刀挑起泥沙拨向华黍与由庚，趁他们的眼睛遭泥沙磕眼抽身逃跑。

慌乱中，华黍与由庚隐约听见，跑在后面被弩箭射伤的黑衣人2，对跑在前面的黑衣人1喊话中有一句“张将军他（指猎人张）……”。

此人话未说完，就遭黑衣人1回身一箭射中灭口。

060.寡妇滩客栈，日，内。

昨夜两个神秘船夫逃脱的事，让南陔心里蒙上了一层阴影，感觉此地不可久留，必须得尽快探明辰龙关敌情，过关西进辰州二酉山，于是找到白华、崇丘、由仪及止芙商议。

南陔：此处已非久留之地，须赶紧设法过关。

白华：辰龙关敌情不明，不可贸然行动，须待华兄二人回来。

止芙明白南陔的担心，但内心不愿南陔离开，便帮着白华说话。

止芙：正是。尔等冒险闯关，便是羊入虎口。

061.寡妇滩客栈，日，内。

正说话间，白华从客栈窗口看见屋左侧百余丈高的绝壁岩峰上，探出两个人影在向寨子这边张望，立即吩咐众侠做好掩护，自己带崇丘前去探查。

止芙对崇丘说：我认得路，你与南大侠留下策应。

白华觉得止芙说得有理，便点头让止芙前往。

当白华与止芙来到岩峰腰间一处山梁时，见两匹有些眼熟的战马正在那儿啃地上的岩草，不免心生狐疑。

止芙：你看此马眼熟不?

经止芙一提醒，白华认出那两匹马正是华黍与由庚的战马，不知是祸是福，心里禁不住咯噔一下，催促止芙带路快步向峰顶爬去。

来到峰顶，白华张弓拉弦瞄准前面两个正面向着寨子的背影。

背影听见身后有异响，慢慢转过身来。

是华黍与由庚。原来他们从辰龙关回来，一路担心有人跟踪和遇到秦兵盘查，便悄悄来到这里观察情况，准备夜色降下时再下山进寨。

白华迫不及待地问华黍：辰龙关情况如何?

华黍：好消息，张兄（猎人张）已探明，赵援今日辰时率军往州府方向去了。

白华：可知晓详情?

华黍：张兄也无确切消息。

止芙、白华听后，心底泛起疑虑，担心有诈。

062.寡妇滩客栈，日，内。

寡妇滩客栈下有个自生的藏酒地窖，上窄下阔，下去十余步再向外走，不到三十步可通大河水面。出入口极为隐蔽。这个自生地窖成为护书队避人耳目运出经书的最佳通道。

南陔与白华、崇丘正在地窖里勘查。

南陔：赵援并不愚笨，吕子岩更非等闲之辈，如何弃险关不守而去辰州？

白华：南兄担心其中有诈？

南陔：正是。赵援明里放话撤军西去，暗地侦知我等在此藏身，率军前来追剿，而辰龙关防备森严。若真如此，我等处境危矣！

白华：南兄所虑有理，你意如何？

崇丘：二位兄长多虑了吧。依我看，那赵援、吕子岩也不过如此。

南陔正色道：我等身处险境，切不可轻敌大意。

崇丘噘嘴：凡事均是你对，我不说话便是。

南陔不理崇丘，自顾说：我欲在此再候几日，观其变故。另要与苗王商议，一来求其相助，二来协调秦军突袭时如何应对，以策万全。

白华：此处乃五溪蛮夷之地，苗民刁蛮不驯，喜怒无常，能否托此重任？

南陔警惕地看了一眼窖口，此时刚好见巫师石元经过，便示意白华压低声音。

南陔：白兄慎言。我等客居于此，身负重任，若是言语不周，与苗民生出嫌隙，便要误了大事。

崇丘接话过去：我看止芙乃可信托之人。苗人虽欠开化，但恩怨分明，况与秦人有夺地灭亲之仇。如若有事，当不至助纣为虐。

南陔：事已至此，我等只能相信止芙，说服苗王，寻求其族人相助。

三人走出地窖。

白华离开时，意味深长地看了一眼崇丘。

063. 柳林苗寨 · 苗王宫，夜，外。

夜幕笼罩，银月初升。

南陔往苗王宫走去。值守苗兵见是南陔，微笑让其进入。

南陔走到正厅不远处，见厅内灯火通明，听闻苗王正与止芙说话，隐隐有“项将军”几字传入耳中。南陔心中一凛，停住脚步。

项氏乃前楚世代将门，在楚地影响极大，南陔脑海迅速想起恩师临行时的交代，轻蹑脚步绕过大门来到侧后窗前，轻轻地将窗户推开一道细缝。

厅堂内，苗王坐在一张大木桌旁，桌面铺放着一方白色绢帛，帛上画着密密麻麻的线条与标注，似是一张地形图。

苗王：此图极为详尽，甚好，甚好。

止芙一脸茫然地看着父王。

苗王：有了此图，我楚人报大仇、除暴君便指日可待，也不枉了我儿一条性命。

止芙：父王，孩儿自北地一路行来，见各地商贾来往，百姓安居耕种，这天下太平有何不好？

苗王（怒）：芙儿，你如何说出这等话来，难道忘了你兄长之死？忘了秦军如何在我楚地暴虐凶残？

止芙站起（惶恐）：孩儿不敢，为楚复国，万死不辞。

苗王将地图收起，递与止芙。

苗王：芙儿，你速往黔南，将此图交与项将军。切记一路小心谨慎，万不可让此图落入他人之手。

止芙：父王放心，孩儿记住了。

064. 柳林苗寨 · 苗王宫，夜，内。

南陔目送止芙出门走远，绕回正门，大声求见。

南陔：远客南陔求见大王，有事相商。

苗王：是南大侠吗，快快请进。

南陔进屋，走到苗王面前，抱拳行礼。

苗王：南大侠不必拘礼，请坐。

南陔在苗王对面坐下。

南陔：南某今日见大王，有一事相求。

苗王：大侠有事直说。我们苗家人于朋友讲的是诚义二字，何须客套。

南陔：近日贵寨几番现身秦兵细作，我等所护之物极为珍贵，南某所虑者，不日会有秦兵前来。到时，还望大王相助我等将货物运离贵寨。

苗王：此事芙儿与我说过，众位均为义士，所行之事乃是大义之举，护得众侠周全，我族人义不容辞，南大侠宽心就是。

南陔：深谢大王慷慨大义。南某还有一事，不知当说不当说。

苗王：但说无妨。

南陔：南某适才来时，见止芙姑娘行色匆匆，不知何事如此紧急？

苗王：（沉吟一下）一点闲杂小事，不劳大侠挂怀。

南陔想楚人起事定被他们视为绝密，绝不肯向外人透露。自己若不开诚布公，谈话怕是难以进行下去。于是站起身，抱拳说话。

南陔：南某深知，楚秦结怨甚深。人言，天下苦秦久矣。然南某以为，天下百姓并非只苦于秦，而是苦于诸侯纷争，连年征伐，有田无以种，有地无以耕，衣不蔽体，食不果腹，流离失所。而今天下一统，商贾往来无阻，百姓安于耕作。如若再起刀兵，百姓岂非又要坠入苦难深渊。南某之言，不知大王以为然否？

苗王也曾做过秦国客卿，乃饱学之士，南陔所言，他岂有不懂之理，只是心中难以过得楚秦之怨、亲族曾为秦兵所屠这个坎儿，于是沉默不语。

南陔观言察色，知苗王心有所动，就继续往下说。

南陔：以今日情形，秦军势大，兵锋之盛，天下无敌。若楚地此时起事，以一地之力敌秦军百万虎狼之师，殊无胜算。愚以为，不如暂且蛰伏，暗中蓄势。若有朝一日秦政暴虐，以致民怨沸腾，各路英雄必群起而攻之。那时再举义旗，天下云集响应，大事可成。望大王三思。

南陔一番话说得苗王暗暗称善，内心已然被南陔说服。

065. 柳林苗寨，夜，内。

一轮盈月挂在夸父山顶，月光下的苗寨像极了被两只硕大无比的巨手捧在手心。宽阔的河面像一面反光不强的铜镜，隐晦地收藏着眼前的一切光景。

奔波劳累了一天，夜幕终于降下来，可以趁着夜幕转移书简了。

众侠士抬着装满书简的木箱，借着惨淡的月光向白天选好的石洞走去。

崇丘、由仪在外放哨，白华、华黍及由庚在往洞穴里检查书简，并将一些有点破损的箱子用棉布与绳索再次捆好扎紧。

木箱全部藏好后，南陔吩咐众侠搬来石块封住洞口，做好伪装。一切处理停当后，时间已过夜半，头上那轮圆月也快要从夸父山顶沉下去。

这些天来，白华总隐隐感觉护书队里有问题。

白华：我总觉哪里有些不对，特别是崇丘，不识水性却能安全回来，自他来夸父山后，接连就有不明身份之人出现。

由庚：小弟也觉得崇丘有异样，常避人单独活动。

白华：崇丘若再有单独行动，你便暗中跟着。

由庚：喏，听白大侠的。

白华见由庚欲言又止，便诱导他往下说。

白华：有话直说，不必顾虑。

由庚：昨日在林中路遇的那两个秦兵探哨行为蹊跷，听到其中一个刚喊出“张将军”，就被另一个秦兵灭了口。可惜，让那秦兵逃了。

白华：果真如此，我等须倍加小心。

066. 山道，黄昏，外。

通往黔南的偏僻山道上，止芙疾步前行。

一个黑衣裹身蒙面之人，骑着一匹黑马，突然出现在前方道路拦住去路。

止芙：何人挡道，速速闪开，不然，休要怪本姑娘剑下无情。

黑衣人：好大的口气。姑娘若识趣，交出本将军想要的东西，便放你回去。

止芙：将军？你是哪家的将军？秦狗吧。

黑衣人：不识抬举的逆贼，拿命来。

此时，南陔正隐在路边一棵大树后，见黑衣人要动手伤止芙，便张弓搭箭，只听“嗖”的一声，箭带风声直朝黑衣人面门飞去。

黑衣人没想到会遭人偷袭，慌忙闪避。箭擦着他的耳根飞过，鲜血飞溅。黑衣人凭箭风判断，偷袭之人虽力道不足，却能精准放矢，也非等闲之流，加之自己本来武学不深，难讨好处。如果林中还暗伏有人，那就更不妙了，于是便勒马转身逃走了。

止芙：是哪位侠士相助？既已来了，何不现身一见，也好让本姑娘当面道谢。

哈哈大笑中，南陔走了出来。

止芙小嘴一噘：怎么是你？

南陔：怎么不能是我？

止芙有些不解：南兄缘何在此？

南陔：在下受令尊之托，前来追赶姑娘。

南陔说着将一封书信递到止芙手中。

止芙看完书信，便坐上南陔的战马一路回奔。

067. 石林山地，晨，外。

第二天，书简藏妥后，南陔命令华黍等三人留在寨内护书，自己带领白华、止芙、崇丘及石元上夸父山侦查地形，布防工事，以备不测。

上得山来，南陔与石元分成两小队分头行事。石元领着白华、崇丘往溪谷走去，止芙便带着南陔从后山一条鲜为人知的陡峭石壁小路，登上夸父山其中一座巨石之上。

晨雾慢慢散开，一轮硕大橘红的太阳从沅水流去的远方缓缓升起。

南陔完全被眼前的壮观景象震撼，情不自禁感叹。

南陔：楚地山水，美哉！壮哉！

此刻，他似乎忘记了自己所处的窘境，完全陶醉于眼前壮美的山色之中。

止芙慢慢靠过来，依在南陔宽大壮实的肩膀上。

止芙与南陔的背影越来越远……

这一幕，被站在远处的石元看在眼里，他心中充满忌恨，将手中弯刀恶狠狠地砍在身旁一棵小树上，树梢瞬间折落下来。

068.柳林苗寨，日，内。

从夸父山上下来已是日正午时，止芙带着南陔、白华等回到苗王宫。

厅内空无一人，听得侧边室内传出苗王阵阵剧烈的咳嗽声。

南陔望着止芙：令尊莫不是病了？

止芙跑向苗王的卧室。一会儿，止芙扶着苗王出来。

南陔抱拳：大王贵体有恙？

苗王：昨日偶感风寒，不妨事，不妨事。众侠请坐。

众侠慢慢坐下。

南陔：听闻大王曾为秦之客卿？

苗王：正是。然秦王政十年，因郑国案老朽被逐出秦都，回归故土。后秦破楚，族人遭秦军大肆屠戮，十余寨血流成河啊。幸得项将军率军西来，将我族千余人救下。而后老朽带着族人，沿江而下，于此地觅得一片山水穴居度日。岁月不居，晃眼又是多年，而今老朽也是行将就木之人了。

止芙站在苗王身侧，双手推搡着苗王的肩头。

止芙：父王又在胡说了。

南陔：大王身体康健，定能高寿。

苗王笑道：生死无常，谁人能逃得过天命。

苗王话未说完，便又咳嗽不止。

此时，站在苗王身边的石元突然来到苗王跟前跪下。

石元：少主不幸遇难，大王又疾病缠身，如若秦军大举来犯，寨中群龙无首，当如何是好？

止芙听石元这话心中不快，正要说话，被苗王挥手制止。

苗王：依你之意，该当如何？

石元：小的也没主意，只是心中着急。唉，要是少主还在……

苗王：着你为王佐之职，自明日起代老朽处置寨中一切事务。如此可好？

石元：石元感激大王器重。

苗王：看情形，秦军随时可能前来攻寨，你须命族人好生戒备，遇事要多与南大侠等诸位义士商议，万不可懈怠误事。

止芙气得直跺脚。南陔将一切看在眼中，心中掠过一丝隐隐不安。

069. 柳林苗寨 · 日，外。

南陔带领众侠士在寨外河边一带设计攻守机关。

石元与止芙带领着族人日夜紧张备战，铸炼兵器，筑建攻守工事。

一棵大树下，石元拦住急匆匆去找南陔的止芙。

石元：止芙，你是苗家公主，应倍加自重自爱，切不能做丢苗家脸面之事。

止芙一脸嫌弃地看了一眼石元。

石元避开止芙目光，继续往下说道。

石元：南陔只是一只雁，终归北飞，他的心不在夸父山。

止芙：他若是雁，我便是那展开的翅膀。

止芙说着伸展双臂，学着大雁风中飞翔的样子。此时，刚好南陔与白华从小路那边走来，止芙张着双臂朝他们轻跑过去。

070. 柳林苗寨，夜，外。

白华已知止芙是苗王之女，北上寻兄与客栈遭辱是真，终于放下对止芙及土著苗民的戒备，同心协力布防御敌工事。

奔波劳累一天，当众侠士搭好村口最后一个观察望斗，时间已过夜半，头上那轮圆月也快要从夸父山顶沉落下去。

几声低沉而穿透力极强的狗吠声从寨中传来。

071.辰龙关，日，外。

戒备森严的辰龙关，秦兵都尉赵援威风凛凛地站在城门墙楼上，凝视着马路远方层峦叠嶂的群山。

站在其身后的正是从华黍与由庚刀剑下逃身的黑衣人1。

辰龙关前，军侯吕子岩率一队秦兵铁骑向夸父山方向飞奔而去。

072.螃蟹谷，日，外。

避开水路，螃蟹谷是进入夸父山苗寨的必经之路，穿过巨石交错的狭长谷涧便是苗寨地盘。

吕子岩命令秦兵在螃蟹谷前停下来，派出几名哨探入寨打探虚实。

吕子岩：此次入寨只是摸清情况，切勿与土著苗民发生冲突。

骑兵1：大秦铁骑还惧几个山野蛮民不成?

骑兵2：正是，何惧之有?

吕子岩怒视说话的两个骑兵：愚蠢！此乃黔中，苗民天性强横蛮悍，若激起民变，误了朝廷大事，尔等有几个脑袋够砍，听令便是!

众将士齐声应道：喏!

073.螃蟹谷，日，外。

不到一袋烟工夫，两个骑兵探哨便从螃蟹谷出来，向吕子岩禀报。

秦兵探哨：禀吕将军，谷中未见伏兵迹象，可以入谷。

吕子岩听后率队向螃蟹谷走去，一边走一边警惕地观察四周地形，丝毫不敢大意。此时，突然从岩峰坡沿上滚下来一个小圆石，吓得众将士勒马四顾，大气不出，空气如凝固一般。

一场虚惊后，吕子岩命令将士继续朝谷中深入。

就在他们放松警惕再次前行时，随着一声低沉的怒吼，无数块大小不一的石头铺天盖地朝谷底砸来。突然受到攻击的战马，横冲直撞，瞬间乱成一团。

吕子岩见状大声吼道：有埋伏，后撤！

没等吕子岩的话音落地，一架丈余高的木栅栏突然从身后侧涧推出，拦住了他们退路。秦兵见后路已堵，只好硬着头皮往前冲杀，却见十几头牛角上绑着刀叉的黄牛朝这边横冲直撞过来。

秦兵不曾见过如此阵仗，更是混乱，一些战马直接被发怒的公牛顶翻倒地，一些掉下马来的秦兵被牛群践踏致伤致死。

腹背受敌，吕子岩一边命令将士贴着岩壁前行，躲避横冲直撞的牛群和高处滚砸下来的石头，一边寻找逃出螃蟹谷的机会。

战无不胜的秦兵铁骑与身经百战武功高深的吕子岩，身陷如此狭窄的谷涧犹如笼中困兽，优势根本施展不开。

慌乱中，一匹受惊战马撞倒一块松动的石壁，露出一道逃生的暗洞来。

074. 溪涧，日，外。

吕子岩率领秦兵从螃蟹谷逃脱后，沿溪涧石林一路往辰龙关方向退去。

溪涧旁，单家独户住着一户苗人猎户，男人正手持尖刀在溪边剥杀一只在山中捕获的麂鹿。

一个因马蹄受伤掉队的秦军骑兵蹚水过溪时，发现溪水中有鲜血浸染，以为走在前面的将士遭遇了不测，心中不免草木皆兵。

此时，低头剥杀麂鹿的猎户苗人，听见有马蹄声逼近，猛然抬头见一手持长戟的威武秦兵直逼自己而来，立即直起腰来躲闪。

正处惊恐中的秦兵，突见一手持尖刀的男子出现在跟前，以为是要刺杀自己，条件反射地手起戟落，猎人挣扎几下便倒在了溪水中。

慌乱中秦兵也因马蹄在溪岩上打滑，一头栽进下游溪潭里，被滚倒下来的一块巨石压住，动弹不得。

正在溪边不远处与儿子玩水的猎户妻子，见丈夫被杀，捡起丈夫手中尖刀，疯狂地刺向连人带马被压在巨石下不能动弹的受伤秦兵。

女人将手中尖刀快要刺向秦兵的刹那，突被一支飞箭射中倒下。

075.溪涧，日，外。

逃跑途中，吕子岩回头见有将士掉队，掉头回来接应，刚好看到眼前这一幕，情急之中张弓搭箭射杀了那个正欲刺杀秦兵的猎户妻子。

猎户十岁左右的儿子，见父母双亲突然间被杀，鲜血染红了流淌的溪水，一时吓坏了。等他反应过来，才慢慢朝被压在巨石下的秦兵走去。

父亲那把尖刀就掉落在受伤秦兵身边不足一丈的地方。

小孩离尖刀越来越近……

吕子岩再度紧张起来，因溪陡涧深，无法快速下溪营救，再次张弓搭箭瞄准了小孩，心底不停地默念：停住，莫要捡刀……停住……

吕子岩有三不杀信条，其中一条就是“不杀手无寸铁之人”。

在吕子岩紧张无奈的等待中，只见小孩走到尖刀前停住了脚步，注视了那把尖刀良久，终于还是没有鼓起勇气拿起那把尖刀为父母报仇。

吕子岩长吁一口气，松了满弦的弓箭。

然而，就在吕子岩放下弓箭的瞬间，一支飞箭射出，小孩缓缓倒下。

吕子岩回头，见身后一个士兵手中弓弦还在抖动，愤然拔枪刺了过去。

076.溪涧，日，外。

这一幕刚好被追踪而至的南陔与止芙看见。

南陔轻声说道：传言吕子岩有“三不杀”，看来此言非虚。

077. 树林，日，外。

被南陔派往辰龙关打探敌情的白华与崇丘，没有见到猎人张。

二人便亲到关前侦查，见城门紧闭，城阙上秦兵一字排开，个个手持长戟，神情肃然，显见是戒备森严。又听一路人说起，一队骑兵早早出关而去，白华立知大事不好，事情果被南陔言中，赵援是在玩瞒天过海之计，立即招呼崇丘回身向夸父山飞奔而去。

当他们来到螃蟹谷外一处长满杂树林的山冈，刚好遇到从石林溪谷逃命回来走散的秦兵。

因为交过两次手，白华一眼认出了吕子岩。

借助树林掩护闪躲腾转，两大高手展开了一场激烈的飞箭对射。支支飞箭带着风声，在密密的树林间曳影穿梭。

经过短暂交锋试探，双方都发现骑在马上于树林间不易腾转闪躲，二人便弃马而战。

此时的崇丘也在同另外两个落单的秦兵鏖战。

两个秦兵显然不是崇丘对手，几个回合便中箭落荒而逃。

白华与吕子岩都觉得对方箭法出神入化，根本无法在一时之间制敌。

正在激战中的吕子岩，见崇丘飞马过来为白华助阵，便有借机撤退的打算，但又害怕转身时躲闪不了身后暗箭。

正犹豫时，一阵大风席地卷来，地上枯叶如飞雪般在林间漫天飞舞。

078. 树林·悬崖，日，外。

当漫天飞舞的树叶落地散去，白华与崇丘才发现吕子岩已骑马向树林外飞奔而去。二人见状立即策马追击。

当二人追至一处绝壁悬崖时，白华的战马不小心踩到一截枯腐树桩，马身前扑将白华抛出摔下悬崖。

已经杀红眼的崇丘，并未发现白华已摔下悬崖，继续追杀吕子岩。眼看吕子岩越来越远追赶不上，才发现白华没有跟上来。

崇丘在一处悬崖处发现了白华的战马，向前查看时，才发现白华正悬挂在崖下的绝壁上，手里死死拽住一根粗大的树藤。

崇丘将吊着白华的树藤绑在马鞍上，希望借助马的力量将他拉拽上来。因为树枝缠拽和地上树叶打滑，几次即将成功上崖时，又再次滑坠下去。

闪回至27场戏：武关，黄昏，外。

崇丘见南陔要回身去救被秦兵围困掉队的白华、由仪时，伸手拽住了南陔。

就在城门即将关闭的瞬间，白华与由仪从城内飞奔而出。

在南陔、华黍等众侠士面露欣慰之色时，崇丘脸上却闪过一丝不被人觉察的失落。

闪回结束。

079. 闪回：平原村寨，日，外。

字幕：十年前

被秦兵屠戮的村庄哀嚎一片，井边路口，到处是横陈的尸体。

一队杀气腾腾的秦兵铁骑飞驰而去。

走在最后的战马用绳子拖拽着一个遍体鳞伤的女人（崇丘娘）。

一个十岁左右的小女孩（崇丘）在奔跑追赶。绳子断裂，崇丘娘停下来。

已经奄奄一息的崇丘娘拉过崇丘，附耳轻声说话。

崇丘娘：你我母女本是赵国人，白起灭我全家，只我一人侥幸逃亡鲁国，今又遭白家屠戮灭门，你要牢记这灭门之仇……

崇丘娘话没说完便含恨而去。

一些神色无助的乡亲，手中推着独轮木车在远处救伤殓尸。

伏胜走过来，拉起崇丘走向停在路旁的马车。

崇丘一步一回头，眼中充满悲痛与仇恨……

闪回结束。

080. 树林·悬崖，日，外。

崇丘还在努力救援悬在崖上的白华。

当身下战马铁蹄再次打滑，树藤拖着战马连同自己滑向悬崖时，崇丘突然从腰间拔出了那把闪着寒光的利剑。

闪回至35场戏：长江·日，外。

掉入江中的崇丘，双手紧抓着不停晃动的木箱。

就在她陷入孤独绝望之时，突见白华飞身跃入白浪翻卷的江中，奋力朝自己游来……

闪回结束。

崇丘手中的利剑刚要触到树藤便停往了。

突然间一道白光闪过，树藤莫名瞬间断裂，白华连着树藤一起向崖下坠去。

崇丘惊愕地呆在崖边。

081. 寡妇滩客栈，黄昏，内。

从悬崖逃生回来的白华，手里拿着一截树藤回到客栈。

客栈大堂里，众人都为白华活着归来而高兴。

突然，白华拔剑刺向先于他回到客栈的崇丘。南陔与止芙见状立即闪身去挡，剑刚好刺在南陔的肩胛上，瞬间一股鲜血溢出。若不是白华见误刺南陔，将力道自行卸去大半，怕是南陔的肩胛已被洞穿。

华黍与止芙等见白华刺伤南陔，纷纷拔出兵器直指白华。

由庚因早已怀疑崇丘是奸细，拔刀站在白华一边。

眼看护书队就要爆发内讧，南陔忍住剧痛大声吼道。

南陔：住手！

南陔转向白华：白兄息怒，此中定有误会。

白华：我早怀疑这护书队中藏有细作，果然如此。

白华说着将手中的半截树藤抛给南陔。

白华：南兄且看，这切口断不是自然断裂。

南陔这才明白，原来白华坠崖并不是崇丘回来向他们描述的那样。各侠士听后亦陷入不安与猜疑。

此刻，南陔意识到了事情的严重性，于是单腿跪地，双手抱拳。

南陔：孔曰成仁，孟曰取义，舍身成仁，唯求大义。今始皇禁言，焚书坑士，以愚民智，我等当舍身成仁，以求大义，此乃天降重任也。白兄与崇弟，或有误会，或有恩怨，然我等岂可因些误会或一己私怨，误了此行使命？若幸存之前代典籍毁于我等之手，岂非千古罪人？南陔代恩师代天下人拜请诸位了。

在南陔的说话声中，白华慢慢放下了手中紧握的长剑。

气氛刚刚缓和下来，突然一支飞箭射来。

就在飞箭快要射中崇丘的瞬间，被眼明手快的白华挥剑挡下。

众侠抬头看向飞箭射来的那座崖壁石峰，一个黑色人影快速消失在慢慢暗下来的暮色里。

082.柳林苗寨，日，外。

秦兵上次偷袭吃了大亏，便不敢再贸然行动。

几天来，夸父山一带暂无异常情况发生，苗寨与客栈亦无可疑人员出现。

这天，苗寨渔民在寡妇滩下捕得一条百十来斤的红鳞大鲤，抬到苗寨后人们争相传告，纷纷前来庆祝，好不热闹。

苗王看后却紧锁眉头，认为是凶兆。

像是应验苗王担心，第二天便有几个苗民口吐白沫，亦疯亦癫、或歌或泣奔走于村寨陌巷。

南陔也无故突生风疮，病灶怪异，奇痒无比。

巫师石元用尽各种办法与药物，那些病了的苗民与南陔都无好转。

苗王召来巫师石元及一些寨中长者商议。

苗王心事重重：听老辈人言，寡妇滩下有红鳞巨鲤成精，见之必有血光之灾。

苗寨老人1：确有此事，该当如何破解？

石元：为今之计，只有请傩师来，设坛献祭，求天神赐福消灾。

苗王点头：也只好如此了。那就劳烦各位，各自去准备吧。

老人们听后，各自散去。

傩舞祭祀大典，只有在盛大节日或极为特殊的情形下才会举行。

不知内情的苗民们听说要跳傩舞，兴奋地奔走相告。

083.螃蟹谷，黄昏，外。

螃蟹谷外，赵援与吕子岩带着十余名秦兵，乔装成本地土著苗民埋伏在树丛里，等待着夜幕降临。

螃蟹谷内，巫师石元的背影慢慢远去……

084.柳林苗寨，夜，外。

夜幕降临，碎石铺成的祭祀广场中央，一堆浇上蜡油的篝火腾空升起。

一条百十余斤的红鳞巨鲤供奉在祭台之上，四围巫条傩旗随风飘荡，气氛庄严肃穆，空气中弥漫着一股神秘而诡异的味道。

祭台下广场，五十余位面戴各种鬼怪妖魔、神态各异面具的舞者，围着熊熊燃烧的篝火手舞足蹈，或单脚鹤立或半蹲前伏，随着或紧或慢或高或低的锣鼓声跳跃腾挪，好不热闹。

崇丘环顾四周都未发现南陔与止芙在场，本来就怀疑他俩暗地里有私情，便离开热闹的人群向南陔的住处走去。

085.柳林苗寨·客栈，夜，内。

白华与由仪在村口巡逻放哨，其余众侠寨中护书。

对比广场的热闹，夜幕下的客栈显得孤独而安详。

崇丘来到客栈，向亮着灯的南陔房间走去。刚上二楼，突见一道白光射来，定神看，原来是一个持刀黑影闪过。

从身形上看，那个快速消失的背影，像极了巫师石元，崇丘不觉心中一沉，来不及细想，立即向着南陔房间的方向轻身跑去。当她放轻脚步来到房间外正欲举手敲门时，听见房间内有异样声响传出，便悄声绕到房间后面的一扇窗户前，透过窗帘缝隙看见止芙正在给赤裸上身的南陔涂抹苗家汤药，做着非常亲昵的动作。

止芙轻声低语：你救过我身，我心便是你的……

崇丘无法接受眼前看到的画面，匆匆离开。

南陔与止芙忽听房外有声响，立即正冠束衣冲出门外查看，只见崇丘孤独的背影消失在楼道尽头……

086.柳林苗寨，夜，外。

南陔与止芙追到苗寨广场时，祭祀活动正值高潮，熊熊篝火在风中越烧越旺，锣鼓声震耳欲聋，凶神恶煞头戴面具的舞者动作怪异地张牙舞爪。

南陔焦急地在人群中寻找崇丘。止芙心里虽然不明白南陔为何对崇丘有此表现，但还是跟着南陔四处帮忙寻找。

找着找着，止芙突然觉出今天的傩舞现场气氛有些怪异，便认真观察起每个舞者的舞姿动作来，发现其中几个舞者动作不对劲，明显跟不上鼓点节奏，也有些僵硬怪诞。

细心的止芙果然发现了端倪，迅速找到还在人群里到处找寻的南陔。

止芙将南陔带到一个隐蔽处，用手指向其中的一个动作夸张的舞者。

止芙：瞧，那矮个子左边戴蓝色面具的人。

南陔疑惑地看着止芙：喏，看到了。

止芙：看他的左耳。

人群在不停地晃动腾挪，根本没法看清端详。南陔一脸狐疑地看着止芙，不知道她要表达什么。

南陔：看不太清，有何不对？

止芙：仔细看他左耳，是不是被人咬过？

经过止芙提醒，南陔再认真观察时，果然发现那人的左耳破了一道口子，耳垂半耷拉着吊下来。

南陔：如姑娘所言，确有旧伤。

止芙：关中客栈时，我咬的。

087. 柳林苗寨，夜，外。

秦兵首领赵援亲自出马，肯定不止他一人进入苗寨。南陔深感事态严峻，立即吩咐止芙派苗丁去通报苗王和召白华速回。

南陔：你速派苗兵召白华回来助我。

止芙找到两个腿健身轻的苗丁附耳低语，两个苗丁得令离去。

南陔轻声对来到身边的由庚说：秦兵已至，你速去后山助华黍，全力护书，万不可让秦兵发现藏书之地。

由庚领命向后山跑去。

南陔接着又对止芙说：你速去通告令尊及石元，做好迎敌准备。

止芙得令离开后，南陔便从一外出小解的舞者手上抢得面具，戴上后假装舞者混入张牙舞爪的队伍中。

南陔一边模仿着舞者动作，一边缓缓向赵援方向靠近。

088. 柳林苗寨，夜，外。

一切都在暗地里悄然进行……

止芙将眼前情况告知苗王后，立即赶回祭场却不见了南陔踪影，不免心中一惊。当她再次在傩舞队伍中寻找敌将赵援时，从身形上发现南陔已在赵援身边，并开始近身短兵相接了。

止芙深知南陔只是读书握笔之士，略懂武艺，哪是赵援对手，立即找来面具戴上混入队伍中助阵帮忙。

人们似乎并不知情，祭祀傩舞仍如火如荼地进行。

每个近身经过身边的舞者，止芙都会贴耳低语。

止芙：有奸细，左耳有伤者便是。

领会止芙示意的苗民舞者，慢慢向赵援身边靠拢助战。

就这样，在围观民众全不知情的情况下，一场激烈的近身短兵之战展开。

搏斗中，止芙手臂不小心被赵援刺伤。

089. 柳林苗寨，夜，外。

近身短兵搏杀越来越激烈，赵援发现身边的人越围越多，知道行动已经暴露，担心被护书众侠及苗丁围剿，赶紧从傩舞队伍中撤身出来向外围奔跑。

混战中，南陔未见到吕子岩身影，立即冲刚刚赶来的白华喊道。

南陔：白兄，速去助华黍。

白华听令朝后山方向奔去。

苗丁虽然众多，仍难敌身经百战的秦兵精锐。南陔被赵援缠住拼杀，没机会指挥苗兵进行有效反击，一路溃败。

止芙担心父亲安危，飞身向苗王宫奔去。

果然见苗王宫正被一群秦兵围剿，台阶门槛处，斜倒着几名战亡的苗兵。站在二楼阳台上的苗王，见止芙前来，挥手示意她不要向前。突然一支飞箭射来，正中苗王胸间，他应声从二楼跌落下来。

此时，由庚、由仪二侠赶到，杀退秦兵。

止芙跪地抱起奄奄一息的苗王。

苗王：南陔他们可安全？

止芙：父王放心，南陔众侠正奋力杀敌。

苗王：怎不见石元？

经苗王这一提醒，止芙才猛然想起，确实不见石元踪影，便安慰父王。

止芙：可能被秦兵困住，石元兄功夫了得，定能自行脱险，父王放心。

苗王轻声叹了一口气：为父不是这个意思，你要小心他有二心。

苗王说完便断了气息。

此时，止芙听见身后杀声四起，知道南陔正遭秦兵截杀，忍着悲痛将父王抱至厅内，回身向外奔去。

整个苗寨一时火光四起，搏杀声、呼喊声此起彼伏。

夜幕下，秦兵一路烧杀屠戮，无论妇孺老弱，刀剑之下死伤无数。

090.苗寨后山，夜，外。

秦兵吕子岩率领的小队秦兵，在后山遭到华黍等人顽强抵抗。

借助事先备好的工事与复杂地形，华黍与由庚等人一次次抵挡住吕子岩的进攻。

酣战中，突见白华赶来助阵，华黍与由庚、由仪信心倍增，由防守转为进攻。

吕子岩见白华前来助阵，知道行动暴露，担心被困，边战边向山下苗寨撤退，要与赵援会合。

091. 柳林苗寨，夜，外。

激战还在进行，南陔与止芙被赵援等秦兵步步紧逼。止芙因手臂带伤使不上力，眼看就要被赵援手中的利剑刺中。

就在这千钧一发之际，突见一匹黑马从侧面小路急驰而来，拼死拦住赵援，救下南陔与止芙。

来人正是他们要寻找的崇丘。

此时，苗兵苗民越聚越多，护寨抗秦的呐喊声此起彼伏。赵援知道不能恋战，于是命令秦兵边战边向螃蟹谷方向撤退。

当吕子岩从后山返回苗寨广场，赵援已经率秦兵撤离。当他沿路看到被秦兵放火燃烧的房子和路旁或死或伤的苗民，神色凝重。

在经过一处躺着几个受伤苗民的路口时，吕子岩勒马绕了过去。

092. 柳林苗寨，夜，外。

夜幕下，秦兵正在向螃蟹谷方向撤退。

南陔担心落入秦兵陷阱，命令众侠及苗丁停止追击。

然而，崇丘并不理会南陔的命令，要前去追杀逃跑的秦兵。南陔被崇丘的行为吓到，站在路口试图拦住策马奔来的崇丘。

崇丘的战马越来越近，迎面直冲南陔而来，丝毫不见有半点减速或绕行的样子。南陔也不躲闪，定要誓死阻拦崇丘。眼看崇丘的战马就要撞上南陔，追赶过来的止芙一把将南陔推开。

崇丘的战马从南陔与止芙身边飞驰而过，冲向夜幕下的螃蟹谷。

好一阵南陔才反应过来，爬起身与止芙一同朝着崇丘的背影追去。

当他们一路追到螃蟹谷，早已没了秦兵与崇丘的踪影。

093. 柳林苗寨，日，内。

崇丘一夜未回。

南陔众人等到天亮都没有等到崇丘回来，却等来了一封交换人质的书信。信是赵援写的，大意是要用书简换崇丘。

南陔叫来白华、华黍及由庚等人商量对策，众人听到南陔准备用书简交换崇丘时，诧异地看着南陔。

白华第一个站出来反对。

白华：我等舍命护书，南兄怎可如此草率？南兄忘了自己所言，我等应舍身成仁，以成大义吗？

由庚："人在书在，人亡书存"，我等立誓在先，怎能因一人而置书简于不顾？

白华：崇丘被擒事出蹊跷，当心中了秦兵苦肉之计。

这时，止芙站出来替崇丘说话。

止芙：我以项上人头担保，崇丘绝非奸细！

白华怒道：姑娘能担保自己吗？

止芙刚刚失去父亲与众多族人，心中悲愤。

止芙：你竟说出这等话来！你莫非眼瞎，家父与我众多族人殒命，所为何来？

南陔突然拔剑砍向桌面，大声说道。

南陔：我意已决，各位去留尊便！

094. 辰龙关，日，外。

五驾装着木箱的马车，缓缓向辰龙关驶来。

在离辰龙关还剩两百余步的地方，南陔命令马队停下，一个人单枪匹马向关隘走去。白华见状立即策马跟上，担心南陔遭遇不测。

南陔回头看一眼白华，继续向前走去。

为让赵援看出他们诚心，南陔与白华故意走进秦兵弓箭手的有效射程内。

赵援见南陔与白华已至城门楼下，命令士兵将反绑双手的崇丘押出来，推到城墙边沿站住。

崇丘见到南陔的瞬间，眼泪便夺眶而出，冲着南陔大声嘶喊。

崇丘：南大哥，快回去！这是陷阱，交出书简我也活不了，快走啊！

赵援在城楼上大声说：要人还是要书，尔等自行定夺。

南陔：为区区几车书简割袍断义，南某有何颜面立于天地之间？

此时，站在赵援身旁的吕子岩也冲南陔喊道。

吕子岩：吕某以人格向南大侠担保，只要交出禁书，崇丘性命无忧。

白华接话：吕将军威名和德行，白某早有耳闻。

吕子岩：白大侠无需美言，吕某绝不食言！

南陔向身后打了一个手势，华黍与由庚驾着马车缓缓向城门走来，忽听崇丘冲南陔大声喊道。

崇丘此时心里知晓，如果自己活着，一路来的百般磨难定会功亏一篑。

崇丘：南陔及众侠珍重……人在书在，人亡书存……崇丘先走一步了。

崇丘说完，一跃从十余丈高的城门墙楼上飞身跳下。

站在崇丘身边不远处的吕子岩，见崇丘欲舍身护书，立即伸手去抓，但还是晚了一步，伸出的手久久停留在空中。

南陔被眼前一幕惊呆了，一时不知所措。

白华见状立即策马上前，侧身弯腰将崇丘拉上马背向后撤退，并大声喊道。

白华：南兄，快走！

095. 辰龙关，日，外。

突生的变故打乱了赵援事先预设的人书共擒计划，率兵打开城门追赶。

华黍见赵援率秦兵追来，转身拼命向后奔去。

南陔与白华带着崇丘尸首安全撤退后，华黍举刀砍断马车拖绳，由庚、由仪点燃了装满烟毒的木箱。

瞬间，呛鼻的浓烟迅速散开，几步之远看不清马踪人影。

赵援的追兵在呛鼻浓烟中乱成一团。

浓烟散去，赵援才发现上了南陔的当，原来缴获的全是空箱。

此时，马路上早已不见了众侠士的踪影。

096. 苗寨·寡妇滩客栈，日，内。

护书众侠一路无语，驮着崇丘的尸首回到苗寨。

客栈，南陔将崇丘抱进房间，将其他侠士挡在门外，只把止芙一人叫进去。

南陔：你想办法找身素净漂亮的女儿服饰来。

止芙看了一眼南陔，会意转身去了。

止芙很快就找来几套崭新的苗家服饰，还带来了一个女伴。

南陔：你给崇丘换上，她最喜洁净，让她清清爽爽地回家吧。

止芙带来的女伴不明所以，不敢乱动。

止芙在女伴耳边轻声说了两句，女伴恍然，点头。

南陔说完拉门出去，挡在房外不让其他侠士进去。

半个时辰后，止芙开门，让众人进去。众侠见躺在床上的竟是一少女，面面相觑，没想到朝夕相处这么久的崇丘原来是女儿身，且如此美丽。

南陔看了一眼白华，将白华心中的疑虑说了出来。

南陔：崇丘本是女儿身，赵人，遭白兄祖父率秦军灭门，其母年幼侥幸逃亡鲁国，后嫁鲁人为妻生下崇丘。不想鲁国亦遭秦军屠村，幸得先生相救，收为养女……

白华恍然大悟，明白了崇丘为何一路总时不时避开众人，单独行动。

闪回至80场戏：树林·悬崖，日，外。

崇丘的长剑刚要触到树藤便停住了。

此时，白华仰头瞥见一道寒光穿过树林飞来，树藤瞬间断裂。

白华感觉身体一轻，飞速向下坠落。

闪回结束。

白华：白某真是汗颜无地。若崇丘姑娘真能此时醒转，将白某一剑杀了，白某亦不敢出半句怨言。

南陔：上辈人恩怨，怎能怪到白兄头上。白兄坠崖之事，当另有蹊跷，相信总有一日会真相大白。

097.石林·山地，日，外。

崇丘之死，让南陔深感自责又悲痛万分。

崇丘的舍身护书，也让一度怀疑崇丘是奸细的白华心中如压了一座大山，沉重无比，脑海里反复出现崇丘飞身跳下的画面，那句“人在书在，人亡书存”的誓言一遍一遍在他的耳旁响起。

南陔与止芙给崇丘在夸父山下选了一处长满黄色野花的墓地。

众侠士神情肃穆地立在刚刚堆起来的新坟前。受白华密令暗中监视崇丘行踪的由庚，看了一眼身旁沉默不语的白华，默默地低下头。

由仪年龄最小，平时常与崇丘嬉戏打闹，突然阴阳两隔，禁不住哭出声来。止芙受了由仪感染，抽泣着过来轻抚由仪肩膀安慰。

白华从山坡摘来一把黄色野花，编成一个漂亮花环放在崇丘的坟上。止芙按照苗家最高礼仪，将一个傩神面具虔诚地立放在崇丘坟前。

众侠士心情沉重地默然离开。

当他们走下山坡，回头见一只金乌鸟从远处飞来，歇在崇丘的新坟上。南陔觉得这只金乌鸟非常眼熟，应该就是一路跟随他们的那只神鸟，突然间有如受到了一种神灵暗示。

南陔正想着，只见那只金乌鸟振翅飞起，朝着西边辰州方向飞去。那里有雄伟神秘的二酉山，正是他们要去的地方。

098. 苗寨 · 寡妇滩客栈，日，内。

忙完崇丘的后事，止芙才收拾心情过问寨中族人的伤亡情况。

清点之下，竟有百余人受伤，轻重不一，死亡二十余人。

止芙心情沉重，叫来一青壮苗兵，吩咐去唤石元过来。

苗兵：回公主，王佐大人自寨中战事起后，便不见踪影。我等已遍寻寨中及周边，生不见人，死不见尸。

止芙一听，心中愈加沉重。

苗王去世，王佐失踪，苗寨群龙无首。丧事、安抚族人等百事待办，让止芙一时无所适从。

099. 苗寨 · 寡妇滩客栈，日，内。

几天来，众侠士的情绪都有些低落。

此时，两个苗家猎人来找南陔，说找到一条能绕过辰龙关的隐蔽暗涧。

猎人1：我们牵牛走过一趟，能过。

南陔：牛能过马亦可以。

猎人2：怕是不行，马走平川易，涧深岩陡还是识路黄牛好。

正说道，由庚从外面匆匆走进来。

由庚：不好了，白大侠一人单枪匹马杀去辰龙关了。

南陔听后怒道：已走多久？为何不拦？

由庚：我哪能拦得住他。

南陔：白大侠可有话留下？

由庚：有！要我等速随猎人走暗涧过关，他自有办法拖住秦兵。

100. 辰龙关，日，外。

白华一人单枪匹马立于辰龙关前。

赵援见白华一人孤身前来不知何意。

赵援：城下可是白露（白华）？白家世代将门，功盖千秋，哪曾想末了出你这等逆子。白露逆子！你让白家列祖列宗蒙羞，有何颜面立于天地之间？

白华朗声回道：奸佞小人，草莽匹夫，你懂何为大仁，何为大义？今日白某懒得与你理会，只找吕子岩吕将军说话。

赵援怒道：那就拿命来！

赵援说着张弓搭箭，箭矢飞出。

白华只稍稍侧头便躲过赵援射来飞箭。

白华继续挑衅：不曾想赵将军的箭比骨头更软啊。

赵援气极，正要再次拉满弓射出第二箭时，吕子岩闻声出现在城门楼上。

白华：白某听闻吕将军武功高深莫测，一杆银枪罕逢敌手。上次林中树密，不曾放得开手脚，今日白某得闲，欲与将军切磋一番，不知将军能赐教否？

吕子岩自恃武功超凡，听白华要与自己单挑，又想这人乃白起之后，定是功夫了得。习武之人哪里受得如此诱惑，回头对赵援说道。

吕子岩：将军稍等，待我取了此贼首级来。

101. 辰龙关，日，外。

为引秦兵出关，白华后退百步迎敌。

吕子岩策马冲出城门，与白华对峙于关前。

白华轻蔑地说：赵援为何不来？平日里不是时常吹嘘，武功天下独步吗？见了白某，是胆怯畏死，还是浪得虚名？

吕子岩：你声言与吕某单挑，如何又说起赵将军？

白华：适才你家将军不是有言，白某乃名将之后吗？今日若胜你一人，恐坏我白家名声。

白华说着从腰间把剑连鞘取下，放入战马一侧的布囊之中，摆出一副赵援不来宁死不战的样子。

吕子岩显然被白华的举动所羞辱，右手挺起银枪，直指白华。

吕子岩：拿起兵刃，速来受死。

白华不紧不慢地说道：素闻吕将军不杀手无寸铁之人，赵援不来我便不拿剑。

吕子岩：不信你不拿剑！

驾！吕子岩紧催战马，手中银枪如电，直逼白华而来。

白华无视，仍不拿剑不躲闪。

吕子岩枪尖已触到白华的胸甲，白华依然伫立不动。吕子岩只好硬生生地收住力道。否则以这一枪之力，十个白华排成一队，也会被银枪一并串起。

站在城门关墙上观战的赵援，见吕子岩与白华僵持不战，气愤地率领一队秦兵铁骑冲杀出来。

102. 暗涧山道，日，外。

一队驮着书简的黄牛，艰难地行走在狭窄陡峭的岩峰绝壁间。

苗家猎人带着止芙与南陔在前面开路，华黍断后。

走着走着，突然一头黄牛后蹄打滑，迅速向悬崖边缘滑去。华黍见状捡起一根粗大木棍，跳过去别插在岩石与一蔸树杈之间，企图挡住滑下来的黄牛。

当驮着书简的黄牛滑到木棍处果然被拦住，然而，强大的冲撞力将双手紧握木棍的华黍弹向空中，似一只受伤的鸟儿朝悬崖下的谷底坠去。

止芙、南陔：华大侠……

止芙与南陔扑向崖边大声呼喊，但因崖深谷幽，唯见余声回荡。

103. 辰龙关，日，外。

辰龙关前，白华与吕子岩、赵援厮杀得难解难分。

白华眼见自己即将被秦兵困住，奋力杀出一条血路，策马朝一座山岭后奔去。

白华事先观察过地形环境，知道那里有一片生长无序的乱石林，可以有效地迂回作战，巧歼敌人。

显然，白华在有意拖延时间。

受到羞辱杀红眼的赵援和吕子岩一并向后山追去。

当白华转至一处垭口时，突遭另一队秦兵拦截，转身奔向另一处山头。

眼尖手准的吕子岩立即搭箭拉弓，一支利箭离弦飞来射中白华战马的前蹄。随着战马一声长嘶翻身倒地，白华被摔出两丈有余，重重跌落在一处草堆前。

顷刻间，无数支利箭向白华飞来……

就在白华身中数箭的危急时刻，突然斜刺里一个黑衣蒙面人（猎人张）骑一匹黑马，旋风般冲出，一探身，将白华拉上马背，瞬间消失在树林深处。

此时，辰龙关方向升起了蓝色烟雾。

104. 辰龙关，日，外。

赵援与吕子岩回到辰龙关，发现守关将士晕晕沉沉趴在阶石上睡觉，细察之下，才知是中了苗家秘制的迷草烟毒。

105. 山地·谷口，日，外。

止芙站在山头观察坡下马路，见没有敌情便吩咐众人将黄牛护书队赶上谷口，果然见由庚、由仪所率的五辆马车已经先一步到达。

由庚吩咐众人将书简卸下牛背，装上马车。

南陔：要不再等等白兄？

由庚：白大侠昨行前有话，不必等他。

南陔心里自然明白，白华已是凶多吉少。他最后看了一眼身后辰龙关方向升起的蓝色烟迹，噙泪率众侠士驱车向辰州二酉山方向奔去。

当赵援与吕子岩得了消息，带着追兵赶到时，路已被由庚他们用砍倒的无数大树堵死了。

赵援只好停下，命众军士搬树开路。

106. 二酉山·酉水古渡，日，外。

酉溪在二酉山下注入九百里酉水，酉水东去二十里汇入沅水。

一座小镇、蟠龙山、二酉山呈三角形被这两条河流隔开。

三龙争一渡，一渡过二水。

——这便是历史上有名的黔中酉水古渡。

距离酉水码头百余步的潘龙山脚，有一道只能一人一马通过的罅口锁钥。护书马队刚刚艰难通过这道岩壁罅口，赵援的追兵就追了上来。

吕子岩一马当先直逼罅口而来。一个掉队的苗兵兄弟被吕子岩一箭射中，止芙欲冲出罅口救人，被由仪一把拉了回来。

由仪：速去码头寻船过渡，我率兵留下御敌。

由庚、由仪率苗兵死守罅口，为南陔等人争取过渡时间。

107. 酉水渡口，日，外。

南陔与止芙驱车赶到酉水码头，看着眼前湍急的河水心急如焚。

南陔：走遍天下路，难过黔中渡，果然名不虚传。

罅口那边传来阵阵激烈的厮杀声，南陔不知由庚、由仪与所率苗兵还能坚持多久，前面又被湍急的酉水挡住去路，一时陷入绝望。

正处在一筹莫展之时，一只渡船从对岸急驶过来。一人头戴斗笠，向众人招手。船靠了岸，众人才认出此人原是失踪多日的巫师石元。

止芙大喜，以前对石元的嫌隙也抛于脑后，迅速向岸边跑去。

止芙：石元哥，你为何到了此处？大家都以为你已……

石元在船上后退几步，抱拳向止芙行礼。

石元：石元见过公主。

止芙：当下情形危急万分，石元哥无须多礼。

石元：公主，将书简装船，速速渡河吧。

就在此时，一支飞箭从远处射来，就要射中止芙。止芙浑然不知。

石元见状，飞身上岸挡在止芙身前。箭深深射入石元身体。石元慢慢倒地。

止芙见状大惊，蹲下将石元上身扶起。

箭已射中石元要害，行将气绝。

石元看着止芙，脸上含笑。

石元：石元愧对公主，愧对族人，愧对一众侠士。当日秦军乃是石某暗中引入寨中，只为借秦军之力得到王位。原本说好，秦军入寨只取书简，逼大王禅位，绝不滥杀。然秦军虎狼之辈，言而无信。石某眼见族人惨遭秦军屠戮，悲愤愧悔，于是悄然离寨，潜踪匿迹，以图日后立功谢罪。

南陔：石兄迷途知返，善莫大焉。

石元：石元自幼爱慕公主，见公主心有他属，妒忌攻心铸成大错，无颜见死去的苗王及族人啊……

石元的声音越来越小，慢慢没了气息。

108. 酉水渡口，日，外。

赵援见由庚、由仪所率苗兵悍勇，加上罅口锁钥一时难以攻破，便令吕子岩带部分秦兵绕道后山直奔码头。

接应的渡船靠岸，从船上跳下十几名虎背熊腰的苗家壮汉。楚地苗人本来恨秦入骨，立即抄起锋利的渔叉冲到罅口助阵。

秦兵攻势越来越激烈，守罅口的苗兵死伤过半，由庚、由仪眼看罅口失守，便率众向码头边战边退，意欲与南陔、止芙会合后合力抗敌护书。

此时，突见十几名苗民大汉从河边码头冲过来助阵，由仪立即调头回去死守鳟口不退，为南陔他们渡河争取时间。

护书车队有了苗民助阵拼杀，稍稍缓过来一口气。

战斗出现短暂僵持。

109. 酉水渡口，日，外。

南陔与止芙手慌脚乱地组织着几个苗民往渡船上搬运书简。

从码头上游马路驶过来一辆牛车，一个头戴斗笠的人，羁押着一个被黑布蒙头的壮士。

因斗笠压得太低，没法看清那人的脸。

来人正是猎人张，刚好与绕道而至的吕子岩相遇。

吕子岩并不认识猎人张，以为是来助阵护书队的苗兵，抄起银枪直刺过去。猎人张横剑一挡。两股大力相撞，二人各退一步。

此时，赵援也突破由庚的防线，直奔码头而来助阵吕子岩。

猎人张镇静地摘下斗笠，高举尚方剑。

猎人张：赵援、吕子岩听旨。

赵援、吕子岩见到尚方剑，立即下马单膝跪下。

赵援、吕子岩：末将接旨，陛下万岁万万岁。

猎人张：陛下有令，都尉赵援，军侯吕子岩全力捉拿偷运禁书叛逆。书简就地焚之，违命顽抗者，格杀勿论。

赵援、吕子岩：喏！

赵援、吕子岩起身。

猎人张的出现，让赵援与吕子岩都深感意外，没想到朝廷如此不放心自己，留有后手，心里顿生不快。

吕子岩面带怒色：朝廷不信我？

猎人张：将军息怒，我身负皇命，所追查者，不只五车书简而已。

110.闪回：树林·马路，日，外。

渡过长江，猎人张在三岔路口与南陔众侠分手后，骑马穿过一道掩蔽在树林中的马路，被一队神秘秦兵拦住去路，为首便是从咸阳而来的卫尉密使樊离。

樊离：武关一别，将军音信了无，可有话要在下传禀皇帝陛下？

猎人张：运书车队已过江入黔中，此行目的地不日即可查明。护书主将白华坠江，生死未卜，这一干人中已无武艺高强之人，一切均在掌控之中。楚人动向，在下正在密查中。

樊离：樊某听闻将军与逆贼白华私交甚密，可有此事？

猎人张哼了一声：张某受陛下密令行事。将军若欲知晓，进宫去问陛下吧。

如此说话，二人都觉无趣，各自勒马转身，消失在浓密的树林之中。

闪回至80场：树林·悬崖，日，外。

崇丘还在努力救援坠下悬崖的白华。

当身下战马铁蹄再次打滑，树藤拖着战马连同自己滑向悬崖时，崇丘突然从腰间拔出了那把闪着寒光的利剑。

崇丘的利剑刚要触到树藤便停住了。

一直躲在树林暗处的猎人张，见崇丘停住手中利剑，迅速从腰间掏出飞刀甩手飞出，飞刀斩断崇丘手中拽拉着白华的树藤。

闪回至81场：苗寨·客栈，黄昏，外。

在南陔的说话声中，白华慢慢放下了手中紧握的长剑。

就在气氛刚刚缓和下来，突然一支飞箭射来。

就在飞箭快要射中崇丘的瞬间，被眼明手快的白华挥剑挡下。

众侠抬头看向飞箭射来的那座崖壁石峰，一个黑色人影快速消失在慢慢暗下来的幕色里。

原来猎人张见白华生还，偷偷潜入苗寨爬上对面的那座崖峰侦查，见众侠士并没有出现自相残杀，便偷放飞箭，希望再次挑起众侠士内讧。

闪回结束。

111. 酉水渡口，日，外。

南陔众侠见到秦军阵中情形，才知内奸原来是猎人张，吃惊不小。

白华、由庚等侠士怀疑过崇丘，可当崇丘舍身护书从城门高墙飞身跳下的那一刻，线索就中断了。石元的再度出现，众人以为奸细终于现身，真相大白，没想到还是另有其人，而且这个人还是一路暗中帮助他们的猎人张。

猎人张策马上前，当着南陔与止芙的面，揭掉被五花大绑的壮士头上黑布。

南陔与止芙再一次震惊：白大侠！

就在南陔与止芙一脸错愕中，猎人张将一把锋利的长剑架在了白华的脖子上，冲他们大声说道。

猎人张：若想救白华，速将书简搬回码头。

南陔救白华心切，只能吩咐苗民将已经装上船的书简搬回码头。

由庚等人急道：南兄，使不得啊！

南陔：眼见同袍兄弟有难而舍之不救，我等与禽兽何异？搬！

这边也急坏了白华。

白华：人在书在，人亡书存！南兄，万万不可啊。

白华说着猛然起身，反手拽住猎人张的腰带拼命地奔向崖壁，跳入白浪翻腾的酉水河中……

112. 酉水渡口，日，外。

码头临河有两间靠水流带动的水碾房和榨油坊。

吕子岩见有本地苗民壮汉加入战斗，知道一时难以制胜，且担心有更多的本地苗民群愤拥来，便撞进油坊抢来一大桶桐油浇淋在装满书简的木箱上，然后点着手中的火把。

就在吕子岩准备将手中火把抛向木箱的刹那，南陔飞身跳上木箱，并往自己身上浇淋桐油，瞬间渗透全身。

由庚等人见状大惊。

吕子岩见状收回手中火把，望着南陔。

吕子岩：你乃读书之人，又手无寸铁，我不杀你。

南陔：我手无兵刃，心无杂念，将军要焚书，就请将我一并焚了吧！

南陔说着直视吕子岩。

113. 西水渡口，日，外。

此时的南陔已忘生死，心中只有信念。

南陔：前代诸子典籍，乃我华夏之文脉。先贤治政之本，朝代兴废之由，个人修身之要，皆在其中，朝廷何以下令焚书开愚民之先河？

吕子岩：大秦一统天下，始皇帝以法治国，终五帝不同法、三代不同礼之弊，开“车同轨、书同文”之天下大同，有何不妥？去异端，禁邪说，乃为固本兴邦，创万代不世之功。尔等既是读书人，为何迂腐如此？

南陔：圣人曰，民为邦本，社稷次之。行治于未乱，保邦于未危，眼下大秦弃礼坏乐，强国弱民，迷信严刑峻法。你虽一介武夫，也应该知晓至刚则损的道理，天下之鼎岂是用蛮力可以举之？不怀体恤，不施仁政，愚民弱民，不以礼义教化天下，万姓仇予，予将畴依？

吕子岩：东周之乱，列国争雄，生灵涂炭。诸子百家，推波助澜，今日合纵，明日连横，稷下学宫诸学误国。秦王以法治国，一统天下，今天下初定，百废将兴，又岂容诸子行百家之言，祸乱天下？

南陔：法家固是强国之道，儒家却为治国之本，强国无治则如强弩之末。法使人畏，儒教人忠，始皇帝是欲民畏之，还是欲民忠之？以夏桀、商纣之道，如何妄言法治。孔子云，防祸于先，知而慎行，为君无道，天下必亡。君子不立于危墙之下，南某看将军尚为有德之人，为何如此一意孤行，助纣为虐？！

南陔慷慨陈词，说得吕子岩不知如何应答。

114. 酉水渡口，日，外。

正在与苗兵搏杀脱不开身的赵援，见吕子岩迟迟没有将手中火把抛出，便大声命令吕子岩赶快动手。

赵援：与这等逆贼，何须逞口舌之争。如误大事，军法无情！

南陔还在慷慨激昂地演说。

赵援见吕子岩还是迟迟不动手，不想错失良机，一剑刺倒眼前苗兵，拼力冲出，飞身夺下吕子岩手中火把。

正与秦兵拼杀的止芙见状，大声冲南陔喊道。

止芙：南大哥，当心啊！

止芙的声音未落，只见由庚向这边猛扑过来，不小心刚好摔倒在一摊油渍上，爬起身立即扑向手里拽着火把的赵援，一把死死抱住不放。赵援力大，双臂一振，挣脱出来。由庚又扑上去。

由仪见由庚一人制不住赵援，也扑了过来，二人合力抱住了赵援。赵援手中火把落地，瞬间只见一团火焰腾空而起。

赵援奋力挣扎，试图挣脱由庚二人紧箍的双臂逃走，但一切都为时已晚。

止芙正欲扑身前去解救由庚由仪时，突然身后也腾起熊熊火光。

南陔当着吕子岩的面点燃了自己。

止芙发疯似的扑向南陔，希望救他出来，被吕子岩一把拉住。

望着南陔、由庚、由仪都已成为火人，止芙跪地号啕大哭。

115. 酉水渡口，日，外。

白华、崇丘等众侠士的舍生取义，特别是南陔同书共焚前的那段慷慨演说，深深触动了吕子岩内心深处的良知与道义。

惨烈的搏杀已经结束，遍地尸首横陈，两个在战斗中侥幸活下来的秦军士兵，正在拼命地向山外逃命。

吕子岩面无表情地慢慢搭箭张弓，屏神敛气一箭飞出，接着便是第二箭，两个奔跑中的秦兵相继扑倒在地。

吕子岩的举动让止芙一时无法理解。

吕子岩似乎在对止芙说，又像是在喃喃自语。

吕子岩：法使人畏，儒教人忠，强国无治则如强弩之末。

116. 酉水渡口，日，外。

吕子岩神情肃然地伫立在码头上，河风吹着他的衣襟在空中飘曳。

酉水河对岸就是二酉山，庄严肃穆的二酉山此时正笼罩在一片金色的晚霞中，他仿佛看到了某种幻境。

此时，一只沐浴在金色霞光中的金乌鸟，振翅向二酉山顶飞去。

止芙在一些苗民的帮助下，将从火堆里抢救出来的一些残破书简装上渡船，缓缓向酉水河对岸驶去。

止芙回头，见吕子岩正拔剑向颈项抹去……

止芙眼中泪光闪烁。

吕子岩最后以自杀的方式救赎了自己，也捍卫了华夏文明在那个时代最后的密码。

117. 二酉山·悬崖石洞，日，内。

二世元年（前209），陈胜吴广起事。随后各地群雄纷起，天下再度大乱，秦军为应付各路义军，也顾不得偏僻蛮荒的黔中了。黔中一带反而异常地平静起来，有如世外桃源。

止芙在当地苗民掩护下，隐姓埋名，于二酉山悬崖石洞内，常年深居简出，日夜不停地凭着超凡的记忆，重新默抄那些在酉水渡口被焚的典籍内容。

石洞内，止芙伏身在一张石案边，埋头在竹简上抄写，时而抬头默想。

抄好的竹简堆放在石洞一角。

118. 二酉山，日，外。

又是一年清明时节。这一年的清明并无纷纷淫雨，而是天清气朗。

黔中深山不比山外，地气偏凉，清明时节桃花虽已过盛花期，枝上抽芽，但一些新花仍在开放。花叶同绽，倒是别有一番美丽。

这天，止芙手中提着一个竹篮，篮中装着香纸祭祀用品，带着一个小孩，出洞往左边的一条小路走去。

洞左边不远处有一块平地，这里有好些座坟茔，左边一字排开是众侠（白华与华黍是衣冠冢），右边是巫师石元。

止芙给所有坟前摆上祭品，上了香，对孩子说道。

止芙：青儿，跪下，给你父亲及众叔伯叩头。

孩子跪下，恭恭敬敬地朝着那些坟茔叩了三个响头。

止芙蹲在南陔的墓碑前，手抚墓碑良久，站起来。

止芙：南兄夫君，一别数载，为妻今日专为你献上一支苗舞。

止芙舞姿依然曼妙无伦，在阳光、绿叶与红花的映衬下，美若仙女。

一只金乌鸟飞来，停在南陔的墓碑顶上，注视着止芙，仿佛在欣赏着止芙的美妙舞姿。

119. 二酉山 · 乌宿学堂，日，内。

字幕：三十年后。

二酉山下一间悬挂着“乌宿学堂”牌匾的建筑里，传来朗朗读书声：

……克明峻德，以亲九族；九族既睦，平章百姓；百姓昭明，协和万邦；黎民于变时雍。

一个长相神似南陔，三十左右的先生在课堂上领诵。

汉立之后，止芙用南陔的真名“乌宿”创立了这家传授先秦诸子经典的学堂。

120. 二酉山·乌宿渡口，日，外。

一个身穿汉代官服的人，带着一众随从，渡河来到二酉山下的“乌宿学堂”，听见有朗朗读书声传来，禁不住停下脚步倾听。

121. 二酉山·藏书洞，日，内。

五十岁左右的止芙依然风韵犹存，脸上多了一些岁月的沧桑。

干净整洁的洞穴内，几十盏橘黄的油灯将整个洞穴照得温暖华贵，洞壁边的捆捆书简，美观整齐地叠放排列着。

止芙小心翼翼地整理着书简，清扫着洞壁上的灰尘。

122. 二酉山·乌宿学堂，日，外。

止芙看见山下有渡船过河，顺着青石台阶向山下的书院走来。

来到山下书院门前，止芙一眼就认出了走在人群之前的白华。

二人对视了很久……

白华的意外生还，让止芙瞬间回到了那段刻骨铭心的岁月，这么多年来埋藏在心底的往事，再度重现在脑海，禁不住向前一把拉住白华的手，大哭起来。

123. 闪回：马路驿站，夜，内。

越秦岭过武关后，南陔与白华带着马队一路南逃。眼看天色已晚，他们便在村外一处农家院落安顿下来，准备找些果腹的东西充饥，明早再启程。

因为一路颠簸劳累，众侠士都有些支撑不住，七倒八歪在院子里及马车上躺下，将唯一的房间让给了止芙。

为验证止芙过目不忘的能力，南陔将信将疑地取出一卷书简让止芙过目，等止芙看完便收了回去。

止芙稍稍迟疑半刻，便轻声背诵起来：

曰若稽古，帝尧曰放勋，钦明文思安安，允恭克让。光被四表，格于上下。克明峻德，以亲九族；九族既睦，平章百姓；百姓昭明，协和万邦；黎民于变时雍。

南陔惊骇地注视着止芙。

闪回结束。

124. 闪回：寡妇滩客栈，夜，内。

历尽艰险使南陔终于明白，只有让秦兵亲眼所见人与经书共焚俱毁才会放弃追剿，真正实现经书安全。为了安全保险，他没有将这个计划告诉白华、华黍等众侠士，只是在最后时刻告诉了止芙一人。

南陔：止芙，经书是否已通卷熟记？

止芙：熟记八九，易忘篇什已兽皮记之。

南陔：秦兵如此穷追，只有让其亲眼所见我与经书共焚俱毁，才能真正实现经书留存于世。

南陔的话让止芙惊骇并深感悲凉，她隐隐觉得南陔这是在向她道别。这一路来，以她对南陔的了解，他既然这么说了就会去这么做。

止芙哭着一把抱住南陔：不许如此，定有其他办法。

南陔：如此，人亡书存，我便能向恩师复命了。

南陔慢慢将止芙抱紧。

屋内灯火熄灭。

闪回结束。

125. 长安 · 未央宫，日，内。

神情肃穆的汉文帝刘恒端坐在朝堂之上，目光注视着殿外。

太常掌故晁错与白华搀扶着耄耋之年的伏胜，止芙与儿子乌青紧跟其后，一步一步朝辉煌的大殿里走来。

汉文帝见伏胜一行人进来，立即起身走下丹墀迎接。

众人跪下：吾皇万岁万岁万万岁。

汉文帝：众卿快快平身。

汉文帝：前秦浩劫，幸得众爱卿舍身护书，使得部分诸子典藏免遭焚毁，我华夏文脉得以续存，厥功至伟，千秋永存……

126. 长安 · 宫殿，日，外。

伏胜见到乌青的第一眼便认出，这个冷峻健硕的男人就是门生乌宿之后，神情模样完全就是乌宿当年的铸模。英雄有后，心里顿生慰藉。

伏胜想要止芙让孩子留在长安，以便深造，被止芙婉拒。

伏胜：止芙，可否将青儿留在老夫身边，以图日后长足发展？

止芙：青儿已习惯山水为伴，况其父还安寝于中，不宜远徙，谢先生好意。

止芙说完，与儿子乌青一道向伏胜鞠躬辞行。

大殿外，止芙与儿子乌青的背影渐行渐远。

已是耄耋之年的伏胜突然双膝跪地，向着楚地方向长时间匍匐不起……

字幕：秦亡汉立，儒家等诸子学派复兴，汉文帝派太常掌故晁错召见伏胜，才得知一部分典籍秘密藏于沅水中游的二酉山。

止芙带着儿子乌青，将成捆书简从二酉山洞穴取出，整理归档后一并呈献给西汉朝廷，留下“书通二酉、学富五车”的出典故事，谱写了“中华文脉，二酉续传”的壮美叙事。

剧终。

一辆车的公路

海外片名：HIGHWAY32
电审故字［2022］第254号
湘作登字-2020-A-00001656
根据《小说选刊》推荐同名小说改编
乡村爱情救赎片

故事简介：

长浪山位于沅水北岸。主人公三胜家住长浪山碣滩村一个叫扶桑组的村子里，与同村塔子界组的二秀、石左山、石左兰兄妹从小一起长大。故事由三胜说过的两句大话，“娶长浪山最漂亮的女人当老婆”和“要修一条公路通到浪塘码头上去”展开。

二秀是长浪山最漂亮的女人，自信的三胜上门提亲却遭到二秀爹反对。二秀爹要三胜先修路再谈婚事，要他开着车来娶二秀。丢了面子的三胜从长浪山消失了，没有人知道他去了哪里。

三年后，发了财的三胜突然回来，兑现了他的第一个承诺，将公路修到了浪塘码头，并用他和二秀名字的第一个字将公路取名“32号公路”，还买了一辆双排座人货两用卡车。他的双排座卡车刚开进村，来长浪山收购木材的米小东后脚就跟了进来。正当三胜准备兑现他的第二个承诺时，二秀却没有任何征兆嫁给了石左山。

沅水下游大型水电站竣工，开始关闸蓄水。回涨的河水将北岸沿河公路淹掉了，从长浪山通到浪塘码头的简易公路被封死在大山里，成了断头路。三胜没有在公路被淹之前将车开出来。

三胜等着重建的公路修到浪塘码头上来。然而新修的公路因浪塘码头上游的溪港太宽，架桥成本过高，改道绕后山去了，没有从浪塘码头经过。接下来的日子，三胜开着涂上红漆的卡车在“一辆车的公路”上穿行。村里人都躲得远远的。西屋婶娘指着三胜骂，三胜一脚油门直奔她那头迎面扑来的公牛。

石左兰想外出打工，可她心里放不下三胜。

一天，三胜看山脚下绕道后山正在修建的公路，下决心要再修一条连通路，通到那条公路上去。三胜装木材跑运输得来的钱，因一场车祸全部赔给了石左山。修路需要钱，就在他一筹莫展的时候，米小东再次来到了长浪山。

国家精准扶贫开始，驻村扶贫第一书记来到长浪山。

米小东几年前离开长浪山时，带去了几块石左山家旧窑遗址里的青砖，得知可作上等仿古青砖用，嗅到了商机。在扶贫第一书记的多方协调下，村委会利用扶贫产业绿色通道，成立了仿古砖烧制扶贫产业合作社。

烧制仿古砖只有石左山有这种本领，却遭到二秀反对。在沟通协调中三胜发现二秀反对丈夫出山与米小东有关。在三胜的一记重拳下，米小东承认是他误解了二秀的热情，在一次醉酒后侵犯了她。

扶贫第一书记做通了石左山和二秀的工作。扶贫合作社终于开张，连通公路也破土动工了。米小东担心三胜拿到钱后不帮他运砖，故意拖着不结账。三胜将车拐进了那段因米小东未按期结账导致停工没有接通的公路，汽车向山下翻滚而去……

米小东离开长浪山，结清了三胜的全部运输款，还将自己赚的钱捐给了村里修路。连通公路终于修通，村委会举行通车仪式，却怎么也找不到三胜来喝庆功酒，他开着那台红色双排座卡车离开了长浪山。

2020年鹅城地震爆发，在县城成立运输队发了财的三胜，开着一辆装满救灾物资的汽车奔驰在高速路上，成功突围并完成他“一辆车的公路”的自我灵魂救赎。

人物小传：

人物01：三胜，男，25岁，长浪山扶桑组人。父亲在他10岁时意外去世，与母亲相依为命。仗义疏财，把面子看得比命重要，大山汉子的狭隘与善良，以及想出人头地的卑微心理，在他身上表现得淋漓尽致。他自诩是长浪山羽毛最漂亮、叫声最响亮的那只公鸡，他不开口鸣叫，牛背岭上那轮红日就不会升起来。他夸下海口，娶老婆就一定娶长浪山最漂亮的女人，还要修一条公路通到浪塘码头上去。他为自己这两句大话付出了惨痛的代价。特定的时代属性与人物个性，注定他是一个让人爱得痛心的形象。他是女人心底的那个英雄，也是男人深潜在骨子里的自己。

人物02：二秀，女，22岁，长浪山塔子界组人。三胜心目中长浪山最漂亮的女人。外柔内刚，喜欢把事藏在心里。试图用农村女孩传统爱情观念去保护所爱的人，结果不仅伤害了深爱的男人，也伤害了自己。她最终嫁给了石左山，让三胜永远失去了兑现那句大话的机会，也赌上了自己一生的幸福。

人物03：石左兰，女，22岁，长浪山塔子界组人。三胜心目中长浪山排第二的漂亮女人。性格活泼外向，敢爱敢恨敢做。她的时尚不仅体现在穿着打扮，更有意识形态和精神上的时代觉醒。一句话，她就是一位生活在乡村的城里姑娘。二秀是她最好的朋友，她把对三胜的爱深埋在心里。当二秀嫁给哥哥石左山后，她向三胜表白。然而，当她发现三胜心里一直装着的是二秀，便毅然决然离开了长浪山。

人物04：米小东，男，35岁，城里人，木材与仿古砖收购老板。他误解了二秀的热情，在一次酒后侵犯了她。在长浪山，他发现了比木材更值钱的东西，他将一座坍塌旧窑的一块青砖带给做古迹维修的朋友看。砖块质地柔韧绵润，黛青中洇着绿色云翳，是做明清仿古修葺的上等青砖。他敢再次来长浪山烧制仿古砖还有另一个重要原因，他掌握了三胜到鹅城打工时最致命的把柄。

人物05：石左山，男，24岁，长浪山塔子界组人。石左兰的哥哥，为人本分淳朴，因娶了二秀，三胜与他成了仇人。他是被冤枉的，他没有在三胜离开那段时间趁虚而入。娶二秀为妻让他付出了惨重代价，差一点在一次车祸中丧命。父亲中风，瘫痪在床多年，他像父亲一样保护着左兰。他希望左兰嫁给三胜。

人物06：西屋婶娘，女，52岁，心直口快，刀子嘴豆腐心。她几次托媒希望铁拐李把二秀嫁给她的儿子，都被二秀母亲芦小妹堵了回去。她觉得是三胜坏了她儿子的婚姻大事。

人物07：铁拐李，本名李长林，男，62岁，二秀的父亲。左腿残疾，是那种说话喜欢留半句的人。他40岁生日那天，女儿二秀出生。二秀越长越漂亮，村里人拿“破窑出好瓦”取笑他。他反对女儿跟三胜好，担心三胜霸道，女儿嫁过去会吃亏。

人物08：汪富生，男，45岁，长浪山碣滩村主任。脑子不灵活，但执行能力强，一心想带领全村老百姓发家致富。国家精准扶贫开始，他希望利用这个机会为村里做点实事，把三胜修的那条被封死的公路与山脚下的公路连通起来，方便村里人出行。米小东的再次到来，让他看到了希望，借着扶贫绿色通道成立了长浪山仿古砖瓦烧制扶贫合作社。

人物09：芦小妹，女，50岁，二秀的母亲。不灵泛，但内心明镜似的。她赞成二秀跟三胜谈恋爱。拗不过丈夫铁拐李，只能在暗地里撮合二秀与三胜。

人物10：谢少平，男，45岁，公安干警，碣滩村驻村扶贫第一书记。

人物11：李顺涛，男，48岁，扶桑组组长。

人物12：田安才，男，45岁，塔子界组组长。

人物13：汤师傅，男，32岁，货车司机。

人物14：三胜妈，同辈称家兴嫂子，52岁。

人物15：左山爹，50岁，烧砖瓦为生，中风偏瘫前将技术传给了儿子石左山。

人物16：山豹，三胜家的黑狗。

人物17：村民及其他群众演员若干。

电影剧本

片头.浪塘码头，黄昏，外。

深蓝平静的沅水上（实际上它已是电站大坝的库区），一艘桅杆上插着红旗的小客轮从下游缓缓开来。夕阳在河面投下长长的猩红色光带。客轮驶进波光粼粼的光带。

北岸公路被淹，几处地势高的位置可以看到原来公路的走向与痕迹。后面是延绵高低错落的群山。一辆绿色双排座汽车横停在新修的公路上。

一个年轻人（大约25岁）弯腰捡起一块石头用力向河面砸去，水面没有溅起他想象中的水花，一会儿河面恢复了平静。

他向那辆绿色汽车走去，重重地拉开车门，跳上车。汽车引擎有些夸张地轰然响起，后轮在新修的路面打了一个滑，接着一声更大的引擎轰鸣声，汽车弹跳几下，向着大山深处开去。

层峦叠嶂的群山在夕阳下变得混沌，汽车在大山皱褶里穿行，一会儿出现，一会儿消失。

出片名：一辆车的公路

001. 长浪山，日，外。

一条布满不规则石块的小路，蜿蜒着朝大山腹地延伸。

三胜穿着一件白底花衬衫，水洗磨白牛仔裤，戴茶色太阳镜，斜挎胀得鼓鼓的旅行包，一副城市青年的装扮。他不时仰头看小路尽头的四棵垭，和天空几片慢慢移动的云块。

过小溪时，迎面走来两个出山去浪塘码头办事的村民。

三胜与他们擦身而过，走到小溪对岸，听到村民私语：

路人甲：刚才走过的那个人，好像扶桑村的三胜。

路人乙：看走眼了吧，那人一看就不是我们山里人。三胜失踪三年多啦，要回来早就回来了。

002. 四棵垭，日，外。

四棵枝叶繁茂高大的松柏树，在明亮的阳光下显得更加苍翠。树荫下两条供行人停脚歇息不对称放置的长条石板，被岁月磨蚀得油亮光滑。

一阵山风吹来，凉爽惬意，迎风一面的枝叶在轻摇慢晃。

鸟鸣声：叽叽，叽叽。

清脆的小鸟鸣叫声从繁密的枝叶深处传来，只闻鸟鸣不见鸟影。

满头大汗的三胜一屁股跌坐在长条石板上。缓过气来的三胜取下斜挎在身上的旅行包，平放在石板的另一端。他摘下太阳镜，小心地放在旅行包上。

三胜围着一棵松柏树转了一圈，低头似乎在寻找什么。拨开几株枝叶肥大的荨麻，一块小饭桌大小的石板呈现出来。

闪回。

003. 四棵垭，日，外。十年前。

灿烂的阳光中，一群背着书包和食物的中学生嬉闹着从四棵垭经过。

如果大海能够唤回曾经的爱
就让我用一生等待
如果深情往事你已不再留恋
就让它随风飘远
…………

歌声越来越远（张雨生的《大海》）。

站在石板前的石左兰，见一路唱着歌的同伴们已经走远，弯腰捡起一个尖尖的石子，模仿二秀笔迹在石板上留言：

三胜，我先走了，来追我。二秀。

后面赶到的三胜看了一眼石板上的留言，嘴里念叨。
三胜：怎么又是我最后啊。
当他气喘吁吁追上时，远远见石左兰在前面的小路上笑翻了腰。

004. 四棵垭，日，外。十年前。

二秀穿一条橘白相间条纹的新裙子，一蹦一跳欢快地向四棵垭走来。
她在石板上留言：

三胜，我先走了，来追我。二秀。

她故意将二秀的“二”字下面一横写得比上面的短。
三胜追上二秀。二秀回过头，嘴角露出会意含羞的浅笑。
二秀：你不会是又在追左兰吧。
三胜：你说追谁就追谁。
二秀：那你怎么知道是我留的言？
三胜：保密。
他们有说有笑地向前走去。背影越来越小，消失在小路的尽头。

005. 长浪山，晨，外。十年前。

村里七八个年轻人向长浪山最高的山顶鹰嘴岩爬去。
三胜与黑狗山豹走在最前面，不时回转头来喊走在后面的同伴跟上。
三胜：我们要赶在太阳出来之前爬上山顶呢。

一大块岩石从山体悬伸出去，侧面看像一只巨型老鹰的喙。
站在鹰嘴岩上，整个长浪山尽收眼底。

一条刚睡醒的大河，在晨雾中若隐若现，流向远方。

石左兰：啊，真的好美啊。看，大河，前面就是大河。

三胜：这就叫美啊。等哈太阳升起来，你们不跳起来才怪。

七八个年轻人坐在鹰嘴岩上，等待着太阳从大河里升起。

山豹在林子里窜了几圈后，也跳到岩石上来，蹲在三胜与二秀之间。

006. 鹰嘴岩，晨，外。十年前。

晨雾慢慢散开。一轮湿漉漉的红日，缓缓从铺满薄雾的河面上升起来。

石左兰第一个跳起来，被三胜按了下去。

二秀与左兰：真的好美啊。

三胜：没骗你们吧。

山豹仰头吠叫了几声。

太阳升起。晨雾散开。长浪山回到原来的样子。

三胜用手指着浪塘码头的方向。

三胜：看到没，这就是我们的长浪山。

山脚一行娶亲的队伍经过。

二秀：瞧，下面有人娶亲。

石左山：听说是后山蚕忙村嫁到浪塘码头去的。

石左兰：新娘子漂不漂亮啊。

石左山：不漂亮，能嫁到山外去吗？

三胜看着远处的大河。

三胜：我将来娶老婆就娶长浪山最漂亮的姑娘，还要修一条公路通到浪塘码头去。

石左兰：那就娶二秀。二秀最漂亮。

石左兰说着跳下岩石，嬉笑着跑开。二秀挥拳向左兰追去。

闪回结束。

007. 四棵垭，日，外。

三胜从回忆中醒来，似乎想起了什么。他慢慢从裤兜里取出钱夹子打开，从里面抽出一张名片：

鹅城市昌顺贸易有限公司

杨伟兴　销售部经理　电话:139××××6633

地址：鹅城市江汉区金水路45号

他走过去打开旅行包，在内侧拉链袋里取出一沓同样的名片。

他注视着手中的名片。他将名片像扑克牌一样呈扇形打开，拨燃了打火机。

被点燃的名片，火苗迅速传递燃烧起来。燃烧后的名片蜷缩成各种形状的灰板。三胜用脚去踉踩，直到将它们与那些松软土沙混合在一起。

008. 扶桑村口，黄昏，外。

太阳快要落山了，几声狗吠声传来。

夕照把身旁的树、稻草垛、石墩等，投下长长的影子。三胜看了一眼自己拖在身后的影子，像一个被风吹变形的巨人。

一只大黑狗吠叫着迎面冲来。

三胜大喊一声：山豹！

冲过来的大黑狗听到喊声突然一个急刹车，前爪在泥路上留下两道划痕。

009. 扶桑村，黄昏，外。

扶桑村全景。

几十栋木房子高低错落疏密无度散落在山坳坡岭。

一栋老旧的房子前几个小孩在玩耍，看到三胜立即跑进屋去。组长李顺涛从屋里出来，朝三胜这边走来。

三胜：顺涛叔，在家哩。

三胜说话间，摘下太阳镜拿在手上。

李顺涛：三胜啊，我还以为是哪个城里人走迷路了呢。

李顺涛开心地在三胜肩上来了一拳。

西屋婶娘拍打着衣襟上的泥灰，大声说着话朝这边走来。

西屋婶娘：原来是三胜啊，还以为是谁呢。你这是从哪里发财回来的啊，穿得像个大老板，派头足翻了。哈哈。

三胜从包里取出一条黄鹤楼牌香烟递给李顺涛。

三胜：鹅城那边都抽这个牌子。

西屋婶娘：三胜，你小子在外边转一圈心就长偏了啊。

三胜略显尴尬地笑笑，从包里取出一包黄鹤楼牌香烟递给西屋婶娘。

一蔸枝干粗壮的皂荚树后，一栋木屋的青瓦上冒着灰蓝色炊烟。三胜娘听见狗吠声从屋里走出来，站在古树下对着村口张望。

西屋婶娘朝着皂荚树方向招手，大声喊。

西屋婶娘：家兴嫂子，你屋三胜从鹅城发财回来啦。

三胜看了一眼站在古树下的母亲，朝着家的方向走去。

山豹奋力摇着尾巴，一蹦一跳在前面带路。

010. 塔子界村，日，外。

太阳如一枚没有煮熟的蛋黄，从牛背岭慢慢升起来。

笼罩在塔子界村的晨雾，如曼妙的轻纱。

跳动着白色水花的小溪。哗哗的流水声。五六个村民在溪边洗着衣服。

村民1：听说三胜从鹅城做生意发财回来了？

田安才老婆：嗯，回来几天了。我屋安才说，晚上要去三胜家喝酒，村主任也去，说是商量修公路的事。

村民2：三胜的话你也信啊，他就是条“叫鸡公”。你们知道什么是“叫鸡公”吗？就是老鹰来了，他会伸长脖子大声叫，张开翅膀护着小母鸡们躲起来。别看他叫声大，其实早就自己吓得要命。

村民1：叫鸡公有什么不好，巴不得长浪山的男人个个都是叫鸡公，那才是我们堂客们的福气呢。

村民3：你屋男人不光会叫，还是条骚鸡公呢，怪不得把你养得那么好。

众人大笑。村民1将衣服从溪水里提起来，向村民3泼甩过去。

村民1：你屋男人才是条骚鸡公呢。

哗哗的水声，和着一群女人们的嬉闹声。

石左兰匆匆洗完衣服，离开。

011. 二秀家，日，外。

一截土墙。土墙上爬满南瓜与别的蔬菜藤蔓。土墙后是一栋“双手推车”结构的土家族风格木房子。

二秀站在土墙根，伸手摘掉在墙外的瓜果。石左兰急匆匆走进墙院。

二秀：左兰，你怎么来了。

石左兰：你还摘什么菜啰，快跟我走，去扶桑。

石左兰拉起二秀的手就要向院墙外走。二秀从石左兰紧握的手中挣脱出来。

二秀：去扶桑干吗？

石左兰：三胜回来了。

二秀站在原地一动不动。一只老鹰在高高的鹰嘴岩上盘旋。

闪回。

012. 林间小路，日，外。三年前。

落满树叶的林间小路。三胜走在最前面。

三胜娘：三胜，你走那么快干吗，让顺涛叔走前面。

三胜：哈哈，放心吧，二秀是我老婆跑不了。顺涛叔，你说是不？

李顺涛笑着点点头。

三胜娘：大话翻天的，哪天才改得掉这个臭毛病，等哈进了二秀家少跟我吹牛皮。

三胜回头望向李顺涛。

三胜：顺涛叔，我说大话了吗？

李顺涛：你没说大话，长浪山可以作证。哈哈。

三胜娘：这毛病不改掉，终有一天你会被自己说过的大话淹死。

013. 二秀家，日，内。三年前。

二秀娘芦小妹见三胜家带了媒人上门来提亲，高兴得忙前忙后。二秀面带喜悦，将沏好的茶一杯一杯端上桌，不时用眼神与坐在靠门边椅子上的三胜交流。

二秀娘：二秀，你去溪边把被子清一下，等哈太阳过去就晒不干了。

二秀走到门口回头看了一眼三胜。三胜站起身准备跟出去，被三胜娘制住。

铁拐李喝着刚泡的热茶，升起的水雾将他的脸变得迷幻，无法捉摸。他深吸一口茶，被滚烫的开茶烫着了，面容变得很难看。

李顺涛：男大当婚，女大当嫁。三胜与二秀是我们看着长大的，长浪山人虽然嘴上不说，心里都清楚他们两个要好，也般配。

铁拐李：是呢。我铁拐李不是那种不讲大理的人，不然早阻止他们交往了。

李顺涛：嗯嗯，二秀爹是我们长浪山最识大理的人。

三胜娘连忙接话过去。

三胜娘：那是，那是。

铁拐李：有人说，三胜爱说大话，我不赞成这个说法。年轻人血气方刚，说几句大话怎么了？我年轻时还说过要当县长呢。哈哈。

众人大笑。

李顺涛：哈哈，三胜这小子还真算得上是长浪山的一条汉子了。

铁拐李：不过呢，三胜说过的两句大话，偏偏与我们家有关。我们家二秀虽不是大家闺秀，也算得上是一只山凤凰了，草草率率嫁不出去。三胜不是说要修一条公路通到浪塘码头去吗，哪天公路通了，不论开多大的车来，我铁拐李保证嫁妆把车装得满满当当。

二秀站在土墙外，目送三胜他们离去。

她的泪水慢慢溢出来，三胜的背影越来越模糊。

闪回结束。

014. 扶桑村，夜，外。

明亮的星空。混沌的大山。高低错落明晰的山际线像一把锋利的玻璃刀，把夜空切割成一块不规则形状的半透明玻璃。

灯光从窗户和敞着的房门投射出来。偶尔有人影或猫狗的影子从明亮的光线里闪过，融入进混沌的夜色。

镜头拉回到一栋灯光最亮的房子。

从房子里传来大声的喝酒猜拳声。

015. 三胜家，夜，内。

悬吊在正屋中间的电灯泡，灯泡上端罩着一个用硬纸片做成的灯罩。明亮刺眼的灯光下，一张方形饭桌上堆满凌乱的碗碟酒杯。两个空了的鹅城大曲酒瓶滚倒在地上。

围着方桌依次坐着扶桑村组长李顺涛、塔子界村组长田安才、碣滩村主任汪富生及其他两位与三胜年龄相仿的年轻人。三胜坐在汪富生与田安才之间。

三胜：今天碣滩村土地爷都在，大家选个好日子。

已经喝醉的汪富生：有钱了，鬼都得听我们的。走，我们现在就开工，老子等这一天都等老苗了。

半醉半眯着眼的田安才：黑灯瞎火的，还真只有鬼看得见，就请他们，有钱使得鬼推磨。哈哈。

站在一旁的三胜娘：瞧你们这么大把年纪了，说的些什么话。

众人大笑。三胜新开一包黄鹤楼牌香烟，一人递上一支。

三胜：好，土地爷放话了还怕条卵，明天我上县城采购物资，回来就杀狗溅血，开山动土！

016. 浪塘码头，晨，外。

低角度镜头。

宽敞的河面，水浪一波一波向前推去。

镜头缓缓向上。

石块砌成的码头，从河里向后面平缓的河岸延伸。

码头上有三三两两的人在走动。有人在等早晨从五强溪开上来的客轮，有人蹲在码头上洗菜、洗衣。

码头连通北岸的沿河公路，公路两边排列着七八栋砖木结构的房子。这是一个标准以码头而生的水边小镇。

一辆从县城开来的客车在小镇上停下来。提着大包小包的三胜从刚停稳的客车上跳下，几个在公路边等候的村民立即迎上去帮忙，接过三胜手上的包裹。

017. 施工现场，晨，外。

一辆挖土机举着闪着寒光的铁铲。司机不时加大油门，挖土机发出震耳的轰鸣声，感觉地皮都在一同震颤。帮忙和看热闹的人围在开工现场，有的大声说笑，有的交头接耳。

一个身穿青布长袍的老人，走到一个临时搭建起的土地堂前，将手中燃着的檀香插入用湿泥巴做成的香炉里，拱手作揖。

田安才从树丛里牵出一只黄狗。黄狗用力蹬着脚后跟，套在脖子上的绳子绷成一根直线。穿着青布长袍的老人，拿着一把尖刀走过来。李顺涛、汪富生等冲上去帮忙按住拼命挣扎的黄狗。

冒着气泡的狗血流进老人手中的脸盆。

三胜爬上挖土机，将一条香烟递给司机，听不清他对司机说了些什么。

司机拉动手柄，挖土机一阵咆哮，缓缓将举得高高的铁铲放下来。

老人端着盛有狗血的脸盆走向挖土机，将狗血泼向锃亮闪着寒光的铁铲。

震耳的鞭炮声响起。

挖土机轰鸣着向前挺进。

018. 长浪山，日，外。

多个不同环境的施工现场。

各种不同天气的拍摄时间。

各种不同拍摄角度。

三胜在现场给施工人员发烟。

三胜、汪富生等在陪施工人员喝酒。

喝醉酒的三胜独自回家。

二秀站在土墙外斜坡上看对面施工现场。

石左兰站在屋后山坡看对面施工现场。

石左兰与二秀一起站在二秀家土墙外看对面施工现场。

石左兰：二秀，三胜的这条公路是为你修的吧？

二秀沉默不语。

019. 新公路，日，外。

一辆工程皮卡车在刚修通的公路上，摇摇晃晃向长浪山深处开来。

坐在副驾驶室的三胜沉默着，眼睛看着前方。

皮卡车在二秀家门前的公路上停下来。三胜从副驾驶室跳下。接着司机与几个民工也分别跳下车，向车后走去。司机用力扳开皮卡车车厢后挡板上的挂锁，翻掉下来的挡板碰撞到车身，发出刺耳的金属脆响。

民工爬上车把一块石板做成的路碑从车上卸下。路碑重重跌落在新修的路面上，砸出一个深深的凹槽。

按照三胜指定的位置，民工挖坑竖碑。

三胜后退一段距离，端详着已经立好的公路碑。碑文阴刻，涂了红漆。

特写镜头。

“32号公路”路碑。

路碑竖好，皮卡车向浪塘码头方向开去。
三胜顺着新修的公路，朝着家的方向慢慢走去。

020. 二秀家，日，内。

二秀坐在厢房。厢房里的电视机开着。
壁板上贴着一幅风景画，一条S形柏油公路穿过小树林一路向前延伸，直到越过画面。公路上一辆红色小汽车，对着视线开过来。

二秀久久注视着这幅风景画。

021. 新公路，日，外。

二秀从土墙后走出来。她慢慢走到公路碑前。
公路碑上的字迹慢慢模糊起来。
三胜的背影越来越小，越来越模糊。
二秀突然起步，朝着三胜越来越小的背影追去。

022. 新公路，日，外。

西边天空铺满了美丽壮观的鱼鳞霞。
浓稠的夕阳铺洒在公路上，新修的路面像铺上了一层绛红色地毯。

一路向前的公路在前面不远处，越过一个“凸”字形山岭。

听到身后脚步声的三胜回头。夕阳从三胜背后投射过来，公路上是他长长的身影。看不清他的脸，他像一个剪影。

一只拖着长长尾翼的山雀娘从头顶飞过。

二秀继续向前跑去。

二秀踩到了三胜投射在路面上的影子，放慢了脚步。

二秀整个人被影子吞没。

三胜向前跑了几步，一把抱住了二秀。

周围一片寂静，只有偶尔传来的几声清脆的鸟鸣。

他们紧紧相拥着，谁也不愿先松开。

大光圈：周围的一切都虚幻起来，影像中只有三胜与二秀相拥在一起。

二秀：回来这么久了，怎么不来找我？

三胜：我要修路。

二秀：路通你也没来啊。

三胜：我要开车来。

三胜的背影。沿公路看去，前面不远处是二秀家的房子。

二秀家土墙外，站着两个人影（二秀的爹娘），面朝这边眺望。

二秀的脸像涂抹上了一层浓艳的胭脂，漂亮极了。

023. 沿河公路，日，外。

一辆绿色双排座汽车在沿河公路上奔驰。碧绿的河面上有几只机动小船逆流而上，后面的水浪呈“人”字形散开。

前方就是浪塘码头。

一艘客轮从沅水下游乘风破浪向码头开来。

024. 船舱内，日，内。

米小东把头探出舷窗，好奇地欣赏着河岸美丽风光和连片的茶园。

回转身来的米小东问身边乘客。

米小东：老兄，到了浪塘码头拜托告诉我一声。

乘客：你是外地人吧，去浪塘干吗？

米小东：我做木材生意的，听朋友说长浪山木材多，去看看。

乘客：收木材来长浪山就对了，那里穷得也只有树了。

米小东说完，继续探头看河岸的风光。

025. 浪塘码头，日，外。

车窗外，一条写着五强溪电站大坝关闸蓄水倒计时30天的红色条幅十分醒目地闪过。

三胜将车停住，跳下车，走到一栋房子壁墙上的告示前。

告示上写道：

五强溪电站大坝关闸蓄水已经进入倒计时，请村民们将108水位以下还没采摘的瓜果蔬菜即时采摘，房屋搬迁工作还没扫尾的，务必在30天里完成撤离清零工作。

五强溪库区移民指挥部辰州县人民政府宣
2009年10月5日

汽笛响起，客轮缓缓驶近码头。

米小东跳下船，沿着石板码头往小镇上走来。

三胜跳上车发动引擎，一脚油门向长浪山开去。

026. 二秀家，日，外。

三胜一脚猛刹，将车稳稳停在二秀家门前那块32号公路碑前。

喇叭声：叭——叭叭，叭——叭叭。

三胜在车上一个劲地按喇叭。二秀慌慌张张从屋里跑出来。二秀娘跟在后面，满脸堆笑。铁拐李坐在靠椅上喝茶，好像没有听到汽车喇叭声一样。

二秀：三胜哥，别按啦。再按我就生气了啊。

三胜还想按，被扒上车窗的二秀一把将手捉住了。

027. 汪富生家，日，内。

米小东、李顺涛、田安才及汪富生围着一张桌子喝酒。旁边倒着两个鹅城大曲空酒瓶。米小东打着赤膊，胸前挂着红细绳吊着大得有些夸张的白玉佩件。

米小东轮着敬酒。他们轮着回敬米小东。

米小东：都说山里人实诚，怎么到我这里都变了呢，车轮战啊。

李顺涛：米老板从大江长河里来，长浪山这根小溪难不倒你。

米小东：这样喝下去，只怕木材没收成，先要收尸的。

众人大笑。

汪富生：我们村离河近，是生态保护林，你酒喝再多我也不敢违抗国法。扶桑村与塔子界的酒，你不喝怕是过不去的。

米小东（大声地）：喝！长浪山的酒更要喝。我不喝，你们就会让陈老板喝，把上好的原木都给他了。喝，坚决喝！

众人继续大声喝酒。

028. 新公路，日，外。

公路旁已经有村民在堆放从山上运来的木材。村民们私下议论。

西屋婶娘：以前没发现三胜这小子这么神通啊，怎么掐算得这么准呢？

村民：说不定他修路前就与米老板商量好的。

石左兰：我看不是，这条公路他明明就是为二秀修的。

石左山扛着一根大大的原木走过来，石左兰赶紧跑向前帮忙。

三胜开车经过，被田安才拦下来。他们坐在一摞木材堆上聊天。

田安才：三胜，商量个事。

（田安才说着，停顿了一下）这条公路虽然说我们塔子界也出工出力了，但它还是你三胜的。

三胜：安才叔说的什么话呀，有事你就说，跟我三胜还来么子绕弯子。

田安才：好，那我就直说了。整个长浪山的木材你一辆车肯定跑不过来，我想我们塔子界再找辆车来一起运。

三胜：我以为什么大事呢，修路干吗？不就是为了大家方便嘛。

田安才：你不怕别人抢了你生意？

三胜：我现在就把我的车给你（说着要将车钥匙丢过去）。

田安才：你给我，它就是一坨铁。哈哈。

029. 二秀家，日，内。

路过的石左山看见米小东提着一瓶鹅城大曲走进二秀家。

米小东与铁拐李在喝酒聊天。二秀低着头，俯在一个木桶上洗头发。

米小东斜眼瞟二秀丰盈的屁股。

030. 三胜家，日，外。

三胜的车停在家门前的那蔸皂荚树下，有事没事捣鼓，用提桶提水冲洗。李顺涛走过来抽烟扯谈。

三胜娘：顺涛叔，你来得正好，劝劝三胜哪天上门去把亲事定了。

三胜：娘，你又来了。

李顺涛：家兴嫂子，这事真不用急的。

三胜娘：怎么不急，村里跟我一样大的人早就当婆了。

李顺涛：莫急，当婆是迟早的事。

三胜：是啊，我现在主要任务是运木材。

李顺涛：三胜这话说得有道理，等跑运输挣了大钱风风光光将二秀娶进屋来，免得他铁拐李再狗眼看人低。

三胜娘笑着，唠唠叨叨走进屋去。

三胜与李顺涛坐在一堆原木上聊天。

031. 塔子界村，日，外。

二秀家没有男劳力，石左山主动过来帮忙。

二秀：左山，我会按100块一天给你工钱。

石左山：这是什么话，力气在身上，不用也不会长成肉。

石左山在二秀的帮扶下将一根粗大的原木扛上肩。准备离开的石左山回过头看了一眼二秀。

石左山：二秀，以后叫你爹别跟米老板喝酒了。

二秀：为什么？

石左山（停顿了一下）：我总觉得他别有目的。

二秀：什么目的？

石左山：总觉得他看你的眼神不对。

二秀：左山，你多心了。

石左山扛着原木离开，二秀继续撬草丛里的原木。

032. 浪塘码头，日，外。

验完尺的原木堆在108水位以上的河滩。

三胜看了一眼远处的水位标示尺柱。几个村民在等待检尺。

西屋婶娘与检尺员发生争吵。听到争吵的米小东走过来。

西屋婶娘：什么卵量尺员，故意把尺往边上翘，明明“20”的原木硬被他量成了“18”。一次就算了，老是这么偏着心量，老子不卖你们了。

米小东：莫生气，莫生气，我来给你量，保证把“18”量成“20”，哈哈。

西屋婶娘：你还是去给二秀家去量吧，老子卖陈老板去！

西屋婶娘将原木搬到斜对面陈老板那里去量尺，还动员石左山兄妹也将原木卖给陈老板。

033. 浪塘码头，日，外。

米小东在给二秀家检尺。

特写镜头。

原木横截面上钢卷尺闪着金属光泽。刻度显示18.3CM。

米小东：“20”一个。

记录员在笔记本上记录。

特写镜头。

钢卷尺刻度显示21cm。

米小东：“22”一个。

记录员又在笔记本上记上一笔。

石左山兄妹看着米小东检尺，希望轮到检他们家时，也是米老板亲自检。

034. 二秀家，日，外。

铁拐李一个人独自喝酒，面前摆着一碟花生米和一小碗萝卜丝酸菜。二秀娘停下手中剁猪草的刀。

芦小妹：三胜说好路通买了车要来提亲的，怎么这么久还没响动？

铁拐李：你懂个屁。

芦小妹斜一眼铁拐李。

芦小妹：我不懂，你懂。要不是你作怪，二秀早就成家了。

铁拐李：还要么子响动？门前这条路给谁修的？

芦小妹：是啊，三胜路也修了，车也买了，你的嫁妆呢？全村人都忙着赚钱，你呢，整天只知道喝喝喝，哪天醉死算了。

芦小妹生气地将菜刀用力摔在地上，走出门去。

035. 新公路，日，外。

受了一肚子气的西屋婶娘在公路边整理原木。

有几分醉意的铁拐李一拐一瘸走过来。

铁拐李：西屋嫂子，这下发财了吧。

西屋婶娘：发条卵财，哪有你八字好。你屋原木摆在公路上有车送，横在山上有人扛，码头上有人检尺，一条龙服务。我看啊，你就是那条腿瘸得有福，破窑里生出这么一个宝贝女儿。不过我给你提个醒，别让臭蚊子盯上，到时哭都找不到地方。

铁拐李：放心，哭是没有机会了，哪天醉死倒是有可能。哈哈。

铁拐李一拐一瘸沿公路向前走去。

036. 新公路，日，外。

石左山经过二秀家，在土墙外停下来。他希望二秀从家里出来看到自己。

石左山从公路碑前走过。

二秀手里提着一瓶凉茶站在公路旁。

三胜把车速降下来，在二秀面前停下。

二秀向前走了几步，举手将凉茶递给驾驶室里的三胜。

远处，向这边走来的石左山放慢了脚步。

037. 新公路，日，外。

两辆汽车一前一后穿行在长浪山的坡坳峰岭。在一处路面宽阔的地方，前面的汽车靠边停下。跟在后面的三胜将车并排停在公路上。

汤师傅跳下车，走到三胜车前。

汤师傅：抽支大烟，提提神。

三胜跳下车，接过烟，一起朝大河方向走去。他们在一处可以看见大河的岩石上停下来。

汤师傅：今天是我最后一车了。

三胜：什么情况？

汤师傅：后天就关闸蓄水了啊，我得在关闸前将车开出去。

三胜：不是说会再修一条公路吗？

汤师傅：再修一条公路哪有那么容易，立马动工，通车也是几年后的事。你怎么办？要不跟我一起去陕西跑运输去。

远处河面上，一艘客轮从下游开上来。

三胜：我不出去。

汤师傅：万一新公路不从浪塘过呢？

三胜：那我就再修一条公路。

三胜眼睛盯着那艘从河面开过的客轮。汤师傅看一眼三胜，回头向停在公路上的汽车走去。

两辆汽车拉开距离，向浪塘码头奔驰而去，扬起浓雾一样的黄色灰尘。

038. 浪塘码头，日，外。

五强溪电站正式关闸蓄水，上午10点河水开始上涨，吃晚饭时已经涨到100水位。浪塘码头许多人观看河水上涨。有人在议论，有人在叹息。

三胜将车停在路边，混在人群中看河水回涨。

沿河公路大部分被淹，只有几处地势高的地方可以看到原来的公路。

天暗下来，围观的人群开始散去。

三胜向汽车走去。

轰鸣声浪传来。

汽车向长浪山深处开去。

广播画外音：紧急通知，紧急通知。浪塘码头的村民们注意啦，下游五强溪电站今天上午10点钟正式关闸蓄水了，河水会很快回涨上来，请村民们千万不要在108以下水位的河岸与河滩上逗留，一定要注意观察河水回涨情况，保护好自家财产与人身安全，发现紧急情况立即向村里汇报……

039. 二秀家，日，外。

米小东漫无目的地走在村里的小路上。村子不大，稀散，有一种说不出的古朴与精致。无所事事的米小东向二秀家走去。

在二秀家门口，米小东蹲在地上，观察嵌在泥里的青砖。

二秀：米老板，看什么呢，那么认真？

米小东：这青砖好看。村里好多人家门前铺的都是这种青砖，从哪儿弄的？

二秀：我还以为你在看什么呢。你是说这砖啊，石左山他们家祖传就是烧砖的，听老人们说，辰州三塔的塔基就是用的他爷爷烧的青砖。

二秀领着米小东往石左山家走去。

040. 石左山家，日，外。

石左山家不光是门前的挡水岩，整个晒谷坪都是铺的这种青砖。

石左兰见他们来，从屋里搬出椅子让坐。

米小东细心观察着那些铺在地面上的青砖。

二秀（对石左山说）：我说这青砖是你们家烧的，米老板不信，你带他去旧窑里看看。

石左山：那有什么好看的，早就坍塌了。

米小东：反正没事，带我去看看？

石左山领着米小东、二秀往屋后山坳里走去。

041. 旧窑遗址，日，外。

石左山、二秀及米小东站在一处山岭上对着旧窑遗址观看。

旧窑被长起来的荆棘与杂草覆盖，只能看到隐约的轮廓。石左山与米小东手里各拿着一根木棍，拨打着荆棘杂草向旧窑走去。二秀站在外面等。

二秀：左山，你们要注意蛇啊。

在二秀的催促下，石左山与米小东走了出来。米小东手里拿着几块形状不同的青砖，左看右瞧，似乎意识到了这青砖的价值。

042. 浪塘码头，晨，外。

红日从牛背山后缓慢升起。刚刚醒过来的长浪山。

镜头切至晨雾笼罩的浪塘码头。米小东的背影在晨雾中隐显。今天他是第一个来到码头等船的人。河面晨雾缭绕。一会儿，一艘客轮从晨雾中露出头来。

客轮向码头驶来。米小东回头。

客轮鸣笛。客轮靠近码头。

米小东再次紧张地回头看了一眼，提起行李登上甲板。

客轮后退，调头，一股白浪从船尾喷涌而出，加大马力向下游驶去。

043. 扶桑村，日，外。

一场雨后，秋天有了几分凉意。

皂荚树下水井边，西屋婶娘在洗衣，田安才挑着水桶走过来。

西屋婶娘：陈老板真的坏，看到米老板走了，故意将价格压得好低。

田安才：是的，这个陈老板没有米老板人地道。

西屋婶娘对着正在捣鼓汽车的三胜喊。

西屋婶娘：三胜，你涨陈老板的价，把他多扣我们的钱赚回来。

三胜没有回答，继续捣鼓他的汽车。汽车发动向前开去。刚开出不远，汽车后轮就开始有些打滑，回退了两次才爬上那个斜坡。

044. 四棵垭，日，外。

三胜的汽车被陷在离四棵垭不远的一处坑槽里。三胜坐在四棵垭一块条石上沉思。二秀从松柏树后走出来。三胜见到二秀，心情顿时好起来。

三胜：二秀，你怎么在这里？

三胜伸手欲去拉二秀的手，二秀躲开了。

二秀：三胜哥……

三胜：什么事。

二秀：我想问你一个事，我说了，你一定要回答。

三胜：你说都没说，我怎么回答？

二秀迟疑好久。

二秀：如果我跟过别的男人，你还会不会娶我？

三胜僵住了，眼睛睁得很大，盯着二秀。

三胜：你说什么？

二秀小心翼翼，轻声说。

二秀：如果我跟过别的男人，你还会不会娶我？

三胜握紧拳头，咆哮着。

三胜：那个男人是谁？

二秀低头，躲着三胜的目光。

三胜（眼露凶光，怒吼）：告诉我，那个男人到底是谁？

二秀：……我想知道你心里的想法。

二秀的眼睛直直地看着三胜，泪水在眼眶里打转。

三胜气血上涌，背叛的怒火吞噬着他的理智。

三胜：滚……给我滚！

一记重重的耳光滑过二秀的脸颊。

045. 四棵垭，日，外。

二秀离开四棵垭往家的方向走去。与三胜有一段距离后，二秀终于崩溃，眼泪汹涌而出。

三胜突然向汽车冲去，钻进驾驶室，一次一次深踩油门，汽车仍然不能从坑洼里爬出，车屁股后面一股股黑烟腾起。

二秀越来越小的背影消失在汽车腾起的烟雾里。

三胜的汽车越来越小，消失在莽莽群山之中。

046. 扶桑村古井，日，外。

西屋婶娘在门口看见三胜娘在水井边洗菜，回屋挑了水桶往水井边走去。

看见西屋婶娘朝水井这边走来，三胜娘准备走开，却被她喊住了。

西屋婶娘：家兴嫂子，你等哈。

三胜娘手里端着菜篮子，不情愿地停下脚步。

西屋婶娘压低声音，故作神秘地说。

西屋婶娘：听塔子界人说，二秀要嫁给石左山了。我当时就讲，这怎么可能，三胜为二秀把路也修了，汽车也买了，这不是竹篮打水一场空嘛……

三胜娘不想听下去，离开水井向家里走去。

047. 长浪山断崖，日，外。

鹰嘴岩下的一处断崖，站在断崖上仰头可以看见高高的鹰嘴岩。秋后的太阳从鹰嘴岩方向慢慢坠落。

断崖上的三胜与石左山，他们直直地站着，身后拖着长长的影子。

三胜：石左山，我们从小一起玩大，你杂种跟我玩阴的，趁我不在家搞我的女人算条卵！今天老子不和你一样玩小人阴招，明着来。

石左山：你要横来，不怕你，但我有话说。

三胜：有话就说，有屁快放，等会儿就没机会了。

石左山：我没玩阴招，我承认我是喜欢二秀，但不是你想的那样。

三胜：上了我的女人还想狡辩。

石左山：你可以找二秀对质。我的话说完了，三胜你硬要蛮来就放马过来。

三胜像一头狮子扑向石左山。

西天的落日一团火球一样向鹰嘴岩靠近。三胜与石左山扭打在一起。夕阳下他们就像两个跳动撕打的皮影人儿。

二秀与石左兰赶到时，石左山已满脸是血。二秀冲上前护住倒在地上的石左山，石左兰拉住气急败坏的三胜。

二秀哭着劝说。三胜向山下跑去。

石左兰望望石左山和二秀，朝三胜的背影追去。

048. 新公路，日，外。

三胜像一头受伤的狮子，开着他那辆绿皮卡车在长浪山这条公路上来来回回奔驰，有时还故意左扭右拐，横冲直撞，谁遇着都远远躲开。老人怕三胜把自己当成二秀爹，年轻人怕被三胜当成石左山，女孩子则怕被三胜当成二秀。一句话，三胜浑身冒着火，谁都怕惹火上身。

049. 石左山家，日，外。

二秀与石左山的婚礼定在八月中秋。石左山家在紧锣密鼓地准备婚礼。

偏瘫的左山爹被兄妹俩抬到铺着青砖屋坪的凳子上，请村里的理发师给他理发，剃须。

左山爹：剪短点，精神些。

理发师：老哥你放心，保证盖过你亲家公铁拐李。

左山爹：我和他比什么。哈哈。

理发师：左山福气呢，娶了这么漂亮的媳妇。

左山爹：福气谈不上，哥哥不成家，耽误妹妹。

石左山满面春风，忙进忙出。

石左山家屋里屋外到处是人，有帮忙做事的，也有看热闹聊天的。门上、窗户上贴满了喜庆的红对联，堂屋外的屋檐下，悬挂着一排红灯笼。

石左兰站在屋坪上，时不时地朝对面山上的公路眺望。

050. 小溪，日，外。

石左兰在小溪里洗刷蒸饭的蒸子。

抬头，见三胜的车从山腰飞驰而过。

石左兰看着三胜一天天醉醺醺地将车开得像高山上滚石头，东倒西歪，心里说不出的滋味，不知该怎么去安慰他。

051. 四棵垭，日，外。

三胜的车从四棵垭飞驰而过。

石左兰站在四棵垭等三胜开车回来，然后默默走开。

052. 二秀家，日，内。

相比石左山家，二秀家要冷清得多。

铁拐李坐在火坑边一张小桌子边喝酒。芦小妹走过来，一把夺过酒瓶向门外摔去。哐当一声，玻璃酒瓶碎了一地。

芦小妹：喝！喝！这回顺心如愿了。

铁拐李：孩子又不蠢，她选择左山自有她的道理。再说，左山有什么不好？这么多年来家里有个什么重活，哪次不是左山来帮的忙？

二秀不想听父母吵架，提着一桶衣服向小溪边走去。

053. 新公路，日，外。

一辆绿皮卡车在公路上奔驰。

在经过塔子界地段时加快了速度，向浪塘码头方向奔驰而去。

驾驶室内。三胜阴沉着脸，目视前方。

经过二秀家门前时，三胜不自觉地朝二秀家看了一眼。

前方的路有些模糊起来，三胜用衣袖擦了擦眼睛，深踩一脚油门向前开去。

054. 二秀家，日，外。

迎亲队伍站满二秀家的屋坪，一些人站在公路上。

二秀的嫁妆不多。娶亲帮忙的人在捆扎红红绿绿的被子和床柜。

唢呐与鞭炮声响起。二秀被叔叔背着走出堂屋，伴娘随即打开红伞罩在二秀头上。

走出土墙外，二秀被放下来，坐进停放在路旁的花轿内。

迎亲队伍有两条路可走。走小路，近，但抬嫁妆不方便。另一条便是三胜修的“32号公路”。抬床柜的人将床柜抬到了公路上，等待督管的口令。

石左山走到督管跟前耳语。督管听后，转头看了一眼立在公路旁的“32号公路”碑。

二秀从轿帘看出去，似乎明白他们谈话的内容。

督管：抬床柜的人将床柜抬转来，走近路。

炮手点燃三眼铁炮，三声巨响在长浪山回荡，接着一串挂炮响起。

督管（大声喊）：起轿。

轿子被抬起。

娶亲队伍出发。

迎亲队伍像一条五彩丝带，拖绕在长浪山的山坳坡岭。

翻过山岭，就看不见生活25年的家了。二秀掀开轿帘回头，见爹娘与亲人仍站在土墙外。

铁拐李佝偻着身子，右手扶撑在土墙上。芦小妹在用衣袖擦眼泪。

“32号公路”碑只能看见一个黑点了。

二秀心里明白，从今以后她就永远离开爹娘和那条32号公路了，禁不住落下泪来。

055. 县城，日，外。

三胜走在人流涌动的街上。

056. 县城，夜，外。

三胜坐在街灯下，身边倒着几个空了的啤酒瓶，神情沮丧而落魄。

057. 浪塘码头，日，外。

一艘客轮缓慢驶向浪塘码头。三胜走出船舱，手里提着一桶油漆。他朝岸上看了一眼，跳下码头。几个人帮忙将一大桶柴油从船上抬下来。

三胜找来水桶和抹布，认真地清洗着自己那辆绿皮卡车的车身，待干后，撬开油漆桶盖，用刷子蘸了红漆一刷一刷地往上面涂抹。每涂完一刷子，绿色的车身就留下一道鲜红的印迹。越涂越密，越涂越快，鲜红的色彩迅速向整个车身铺去。

太阳西沉，夕阳把河面染成了金色，波光粼粼。三胜像一位指挥家，在夕阳下挥舞着油漆刷，一上一下，一左一右。

夕阳消失前，三胜终于将那辆绿皮卡车变成了一团鲜艳的火球。

058. 塔子界村，晨，外。

太阳从牛背岭升起来。从牛背岭投来的第一道朝霞落在石左山家。婚礼带来的喜庆气氛已经消散，只有门框与窗户上的对联，以及残留在屋坪与路边燃过的鞭炮纸屑，看得出这家不久前举行过一场婚礼。

二秀推门走出来，一边梳头一边看牛背岭上升起的太阳。

石左山端着盛着热水的脸盆，放在二秀身边的挡水岩上。

059. 浪塘码头，晨，外。

三胜一觉醒来，发现自己昨晚在车上睡了一夜。

他揉了揉眼睛，将散落在副驾驶座上的酒瓶、饼干盒装进空纸箱，一只手抱着跳下车。

三胜将纸箱丢在沙渚上，来到水边，用手捧水洗了一个冷水脸，顿觉清爽了很多。随后捡起一个圆形石片，斜着身子用力地向河面抛去。

石片在河面上蹦跳着向前窜出去好远。

三胜走到汽车边，用手摸了摸昨天刷上去的红漆，漆已经干了。

他爬进驾驶室，发动引擎。汽车像一团跳跃的火球向长浪山深处滚去。

060. 新公路，日，外。

接下来的日子，三胜驾驶一团火球一样的汽车，在长浪山的波峰浪谷里穿行。长浪山人理解他的心情，不敢去招惹，长浪山的公牛却不买账，见着红色就眼红，奔过来顶，把看牛的西屋婶娘吓得半死。

西屋婶娘赶着一群牛在公路上慢慢悠悠走着。

三胜的车从远处山岭朝这边急驰而来。只见牛群中的那头大水牯，前蹄在路面上刨了几下，突然朝着三胜的红汽车直冲过去。

西屋婶娘跟在水牯后面拼命追赶，一边追一边骂。

西屋婶娘：三胜，你这个砍脑壳的，把车涂得满身见血。你不知道公牛见了红会眼红发癫呀，你那是个铁做的家伙，牛顶得过吗？

西屋婶娘跌倒，爬起。

西屋婶娘：你要是把我屋水牯撞死，我和你拼命。

三胜没有想到红色会招惹公牛。招就招了。三胜被西屋婶娘一骂，心里的那点愧疚全没了，跳上车，猛踩一脚油门，一股浓烟冒起车身跳了出去，直奔那头迎面扑来的公牛。

一声沉闷声响过后，公牛轰然倒下，四条腿猛力甩动几下不动了。

西屋婶娘见水牯被三胜的车活活撞死，张牙舞爪冲过来要与三胜拼命。

西屋婶娘：你这个砍脑壳死的，我屋牛惹到你什么了，它是条畜生啊，你也是畜生吗？牛顶死了，你得赔！你不喜欢绿色，当初就别买绿色的呀。左山让你戴绿帽子，你有本事找他去啊，和我屋牛耍横算条卵本事啊。

三胜再次加大油门向前冲去，将西屋婶娘的号啕与咆哮声丢在了身后。

061. 三胜家，日，外。

三胜从衣柜里取出一沓钱，装进塑料袋。

不一会儿，汪富生与西屋婶娘追到家里来了。三胜靠着左门框，右手撑在右门框上，不让他们进屋。

西屋婶娘：今天你三胜不赔我屋牛，老子就拆你的车。

西屋婶娘说着，在地上捡起一块大石头扑向停在皂荚树下的汽车。汪富生一把将她拉住。

三胜将手中装着钱的塑料袋递给汪富生。

汪富生转身离开，身后传来三胜的说话声。

三胜：你叫村里喂公牛的人，如果心疼牛就莫将牛赶到公路上去；如果想要钱，一个价：三千。

汪富生接过塑料袋，赶紧跑过去阻止西屋婶娘砸车。

西屋婶娘手中的石头还是落在了车门上。三胜听见响声飞跑过来，夺过汪富生手里的塑料袋，从里面抽出一沓钱来。

三胜：一块石头一千块，你继续砸。

西屋婶娘被三胜搞蒙了头。

汪富生：你再砸钱就没了，回去把牛杀了，把肉卖了就多多赚回来了。

汪富生拽着西屋婶娘离开。西屋婶娘一边往回走，一边骂个不停。

062. 三胜家，日，内。

日子如黄鳝蛇悄然向前爬行，转眼到了春节，家家户户门上贴了红对联。村子里外出务工的年轻人回家过年了。

村子一下子热闹起来，有了生气。

三胜在门口点燃一挂鞭炮。

三胜与娘吃团年饭。三胜娘给三胜倒了一杯酒后，给自己也倒了一杯。

三胜娘：今天团年，娘也陪你喝一杯。

三胜与娘碰杯。

三胜娘：三胜，听娘一句话，车不要开了，出去打工去吧。

三胜：娘，你莫操闲心，我心里有数。

063. 塔子界村，日，外。

石左兰在村口送返城务工的菊子。

菊子：左兰，说好了啊，我们在广州等你。

石左兰：嗯。把家里的木材运完我就过去找你们。

同伴们已经走远，石左兰转身往村里走来。

064. 石左山家，日，内。

山上的树木越来越少，三胜从以前每天十趟，改成每天送两车木材到浪塘码头。上午在家睡觉，下午跑车。村里的年轻人已陆续外出打工，村里冷清下来。

石左兰下过几次决心，想与村里的姐妹们外出打工，最终都放弃了。只要没事做，她就会站在四棵垭目送三胜开着那辆火球似的汽车远去，然后又等着他从山下摇摇晃晃开回来。她生怕那团火球哪一天突然从自己的视线里消失，掉下悬崖去。

自从二秀嫁给石左山后，三胜就没有给石左山家运送过木材了。看着别人家的木材都变成了白花花的钞票，石左兰想，自己家的木材哪天才能运完啊，万一政策一变就亏大了。

石左兰：哥，时间都过去这么久了，我们去求求三胜哥帮我们送几车原木吧，嫂子再过两个多月就要生了，等着钱用呢。

石左山：要去你去，我是不会去的，去也没用。

石左兰：去都没去，你怎么知道三胜哥就不会答应呢？

二秀：不去求他了，我们自己想办法。

065. 石左山家，夜，内。

晚饭后，石左山一家人坐在厢房看电视。挺着大肚子的二秀斜躺在床上。

电视里正在播放一部北方农村生活题材的电视剧。画面里，主人公驾着一辆装满货物的马车经过。

石左兰：他们可以用马车驮东西，我们何不做辆牛车呢？

一句话提醒了石左山。

石左山：是呀，我们可以做辆牛车啊。

066. 石左山家，日，外。

二秀在纸上认真绘制牛车草图，石左兰在一旁帮忙出主意。

木匠在屋坪前做牛车。二秀与石左兰在一旁拿着图纸指导。

石左山扛着从城里买来的车轮回家。

067. 新公路，日，外。

公路上，石左山兄妹俩往牛车上装木材。过路的人都说，这办法好，当初怎么就没想到，钱都让三胜赚了。

田安才：这个办法好呢，谁想的啊。

石左兰（俏皮地举起右手）：我。厉害吧。哈哈。

村民1（竖起大拇指）：聪明，我们当初怎么都没想到呢。

西屋婶娘：是呢，还是左兰聪明，不求三胜那王八蛋，木材卖了一大堆，就是没看到钱。

石左兰：三胜又没收你的原木。

西屋婶娘：吔，你这个死丫头，帮三胜说话呢。米老板就是因为将三胜的运输费加进去，价格才会压那么低，不是被三胜那小子把钱赚走了，还会是谁?

石左兰：西屋婶娘，我看你是恨三胜吧，我问你，没有他的车运，难不成你的木材自己飞到浪塘码头去?

西屋婶娘对着石左兰翻了个白眼。

西屋婶娘：你个死丫头。

068. 新公路，日，外。

石左山牵来家里的大水牯，套上轭环，向浪塘码头进发。

石左兰坐在牛车上，学着电视里赶马车人的样子，甩着手中的鞭子。为了减轻重量，石左山一只手扶着牛车，跟着车子走，上坡的地方就用力推一把。幸好去浪塘码头多是下坡不费什么气力。可下坡有下坡的麻烦，不好控制车速。

翻过山垭，远远看见三胜的汽车从山腰摇晃着开上来。

石左兰的手停在空中，半晌不出声。

石左山问：怎么了?

石左兰：哥，还记得西屋婶娘的那头水牯吗？

石左山：被三胜用车撞死的那头？（想到这，突然紧张起来）三胜的车来了？

石左兰：嗯。到山腰了。（从车上跳下来）我们得赶快想办法避开。

没地方可避，兄妹俩急得团团直转，不知该如何应对。

一阵焦急的等待，却不见那团红色的火球出现。兄妹俩屏声敛气静静听着，山间很沉静，汽车隆隆的吼声也消失了。

三胜的车停下了？还是出事了？石左兰心里一紧。

就在此时，只见前面山岭拐角处，一个人影冒头走出来。

是三胜。兄妹俩不知三胜要干什么，站在原地不动。

来到牛车跟前，三胜一句话没说，脱下蓝色衬衣，盖在兄妹俩那头膘壮的水牯头上，并将衬衣的两只袖子交叉绕在水牯的两只犄角上，打个结系牢。

三胜：这样牛就看不见红色了。

三胜丢下一句话，回转身离去。兄妹俩怔怔地看着三胜的背影拐过山岭，半天没有回过神来。

三胜将车尽量靠边停在路边。

石左山牵着被蒙住眼睛的水牯鼻绳慢慢从车旁经过。

石左兰回转头看着三胜。

石左兰：三胜哥，谢谢你。

三胜没说话，待牛车经过后才发动引擎，向辗兔岭开去。

石左山把牛车停下，取下盖住水牯眼睛的衬衣。

石左兰接过衣服，认真叠好放进包里，紧紧把包抱在怀里。

三胜远去的红汽车在深山里越来越小，最后剩下一个红点，消失在深山密林里。

069. 新公路，日，外。

石左山兄妹继续赶着牛车向浪塘码头走去。

刚才还兴高采烈的石左兰突然变得沉默不语了。

石左山知道妹妹的心思，心疼地看了一眼石左兰。

070. 石左兰家，日，外。

规划中沅水北岸重建的公路修到浪塘码头，因溪港太宽架桥成本太高，改道绕后山去了，没有从浪塘码头过。三胜的车彻底被封死在大山里。

三胜的红汽车在长浪山穿行，忽现忽隐。

石左兰站在屋坪外看着红汽车从一个山岭出现，从另一个山岭消失。

071. 四棵垭，日，外。

三胜经过四棵垭常会将车停下来，看着山下正在修建的新公路发呆。

石左兰躲在一棵松柏树下。她知道三胜心里在想什么，但又不敢前去搭话安慰。三胜跳下土塬准备离开，石左兰才转出身来。

石左兰：三胜哥，你的衣服。

石左兰将上次三胜用来遮牛眼睛的蓝色衬衣，叠得平平整整，怯怯地递给三胜。

三胜接过衬衣，淡淡地说。

三胜：我都忘了。

石左兰直视着三胜，想从他眼中读到一些信息。

三胜接过衣服不自觉俯身闻了闻，熟悉的肥皂香味从记忆深处沁来。

石左兰：我洗衣服的时候，嫂子……（说着突然转了口）二秀递给我一块香皂，是她告诉我你喜欢这个牌子的香皂。

三胜转过头去。

三胜：莫说这些了。

入秋后，山间的风凉爽起来。一阵山风吹过，三胜感到一身清爽。

三胜：兰子，叫你哥逢单日送木材，这样就可以避开我的车了。

石左兰心头一暖，三胜哥已很久没这么叫她了，眼里不自觉有了眼泪。

072. 新公路，日，外。

来长浪山收购木材的老板相继撤走，为了赶在木材老板离开之前将山上的木材运到浪塘码头，石左山兄妹顾不得三胜交待只跑单日的约定，每天往浪塘码头赶运好几趟。

兄妹俩赶着装满木材的牛车，一边走，一边细心倾听着从远处可能传来的汽车轰鸣声，一旦发现三胜的车开来，好提前做准备。

三胜放着空车从浪塘码头回来，情绪低落。他不想急着回家，下个月就没有木材运了，没有木材可运，自己的汽车也就成了一坨遗弃在山中的废铁。

他将汽车熄了火，跳下车，在公路上漫无目的地走着。想起山下那条正在修建的绕到后山去的公路，心里憋闷得难受。

三胜走下路坎，穿过一片小树林，前面亮敞开来，山脚下正在施工的公路尽收眼底。他发现斜对面四棵垭左边的那条山坳离公路最近。经过目测，大约不到两公里。

三胜观察山势，想象着修一条公路延伸到那条新修的公路上去。

073. 辗兔岭，日，外。

石左山兄妹赶着牛车抵达辗兔岭，停下来。下面就是九登坡。

石左兰从包里取出一块黑布，上前一步递给石左山。

石左兰：今天是双日，小心点。我去前面看看，听我招呼你再过来。

石左兰向前走去。石左山将牛车停在原地不动。

过了辗兔岭，眼前开朗起来。

石左兰站在坡顶向下观看，盘山公路时隐时现。屏声敛气，除了风抚过树叶的声响，什么声音也没有。石左兰往回走了几步，大声喊。

石左兰：哥，我们走。三胜哥的车还远着呢。

兄妹俩赶着牛车慢慢向九登坡走去。

074. 九登坡，日，外。

三胜走回到公路上，抖了抖脚上粘着的泥叶，爬上车。前面是个上坡拐角，三胜一脚猛油，一个急转骤然向前冲去。

三胜的车刚转过公路拐角，猛然看见左山兄妹俩的牛车迎面而来。

石左山兄妹刚听见汽车发动的声音，还没来得及分辨方位和距离，三胜的红汽车就到了跟前。

石左山赶紧取出黑布去蒙水牯的眼睛，然而一切都晚了。水牯先一惊，怔住片刻，接着摇了摇犄角，眼睛开始充血。

特写镜头。

水牯充血的眼睛，坚硬乖张的犄角。

水牯发疯似的拖着牛车向三胜的红汽车奔去。石左山奋力地拽着牛鼻绳，整个人被悬空吊了起来。

一声闷响后，一切又重新安静了下来。水牯躺在公路上，一只折断的犄角掉落在血肉模糊的头颅旁边，头与腿晃动几下后，不动了。

装满木材的拖车被挂在悬崖下的一棵树蔸上，一节一节的原木料从拖车上滑脱，滚下山去。

石左山被甩到了公路旁的岩石上，想站起来，却怎么也使不上劲，他用手去搬自己的腿，想把腿搬拢来，搬了几下，好像手中的这条腿不是自己的。

从惊恐中反应过来的石左兰，冲过来扶住哥哥，号啕大哭。

三胜跳下车，被眼前的一幕吓蒙了，跑过来帮忙扶石左山。

一艘快艇飞驰在蓝色的河面上。

075. 医院，日，内。

车祸来得太突然，别说回避，连思考的间隙都没有。三胜后悔不该将车停在拐角处，更后悔不该去看山脚下的公路，早一步晚一步都可以避免这场灾难。

晃过的医院外景。医院内川流不息的通道。急匆匆走过的医生和护士。

急诊科。手术室外景。

石左山躺在手术车上被推进手术室。

护士伸手拦住二秀和石左兰。

二秀、石左兰、三胜站在手术室外，眼睛盯着亮起的“手术室”三个大字。

长长的走廊上一片静寂，石左兰扶着挺着大肚子的二秀坐在手术室外的蓝色长凳上。

三胜站在走廊远处的窗前。

076. 医院，日，内。

石左山躺在病床上。二秀拉着石左山的手。

二秀：左山，吓死我了。

石左山：放心，死不了。我还等着儿子喊爸爸呢（说着，看了一眼二秀隆得高高的肚子）。

三胜从病房里退出去。三胜走过长长的通道。

三胜走出医院大门，抬头看天空。

街上几辆汽车急驰而过。

077. 医院，日，内。

二秀在县城医院待了一个星期，确认石左山的伤情稳定之后决定回长浪山，留下左兰与三胜在医院侍候石左山。

石左兰：嫂子，你回去做做爹的工作，不要报案了。三胜哥是无心的，他说了，所有费用他都负责，还会赔我们一些损失费，现在我们正是缺钱的时候。万一他被抓去坐牢，对大家都没好处。

石左山（面朝向二秀）：我觉得左兰话说得有道理，回家劝劝爹娘，就说我没事的，很快就出院了。

二秀点点头。

078. 扶桑村，日，外。

李顺涛向三胜家走去。

西屋婶娘见李顺涛匆匆从家门口经过，立即出门跟上去。

079. 三胜家，日，内。

三胜娘坐在火坑边发呆，见李顺涛进来，立即起身，焦急问道。

三胜娘：左山人伤得怎么样？

李顺涛：家兴嫂子，你先让我坐下喘口气吧。

三胜娘搬来椅子，用衣袖抹了抹，让李顺涛坐下。

李顺涛：放心吧，我才从铁拐李家回来，打听了，没什么大事。

三胜娘：那就好，那就好，菩萨保佑。

李顺涛：二秀从城里回来了，说三胜想留在医院帮忙照顾左山。还说他们兄妹做通了家里的工作，不告官了。

三胜娘连忙点头。

三胜娘：嗯嗯，只要不告官，钱我们愿意赔。

西屋婶娘躲在门外偷听，被发现后不得不硬着头皮走进屋来。

西屋婶娘：家兴嫂子，三胜还好吧？

李顺涛：好着呢。你是不是有点失望呀？

西屋婶娘：你看你，还是组长，讲的些什么话。三胜是命好，本事大，别人出外打工，回来还是穷光蛋一个，三胜在外面遛一趟就给家乡修了一条公路，是条厉害角色，但人也有倒霉的时候。

三胜娘不想听西屋婶娘说话，故意忙这忙那。李顺涛的脸阴沉着。

西屋婶娘：三胜这次也够可怜的，被戴了绿帽子还要赔钱。家兴嫂子，你也想开点，是她二秀没这个福气。

李顺涛（站起来，大声说）：你还有完没完？到时三胜回来揍你，别哭哭啼啼来找我。出去！出去！

西屋婶娘悻悻地走出门去，嘴里还在叨叨。

西屋婶娘：还是我屋那头水牯报恩啊，死了还帮主人出了口气呢。

从门里飞出一只烂鞋子，落在西屋婶娘的身后。

080. 县城餐馆，夜，内。

河街小酒馆。三胜与汤师傅面对面坐在一间临河的包间里。汤师傅桌面上放着一个ZIPPO打火机和一包高档香烟。

他们在喝酒聊天。

汤师傅：我现在专跑陕西的专线。我买五台新车了，准备筹建个车队，你也加入进来，保证让你几年下来就可以在城里买套新房。

三胜：我来？那我只能用肩扛，你要啊。哈哈。

汤师傅：你的车呢？

三胜：我的车没有长翅膀呢。

汤师傅突然想起来，三胜的车还被关在长浪山里。

汤师傅：你看我这记性，把这事给忘了。不过，车是死的，人是活的，再买一台。

三胜：新车肯定会买，但必须先把那台车开出来。

汤师傅熟练地玩着手中的打火机，发出悦耳的金属脆响。

汤师傅：上次我去西安送货，你猜我遇到谁了？

三胜：遇到谁了。

汤师傅：米小东。他请我喝了一餐酒。他还说，长浪山到处都是宝，有机会还会去淘宝。

镜头后拉，穿过窗户，在外面缓缓推移。

亮着灯的窗户越来越小。

081. 女装店，日，内。

三胜与石左兰漫无目的地走在熙熙攘攘的大街上。天突然下起雨来，他们躲进一家服装店避雨。

女装店装修得很漂亮时尚，各款各式的女装琳琅满目。石左兰左看右转，最后在一条绛紫色的围巾前停下。

三胜走过来，轻声说道。

三胜：喜欢就买下来。

石左兰犹豫了一下。

石左兰：算了，我们回医院吧。

082. 县城，日，外。

雨小了下来。街上人影匆匆。走着走着，石左兰回头，发现三胜没有跟上。这时，两个穿制服的警察迎面走过来。

石左兰站在原地等了好一阵，仍不见三胜跟上来，默默朝医院方向走去。

083. 医院，夜，外。

三胜走进医院大门。石左兰等在那里。

石左兰：三胜哥，走着走着，怎么突然不见了，你去哪里了？

三胜没有看石左兰。

石左兰：你不相信我们。

三胜：我怎么不相信你们？

石左兰：那你为何见到警察要躲开？我们没报案！

三胜欲言又止，话到嘴边又咽了回去。

084. 石左山家，日，外。

石左山家远景。

一声响亮的婴儿啼哭声传来。

一些人从家门进进出出。

085. 医院，日，内。

二秀生了，生了一个大胖儿子。这个消息让躺在病床上的石左山一时忘了伤痛，心情也顿时明朗起来。

石左兰兴奋地将手机递给石左山。石左山将手机贴在耳朵边。

婴儿哭声：哇——呜哇——

听筒里传来清脆的婴儿啼哭声。

石左山：我们明天就可以出院回家了。

石左兰：看把你高兴的，不是你说回家就可以回家的，要听医生的，我这就去问医生。

086. 驾驶室，日，内。

按照口头协商，石左山出院后，三胜除结清医院所有的治疗费用外，还要一次性付给石左山十万元补偿费。二秀见三胜坚持要她一起去乡信用社转账，知道三胜可能有些话想单独跟她说，就答应了下来。

二秀坐上三胜的汽车，将头偏向窗外，看着车窗外晃动的山峦，往事一幕一幕在眼前闪过。

二秀：三胜哥（二秀禁不住轻轻喊了一声）。

三胜侧头看了一眼二秀。

二秀：我对不起你。

二秀看着窗外，好像不是说给三胜听的。

二秀：左兰一直喜欢你……

虽然二秀早就嫁给了石左山，但三胜总觉得二秀还在自己身边，直到这一刻，他才意识到二秀已经真正从自己的世界里走远了。

087. 新公路，日，外。

办完转账手续回来的路上，三胜一直不说话，开着那辆已经有些褪了色的红汽车，在九曲八拐的山间公路上奔驰，一团一团扬起的灰尘，紧紧咬着车子屁股，一路追逐。

一路上，三胜总想着前面有辆车开过来，或是后面有辆车追赶他。

二秀：三胜哥，你的钱都赔给我们了，你以后怎么办呢？

三胜：我不是还有车吗？

二秀：车还有什么用，没有木材运，开又开不出去。

三胜：那我就再修一条公路，把车开出去。

二秀：事到如今还说大话，还不接受教训。

二秀说着，心头一阵酸楚。

二秀：不要再固执了，成个家，平平淡淡过日子吧。

088. 城市·茶楼，夜，内。

茶桌上摆着功夫茶具和一盒高档碣滩绿茶。米小东与两个朋友在喝茶聊天。

做仿古建筑的刘总风风火火走进茶室，落座。

刘总：今天米总怎么这么有雅兴啊。

米小东：我看这人啊，就是发不得财。

刘总：我明明在上吊，你却看到我是在打秋千。上个星期，运了几批青砖过来都被专家给否了。

朋友1：来来，喝茶。我先表个态，今天保证不向刘总借钱。

众人大笑。喝茶。聊天。

米小东从提袋里取出两块青砖，小心摆放在茶桌上。

米小东：刘总，白天我去了你们施工现场，想让你辨别一下，这两块青砖哪一块是从你们墙上拆下来的。

刘总（疑惑地看着米小东）：米总，你几个意思？

米小东：哈哈，我哪有几个意思，向你讨教呀。

刘总认真端详起来。

刘总：还真分辨不出。

米小东：真分辨不出？

刘总：真分辨不出。

米小东：那你想不想要这种青砖？

刘总：要啊，我只差打灯笼去找了。

米小东：要多少？

刘总：你有多少？

089. 浪塘码头，黄昏，外。

浪塘码头一家商店门口贴着一张告示。

告示上说，离木材收购的最后期限只剩一个星期了。

三胜站在告示前。

过肩镜头。告示：

木材收购最后截止日期为2011年10月15日，离截止日期只剩最后一个星期了，望村民相互转告，将家里的木材送来检尺验收，过期一律拒收。

2011年10月7日

车祸后，石左山家的木材都是三胜在帮忙运送。太阳落山时分，三胜装下石左山家最后一车木材到达浪塘码头。

车到码头，检尺员已经收工。

三胜在一家小酒馆找到他们。

090. 小酒馆，黄昏，内。

灰暗的酒馆内，三张方桌靠河边窗户“一”字形排开。检尺员正坐在靠门最里面的一张方桌上。三胜走过去。

三胜：大哥，最后一车了，看这天就要下雨了，我们还要赶回去。

检尺员正喝到兴头上。

检尺员：急么子急，反正你也是白送。

说着，继续高声喝酒聊天。三胜心里着急，再次打断他们。

同桌1：把你女人喊来，陪，陪我们喝杯酒，我，我们就帮你检尺。

同桌2（一个矮胖男子）：来，妹子，干了这杯，保证立马给你们检。

矮胖男子用左手大拇指与食指做了圆圈，将右手食指插入其中打了个手势，那是一个一看就明白的淫秽动作。

同桌2：保，保证将这么细的条木量成20，保……保证比三胜的大。

三胜箭步向前，抢起桌上一个酒瓶就要砸过去。酒馆老板见状，一个箭步向前，从身后将三胜拦腰抱住。

三胜：今天尺不检了，老子也要做了你！

酒馆老板紧紧抱住三胜。

酒馆老板：三胜兄弟，别冲动，他们喝多了，莫跟他们计较。

酒馆老板向席间那个年龄大些的人使眼色，示意他们赶紧住嘴。

石左兰被吓坏了，紧紧拽着三胜的胳膊不松手。三胜用力摔开石左兰的手，怒气冲冲拧开酒瓶。

三胜：老子今天就陪你们喝，谁他妈的不喝就给老子穿裙子摆屁股。

三胜说着将手中的酒瓶往桌子上一蹾。

三胜：有种的都过来！

三胜说完咕嘟咕嘟将酒瓶吹了个底朝天。

几个年轻人也不示弱，举起酒瓶也要喝，被酒馆老板过来抢过手中的酒瓶。

酒馆老板：你们真的想闹出人命呀。

三胜：不喝了，是吗？两种选择：要么你们自己找条裙子穿上，摆屁股；要么给老子去检尺！

三胜那股沉寂了很久的霸气又回来了。他今天的举动让石左兰震惊和意外，一种从未有过的幸福感漫遍全身，但这种幸福让她战战兢兢。

091. 浪塘码头，黄昏，外。

浪塘码头随着夜幕的降临沉静下来。检完尺，天色已经很暗了。眼看一场大雨即将到来。借着酒性，三胜跃身而起，打开车门钻进驾驶室。

石左兰连忙伸手去拽，想阻止他酒后开车，却被三胜重重地挡了回来。

汽车有些夸张地轰然响起，车身痉挛地跳动起来。

石左兰赶紧跳上汽车，她知道如果自己不上车，三胜也会将车开走。

092. 新公路，夜，外。

天色越来越暗，雨终于下了起来。汽车踉踉跄跄地向长浪山深处开去。石左兰一边哭，一边喊三胜将车停下来。

雨越下越大，车在一个泥坑里陷住了。三胜跳下车查看情况。

石左兰也跟着跳下车，想去公路中间阻止三胜继续向前开。夜色中一块布条被带下车，石左兰借着车灯看清那是在县城与三胜逛街时，自己当时犹豫没舍得买下来的绛紫色围巾，再也控制不住自己，冲上前一把抱住三胜。

石左兰：三胜哥，别开了，三胜哥……

石左兰一边哭，一边双手死死箍住三胜的腰。两人踉踉跄跄一阵后，一齐倒在公路上。

从明亮的车灯光束中可以看见雨越下越大。

三胜在石左兰怀里，像个孩子似的大哭起来……

093. 长浪山，日，外。

国家出台封山育林政策，不许再砍伐树木。长浪山的青壮年和有本事的人纷纷外出打工。

绿水青山就是金山银山。

节约资源、保护环境的标语贴在了村委会前和四棵垭对面的岩崖上。

太阳从牛背岭缓缓升起。空落的扶桑村与塔子界村。

石左兰动员三胜一起外出务工，三胜没同意，他说他要守着这条公路。

镜头缓缓推移。三胜与石左兰的背影，从小变大，由远至近。

石左兰：三胜哥，我们也去广东打工吧。

三胜：我肯定会出去，但不是现在。

三胜的眼睛盯着山脚下那条建设中的新公路。

太阳慢慢从西边山峦落下。

夕阳中的四棵垭。

094. 长浪山，日，外。

长浪山的人越来越少，三胜开着那台像团火球的空车，隔三岔五去那条孤独的公路上飞奔一回，然后站在四棵垭看山脚下绕到后山去的公路，心里暗暗下决心，他要再修一条路，通到山脚下那条公路上去。这一年来跑运输赚的钱都赔石左山了，现在没有了挣钱的门路，三胜陷入了绝望。

三胜的红色汽车在长浪山公路上穿行。

095. 四棵垭，黄昏，外。

一天，夕阳下，三胜的红汽车向四棵垭飞驰而来。逆光中，三胜看见前方四棵垭处站着一只动物，仰着头冲自己眺望。

汽车离动物越来越近。三胜看清了，那是山豹在等他回家。三胜连忙跳下车朝山豹冲过去。山豹同时也向三胜飞奔过来。

三胜将山豹抱上汽车，让它坐在副驾驶室。

三胜驾着车朝着家的方向开去。

山豹像模像样地坐在副驾驶座上，眼睛盯着前方迎面撞来的群山。

三胜心情愉快地打着方向盘，不时侧眼看一旁聚精会神凝视前方的山豹。

三胜的红汽车越来越远，越来越小，慢慢没入群山之中。

096. 铁拐李家，夜，内。

二秀带着儿子旦旦回娘家，一家人在厢房看电视。

央视新闻联播正播放着习近平总书记在湘西十八洞村视察调研的重播新闻。这是铁拐李每天必看的节目，雷打不动。

已经两岁会走路的旦旦，兴奋地在电视机前蹦蹦跳跳，不停挡住电视画面。

铁拐李：旦旦，你莫挡外公看电视好不。你再跳，外公头就要晕了。

听外公这么一说，旦旦更加来劲，干脆伸开双手抱住电视机不让铁拐李看。

二秀：旦旦，听话。不听话下次我就不带你来外公家了。

二秀说着，一把将儿子拉过来抱在怀中。

二秀妈从厢房拿来好吃的粮果给旦旦。

一家人继续看电视。

天空一轮满月高悬。

097. 新公路，日，外。

三胜开着空车在长浪山公路上穿行。

山豹坐在副驾驶座上，三胜面无表情地打着方向盘。

从驾驶室看去，公路两旁是一晃而过的树林、群山以及远处空落的塔子界村。

汽车继续奔驰，高低不平的路面迅速被车身吞没。远处公路上一个人影在向前走动，听见身后的汽车声音，回头，招手。

人影越来越近。

三胜终于看清是米小东，赶紧一脚刹车将车停住，从驾驶室里跳下来。

三胜走到米小东跟前，一拳打在米小东的肩膀上。

三胜：怎么是你啊？

米小东：怎么不能是我啊，长浪山寨主，搭个顺风车行不？

他们高兴地说着话朝汽车走过来。

米小东拉开副驾驶车门，发现副驾上坐着一只怒目横眉的猎狗，吓得立即将车门关上，坐到后排去。山豹对突然造访的陌生人充满敌意与警惕，将头转向后排，一个劲地吠叫。

三胜一边开车，一边安抚山豹，好一阵才安静下来。

三胜：看来山豹不怎么欢迎你啊。

米小东：它不欢迎很正常，只要你欢迎就行。

路旁晃动的树影。

公路上一群排成方队的山羊看到车来，慢慢向公路两边让出一条道来。

098. 田安才家，日，外。

三胜与米小东一前一后向田安才家走去。快到田安才家时，穿公安制服的谢少平和汪富生走出门来迎接。

三胜转身往回走。米小东转身见三胜往回走，喊道。

米小东：三胜，你往哪走啊。

三胜：忘了一件东西在车上，我去拿来。

米小东追上去拉住三胜的手往回拽。

米小东：东西在车上，丢不了。

谢少平与汪富生迎了上来。

谢少平：你就是三胜吧，早闻你大名了。哈哈。

汪富生抢前一步，向三胜介绍。

汪富生：三胜，这就是扶贫后盾单位县公安局驻我们村的扶贫第一书记，你可以叫他谢书记。谢书记是帮你修路来的。

三胜脸上露出笑容，伸手握住谢少平伸在空中的手。

099. 田安才家，日，内。

（2013年国家精准扶贫政策开始，谢少平以扶贫第一书记进驻碣滩村。扶桑与塔子界属搬迁移民村组，按精准扶贫政策没有修建通组公路的专项扶贫资金。村主任汪富生面对绕开碣滩村修到后山去的公路也是一筹莫展。米小东再次来到长浪山，他说，上次离开带走的那几块青砖，让做古迹维护的专家朋友看，说是难得的仿明砖，有多少他们照单全收。汪富生没想到他们村的泥巴还能变成钱，树木砍后，那些剃砍下来的树梢枝干是烧砖的绝好材料，他立即跑政府相关部门，找门路，利用扶贫产业绿色通道办理相关手续，成立长浪山仿古砖烧制扶贫产业合作社。）

米小东、三胜、谢少平、汪富生及田安才，分别在饭桌前落座。

田安才一边拧酒瓶盖一边说。

田安才：刚才谢书记说，他们扶贫干部不准在老百姓家大吃大喝，我们这不算是大吃大喝吧。

汪富生：干部也是人，是人就得吃饭。今天正好米老板、三胜都来了，我们就边喝酒边开个短会。

田安才：主任说得对，我们就开有酒的会，发财的会。这个仿古砖厂建在我们塔子界，我就是名正言顺的东道主，今天喝酒听我的。

谢少平：喝酒听你的，我们村能不能脱贫要听米老板的。

田安才：对，对，听谢书记和米老板的。

米小东：各位老兄都只说对一半，我们全要听三胜的，这长浪山就他这一辆汽车，他不给我把仿古青砖送出山去，青砖烧得再好它也是一堆硬泥巴，变不成白花花的钞票。你们说是不？

众人齐声赞同。

田安才：没意见，那我提议这第一杯酒我们先敬三胜兄弟。

不等三胜反驳与推辞，众人起身敬酒。

100. 砖窑旧址，日，外。

田安才带着谢少平、汪富生等相关人员在旧窑址实地调研选址。

田安才带领村民们搭建临时砖厂工棚。

101. 碣滩村仿古砖扶贫合作社，日，外。

烧制这种成色的仿古砖只有石左山能做到，谁知却遭到二秀的强烈反对。从石左山家灰溜溜回来的田安才向谢少平和汪富生汇报。

田安才：我好话、道理说了一大箩筐，二秀与石左山死活都不松口。

汪富生：是不是因为股份占比的问题?

田安才：好像不是，根本没谈钱的事。

谢少平：村里还有谁有这种烧砖本领?

田安才：只有石左山会，他家祖传的。听老人们说，辰州修古塔就是请他爷爷出的山。后来传到他父亲这一辈技术也不错，可惜前些年瘫痪了。幸好他在瘫痪前，将技术传给了石左山。

102. 四棵垭，日，外。

三胜的车停在四棵垭。三胜与米小东站在垭上最高的一处土包上。

米小东手指着山脚下的新公路。

米小东：从这里目测，直线距离最多不超过两公里，二十万不到就能拉通。

仿古砖厂建起来，真正赚大钱的人是你。有了钱还怕没人帮你修路？

103. 小溪，日，外。

小溪翻着白白细细的浪花。石左兰半蹲在溪边洗着花花绿绿的衣服。三胜与米小东朝着小溪走去。石左兰看到三胜来，高兴地打招呼。

石左兰：你们怎么走这儿来了，这是要去哪儿啊。

米小东：这条溪又不是你屋的，我们怎么就不能来啊。哈哈。

石左兰（俏皮地）：不是我的，难道是你米老板的？

三胜：左兰，我们来是想请你去做做你哥和嫂子的工作。

石左兰：早做啦，油盐不进。怪我爹偏心，没有将技术传给我。

石左兰趁米小东玩水走远的机会，轻声对三胜说。

石左兰：不知道我的感觉对不对。

三胜：什么感觉？

石左兰：凭直觉，我觉得二秀反对哥哥出山，与米老板有关。

三胜与石左兰同时看了一眼在远处玩水的米小东。

米小东被三胜强行拉着，一起向石左山家走去。

104. 石左山家，日，外。

二秀在屋坪陪儿子旦旦玩耍，看见米小东他们来，将儿子抱起走进屋去。

石左兰看了一眼三胜，似乎在说，我的直觉没错吧。

就在这一刻，三胜脑海突然闪现米小东以前常提着酒去二秀家喝酒的情景，还有米小东看二秀时的那种贪婪眼神。

105. 山路，日，外。

从石左山家返回的山路上，三胜与米小东一前一后闷声闷气地走着，谁也不说话。

三胜越想越觉得不对劲，米小东肯定与二秀发生过他所不知道的事。三胜脑海里不停闪现着米小东突然离开长浪山和二秀与他提出分手的画面。

米小东离开长浪山后没几天，二秀就向他提出了分手，难道“那个别的男人”不是石左山，是米小东？

闪回。三年前。

潮湿的晨雾中，米小东在浪塘码头登船离开的背影。

四棵垭，三胜的巴掌滑过二秀脸颊。二秀转身离去。

闪回结束。

106. 小溪，日，外。

正过小溪，三胜突然转身，一把拽住米小东的衣领，一记重拳狠狠落在米小东的脸上。米小东跌倒在溪水里，一股血柱从米小东鼻孔喷涌而出。

三胜：你个畜生，你是不是动过二秀？

米小东似乎早有心理准备。

米小东：三胜，你听我解释。

三胜（怒吼）：是不是？

米小东的态度肯定了三胜的判断，也更激怒了他。他发疯似的把米小东的头按进水里又提起来，接着弯腰捡起一个大卵石欲朝着米小东头上砸去。

米小东双手后撑着，不停向后退去。就在三胜举着手中卵石即将砸过来的瞬间，米小东突然大喊一声。

米小东：杨伟兴！

三胜高扬的手突然僵在了空中。

杨伟兴，是三胜在鹅城一家公司当业务员时用过的假名，没几个人知道。米小东知道这个名字，自然也就知道那笔用来修“32号公路”的钱的来路了。

三胜将高扬的手放了下来。

107. 石左山家，日，外。

谢少平、汪富生、田安才、李顺涛从石左兰家面带笑容走出来。

田安才：还是我们谢书记会做思想工作。

谢少平：不是我会做思想工作，是人家二秀有觉悟。

田安才：是，是。谢书记说得有道理。

108. 砖厂现场，日，外。

碣滩村仿古砖扶贫合作社正式挂牌成立。鞭炮声中，谢少平与汪富生共同扯下罩在碣滩村仿古砖扶贫合作社牌匾上的红色绸布。

一缕青烟从砖窑的烟囱缓缓升起。烟柱越升越高，慢慢散开。

谢少平、汪富生、田安才、李顺涛等，站在砖厂外的屋坪上，看着那缕升起来的青烟会心地笑了。米小东走过来，打开一包新开的香烟，一人递上一支。

谢少平：汪主任，你还是要开个会强调一下，不准村民砍生柴，只能用以前砍伐树木剩下来的树枝废材做燃料。这个扶贫合作社能审批通过，我是向领导签了“绿水青山就是金山银山”军令状的。

汪富生：嗯嗯，我们明天就通知开会。

谢少平：还要弄几张告示，贴在村民容易看到的地方。

109. 石左山家，日，外。

二秀站在屋坪外，静静地看着那缕缓缓升向天空的青烟。

110. 砖厂，日，外。

扶贫合作社终于烧出了第一窑青砖。

米小东拿起一块仿古青砖端详，嘴角露出微笑。

三胜的汽车装满仿古砖从砖厂驶出，奔驰在长浪山的公路上。

111. 新公路，日，外。

三胜放着空车从浪塘码头回来，远远看见石左兰站在公路上等他。

三胜跳下车。

石左兰：三胜哥，不修那条公路好不？我们去广州打工去。菊子来电话说，只要我们过去，吃住和找工作的事全由她负责。

三胜不说话，低头往回走。

看着三胜慢慢远去的汽车，石左兰仍站在公路上一动不动。

石左兰心里明白，三胜修那段连通公路有二秀的原因，但更多是自己跟自己拗劲，既伤感，又心疼。

112. 连通公路现场，日，外。

三胜的那条黄鳞蛇又活了过来，他梦想中的那条连通公路也终于破土动工。

但在石左兰眼里，三胜并未表现出很高兴的样子，反而变得沉默寡言了。

石左兰觉得三胜还活在他那两句与二秀有关联的大话里。

连通公路起点为四棵垭。已经向山脚修通二百多米的新公路。

十几个村民在公路上施工。

李顺涛：三胜，这样全靠人力太费劲了，还是等山下公路通车后，调台挖掘机来，从山脚那头往这边挖，几天就拉通了。

三胜：我也想啊，但我不愿等了。

三胜走过去给每个施工的村民递烟。

113. 四棵垭，黄昏，外。

夕阳下。二秀路过四棵垭，看见三胜与十几个村民在远处施工，便在一块岩石上坐下来。四棵垭还是原来的样子，二秀的记忆不自觉又回到了中学时代，那时多美好呀。二秀站起身，走到那棵旁边有块大石板的松柏树下。当年留言的石板不见了，心里不免掠过一丝怅然。

在不远处的坡沿下，二秀找到那块半掩在荨麻丛中的石板。她用力将石板向上翻，一个转一个转地向垭上翻去。

夕阳越来越浓艳，四棵垭充满梦幻的色彩……

这一幕，被收工回来的三胜看在眼里，他慢慢走向前去抱起石板，一步一步向垭口爬去。二秀跟在三胜身后。三胜抱着石板爬坡显得有些吃力，上半身被斜射过来的夕阳照亮，下半身隐没在阴影里。

夕阳被树林撕裂得斑驳绚丽。三胜小心翼翼将石板放回原处。

三胜：是这儿吗？

二秀并未回答三胜的话，蹲下身，用手抚着石板，然后捡起地上的一颗石子，慢慢地在上面写道：

三胜，忘了我，二秀。

二秀站起身，看着三胜。

二秀：三胜哥，忘了我，左兰是真心喜欢你……

三胜没有说话，看着二秀的背影与夕阳一同消失在群山深处。

三胜与二秀离开后，四棵垭安静得连一丝风声都没有。

一个身影（石左兰）从不远处的一块岩石后转出来，背影消失在越来越暗的山色中……

114. 铁拐李家，日，内。

精准扶贫政策越来越深入，碣滩村是深度贫困村，除村部所在的碣滩组外，扶桑与塔子界两个组上的建档立卡贫困户迁入了县城的易地扶贫搬迁集中移民安置区：太安新区。碣滩村一下子空落下来。

谢少平与田安才在做铁拐李的工作。

谢少平：你是残疾人，也是第一批建档立卡贫困户，别人想搬迁还没有这个资格呢。你就二秀一个女儿，她也成家了，没什么牵挂，也该享享福了。

田安才：是呢。搬迁移民安置区的条件好得很，超市、学校、医院样样不缺，跟城里的小区没有什么区别。

铁拐李喝着刚泡的热茶，升起的水雾把脸变得虚幻不清。

铁拐李：我们都这把年纪了，黄土埋到脖子上了，从没想过要离开长浪山，清早起来，看不见牛背岭上升起的太阳，心里会不习惯，不踏实。

115. 扶桑村，日，外。

搬迁移民的村民，按政策要求必须拆除在村里的原有住房。

一栋正在倒架的房屋。一些人站在旁边观看，一些人在手忙脚乱地帮忙。

另一家已经倒架拆卸的房屋旧址上，一位老人在废墟搜寻有用的物件或可以带走用作纪念的东西。

一只老黄狗在废墟里嗅来嗅去。

一只母鸡带着十几只小鸡在废墟里寻找食物。

三胜在帮搬迁到县城移民安置小区的村民搬家。装满贫困户搬迁物资的汽车，颠晃着行驶在公路上。虽然车身拉着易地搬迁的红色喜庆横幅，场面却让人感到心里空荡荡的。

116. 砖厂，日，外。

长浪山烧制这种成色仿古砖的泥土已经挖完，烧完最后一窑砖，村委会就要解散合作社了。

米小东已经三个月没有来跟三胜按协议结账，连通公路停工了。三胜正在装车，被从工地赶来讨要工钱的村民团团围住。

村民：我们都是看着你长大的，你三胜为人我们心里都清楚，除了好胜好面子，别的没话说。但做工给钱，天经地义，大伙也要生活呀。

三胜：我现在手上实在没钱，米小东三个月没来给我结账了。大家都乡邻乡亲的，我三胜说到做到，只是迟一点给，绝不少大家一分钱。

西屋婶娘：谁想为难你呢，确实没办法，都等着钱用呢。你想想，米小东求你运砖时都没将钱给你，等你将最后一窑砖运完还会把钱给你？到那时，你搬起石头打天去？

大家你一句，我一句，嚷嚷着要三胜现在就给钱。

西屋婶娘：当初你开车撞死我屋水牯的那股子霸气呢，见了城里人就茶了——阉公鸡！

117. 石左山家，夜，内。

石左山听说三胜被修公路的人堵着讨要工钱，与二秀商量准备帮三胜一把。

石左山：二秀，想和你商量件事，米小东几个月没来跟三胜结账了，修公路的人在逼他付工钱。我想把他赔我们的钱取出来帮他一把。

二秀（轻声地）：听你的。

石左兰在一旁没做声。

石左山：那你明天就去把钱取出来。

118. 砖厂 · 公路，日，外。

第二天，二秀提着一包钱慌慌张张跑过来。

二秀：三胜哥，左兰不见了。

二秀在三胜脸上没有看到她想象中的慌乱与不安。这让二秀心里十分失望，从前那只宁可冒着被老鹰叼走的危险也要舍命保护小母鸡的大公鸡已随岁月老去了。二秀无限感伤起来。

二秀：左兰带了换洗衣服，身份证也带走了，跟谁也没打招呼，不晓得去哪里了，急死人了。

三胜：那么大个人，丢不了。

二秀半天不知说什么，从手提布包里取出一包钱递给三胜。

二秀：这些钱是左山要我去镇上取回来的，你先拿去救急，把修公路的工钱付了。

三胜：我不要你们的钱。

二秀：到时你有钱再还我们。

三胜：不要！

三胜站起身，准备去开车。

二秀（拦住三胜）：左兰会不会去找米小东了？

三胜还是不说话。

二秀：左兰不见了，你一点都不着急，你还算是男人吗？

三胜跳上车，发动引擎。看着慢慢远去的汽车，二秀落下泪来。

突然，三胜将车停住，从驾驶室里跳下往回走。走到二秀跟前，冷冷地说道。

三胜：二秀，你说得对，我不是一个男人，两年前我就不是一个男人了。从前，我就是因为太想做一个男人才变成今天不像一个男人的。

三胜走出去几步，又返回。

三胜：二秀，你和左兰都不属于我，可这条公路是属于我的，它虽是条黄鳝蛇，但它不会反过来咬我。多年后，长浪山人可能记不得我了，至少他们走在这条公路上时会想起我……记住，我依然是原来的三胜！

119. 新公路，日，外。

米小东从县城回来了。米小东坐上副驾驶室。

米小东：（他将一袋子钱在三胜面前晃了晃）今天运最后一车了，我说到做到。

三胜紧紧握着方向盘，眼睛看着前方，一句话不说。车越开越快，翻过一个山岭便是一条很陡的下坡，汽车就像一头挣脱了鼻绳的公牛，颠晃着向前奔去。车后扬起的尘土，像一条灰黄色的尾巴摇摆着。

米小东感觉到三胜有些不太对劲儿，大声说。

米小东：三胜，开这么快搞什么？

车到四棵垭，三胜突然将方向盘一转，拐进那段停工还没有接通的公路。

米小东：这条路还没通呢。

三胜：你把钱准时给我，它早就通了……

汽车在剧烈的颠簸中继续向前开。

三胜：今天就让你瞧瞧，我能不能将车开到山下那条公路上去。你处处拿杨伟兴要挟我，我也想通了，要想杨伟兴这个人永远消失，只有这个办法了。

三胜加大油门。

米小东：三胜，你想干什么，我死了，你能活得了？

三胜：我死了，至少我还有这条公路留在长浪山。

新修的连通公路在他们的车轮下断了，三胜猛地一脚油门，汽车一阵痉挛向山下跳去。

120. 连通公路，日，外。

二秀回到家，心里一直琢磨着三胜说的话，想着想着，心里突然不安起来。她抄近路向四棵垭奔去，刚爬上三胜曾站过的那个土塬，正看见那团已经褪色不再耀眼的火球跳动着向山下奔去。

世界死一样沉寂，空中飞舞的100元钞票纸片一样飞出去，然后慢慢回落下来，落在错落的树枝和突兀的岩石上。

二秀紧紧抱着身旁的那棵松柏树，眼睛死死盯着那辆趴在坡坎上一动不动的汽车。她希望三胜能从里面爬出来。

二秀：三胜哥……

二秀双腿一软，顺着树身跌落在地上。

121. 浪塘码头，日，外。

三胜一个急刹，将车停在码头边的公路上。

在扬起的灰尘雾团里，三胜跳下汽车，向码头方向奔去。

三胜追到浪塘码头，米小东乘坐的客船已经开走了。码头上空空荡荡，只有河风卷起的波浪拍打着码头边的岩石，发出啪啪的声响。

122. 四棵垭 · 村委会，日，外。

汪富生在四棵垭拦住从码头回来的三胜，将他喊到村委会，从文件柜里取出一个手提包递给他。

汪富生：这是米老板给你的剩下的运输款。

三胜好一阵才从汪富生手中接过装着钱的手提包。

汪富生：三胜，还要告诉你一件大好事。你做梦也想不到。

三胜紧握着手提袋，似乎没有心情听汪富生说话。

汪富生：米老板把卖砖的钱全部捐给了村里，有了这笔钱，加上扶贫合作社的钱，修连通公路的钱就足够了。

123. 四棵垭，日，外。

连通公路在谢少平与汪富生的组织下，又继续开工了。

124. 鹰嘴岩，晨，外。

晨光中的鹰嘴岩，三胜与黑狗山豹的背影。

闪回。四年前。

鹅城火车站。两个年轻人急匆匆追到站台，火车已经启动。

车厢内。三胜坐在靠窗的座位上，一只手下意识地紧拽着放在脚下的旅行包，从玻璃窗可以看见站台上那两个人在慢慢变小……

闪回。两年前。

鹅城。一间高档茶楼。一个六十多岁老板模样的老人在安静地喝茶等人。旁边坐着两个年轻人在喝茶聊天。

年轻人1：不知道杨伟兴现在怎么样了？怪想他的。

年轻人2：是啊，如果他在，我们现在的业务会做得更好。

老人把话接过去。

老人：现在知道为什么我要你们一定把杨伟兴追回来了吧。

年轻人1：我真的不相信他是为了私吞那笔钱。

老人：他私吞？要是等到年底再走，远不是那点钱了。

闪回结束。

他们说着话，米小东从门外走了进来。

125. 长浪山 · 公路，晨，外。

连通公路终于修通了。村里举办了通车庆典，却没有找到三胜。

湿漉漉的红日从牛背岭背面缓缓爬上来，在混沌的雾气中，随着第一声鸡鸣，三胜没有娶长浪山第二号女人石左兰，他开着那台已经褪了色的红色双排座汽车悄然地离开了长浪山……

晨光中，黑狗山豹站在四棵垭那个经常等三胜开车回家的地方，对着那轮从牛背岭缓缓升起来的红日，迎头吠叫了几声。

126. 县城，日，内。

三年后。鹅城地震爆发。

一块立在道路旁草地上的大石块，上面“长浪山车队”五个大字刚劲醒目。

走进大门，后院坪场整齐停放着十几辆大货车。

三胜走进办公室。

一位女员工走进三胜办公室。

三胜：援助鹅城的物资都准备好了吗？

女员工：都准备好了。

127. 高速公路，日，外。

已在县城成立车队开运输公司发了财的三胜，开着一辆装满救灾物资的汽车，奔驰在管控后空空荡荡的高速公路上。

一辆抛锚在路边的医护车，几个去鹅城支援的护士在公路上拦车。

护士上车后，问三胜。

护士：师傅，你也去援助鹅城啊？

三胜：是。救人。

护士疑惑地望着三胜。

护士：你是医生？

三胜：不是。我救自己……

慢慢远去的汽车背影，在晨雾笼罩下的高速路上越来越小，最后像一只灰色的鸟，消失在天际下空空荡荡的公路尽头……

字幕：

石左兰离开长浪山后再也没有回来。

听说，她在深圳一家汽车轮胎厂上班，做到了销售部经理。

三胜以长浪山为名在县城成立了一家运输公司，经常帮一些边远乡村运送物资。他给长浪山留下一条公路，心也似乎一并留在了长浪山。

二秀没有离开长浪山，守着牛背岭上那轮每天照常升起的太阳。

有时也会去四棵埡坐坐，静静地看着那条公路的尽头……

剧终。

豆腐街的西施们

湘作登字-2022-A-00003731
轻喜剧爱情故事片

故事简介：

酉水河北岸码头，一条青石板古街蜿蜒向后半山坡爬去，街道两旁簇拥着高低形态各异的吊脚楼阁。从当年拍电影《芙蓉镇》取景的那户人家，如今悬挂着“刘晓庆米豆腐店”招牌的米豆腐店开始，“胡玉音米豆腐店”“芙蓉镇米豆腐店”及“白河之北”客栈米豆腐店，醒目地占据着这条两华里不到的古镇主街，并以各自独特的方式宣示着正宗传承的依据与理由，以此扩大影响招揽顾客。

某日雨夜，一个叫刘鸣的杭州青年创业失败自驾外出散心途中，因一次偶然的交通事故来到芙蓉古镇，住进“白河之北”网红客栈。刘鸣的气度与一些不正常举动，被副镇长赵芙蓉和豆腐街米豆腐店的女人们误认为是来投资的老板。面对误会，对生活失去信心却仍然好面子的刘鸣选择了默认，同时也被芙蓉镇豆腐街多姿多彩的生活与热情淳朴的小镇人们感动，特别是在与苏小北一见钟情后的交往中，他重获了生活信心与人生斗志。

影片多视角展现了古镇豆腐街多姿多彩，如万花筒般绚丽的湘西风土人情，浓墨重彩地描绘了新时代乡村振兴背景下，古镇人们既有家长里短与明争暗斗，又不失质朴与善良，坚持追求美好生活和爱情的积极乐观的生活态度。

人物小传：

人物01：苏小北，女，30岁，知名网络作家，丈夫意外去世后辞去公职回家乡芙蓉古镇开了一家“白河之北客栈”，一楼经营家乡特产米豆腐。苏小北认为丈夫的意外去世与她的任性有关，一直活在自责中。苏小北的主要兴趣与精力还是在写作上，小镇的人生百态让她感触颇深，她将豆腐街上发生的人与事记录下来发在网上，没想到受到读者的关注与热捧，于是有了将它写成一部网络连载小说《豆腐街的西施们》的想法。然而，这种平静生活被一个偶然到来的年轻人刘鸣打破。

人物02：刘鸣，男，28岁，阳光帅气，幽默健谈，是女人眼中白马王子的形象。大学毕业后与同学在杭州创立一家网络平台公司，后因合伙人携款潜逃卷入一场合同官司。同学背叛与公司倒闭的双重打击让他一度萎靡不振。一次偶然机会来到芙蓉古镇，与“白河之北客栈”主人苏小北一见钟情让他重拾生活信心，同时也被豆腐街上这群无论家境如何仍对生活充满激情的女人们感动。自带流量的刘鸣给豆腐街注入了新鲜活力和时尚元素，在被误认为是来芙蓉镇投资的老板后，好面子的他不得不卖掉汽车来兑现投资米豆腐合作社的承诺。

人物03：赵芙蓉，男，30岁，芙蓉古镇副镇长，分管乡村振兴与旅游工作。苏小北的高中同学，倾慕苏小北已久。1986年电影《芙蓉镇》开拍时，他的父亲是本地协助拍摄的一名政府官员，因为这份情结给他取了这么一个有点女性化的名字。他的外貌特征与名字反差很大，纯朴憨厚，络腮胡子，大碗喝酒，标准的湘西汉子形象。当他发现自己对苏小北的了解还停留在中学时代，完全是自己的一厢情愿，便主动放弃了这份不现实的情感，选择了返乡创业的大学生李艺。

人物04：赵小妹，女，42岁，“胡玉音米豆腐店”店主，苏小北已故丈夫赵青松的姐姐。她是芙蓉古镇米豆腐店主中最争强好胜的豆腐西施，人近中年仍风韵犹存。她家老宅院子里有一口水井，当年拍《芙蓉镇》电影做米豆腐的水就取自她家的水井。李艺家用了“刘晓庆米豆腐店”店名，她不甘心，取名“胡玉音米豆腐店”来宣示正宗。在她眼里，苏小北是个命带“桃花劫”的女人，她认为弟弟意外去世多少与苏小北的命相有关联。

人物05：乔燕，女，26岁，“芙蓉镇米豆腐店”店主。从店名可以看出她是在打正宗湘西的牌，不论从口味还是店里的装饰，一切都是满满的湘西元素。她热情好客，常年穿一身土家族服装，不仅人长得漂亮，土家山歌也唱得非常动听，是众人口中公认的山歌皇后和豆腐西施。她曾对苏小北戏言：你是美女，我是西施；你是西施，我便是皇后。

人物06：李艺，女，25岁，混血儿，“刘晓庆米豆腐店”店主。在乡村振兴背景下，大学毕业后回外婆家乡创业。她们家的店就是当年电影《芙蓉镇》里刘晓庆开的那家米豆腐店，有品牌有口碑，加上她青春朝气，对顾客总是笑脸相迎，自然成为其他米豆腐店的最强竞争对手。赵芙蓉身上那种湘西汉子特有的担当与重情，和为家乡振兴所做的努力，深深打动了她。

人物07：向蓝蓝，女，23岁，“白河之北客栈”员工，活泼可爱。

人物08：虾米奶奶，70岁，苏小北的奶奶，米豆腐非遗传承人。

人物09：刘晓庆，女，真人客串。电影《芙蓉镇》胡玉音扮演者。

人物10：吴海军，赵小妹丈夫，43岁。

人物11：李艺外婆，女，65岁。

人物12：非遗中心陈主任，男，45岁。

人物13：苏小北铁粉，男，35岁。

人物14：赵青松，男，27岁，苏小北丈夫。

人物15：包工头，男，40岁。

其他人物：若干。

电影剧本

001. 字幕：

湘西王村，二十世纪八十年代末因电影《芙蓉镇》被外界知晓，后改名芙蓉镇。

影片中，刘晓庆扮演的胡玉音在石板街卖米豆腐。此后，芙蓉镇的米豆腐成为国家地理标志产品。

出片名：豆腐街的西施们

002.山间公路，傍晚，外。

傍晚，大雨瓢泼。

绵延的大山，蜿蜒的山间公路上一辆越野车在大雨中急驰，两道刺眼的车灯在山间晃动。为避让一辆失控的摩托车，刘鸣猛打方向盘将车撞到路边一棵大树上。

003.豆腐街，夜，外。

夜色中的雨后芙蓉镇。

全身湿透的刘鸣背着一个硕大的旅行包，走在古镇窄窄的石板街上。雨后的石板街干净透亮，一些积水处反射着大小不一的光斑。夜已经深了，街旁一些店铺已经陆续关门，街灯将他的身影拉得老长。

刘鸣在街上站了一会儿，用力拉了拉背上已经打湿的沉重背包，径直朝亮着灯的“白河之北”客栈走去。

004.老宅水井，晨，外。

老宅院中的水井，几道吊绳磨勒出来的勒痕，深嵌在井口光滑的石头里。

赵小妹、乔燕和李艺在古井边取水聊天，身旁摆放着几只水桶。

乔燕：小妹姐，听说苏小北把老师的工作都辞了，看样子要在镇上常住，不会哪天将你这老宅院要回去吧?

赵小妹：休想，除非她把我弟弟还给我。

乔燕：千万不能让她把老宅院要回去，哪天她不开心将院门一锁，我们到哪儿担水去啊？

赵小妹：谅她也不敢，你看我是随便让人捏的软柿子吗？

李艺（笑）：嘻嘻，就算小妹姐是个柿子，那也是青的，硬得很。

赵小妹伸手佯装去打李艺，李艺闪身躲到乔燕身后。

乔燕：什么青的软的，在我眼里小妹姐就是白水滩上的鹅卵石，又亮又圆又硬。

赵小妹：你个砍脑壳的，怎不再加上一个“又臭”呢？

赵小妹嗔笑着用手撩拨水桶里的水，用力泼向乔燕与李艺。

二人嬉笑着躲闪。

赵小妹：跟你们说个正经事儿，赵镇长说要将我们芙蓉镇的米豆腐申报什么国家遗产。

李艺：那叫国家级非物质文化遗产。

赵小妹：不管它什么“产”，只要能铲到银子就是好铲。

乔燕（笑）：哈哈，小妹姐到时候铲到银子可别忘了分给我们一些哈。

赵小妹：说不定到时候你还铲得多些。

众人笑。

005.老宅水井，晨，外。

赵小妹、乔燕和李艺正在古井边嬉戏打闹，苏小北从院门外走进来，一副没有睡醒的样子，抱怨地说着昨夜的遭遇。

苏小北：昨夜客栈来了一个老板模样的年轻人，真难伺候，不是嫌被子脏，就是说空调效果不好，折腾了半宿才得安宁。

赵小妹：大城市来的有钱人都这德性，是我就不惯着他，爱住不住。

乔燕：我看啊，能折腾我们芙蓉镇大才女的，不是高富帅就是钻石王老五，我怎么就没这份被折腾的福气呢。

苏小北：还福气？要是你只怕早就将他赶出客栈了。

在一旁听她们说笑的李艺插嘴。

李艺：赵镇长说最近会有一个大老板来考察投资，不会就是他吧？

几个人轻声说：不可能吧。

006.豆腐街，晨，外。

雨后晨光中的芙蓉镇。

从酉水河码头开始，一条蜿蜒的青石板古街向后朝半山坡爬去，街道两旁簇拥着高低形态各异的吊脚楼阁。刘晓庆米豆腐店、胡玉音米豆腐店、芙蓉镇米豆腐店及白河之北客栈米豆腐店，占据在这条古镇主街醒目的位置上。

太阳慢慢升起来，有些潮湿的朝霞从远处几栋高楼的间隙照射过来。

第一个开门营业的是胡玉音米豆腐店的赵小妹，接着是乔燕的芙蓉镇米豆腐店、李艺的刘晓庆米豆腐店和苏小北的白河之北客栈米豆腐店。

随着此起彼伏的吆喝声，豆腐街很快就热闹开了。

007.移动公司门店，日，外。

刘鸣从移动公司门店出来，一边走一边将刚购买的移动新卡装进手机，并将换下的旧卡随手扔进街旁的垃圾箱。

走了一段路后，刘鸣突然折身回来走到垃圾箱旁，找到刚才丢掉的那张旧卡，用纸巾擦了擦放进钱夹里。

赵芙蓉带着一群游客从刘鸣身边经过。

刘鸣与赵芙蓉对视了一眼。

008.豆腐街，日，外。

赵芙蓉领着十几个游客向豆腐街走来，快要走到白河之北客栈时，被风风火火赶过来的赵小妹与乔燕拦住。她们身上穿着印有刘晓庆剧照头像和“正宗刘晓庆米豆腐”几个大字的白色文化衫。

赵小妹：赵镇长，看你这心偏的，都快要长到背心膛去了。

乔燕：是呢，每次来游客都往苏小北店里带，你喜欢苏小北不假，关照她也应该，人之常情嘛，但你就莫当镇长啊。当了镇长，就要一碗水端平，小妹姐你说是吧？

赵小妹：就是，当镇长没这么偏心的。

赵芙蓉赶紧将赵小妹和乔燕拉到一边。

赵芙蓉：你们这样像什么话，当着客人的面争来抢去的，丢不丢脸？

赵小妹：是你赵镇长不给我们脸啊。

赵芙蓉：你看啊，无论我怎么做，你们都会有意见。我现在就把客人带到乔燕店里去，你小妹姐难道没意见？

赵芙蓉又问乔燕。

赵芙蓉：我把客人带到小妹姐店里去，你保证不会说我偏心？只怕意见还大些吧。所以，我得一家一家的来。

苏小北从客栈走出来，见他们正在争吵，转身退了回去。

009.豆腐街，日，外。

听见外面争吵，向蓝蓝提着一个竹篮从客栈走出来。

向蓝蓝：你们这样做不好吧，哪有在别人店门口抢客人的啰。

赵小妹：你个小丫头知道个屁，我们是在跟赵镇长讲道理，谁说我们在抢你们客人？就是抢你们客人了，苏小北都没作声，你掺合什么？

向蓝蓝：我就是觉得你们不能这样欺负小北姐。

乔燕：谁敢欺负你们小北姐啰，她有赵镇长罩着，金刚经护体呢。

赵芙蓉：好啦，不能让客人一直站在这儿听你们唱戏，今天都到苏小北客栈门口了，下次再去你们店。

向蓝蓝领着客人们向店里走去，赵小妹与乔燕悻悻离开。

刘鸣站在不远处，看着眼前发生的一切。

010. 酉水码头，傍晚，外。

秋高气爽，酉水河像一条深绿绸缎从芙蓉古镇码头绕过。

刘鸣在码头外河滩上放无人机，航拍芙蓉古镇的河光山色。当无人机从码头上空飞过，码头上一个迎风而立的漂亮女人闯入了画面，他不自觉将无人机悬停在空中。随着机身缓缓下降，一个女人的脸越来越清晰。

苏小北听到无人机螺旋桨的声音，仰头朝无人机看去……

011. 白河之北客栈 · 观景阳台，日，内。

刘鸣在手机屏里欣赏昨天航拍的视频。苏小北走过来。

刘鸣：昨天我拍到了你们芙蓉镇最美的风景和最美的女人。

苏小北：是吗？让我也欣赏下。

苏小北看着不同视角的古镇风景，口中不停地称赞，当她发现刘鸣说的最美女人是指自己时，不觉有些不好意思起来。

苏小北听见有人从楼梯口上来，赶忙将手机还给刘鸣。

赵芙蓉很随意地在茶台前落座，苏小北冲好三杯咖啡端过来，向赵芙蓉半开玩笑地介绍刘鸣。

苏小北：这是刘鸣，在芙蓉镇迷了路，暂住在我们客栈。

赵芙蓉听后大笑，也顺着苏小北的话开玩笑说道。

赵芙蓉：哈哈，我们芙蓉镇巷子深美女多，迷路很正常，不迷路反而不正常了，你说是不？不过啊，只要能找到“北”就行。

赵芙蓉喝了口咖啡，接着说。

赵芙蓉：不过，迷路的人越多，越证明我这个副镇长当得还算合格。

刘鸣：赵镇长，芙蓉镇的米豆腐一样让人着迷。

赵芙蓉：对对，没吃过芙蓉镇的米豆腐，就不算来过我们芙蓉镇……老弟从哪里来？

刘鸣：杭州。

赵芙蓉听说刘鸣是从杭州过来，立即起身握住刘鸣的手。

赵芙蓉：上周县招商局领导还跟我说，最近会有个杭州过来的老板来芙蓉镇考察投资项目，没想到您得来这么快啊。

刘鸣松开赵芙蓉的手，面露诧异和不解，正欲开口说话却被赵芙蓉打断。

赵芙蓉：刘总，您这次来没跟领导打招呼，知道您是想微服私访，放心，我们绝不会干预您的考察，有什么需要我们配合的，尽管说，我一定全力做好服务。

刘鸣欲言又止……

012. 老宅水井，日，外。

老宅水井旁，乔燕与李艺在取水嬉闹。

乔燕：不管刘鸣是条大鱼还是小虾米，先下手为强把他的魂儿勾了。

李艺白了乔燕一眼。

李艺：你心里想就赶快上啊。

乔燕：可惜我不是混血儿……你长得这么漂亮，只要你上手，不相信哪个男人能抵挡得了。

李艺：我没那本事，也不想那么做。

乔燕：我就开个玩笑，看把你认真的，脸都红啦。

二人正说着，赵小妹从老宅那边朝水井走过来。

乔燕：小妹姐来了，让她教你几招就更如虎添翼了。

李艺：我倒听说刘鸣是个冷性子，不爱搭理人。

乔燕：不搭理人，冷性子？来了芙蓉镇就要让他热起来，你不上我就上了啊，哈哈，人留不下来把钱留下也行。

赵小妹：鱼还在河里游呢，瞧你那点出息。

乔燕：近水楼台先得月，如果刘鸣的魂被苏小北勾走了，当心他把钱都投给苏小北，到时候把古井也要回去，看你怎么办。

赵小妹：看我怎么办？凉拌。青松不在了，她要和谁好，得了多少钱我都不眼红，那是她的本事，但想动老宅院这口水井的心思，门儿都没有。

013. 悬岩瀑布，傍晚，外。

轰鸣的瀑布声传来，悬岩上楼房亭阁的灯光依次亮起来。

刘鸣神色落寞地坐在石凳上，眼前是飞流直下的悬岩瀑布，几滴飞溅而来的水珠落在他的脸颊上。

014. 白河之北客栈 · 书房，夜，内。

苏小北站在观景阳台上，把目光从悬岩瀑布边刘鸣的身上移开，回到书房在电脑前坐下来，手指轻快而熟稔地敲击着键盘，发出有节奏感的声响。

刘鸣回客栈，路过苏小北书房时，透过半掩的窗户看见苏小北美丽而安静的侧脸，心再次悸动。正在他陷入遐想时，苏小北似乎有所感应，回过头正好与刘鸣的目光相遇。

苏小北感觉脸颊有些发烫，刘鸣嘴角微微一翘，离开。

015. 会议室，日，内。

镇政府会议室，赵小妹、乔燕、李艺、苏小北、非遗中心陈主任及相关工作人员围坐在一张椭圆形会议桌前。赵芙蓉主持会议，他用手敲了几次桌面，才让叽叽喳喳的会场安静下来。

赵芙蓉：大家安静，今天把大家叫来是要告诉你们两个好消息，虽然消息是两个，但做起来却是一件事。

乔燕：赵镇长这话讲得有水平，你就说一件事不就完了。

赵小妹：这你就不懂了吧，跟你唱山歌一样一样的，明明表达一个意思，偏偏要用几句歌词拐弯抹角地来唱。

赵芙蓉：怎么还跟唱山歌扯上关系了呢。

苏小北：小妹姐要表达的意思是，我们赵镇长说话比唱歌好听。

众人笑。

陈主任：赵镇长，赶快说正事吧，担心你下不了台呢。

赵芙蓉：下不了台我就唱，谁怕谁呀。好啦，说正事啦：第一个好消息，我们准备申报米豆腐国家非遗传承人，在座的西施们，你们也别躲到太阳底下较暗劲，谁也不服谁了，到时谁评上谁就是国家承认的豆腐西施。第二个好消息是，给我们米豆腐合作社投资的老板来了，现在就住在苏小北的客栈里。

陈主任：国家级非遗传承人每年补贴两万元。

赵芙蓉：怎么说到钱了呢，我们芙蓉镇的西施们在乎的是面子，不是票子，是不？

乔燕：票子面子我都要，里子让给你。

赵小妹：对，票子面子我们都要，里子让给你。

众人又笑。

赵芙蓉：当然啰，人家老板的钱也不是白来的，精得很。他暗地里在考察，看我们的米豆腐能不能做成产业，所以我们不仅要把米豆腐的质量做好，产量也要搞上去，让投资人看到希望。

陈主任：大家现在明白赵镇长为什么说是一件事了吧。我重申一点，申报非遗其中有两个非常重要的指标：一是可传承性，二是社会价值。所以说，谁的米豆腐做得好销路广，谁的机会就更大。

016. 白河之北客栈 · 观景阳台，日，内。

刘鸣站在观景阳台看远处的悬岩瀑布，见赵芙蓉进来转身握手招呼。

刘鸣：赵镇长好。

赵芙蓉将带来的一袋葛粉递给刘鸣。

赵芙蓉：这是我们本地特产野生“葛粉”，真正的纯天然食品，直接用开水冲泡就可以食用，非常方便。

刘鸣犹豫地接过葛粉袋。

刘鸣：谢谢镇长。

赵芙蓉：刘总，昨天我召集豆腐街的西施们，开了个筹建米豆腐产业合作社的动员会，兵马未动，粮草先行嘛。

见刘鸣半天没有接话，为了打破尴尬，赵芙蓉接着说。

赵芙蓉：当然啦，您先考察，我们做我们的，条件成熟我们再聊合作的事。

017. 白河之北客栈 · 观景阳台，夜，内。

苏小北坐在观景阳台喝咖啡休息，刘鸣下楼经过阳台时走过来。

苏小北：在这里还住得习惯吗？

刘鸣：还行，挺好的。

苏小北：再不提意见了？被子我可是交代服务员一天一换的。

刘鸣抿嘴笑了笑。

苏小北：昨天赵镇长召集我们开了动员会。

刘鸣：哦，听赵镇长说过，建合作社是个好想法，我们杭州那边很多类似的产业，做得都很不错。

苏小北：你真有意向投资？

刘鸣：条件成熟不是不可以，只是……

刘鸣欲言又止，苏小北将冲好的咖啡放到刘鸣跟前。

018. 刘晓庆米豆腐店，日，内。

刘鸣经过刘晓庆米豆腐店，被门口那幅刘晓庆照片吸引，停下观看。

李艺在店里观察着门外的刘鸣，见他走进来站起身招呼。

刘鸣：门口那张照片照得真好。

李艺：嗯，是照得蛮不错。

刘鸣：当年拍电影《芙蓉镇》就是在你们家取的景？

李艺：是的呢，那是我们家唯一的一张大合影。

李艺用手指了指照片中的一个法国青年。

李艺：瞧，这是我爸爸。

说话间，李艺外婆从里屋走出来。

刘鸣：奶奶好，听说你们家的水果味米豆腐特别好吃，想尝尝鲜。

李艺外婆听刘鸣说要吃水果味米豆腐，开心起来。

李艺外婆：小伙子真有眼光，这条豆腐街就我们店会做这种水果味米豆腐。当初李艺说要创新，我还反对，后来发现真的不错。

李艺外婆将一碗做好的芒果米豆腐端给刘鸣，突然有些伤感地说。

李艺外婆：你再晚来几天就吃不上了哦。

刘鸣有些疑惑地看着李艺。

李艺：外婆想把店子转出去，说我待在小镇没出息，逼我出去找工作。

刘鸣：生意不好？

李艺：嗯，芙蓉镇越来越冷清，进店消费的人也越来越少。

刘鸣：来店里消费的人少，可以借鉴外面做奶茶的经验，开通线上平台销售。

李艺：我想过，但不知道行不行。

刘鸣：不试，怎么知道呢？

019. 芙蓉镇豆腐店，日，内。

乔燕站在门店前，眼睛一直注视着刘晓庆米豆腐店，见刘鸣终于出来了，赶紧快步迎上去将他拉进自己店里。

豆腐街四家米豆腐店装饰得最漂亮的要数乔燕的店了，刘鸣好奇地观看着店里的装饰和展示的土家生活生产物件。乔燕不停地在一旁讲解。

乔燕：刘总，你是第一次来芙蓉镇吧？我给你介绍介绍，这个是在水田里捉泥鳅的倒口篓，这个是我们土家嫁女做嫁妆用的刨子……

最后，刘鸣在一架人工石磨前停下，认真地打量起来。

刘鸣：这个做什么用？

乔燕：这是手工磨米豆腐浆的石磨。

刘鸣：你们店确实有特色。

乔燕：大城市来的老板果真有眼光。

乔燕要刘鸣先坐一会儿，进去认认真真做了一碗米豆腐递给刘鸣。

刘鸣：真吃不下了，才吃了对面李艺家的芒果味米豆腐。

乔燕：刘总，你这就瞧不起人了，吃一口也是吃嘛。

在乔燕的软硬兼施下，刘鸣把米豆腐很快吃完，付款时却遭到乔燕拒绝。

乔燕：刘总，今天我请客。

刘鸣：这哪行？

乔燕：你付了钱，我不就成强买强卖了，到时你投诉，我就惨了。要不我加你微信，有机会也教教我怎么做个大老板吧。

刘鸣取出手机，乔燕添加了刘鸣的微信。

刘鸣走过去通过微信付了款。

020. 芙蓉镇米豆腐店，日，内。

刘鸣刚离开，吴海军走了进来。

吴海军：燕子，脑壳饿发晕了，赶快给我来碗米豆腐。

乔燕：吔，胆子大呢，自家豆腐不吃，跑来吃我的豆腐来啦。

吴海军：你小妹姐不在店里。话莫乱说啊，我吃的是米豆腐，不是“豆腐”，谁敢吃你的豆腐啰。

乔燕：你敢吃？小妹姐不剥了你的皮。

二人正说着，赵小妹一步跨进店来。

赵小妹：光看到车，不见人影，原来跑到外面偷吃来啦。

吴海军放下筷子。

吴海军：都这么大岁数啦，说话怎这么难听呢。

赵小妹：我的话是难听，哪比得上别人唱山歌的嘴巴甜，会哄人。

乔燕闻声从里屋出来，吴海军拉着赵小妹回家。

吴海军：别丢人现眼，走，回家。

021. 胡玉音米豆腐店，夜，内。

赵小妹在收拾屋子。

吴海军拿着手机刷抖音，正好刷到乔燕穿着土家服装在瀑布前唱山歌的视频，看到赵小妹过来，赶紧关掉了手机。

022. 白河之北客栈 · 房间，日，内。

一阵欢快悠扬的土家山歌（《你的心思把我牵》）从窗户外传来。

女声（乔燕）：

清早来到稻田边，天干无雨心中烦。

禾苗无水要枯萎，妹唱山歌无人还。

男声（男导游）：

叫声妹妹你莫烦，妹的心思把我牵。

田中无人有我车，妹唱山歌有我还。

刘鸣被楼下的歌声吵醒，从枕边摸到手机看时间，手机屏上显示：

10:37

他穿着睡衣，趴在廊道栏杆上看热闹。

男声唱起时，街对面突然响起高亢的喇叭吆喝声：

米豆腐长得白，可以吃可以带。正宗的刘晓庆米豆腐啊，越吃越喜爱。

声音是从胡玉音米豆腐店那边传来的，重复播放着。

023.芙蓉镇米豆腐店，日，外。

一群游客围在乔燕的店面前，听乔燕与男导游对唱山歌，不时有人帮腔跟唱。在乔燕甜美歌声的吸引下，游客开始陆续走进乔燕的米豆腐店。

背景远处是身影模糊的赵小妹。

024.刘晓庆米豆腐店，日，内。

赵小妹风风火火从外面进来，险些与身穿工作服，手里提着米豆腐包装盒从店里走出来的外卖小哥撞了个满怀。

赵小妹：李艺，玩起新花样了，生意不错啊。

李艺：哪里呢，那是别人点的外卖。

赵小妹随手拉过一把椅子坐下。

赵小妹：有正经事跟你说，我觉得那个什么“遗产”传承人应该评你才对。

李艺：那叫国家级非物质文化遗产。

赵小妹：管它铲还是锹，反正我觉得应该评你。

李艺：评我？

赵小妹：嗯，评你。一是你年轻，又是大学生；二，当年拍电影刘晓庆就是在你们家做的米豆腐，再说你的水果味米豆腐是创新，好吃又好看，你才是真正的豆腐西施，不评你评谁？

赵小妹指了指墙壁上那幅刘晓庆拍电影时与李艺全家拍的合影。

赵小妹：看，单凭这张照片就没有人敢跟你争。

李艺：我什么都不懂，怎么会评我？也可以评你呀。

赵小妹：我年纪大了，不参与了。

李艺：小妹姐看上去比燕子姐还年轻呢。

赵小妹：就你嘴巴乖。我跟你说，不能让乔燕评上，能唱几句山歌就自封山歌皇后，我都替她害臊。还有苏小北，她根本就不会做米豆腐。

李艺：但小北姐奶奶会啊，她奶奶做的虾米豆腐可是一绝呢，我都爱吃。

说话间，乔燕从门外街道路过，赵小妹连忙站起身来离开。走到门口，回头再次看了一眼那张大合影。

025. 豆腐街，日，外。

赵芙蓉手里提着一篮水果向“白河之北”客栈走来，经过胡玉音米豆腐店门口时，看见赵小妹在向他招手。

赵小妹：赵镇长，进来坐坐啊，不会因为上次让你难堪生我气吧？

赵芙蓉：小妹姐说什么话呢，我去办个事，转身来坐。

赵小妹：瞧你那点出息，苏小北长翅膀啦？是你的人，长了翅膀也不会飞走，不是你的人，没长翅膀也会用脚飞。

赵芙蓉担心赵小妹说话没边没界，便朝着她的门店走来。

026. 胡玉音米豆腐店，日，内。

赵芙蓉走进胡玉音米豆腐店，在一张长条桌前坐下。

赵小妹：这就对啦，一笔能写几个赵字？几百年前说不定还是一家人呢。上次我这么做也是好意提醒你，你是镇长，不能让别人说闲话。

赵小妹说着端出一碗略带橘色的米豆腐。

赵小妹：赵镇长，你尝尝姐新研究出来的玛瑙米豆腐。

赵芙蓉一脸疑惑地看看米豆腐又看看赵小妹。

赵小妹：怎么啦，不敢吃？你是武大郎啊，怕下毒？放心，我当不了潘金莲，你也成不了西门庆，哈哈，我是你姐呢。

赵芙蓉小心翼翼地吃着米豆腐。

赵小妹：你看啊，豆腐街米豆腐做得好的就这么几家，李艺家确实有优势，在她们家拍的电影不说，她研发的水果味米豆腐也确实不错，但那毕竟不是传统的。我知道你偏心苏小北，可她心思根本不在米豆腐上。虽然她奶奶做的虾米豆腐是一绝，但功劳不能算到她头上是不？乔燕就更不用说了，她有什么？唱山歌？这又不是评山歌皇后。凭良心说，芙蓉镇谁不知道我赵小妹的翡翠米豆腐是一绝？你去菜市场打听打听，哪个卖翡翠米豆腐的摊位不是从我这里进的货？无论是走量还是品质，都没人能与我比。

赵芙蓉：小妹姐说得有道理，我都记住了。不过呢，我建议你还是将传承人这事放一放，把米豆腐销量先做上去。现在游客这么少，坐在家里钓鱼不行，李艺、乔燕、苏小北她们都在用“美团”外卖平台卖米豆腐了，你再不跟上会被淘汰的。

赵小妹：淘汰个鬼，我的米豆腐那么好，还愁卖不出去？

027.老宅水井，日，外。

乔燕、李艺、向蓝蓝在水井边取水聊天，一架航拍无人机飞来在头顶上盘旋，众人抬头与无人机俏皮地打招呼。

李艺：是刘总在放无人机呢。

乔燕：心动了吧？心动不如行动。

李艺：心动个鬼，他又不是我菜。

无人机飞远，李艺听到语音提示，打开手机，收到几个外卖的订单。

李艺：又有人下单了，最近生意明显好很多，你们怎么样？

乔燕：我肯定不如你们。

向蓝蓝：燕子姐，你就莫在那里谦虚了，谁不知道你的号召力，一嗓子下来半个芙蓉镇都是你的。不过，卖得最好的应该还是李艺，她产品图里那张与刘晓庆的合影太招客了，我们没法比啊。呜呜。

向蓝蓝说着，将手机屏展示给乔燕看。

向蓝蓝：你们看，只要在搜索框里输入“芙蓉镇正宗米豆腐”，排在最前面就是李艺家的，第二是你燕子姐，我和小北姐帮你们垫底呢。

她们正说着，赵小妹担着水桶走过来。

赵小妹：说什么，这么热闹。

乔燕：报告小妹姐，我们先在聊帅哥，后聊外卖。报告完毕，请指示。

赵小妹：你个要死鬼，这么大了还没个正经相，看你怎么嫁得出去。

乔燕：我嫁不嫁得出去不要紧，你们是不知道小妹姐的魅力，当年吴哥开大货车经过我们芙蓉镇，小妹姐一碗米豆腐就连车带人扣下了。

赵小妹：你吴哥都跑到你店里去吃了啊，还是你燕子有魅力。

李艺与向蓝蓝听着听着感觉气氛有些不对劲儿，赶快将话题岔开。

李艺：小妹姐，我们都上外卖了，我觉得你也应该上，你的米豆腐品质我们都服，上了外卖肯定会卖得更好。

赵小妹：我酒好不怕巷子深。

028. 白河之北客栈 · 观景阳台，日，内。

客栈半露天观景阳台，从这里可以看到悬岩瀑布全景。

刘鸣依在栏杆上看远处的悬岩瀑布，苏小北喝着咖啡注视着刘鸣的背影，她一连叫了几次，刘鸣才回过神来。

刘鸣：这个地方真美，你真会选地方。

苏小北：美吗？把客栈盘给你？

刘鸣：说话算话？

苏小北：当然。

刘鸣：前两天我在网上刷到一部日记体小说，作者叫“老屋上的小鸟”，写得真不错，我被感动到了。

苏小北：是吗？你也太容易感动了吧。

赵芙蓉上楼看见刘鸣与苏小北聊得亲切，悄悄退了回来，发了一条微信给苏小北：来李艺家门店开个小会。

029.刘晓庆米豆腐店，日，内。

苏小北进来时，赵小妹、乔燕已经到了。

赵芙蓉：今天把你们都叫来商量一件事，征求一下大家的意见。

苏小北：弄得这么神秘，赵镇长这是要宣布什么重大商机啊？

乔燕：商机就是将刘鸣的人扣不下来也要把他的钱留下来，哈哈。

赵芙蓉：好好的一件事，怎么到你嘴上就变味了呢？

赵小妹：你以为她还能说出什么好话来？

乔燕：我也只是图个嘴巴快活，不像有的人是来真的。

赵芙蓉打断她们的对话，他知道这样下去会就开不成了。

赵芙蓉：我们瞒着刘鸣开会也是出于善意，趁着他还在考察调研中，我们赶紧想办法将米豆腐的销量做上去。现在我们的外卖做起来了，这还远远不够，还要拓展直播带货业务。直播带货首先就要解决米豆腐的保鲜保质问题，我想先引进一台真空杀菌包装机，摸索着先做起来，让刘鸣看到我们芙蓉镇米豆腐的前景。

李艺：赵镇长说的是个好主意。

乔燕：主意是不错，怎么做呢？

赵芙蓉：所以才将你们喊拢来商量啊，你们看这样行不？我在网上看过，也去别的熟食店考察过，我们可以先采购一台小型真空杀菌包装机，两万块钱就可以了，你们四家每人出五千块。

听到要出钱，赵小妹第一个站出来反对。

赵小妹：八字还没一撇却要先掏腰包，我退出。

乔燕：我不是不支持赵镇长的工作，也不是不赞成直播带货，这个钱数我认，等合作社做起来可以从我的收入里扣。

李艺：我觉得赵镇长也是为我们好，这个钱我愿意出。

苏小北：我也觉得是好事，这就转账给你。

赵芙蓉：好好，那就这样，小妹姐与乔燕的钱，我私人先给你们垫着，只要合作社办起来了一切都好办。

030. 酉水码头，夜，外。

苏小北穿着风衣面河而立，各种颜色的灯光把河面涂刷成无数条长短不一晃动的五色彩条。刘鸣陶醉在眼前迷幻的灯影里，慢慢朝这边走过来，他将目光停留在苏小北的背影上，禁不住举起相机按下快门。

苏小北听到快门声回头。

刘鸣：真是你啊，夕阳、河流、背影，刚才的画面太美啦。

刘鸣让苏小北看他刚才拍摄的照片。

苏小北：景不错，可惜人有些煞风景。

刘鸣：大凡美女都是这么说的。

苏小北：你平时就是这样哄女孩子的吗？

他们闲聊着向悬岩瀑布方向走去。

031. 悬岩瀑布 · 小路，夜，外。

远处传来隐约的瀑布声……

苏小北走在前面，刘鸣不紧不慢地跟在身后循着瀑布声走去。

刘鸣：小北，你不会就是“老屋上的小鸟”吧？

苏小北没说话，刘鸣接着说。

刘鸣：昨晚小说写到一个外地青年来豆腐街，不会是写我吧？

苏小北：看不出你还真多情。

刘鸣：不论“老屋上的小鸟”是不是你，小说中的那个人确实像我。

苏小北：那你是希望作者把你写成好人还是坏人呢？

刘鸣：坏人！

苏小北：你确定？

刘鸣：确定！

二人说着话，继续往瀑布方向走去。

苏小北：你会在芙蓉镇待多久？

刘鸣：不知道。

苏小北回头疑惑地看了一眼刘鸣。

刘鸣：真的不知道。唉，你不会是担心我付不出房费吧？

苏小北：嗯，是有点担心。

刘鸣：那我就留下来给你当长工。

说话间一声猫叫混在瀑布声中传来，苏小北停下脚步侧耳倾听。

又一声猫叫声传来。

苏小北：听到没？

苏小北轻脚轻手向前挪动脚步，果然在一棵盛开着白色花朵的芙蓉树下，看到了一只受伤的狸花猫，正准备向前抱起小猫时被刘鸣挡住了。

刘鸣拦住苏小北，向前扒开荆丛，小心翼翼将狸花猫抱进怀里。苏小北上前去查看小猫伤情，受到惊吓的狸花猫在刘鸣怀里张牙舞爪乱窜，将刘鸣的胸脯抓了几道血口。

032. 医院急诊室，夜，内。

医生在给刘鸣包扎伤口。

刘鸣：我喜欢养猫，对猫的习性比较了解，特别是受伤的猫有很强的攻击性。

闪回：医院抢救室，夜，内。

苏小北焦急地站在手术室前，眼睛直直地盯着手术室门上的信号灯。赵小妹背靠在墙上，手不停地擦拭眼泪。

手术室门打开，医生从手术室走出来……

苏小北瘫软在地上，赵小妹大声哭着向手术室冲去。

闪回结束。

伤口清洗包扎好后，刘鸣慢慢地扣着上衣的纽扣，余光中见苏小北的眼里有泪花，以为是被他刚才的行为感动。

刘鸣：没事的，我没那么娇贵，别担心。

二人从医院急诊室出来，默默地往外走去。

033. 白河之北客栈，日，内。

七夕，赵芙蓉手握一束鲜花走进客栈，向蓝蓝起身将他拉到一边。

向蓝蓝：耶，赵镇长也过七夕啊，浪漫呢……一个好消息和一个坏消息，先听哪一个？

赵芙蓉：人小鬼大。

向蓝蓝：说啊，先听哪一个？

赵芙蓉：当然是先听好的啊。

向蓝蓝：小北姐领养了一只漂亮的流浪猫。

赵芙蓉：这是什么好消息？

向蓝蓝：莫急啰，等我把话说完啦，小北姐将领养的那只狸花猫取名叫“芙蓉”，你猜这是几个意思？

赵芙蓉：你说几个意思？

向蓝蓝：我猜这是她在暗示你。

向蓝蓝说完，朝赵芙蓉扮了个鬼脸。

赵芙蓉：坏消息呢？

向蓝蓝：坏消息就是你得加大力度，我担心有人跑到你前面去。

向蓝蓝一边说一边用手指了指楼上。

034. 白河之北客栈·观景阳台，日，内。

赵芙蓉上到二楼，见到正在桌旁吃东西的狸花猫，将它抱了起来。苏小北立即站起身从赵芙蓉怀里抢过狸花猫。

苏小北：快把猫放下来，它还受着伤呢，容易抓伤你。

赵芙蓉将手中的鲜花连同小猫一并交给苏小北，斜眼发现茶桌上一只玻璃瓶里插着一大束鲜艳的红玫瑰，为了化解尴尬，便开玩笑说。

赵芙蓉：我看呀，猫没受伤，受伤的是我呢，用我名字也不告诉我一声。

苏小北这才醒过神，哈哈大笑起来。

苏小北：啊，对不起，巧合，纯属巧合。这只狸花猫是在一棵芙蓉树下发现的，联想到这里的地名，就随口取了这个名字。

赵芙蓉有些不自然地笑了笑。

赵芙蓉：小北，跟你商量个事，包装机明后天就到了，你们几家数你家房子宽敞些，我想暂时把包装机安装到你这里，电费大家分摊，等合作社成立有了厂房再搬走，你看怎样？

苏小北：好啊，你看装到哪儿合适？我就提一个要求，离我书房远一点，我写作时喜欢安静，还有不能吵着奶奶就行。

赵芙蓉：没问题，我会叫安装师傅选一个你们听不到噪声的地方。

赵芙蓉说完，眼睛看着苏小北，没有离开的意思。

苏小北：还有事吗？

赵芙蓉欲言又止。

赵芙蓉：我也在看你的《豆腐街的西施们》，写得真好。

苏小北：哈哈，没想到赵大镇长也看网络灌水文章啊，难得难得。

赵芙蓉：你小说中那个杭州来的年轻人写的是刘鸣吗？我不懂小说，乱说的，说错你别笑我。

苏小北：小说与生活的距离，每个人的测量标准不一样，得到的答案自然也会不一样，读者喜欢读下去，其实魅力就在这个距离上。

赵芙蓉：我是个粗人，你莫弄这么深奥的东西，脑壳晕。

035. 豆腐街，日，外。

熙熙攘攘的豆腐街。初升的太阳顺着房顶轮廓线将豆腐街分成明暗两部分。两个女导游举着各自队旗，带领自己的旅游团队，一前一后、一左一右、走走停停向豆腐街走来。一队走在阴影里，一队走在阳光中。

赵小妹与乔燕站在各自的门店前大声拉客。

赵小妹：米豆腐长得白，可以吃可以带。正宗的刘晓庆米豆腐啊，越吃越喜爱。

乔燕：米豆腐啊香又甜，吃了上碗想下碗；哥哥吃了骨头软，妹妹吃了发梦癫。

乔燕的揽客广告词显然比赵小妹的有感召力，游客队伍里几个年轻游客打诨取笑。

女游客：陈股长千万不能吃，到时候骨头发软我们可背不动你。

男游客：我骨头软可以爬回去，就怕你发起梦癫来扰民。

游客队伍有说有笑地慢慢远去，赵小妹与乔燕失落地折身返回店里。

036. 白河之北客栈 · 米豆腐作坊，日，内。

苏小北看了一眼门前经过的游客队伍，不动声色继续跟奶奶学习技艺。刘鸣在一旁拍视频直播。苏小北往一个用得发亮的竹筒杯里倒熟石灰粉，当白色石灰粉满上后，轻轻在桌面蹾了蹾，竹杯里的石灰粉明显沉下去一截，准备再次填满时，被一旁观看的奶奶夺过竹杯，将石灰粉倒回去。

虾米奶奶：小北，你这一蹾，剂量就完全不同了。

虾米奶奶示范着重新将石灰粉慢慢倒入竹杯，满上后，取来一根麻线拉直，沿着竹杯口横切过去，杯口与石灰粉平平整整。

虾米奶奶：看到没？这样剂量才准确。

苏小北：奶奶，你这哪是做米豆腐啰，像是在造原子弹呢。

虾米奶奶：死丫头，你就是我造的原子弹。

在一旁拍视频的刘鸣禁不住笑起来。

刘鸣：奶奶，您说得对，小北她就是您造的原子弹。

苏小北伸手要打刘鸣，刘鸣微笑着躲开。

虾米奶奶将装满石灰粉的竹杯小心翼翼放入一个空木桶。苏小北走过去端起装满米浆的提桶，站在四脚方凳上往木桶里冲倒米浆。牛奶状的米浆从高处飞泻而下，木桶里顿时翻滚起白浆般的浪卷，刘鸣变换着不同拍摄角度。

刘鸣：哇噻，真的太漂亮了。

037.白河之北客栈，日，内。

一辆小货车在客栈门口停下，几个师傅在卸货。

师傅在一楼房间里安装真空杀菌包装机，赵芙蓉在一旁指挥。

赵芙蓉：大家小心点，莫把地板弄坏了。

苏小北、李艺、向蓝蓝站在旁边说笑看热闹。

李艺：赵镇长这件事做得好，为我们解决了一个很大的难题，以后除了外卖，还可以网上直播卖货了。

向蓝蓝：看把你高兴的，把赵镇长骨头都夸软了。

赵芙蓉回头看了她们一眼，不清楚她们在说什么，倒是李艺被向蓝蓝说得有些不好意思起来。

李艺嬉笑着追打向蓝蓝。

向蓝蓝：追我有什么用啊，给赵镇长和师傅去倒杯水来喝呀。

李艺去倒水，苏小北悄悄离开。

038.芙蓉镇米豆腐店，日，内。

乔燕穿着漂亮的土家服饰，推着石磨磨米浆，白稠的米浆像岩浆从磨盘间涌出来。磨盘木把手上绑着一部连着拍摄杆的手机，乔燕一边推磨一边做现场直播带货。

粉丝一：燕子姐，你的米豆腐都是这么磨出来的吗？

粉丝二：怪不得燕子姐店里的米豆腐这么好看又好吃。

乔燕：我们湘西过去做米豆腐都是用这种传统石磨磨米浆的，现在用手工磨的人少了，都改用打浆机打米浆了。

粉丝一：那你为什么不用打浆机打呢？

乔燕：要不我说我的米豆腐是最正宗传统的呢，我就是用这种传统石磨磨米浆的，现在相信了吧？

粉丝二：看到你推磨，就知道你是芙蓉镇最正宗的米豆腐店了。

乔燕：那你就多买点，多向你的朋友们推介推介姐的米豆腐。

粉丝一：看到石磨，我想起了我乡下的奶奶，每年春节她都是这样用石磨磨米浆做糍粑的。

接着几个哭泣的图标跳出来。

这时，李艺风风火火从外面跑进来，兴奋地直呼“哇，燕子姐这个办法好”。

乔燕：李艺，来，打个招呼。

李艺：燕子姐姐的各位铁粉好，我叫李艺，是燕子姐的邻家小妹。

粉丝一：哇，好漂亮啊，你是混血儿？

李艺：我爸是法国人，我妈妈是芙蓉镇人，也算是土家人呢。

粉丝二：那怎么没见你穿土家服装呢？

李艺：我没有燕子姐穿着好看，不敢穿哟。

乔燕：别听她胡说，她是大学生呢，不习惯穿土家服装。

李艺：我偶尔也穿的哦。

她们一边推磨，一边与粉丝们互动说笑。

039.胡玉音米豆腐店，日，内。

整洁有序的米豆腐作坊，靠墙而立的成品架上整齐地摆放着条块状已经冷却成型的米豆腐食材。

赵小妹在蒸汽锅前忙碌，一边擦汗一边在水龙头下冲洗米豆腐塑形模具，她将洗净的模具端到蒸汽锅阀门下，打开阀门，一股白雾瞬间吞没了她的身影。

赵小妹端着已经装满米浆的塑形模具从白雾中走出来，将模具平放在台桌上。待米浆冷却到半凝固状态，从消毒柜里取出镂着“胡玉音米豆腐”几个“阳字”的模板，小心翼翼地盖上去。

赵小妹重复着上述动作。两斤与五斤两种规格的米豆腐上，“胡玉音米豆腐”几个字清晰可见。

040.芙蓉镇米豆腐店，日，内。

赵芙蓉来芙蓉镇米豆腐店了解乔燕的米豆腐销售情况。

赵芙蓉：听苏小北和李艺说，你的直播带货挺火啊。

乔燕：嗯，是不错，不过这都是你赵镇长的功劳呢。

赵芙蓉：怎么就成我的功劳了，刘总功不可没。

乔燕：那是，那是。一开始不会，刘总手把手教我，可耐心啦。

赵芙蓉：当初要凑钱买包装机你还不愿意，现在尝到甜头了吧。

乔燕：赵镇长，当初你该不是怕我不认账吧？其实我不先出钱也是为你好，我是想把刘总的钱逼出来。你不是说刘总是来投资我们合作社的吗，前期买设备他为什么不出钱？到时候他直接把钱投给苏小北了怎么办？

乔燕把赵芙蓉拉到身边低声说。

乔燕：赵镇长，我有个想法，你看啊，如果你把刘总的工作做通，让他把钱投给我，断了他们的联系，你与苏小北的事不就有希望了吗？

赵芙蓉：你看你都在想些什么，以后不准在我面前说这些话了，我与小北的事与刘鸣没有关系，没有刘鸣还有李鸣，再说我们正在筹建米豆腐合作社，刘鸣的钱要投也是投给合作社。退一万步说，就是刘鸣不投资，我也要把合作社建起来。

乔燕（轻声）：死脑筋，当我没说。

041. 土家摆手堂，夜，外。

摆手堂人头攒动，欢歌笑语。

芙蓉镇正在举行土家族一年一度的盛大节日：社巴节。乔燕穿着土家族盛装光鲜亮丽地向舞台中央走去，人群中的李艺也穿上了土家族服装，特别漂亮，她跟着骚动的人群一起起哄，大声呼喊：

山歌皇后……

豆腐西施……

舞台上悠扬的山歌声响起。

乔燕唱：

枝枝开花排打排，

不论班辈论人才；

只要二人人心好，

愿把班辈矮下来。

苏小北与刘鸣随后来到摆手堂，社巴节的主要节目“摆手舞”正在进行中，人们手拉手围着熊熊燃烧的篝火旋转起舞。

乔燕唱完山歌从舞台上飘然而下，满脸春风地来到刘鸣与苏小北跟前。

乔燕：刘总，我唱得好听吗？

刘鸣：好听，太好听了。

苏小北笑着对刘鸣说道。

苏小北：你还不知道吧，乔燕是我们芙蓉镇的山歌皇后呢。

乔燕看了一眼苏小北，开玩笑地对刘鸣说。

乔燕：小北姐是美女，我是西施；小北姐若是西施，我便是皇后。

苏小北（摆摆手）：不，不，我不是美女，更不是西施。

苏小北说完准备离开。此时，正在组织活动的赵芙蓉看到苏小北，立马朝这边走来，乔燕用眼神示意赵芙蓉去追苏小北。

乔燕借势一把拉着刘鸣的手挤进旋转的篝火队伍中。

人群中的李艺看到这一切，朝这边跑过来。

042. 豆腐街，日，外。

一辆快递公司的三轮，停在芙蓉镇米豆腐店铺前，乔燕满面春风地往快递车上装包装好的米豆腐。

又一辆快递公司的小货车驶过，在刘晓庆米豆腐店停下。李艺左右手各提着一个纸箱从店里走出来。

赵小妹站在店铺前朝正在装货的快递车看了一眼，失落地返回店里。

043. 悬岩瀑布，傍晚，外。

细雨中的悬岩瀑布，依山攀岩而建的庭院楼阁在雾岚中宛如仙境。

白河之北客栈的半露天阳台从雾岚中显露出来。

044. 白河之北客栈，夜，内。

镜头一：书房里，苏小北安静地坐在电脑桌前，手指轻快有节律地敲击着键盘。

镜头二：刘鸣斜躺在床上，端着手机认真地看小说连载。床上的小猫瞪着两只圆圆的大眼睛，静静地注视着刘鸣。

045. 刘晓庆米豆腐店，日，内。

赵芙蓉在帮李艺做直播带货，多次调整拍摄视角，李艺都觉得不满意。

李艺：要不把照片取下来，重新换个地方？

赵芙蓉走过去查看了一下照片框，发现不太好取。

李艺：不用这张照片做背景，行不？

赵芙蓉：当然不行，你最大的卖点就是这张与刘晓庆的合影。你看啊，你们几家店都有各自的亮点：乔燕的土家服饰加上山歌皇后身份，是吸粉利器；苏小北是网红作家，自带流量，别人没法学也没法比；唯一吃亏的就是小妹姐，有机会你们要多帮帮她。

李艺：知道，上次我跟她提过，她好像对直播带货不感兴趣。

赵芙蓉：小妹姐这个人，刀子嘴豆腐心，一辈子争强好胜，想做却又拉不下面子。

李艺：好的，保证完成赵镇长交待的任务，直播带货坚决不落下一个。

移动照片框的时候，遭到了李艺外婆的反对。

李艺外婆：这张照片在这里都挂三十多年了，从来都没有动过。

李艺：外婆，我们只是想给它换个更好的位置。

李艺外婆：每天看着照片，就觉得你妈妈还在这屋里头。

经外婆这么一说，李艺不觉有些伤感起来。在外婆的监督下，李艺小心翼翼地找到一个最佳拍摄角度将照片挂好，调整好情绪开始直播。

李艺外婆好奇地走过来观看。

李艺外婆：鬼丫头，你这是在搞么子鬼名堂？

李艺：卖米豆腐啊，您不是说我读书没地方用吗，现在不就派上用场了？

李艺说着，硬拽住外婆跟粉丝们打招呼。

粉丝一：奶奶好，奶奶好年轻哟。

粉丝二：奶奶好，李艺做米豆腐是您教的吧。

李艺外婆眼睛盯着手机屏幕，脸上笑开了花。

李艺：赵镇长，快过来，入个镜。

赵芙蓉还没来得及拒绝，就被李艺拉到镜头前。

李艺：这是我们芙蓉镇的赵镇长，帅吧？

粉丝一：帅，特别是络腮胡子，特帅。

赵芙蓉（拘束地）：大家好，谢谢你们的支持。

李艺：赵镇长还准备帮我们成立米豆腐合作社呢。

粉丝二：那好啊。

赵芙蓉：还望大家继续支持李艺，支持芙蓉镇的米豆腐。

粉丝一：连镇长都帮李艺站台，我们肯定支持啊。

李艺：谢谢大家。今天下单的朋友，我还特意准备了一份礼物。

赵芙蓉离开镜头，李艺继续直播。

046. 芙蓉镇石板街，夜，外。

若隐若现的街灯下，一个男人不远不近地尾随在苏小北身后。

苏小北加快脚步折身拐进一个岔道，那人也跟着拐进岔道。苏小北害怕起来，飞快地向客栈跑去，到了客栈门口，苏小北才放下心来。

苏小北：你跟着我干什么？

铁粉读者：苏老师好，我是您最忠实的铁粉读者，您的每本书我都看过。最近正在看您每天更新的《豆腐街的西施们》，今天终于找到您了，您本人比网上的照片还要漂亮。

苏小北这才放下心来。

铁粉读者：苏老师，我想购买一本您签名的书，行不？

铁粉读者跟在苏小北身后走进客栈。

047. 白河之北客栈 · 书房，夜，内。

苏小北从书架上取出一本小说，签上名，递给铁粉读者。

铁粉读者：谢谢老师。

铁粉读者接过书本并没有立即离开，而是一屁股坐在沙发上看起来。苏小北这才意识到自己犯了一个错误，不该让铁粉读者跟进书房，便悄悄给刘鸣发微信求救。

一会儿，刘鸣大摇大摆走进书房，假装没看见铁粉读者，故意在他面前对苏小北做了一个亲昵动作。

苏小北本能地闪躲了一下。

苏小北：莫闹，有人呢。

刘鸣转身对坐在沙发上的铁粉读者点头打招呼。

刘鸣：你好。

苏小北：这是我男朋友刘鸣，他也喜欢看小说。

这时，刘鸣主动与铁粉读者握手，故意加大了力度。

被刘鸣粗大手掌握疼的铁粉读者，抽出手掌匆匆离开。

048. 白河之北客栈 · 书房，夜，内。

等铁粉读者离开后，刘鸣一屁股坐在刚才铁粉读者坐过的位置，装着他的样子认真地看起书来。苏小北知道刘鸣在戏谑她，便怼了回去。

苏小北：吔，狼把狐狸赶走，狼留下来了啊。

刘鸣：你有本事，再给老虎发微信求救，不然我真不走了。

苏小北：刚才吃我豆腐占便宜，我还没找你算账的，你还真来劲了呢。

苏小北伸手打刘鸣，刘鸣顺势将她的手握住。书房静下来，能听见对方的心跳声。

房间里灯光柔和而暧昧，刘鸣俯在苏小北的耳边轻声说。

刘鸣：其实，我比刚才那个铁粉更铁，从见到你的第一眼开始。

镜头慢慢拉远，两个剪影消融在暖黄的灯影里……

049.白河之北客栈·廊道，夜，内。

夜已经很深了，苏小北从书房里走出来，俯在廊道栏杆上看街景。

豆腐街斜对面胡玉音米豆腐店还亮着灯，透过玻璃窗可以看见赵小妹还在房间里练习直播带货。

看着映照在墙面上晃动的身影，苏小北心里突然有些难过和心疼。

050.会议室，日，内。

镇政府会议室，赵芙蓉正在主持召开芙蓉镇米豆腐合作社筹备会。赵小妹、乔燕、李艺、苏小北及相关工作人员列会。

赵芙蓉：初步方案，豆腐街的四家米豆腐店分别以技术入股，占股比例以最近七天的总纯收入除以7，再乘以365为持股金额……

赵芙蓉的话还没说完就遭到赵小妹的反对。

赵小妹：这样不公平，明显是在欺负年纪大不会直播带货的人，再说投资人都没到场，谈什么合作社？我反对。

赵小妹撂下话向会议室外走去，赵芙蓉赶紧向前去追。

赵芙蓉：小妹姐，你先别急着离开，什么事都是慢慢商量出来的，我只是提个初步方案，然后大家讨论。如果我说出的话就能定，那我还召集你们来开会搞什么，是不？再说，我怎么可能让你吃亏，帮你还来不及呢。我向你保证，决不会让你吃亏。

赵小妹：那你说说，怎么保证我不吃亏。

赵芙蓉：你看这样行不？我先帮你把直播带货做起来，等你销量上去后，由你自己选定一个时间段计算收入。

李艺与苏小北也来到会议室外劝赵小妹。

李艺：小妹姐，你放心，我们都帮你将直播带货做上去。

苏小北：姐，放心，有什么困难大家一起想办法。

赵小妹在众人的劝说下回到会议室坐下。

会间，赵芙蓉眼睛时不时看一眼安排给刘鸣的空座位。刘鸣临时缺席会议，让他心里没了底，开始隐隐怀疑刘鸣的诚意与实力。有诚意没实力不行，有实力没诚意事情也办不成。坐在一旁很少说话的苏小北看出了赵芙蓉的担心，其实她心里也不知道刘鸣到底是什么想法，总觉得成立合作社的事是赵芙蓉单方面意愿，刘鸣欲言又止的背后肯定隐藏着什么说不出口的隐情。

051. 白河之北客栈，夜，内。

刘鸣正在房间里逗小猫玩，听见门口有响动拉开门见是赵芙蓉，不免有些吃惊，正欲解释昨天没有参会的原因，却被赵芙蓉拦住了。

赵芙蓉：刘总，你没来参会一定有你的理由，我相信我们一定能把芙蓉镇的米豆腐做成产业，到时等条件成熟你再投资也不迟。

刘鸣欲言又止。

赵芙蓉：我今天找你，有另外一件事想求你帮个小忙。

赵芙蓉说着，从手包里取出一张赵小妹的照片和一盒茶叶递给刘鸣。

刘鸣一脸疑惑地看着赵芙蓉。

赵芙蓉：帮我合成一张照片。

刘鸣：和谁？

赵芙蓉：刘晓庆。

刘鸣：这个不太好吧。

赵芙蓉：没事，出问题我担。

眼见刘鸣陷入沉思，赵芙蓉接着说：刘总来芙蓉镇有时日了，相信你也看出大家想把米豆腐做成产业的决心。再说，我们也是拿你当自己人才请你帮忙的。

刘鸣：行。刘晓庆的照片呢？

赵芙蓉：这个你想办法。

刘鸣把茶叶递还给刘鸣。

刘鸣：茶叶你拿回去。

赵芙蓉：尝尝我们芙蓉镇的绿茶，对比一下你们的西湖龙井。

刘鸣：那行，我先收下，照片两天后给你。

赵芙蓉离开，走到楼梯口又折身走回来。

赵芙蓉：P图的事还请刘总切记保密！

052.豆腐街，日，外。

赵小妹快步横过豆腐街，向李艺家的刘晓庆米豆腐店跑去。

053.胡玉音米豆腐店，日，内。

李艺跟在赵小妹身后气喘吁吁地跑进店里，来到手机直播屏前。赵小妹指着一个网名叫“老屋上的小鸟”的粉丝激动地说。

赵小妹：就是这个人要买米豆腐，我不会弄，你赶快帮我接下单。

李艺（悄声地）：小妹姐，淡定，莫激动，显得我们米豆腐没人买似的。

赵小妹白了李艺一眼。

赵小妹：死丫头，人小鬼大，怪不得姐姐搞不过你们。

接完单后，李艺又耐心地给赵小妹示范了一遍在线上的接单流程。

054.白河之北客栈·二楼廊道，日，外。

一辆中通快递车停在胡玉音米豆腐店前。

苏小北站在二楼廊道，看着赵小妹笑容满面地将米豆腐包装盒，搬上停在门店前的快递车上。

055. 胡玉音米豆腐店，日，内。

一张赵小妹年轻时与刘晓庆在芙蓉镇拍电影时的大合影，醒目地挂在米豆腐店的墙板上。赵小妹向前来看热闹的街坊邻居炫耀。

赵小妹：其实这张合影我一直收藏着的，今天才挂出来完全是为了直播带货需要，不然还不会挂出来呢。

邻居一：真漂亮，什么时候拍的呀？

邻居二：拍《芙蓉镇》时你还在上小学吧？

赵小妹：喝河水长大的吧，管得宽！

乔燕走进来，看了一眼墙板上的照片。

乔燕：吔，小妹姐，你真是酉水河底的乌龟——藏得深呢。

赵小妹：藏得再深也没有你山歌唱得深呢，都深到男人心里去了。

乔燕：真的没法与小妹姐比，我是闹山麻雀不长肉，还不长心呢。

赵小妹：长不长心我看不见也不知道，莫长偏就好。

站在人群中的乔燕欲言又止，挤开人群从店里退出来……

056. 老宅水井，日，外。

苏小北将水桶放在水井边，走到院角的木凳上坐下。

若有所思的苏小北站起身，小心摘下一颗长满刺芒的苍耳果。

闪回：水井，日，外。

苏小北在院子里奔跑躲闪，赵青松拿着苍耳果在后面追赶，嬉闹中将几枚苍耳果粘在苏小北的头发上，大笑着跑开。

苏小北一边追打赵青松，一边摘粘在头发上的苍耳果。

闪回结束。

一阵微风吹过，苏小北从美好的记忆里回过神来，将手中苍耳果放入耳旁的头发上，甩了甩头，发现苍耳果已牢牢缠黏在了头发上。

苏小北向井边的老屋走去，一只鸟从远处飞来歇在一处房梁梳理羽毛。

苏小北有些伤感地退回到井边，担着水桶向白河之北客栈走去。

057.胡玉音米豆腐店，日，内。

胡玉音米豆腐店里，赵小妹正在满脸春风地直播带货。

粉丝一：小妹姐，网上有人说你与刘晓庆合影是P出来的，真的假的？

赵小妹：怎么可能，我对电脑一窍不通，更不晓得电脑还有这种功能。

粉丝二：那你怎么证明照片不是P的呢？

赵小妹：莫名其妙，我要证明什么？

粉丝一：证明你这张照片是真实的啊。

赵小妹：它本来就是真实的啊。

粉丝二：是真的，怎么不能证明呢？

粉丝三：我在网上查了一下，拍《芙蓉镇》是1986年，那时你才多大？

赵小妹生气地将照片从墙上取下来，凑近摄像头。

赵小妹：你看我那时多大？

粉线一：你那时不可能有那么大，如果你不能证明这张合影是真的，我们就要取关了。

粉丝二：是的，你这么做不地道。

粉丝三：说严重点，是欺诈行为。

赵小妹越听越气，气愤地关掉了直播。

058.厂房工地，日，外。

米豆腐合作社新厂房工地，赵芙蓉正在督查工程进度，远远看见赵小妹走来。

看着赵小妹怒气冲冲的样子，知道又有什么麻烦事发生了。

赵芙蓉：小妹姐来视察我的工作啊？

赵小妹：视察个鬼，你不是对我作了保证吗？怎么要害我？

赵芙蓉：小妹姐，“我害你”这话可不能乱说啊。

赵小妹：你不是害我，难道还是在帮我？哪有这么帮人的？先帮我合成一张照片，然后跟别人说这张照片是假的，是合成的，你这干的叫人事吗？

在赵小妹连珠炮似的责骂声中，赵芙蓉终于明白是怎么回事了。

赵芙蓉：哪个说的？我怎么没听说？

赵小妹：你就装吧，网上都吵翻天了，那话说得要多难听有多难听，我赵小妹一辈子都没受过这种气，只差打个地洞钻进去了。

赵芙蓉：这怎么可能？我没有跟任何人说过啊。

赵小妹：那我问你，照片是你自己亲自做的，还是请别人做的？

赵芙蓉：这个我真不会，找刘鸣做的。

说到这儿，赵小妹似乎明白了。

赵小妹：姐是该夸你还是骂你呢，你是头猪啊，刘鸣与苏小北现在是什么关系，你是真看不出来还是不愿意看出来？怪不得苏小北看不起你，连姐都看不起你了，你找谁帮忙不可以，非得去找刘鸣？

赵芙蓉：我承认我就是一头大胖猪，大笨猪，你先别乱说，我不相信是苏小北说出去的，刘鸣更不可能。

赵小妹：难道是我自己说出去的？

赵芙蓉：你也别说气话，都怪我这事办得不周全，等我弄清楚情况后再说。

059. 白河之北客栈，日，内。

赵小妹怒气冲冲朝白河之北客栈走去。赵芙蓉劝不住，紧跟其后。

赵芙蓉：小妹姐，你别冲动，事情没弄清楚前不能冤枉人呢。

赵小妹：我冤枉谁了？谁做的缺德事，我就找谁。

听到门外吵闹声，向蓝蓝赶紧跑到书房向苏小北报信。

向蓝蓝：小北姐，小妹姐来了，气势汹汹的样子，好吓人。

苏小北停下敲击键盘，刚走出书房，赵小妹就来到了天井。

向蓝蓝看了一眼赵小妹，再看了一眼苏小北，退到一边。

苏小北：姐，找我有事吗？

后一步赶到的赵芙蓉想要拉赵小妹离开。

苏小北一头雾水地看着赵小妹和赵芙蓉，不知发生了什么事。

赵小妹：谁是你姐？我早就不是你姐了。现在你心里只有小白脸，还装得下我？

苏小北听到赵小妹说出这么难听的话，心里难受，但还是忍住了，好言相问。

苏小北：姐，什么事惹你生气了？

赵小妹：你自己做过什么心里没个数吗？我看你就是个白眼狼，该亲的不亲，不该亲的好得不得了。

苏小北：姐，你越说越让我糊涂了。

赵小妹：先不说那事，现在说你和赵芙蓉的事，他对你那么好，你都装着不知道，你心是冰做的吗？

赵小妹的话让赵芙蓉有些难堪，将苏小北拉到一边悄声说了来由，苏小北这才明白过来是怎么回事。

苏小北：姐，你怕是误会了，我与赵芙蓉只是同学关系。至于你说的P照片的事怀疑是我说出去的，这就生分（疏远、冷淡）了。

赵小妹：你还知道生分？知道生分就不会干出那种事来。

苏小北：你怎么就认定是我说出去的呢？

赵小妹：瞎子吃汤圆，心里有数。

苏小北不想理赵小妹，欲转身回书房。赵小妹怒气冲冲地向苏小北伸出手。

赵小妹：既然你都不认我这个姐了，就将老宅院子的钥匙交出来。

苏小北：这老宅院子也不是你一人的啊。

赵小妹：那你去问青松要钥匙去。

苏小北怅然无措，伤心地站在那里，不知该怎么回答，转身走进书房，拿着一串钥匙出来递到赵小妹手中。

赵小妹的背影从门口消失许久，苏小北仍呆呆地站在原地。

060. 白河之北客栈 · 米豆腐作坊，日，内。

李艺与向蓝蓝正在跟虾米奶奶学做虾米豆腐，虾米奶奶手里端着铁网沙漏均匀地抖动，一粒粒奶白透亮的虾米豆腐掉入清水盆里。站在旁边观看的李艺嘴上说个不停。

李艺：奶奶手法真棒，太神奇了。你看……就那个……对，就那个……还在游呢，像活的虾米一样。

虾米奶奶：死丫头，还游？我说等会儿还要飞呢。

众人笑。

此时，向蓝蓝心情突然伤感起来。

向蓝蓝：李艺，你好好跟奶奶学，我们可能做不成米豆腐了。你们多做点，到时我们去你店里进货卖零售。

李艺：不是做得好好的吗，怎么不做了呢？

向蓝蓝：小妹姐将钥匙从小北姐手里要回去了，不许我们打井水。

当虾米奶奶听到赵小妹将老宅钥匙要走，顿时来火了，要去找赵小妹。

虾米奶奶：做人怎么能这样，我这就骂她去，把钥匙要回来。

向蓝蓝立即拉住虾米奶奶不让去。

向蓝蓝：奶奶您先别去，小妹姐在气头上，这里面一定有误会，事情总会弄清楚的。

061. 芙蓉镇米豆腐店，日，内。

乔燕吃力地端着一盆浅绿色米豆腐放在台桌上，用手轻按米豆腐，看到米豆腐炸开几道裂缝后，脸色瞬间变得沮丧起来，又失败了。

乔燕用力抓起一块绿色米豆腐，搓了搓，碎裂的米豆腐渣屑从手心掉落下来。外面有客人进店，乔燕端起面盆将做失败的翡翠米豆腐倒进垃圾桶，出门迎客。

062. 老宅院，日，内。

赵小妹掀开老宅房门，走进弟弟曾经的婚房，壁板上贴着的大红喜字已经褪色。她取下结婚照相框，将一张硬纸片塞进相框遮住了苏小北的脸。

063. 胡玉音米豆腐店，日，内。

胡玉音米豆腐店内，赵小妹看着货架上没有卖完的米豆腐发呆。

赵小妹心情复杂地取下墙壁上与刘晓庆的那张合影照片。

赵小妹（自语）：什么了不起，没有这张合影，我赵小妹同样也要把米豆腐卖到全国各地去。

赵小妹关上门，从纸盒里取出一把韭菜走到水龙头下清洗。她将洗好的韭菜泡在水里，拿着一个瓷杯去缸里舀了一杯米，倒入装着清水的木盆里。

1杯、2杯、3杯……20杯。

赵小妹数到20杯的时候停下来，用手在盆里搅拌，直到盆里的水完全浑浊，看不见米为止。接着，她从清水盆里取出洗好的韭菜。

1根、2根、3根……20根。

同样数到20根的时候停下，赵小妹把韭菜放进身边的擂钵里，一下一下用石棒在擂钵里将韭菜捣碎。

064. 胡玉音米豆腐店，夜，内。

疲惫的赵小妹从作坊出来，洗了一把脸，整理了一下衣着，便架起了直播平台。她跟粉丝们打招呼，好一阵才出来几个人互动。

粉丝一：小妹姐，今天这么晚了，怎么还上直播啊？

赵小妹：夜里日子长，睡不着。

粉丝二：是不是今天的货没有卖完啊？

赵小妹：快完了。刚才我去做翡翠米豆腐了，明天就可以发货。

粉丝一：小妹姐，背后那张合影怎么没看到了呀？

赵小妹：不挂了，老姐我凭实力，拼质量，拼口碑！

不论赵小妹怎么努力，就是没有几个人下单，就在赵小妹快要关停直播的时候，粉丝“老屋上的小鸟”出来了。

老屋上的小鸟：小妹姐，还跟往常一样，五件，地址不变。

赵小妹：好咧……

一天的疲惫，加上心里憋着气，直到此刻，赵小妹的脸上才露出笑容。

065. 酉水码头，夜，外。

静静的酉水河，两岸街灯依次亮起来，一只小船在夜色里向远方驶去。苏小北站在码头上，注视着小船远去的方向。

闪回：白河之北客栈/观景阳台，日，内。

赵芙蓉在给小猫喂小鱼，苏小北倚在露天阳台护栏上。

赵芙蓉：小北，刘鸣是一只在天上飞的鸟，不属于你，也不属于芙蓉镇。

闪回结束。

河面上那只远去的小船越来越小，最后变成一个黑点融入夜色里。

苏小北离开码头，向着瀑布方向走去。

066. 白河之北客栈 · 书房，夜，内。

苏小北回到书房，打开电脑，屏幕上显示出小说标题：豆腐街的西施们。

画外音：夜深了，莫名的伤感踩着细碎的脚步向我走来。我不确定，你在云端之上是否看到了我的忧伤……

067. 白河之北客栈 · 书房，夜，内。

虾米奶奶见苏小北书房里还亮着灯，犹豫了一下，敲门。

虾米奶奶：小北，睡了吗？

苏小北：没睡呢，奶奶。

虾米奶奶：奶奶想和你说几句话。

苏小北：嗯，进来吧奶奶。

虾米奶奶走进来，苏小北给奶奶递上一杯茶。

虾米奶奶：小北，我知道你心里憋屈，你小妹姐做得太不应该了，她是急性子，又没读过什么书，但人不坏，你别和她一般见识。

苏小北：奶奶，我知道……

虾米奶奶握住苏小北的手。

虾米奶奶：好多事你别总埋在心里，青松的走跟你没关系，那都是命。你要自己走出来，你还年轻，不能一直这样，遇到合适人要把住机会，奶奶年纪大了，不可能陪你一辈子。

苏小北眼里噙满泪水……

068. 胡玉音米豆腐店 · 作坊，日，内。

赵芙蓉走进米豆腐作坊，赵小妹正在整理货架上没有卖完的米豆腐食材。

赵芙蓉：小妹姐，最近生意还好吗？

赵小妹：好个屁，刚把销路拉上去就让人眼红了。

赵芙蓉知道赵小妹还在气头上，想缓和一下气氛，一边查看货架上的米豆腐食材，一边夸她的手艺好，他用手按了按其中一块翡翠米豆腐。

赵芙蓉：还是小妹姐的翡翠米豆腐做得最好，瞧这色彩，这韧劲。

赵小妹：时代变了，“酒好不怕巷子深”不时兴了，做得好不如说得好，说得好不如唱得好。小妹姐老了，跟不上时代啦。

赵芙蓉：小妹姐别灰心，成立合作社目的就是要让像你这样“做得好”的人卖得也好，把老百姓的口碑转化成市场。

赵小妹：这话我爱听。

他们说着话向门店大厅走去。

069. 胡玉音米豆腐店 · 门店，日，内。

来到门店大厅，赵芙蓉在临街靠窗的条桌前坐下。赵小妹泡了一杯茶走过来递给赵芙蓉。

赵小妹：有句话我一直憋在肚子里，不知该不该说。

赵芙蓉：说吧，跟我还有什么客气的。

赵小妹：你发现没，自从刘鸣来到我们芙蓉镇后，很多事情都变了，苏小北对你变冷淡了，我的米豆腐也不吃香了。

赵芙蓉：话不能这么说，我与小北有缘无分，与刘鸣没有多大关系。

赵小妹：我也是把你当老弟才说，什么缘啊分的，你就是胆子小面子薄，当年你与青松同时追苏小北，青松就比你胆子大。

赵芙蓉：小妹姐，你这话说得不对，青松比我优秀百倍呢。

赵小妹说着突然掉下泪来。

赵小妹：若是青松还在多好……姐劝你，苏小北命带桃花劫，远离她对你有好处，天涯何处无芳草，没必要吊死在这一棵桃树上。

赵芙蓉一时语塞，接不上话来。

赵小妹：不过，你若是把刘鸣赶走或许还有希望。

赵芙蓉：我怎么能干这种事？

赵小妹：反正我觉得刘鸣人不地道，吃着碗里想着锅里，你看乔燕最近那副德性就知道了。

赵芙蓉：他那是帮乔燕在做直播呢。

赵芙蓉明白赵小妹的话匣子一旦打开，一时半会儿停不来，赶紧岔开话题。

赵芙蓉：小妹姐，你别替别人操心了，也莫将每个人想得太坏，我还是那句话，苏小北绝对不会干出那种事来。我今天来也是想做做你的工作，把钥匙退还给苏小北，于情于理于法你都得这么做。从法律上讲，苏小北是老宅院第一继承人。再说，苏小北条件比你好，依她的为人，她不可能真要这个老宅院，你断了她的井水，她没法做米豆腐啊。另外，我还有件重要事跟你商量，合作社建厂房可能还要占用你老宅院旁一块空地，占多少地按股份配额加到你的名下，你看如何？

赵小妹听着，不说话。

赵芙蓉：小妹姐，我知道你是讲大理的人，只是一时气没顺……

此时有游客进店，赵小妹起身招待客人。赵芙蓉离开。

赵芙蓉：小妹姐，你再想想，隔天我再来同你商量。

070.石板街，夜，外。

迷幻灯光下，古朴的石板街，苏小北与刘鸣轻声交谈着往豆腐街走来，远远看见赵小妹迎面走过来，立即相互拉开了距离。

赵小妹经过他们身边时，轻声说。

赵小妹：该亲的不亲……敢做就莫怕被别人看见啊。

刘鸣听后，正要上前理论，却被苏小北一把拽住。

刘鸣：没必要把自己弄得这般委屈。你先回，我不会乱说话的。

苏小北见劝拦无果，便继续向前走去。刘鸣转身追上赵小妹。

刘鸣：小妹姐，我觉得你真的误会小北了。

赵小妹：你是谁啊，轮到你说话了吗？你自己几斤几两心里没个数吗？你也就是骗骗苏小北，乔燕那里——还不知道是谁骗谁了。

刘鸣：我骗谁了？

赵小妹：你心里不清楚？明着和苏小北好，暗里又与乔燕眉来眼去。

刘鸣：我和乔燕怎么啦，我只是帮她做直播，李艺我也帮了呀。

赵小妹：你帮谁我没意见，你跟苏小北正常交往我也没意见，她心里也早就没我这个姐了。但你若是想欺骗她，我会让你走着进芙蓉镇，爬着出去，不信，走着瞧，哼，别在老娘面前充什么大老板。

刘鸣：我是不是老板不重要，我也没有说过我是大老板，但你冤枉真正对你好关心你的人就不对。

赵小妹：我都这么大岁数了，好坏都分不清，还要你来教？

刘鸣：那我问你，你知道“老屋上的小鸟”是谁吗？

赵小妹：这个要你管，难道是你不成？

刘鸣：当然不是我。

赵小妹：就是啰，谅你也长不出这颗心来。

刘鸣：是苏小北。

赵小妹突然怔住了，一时没反应过来。

赵小妹：不可能！

刘鸣：“杭州市西湖区西溪社区太阳岛超市”，这个地址熟悉吗？

赵小妹疑惑地看着刘鸣。

赵小妹：你怎么知道这个地址？

刘鸣：那是我家社区超市的地址，苏小北每次在线上订你的货，就是发往那个超市的。

刘鸣说完转身朝豆腐街方向走去，赵小妹看着他慢慢远去的背影。

071. 豆腐街，夜，外。

赵小妹经过“芙蓉镇米豆腐店”门前停下来，朝店里看去。

乔燕正在眉飞色舞地直播带货。

赵小妹将已跨进门槛的脚缩回来，悄然朝自己的门店走去。

072. 白河之北客栈 · 书房，夜，内。

苏小北坐在电脑前继续写日记体连载小说《豆腐街的西施们》。

073. 芙蓉镇米豆腐店，日，内。

乔燕一边推着石磨磨米浆，一边做现场直播，乳白的米浆从旋转的石磨间流出来。

粉丝一：燕子姐，翡翠米豆腐做好了吗？

乔燕：没那么快呢，再等几天就好了。

粉丝一：我跟好多朋友都说了，等翡翠米豆腐出来团购。

乔燕：好咧，感谢家人们捧场支持。

粉丝二：粉丝群里有猛料，快去看……

这时，乔燕手机屏幕突然弹出一个视频——

一个嘈杂的机器打米浆车间，车间里好几个人提着各式各样的提桶在排队等着打米浆。

一个熟悉的身影出现在屏幕中央：是乔燕。

这个突然从粉丝群弹出的视频让乔燕的脸刷一下子红了。

粉丝二：燕子姐，你不是说你的米豆腐浆都是用石磨磨的吗？怎么看见视频里你也去打米浆了呢？

粉丝三：这并不能说明什么，也许燕子姐帮别人打米浆呢。

粉丝二：但愿是这样，不过我还是有一种被欺骗的感觉。

在粉丝们的争吵中，乔燕匆忙结束了直播带货。

074. 白河之北客栈 · 门店，日，内。

赵芙蓉将一个系着蓝色丝带的钥匙递给苏小北。

赵芙蓉：小妹姐叫我还给你。

苏小北：我不需要了。

赵芙蓉：姐妹一场，赌啥气呢。

苏小北：没赌气，老宅院本来就不是我的，留着这把钥匙伤感。

向蓝蓝向前一把从赵芙蓉手中夺过钥匙。

向蓝蓝：小北姐不要，我要。我还要取水做米豆腐，等我研发出芙蓉镇独一无二新配方的米豆腐来让你们瞧瞧。

赵芙蓉：等你都研究出新配方米豆腐了，我给国家非遗机构写推荐信，给你颁传承人最高“薪传”奖。

向蓝蓝：此话当真不？

赵芙蓉：当真。

苏小北在一旁笑。

075. 豆腐街，日，外。

刚走出白河之北客栈的赵芙蓉，被气冲冲走过来耷拉着脸的乔燕拦住。

乔燕：赵镇长，真巧碰到了，我还准备去镇政府找你的。

赵芙蓉：出什么事了？脸色这么难看。

乔燕：大白天里莫名其妙被蛇咬了。

赵芙蓉领着乔燕返回白河之北客栈。

076.白河之北客栈·观景阳台，日，内。

来到二楼观景阳台，乔燕阴沉着脸一屁股坐下。苏小北走过来。

苏小北：燕子，你这是怎么啦？脸阴得要下暴雨。

乔燕：我被人放了一暗箭。

赵芙蓉（笑）：刚才还说被蛇咬了，怎么又变成放暗箭了。

苏小北：燕子是个敞亮人，哪个对你放暗箭啊？

乔燕：暗箭射的就是我们这些站在亮处的人。

向蓝蓝端来一杯茶递给乔燕。

赵芙蓉：说说，怎么回事，看把你气的。

乔燕：今天做直播时，突然有人发过来一段我曾经在机房打米浆的视频。

苏小北：这没什么呀。

乔燕：这个视频是没什么，问题是我跟粉丝们说过，我的米豆腐浆都是用传统石磨磨出来的，这下不是证明我撒谎，欺骗客户了吗？

苏小北：这是有点严重。

赵芙蓉：我看没什么事啊，那是以前的视频，现在用的是石磨啊。

乔燕：谁信啊，你当镇长，你是不知道，我们位置换一下试试？

苏小北看了一眼赵芙蓉，示意他莫乱说话。

乔燕：小北姐，你是不在现场，我被粉丝怼得想死的心都有了。

向蓝蓝：会是谁这么无聊呢？

乔燕：我想来想去，赵小妹可能性最大。

向蓝蓝：那你找过小妹姐没？

乔燕：我当然想去找她，可是我不敢啊，我没有证据呢，就是有证据也不敢啊，命脖子（井水）被她捏着，她稍一用力大家命都没了。

苏小北：无凭无证，话可不能乱说。

乔燕：小北姐，你想啊，李艺可能吗？不可能吧，你看她那个与世无争的样子，我都替她着急。再就是你，你可能吗？你就是承认是你干的，我都不会相信。剩下就只有赵小妹了，她就是见不得别人比她好。上次弄了假合影欺骗粉丝，被戳穿后恼羞成怒认为是你说出去的，还缴了你老宅的钥匙。

苏小北：你先别上火，说不定是哪个拍着好玩无意传到网上去的。小妹姐是有些争强好胜，但并没有你想的这么坏。

乔燕：你还在替她说话，人家都骑到你脖子上了。

苏小北：我知道她恨我，认为是我害死了青松，我理解她。你想啊，如果她真的是不希望大家好，把水井的院子门一锁，大家都没法做米豆腐了，是不？但她并没有这么做。

赵芙蓉：对，小北说得对，小妹姐就是性子急，做事有点不考虑后果，人不坏。

乔燕：她就看不得别人比她好。

苏小北：别气了，李艺不是说过你一嗓子下来半个芙蓉镇都是你的，谁使坏都影响不了你的形象。

众人笑。乔燕的脸也由阴转晴。

077. 酉水河码头，日，外。

刘鸣与苏小北在码头上放无人机。无人机缓缓升起，冲向河面，在河面上做了几个精彩的骤降、攀升、俯冲、旋转等惊险而漂亮的动作后，沿着石板街像一只浅灰色的鸟向后山集镇飞去。

刘鸣熟练地操控着遥控器，苏小北观看监视器里的画面。

苏小北：看，水井，那就是我们天天打水的水井。

无人机慢慢往下降，水井越来越近，越来越清晰……

078. 老宅水井，日，外。

水井旁架着一个直播三脚架，赵小妹正对着水井做直播。

赵小妹：宝宝们，看到没，这就是我家的水井，这下相信了吧？

粉丝一：这水井好漂亮，几百年了吧。

赵小妹：我也不知道，我出生时它就在这儿了，我就是喝这井里的水长大的。我以前就说过，我做的才是芙蓉镇最正宗的米豆腐。

粉丝二：小妹姐，我有个疑问，怎么证明这口井就是你家里的井呢？

粉丝三：说得有道理，谁都可以架个自拍杆，说这井是我家的。

赵小妹：这个还假得了？这水井我都用三十多年了，闭着眼睛都能摸得到，塞着鼻子也能闻出它的味道。

粉丝一：我相信，这井是小妹姐的。

粉丝二：你相信有什么用？

粉丝三：对，要大家信才行。小妹姐，你不是说只有这口水井里的水才能做出口味这么好的米豆腐嘛，你把水井关停一段时间，不准别人取水，她们没有米豆腐卖了，或者说她们取不了水，用自来水做出的米豆腐味道没那么好，大家自然就相信了。

粉丝二：对，这个办法好。

赵小妹：宝宝们，这不行啊，乡邻乡亲的，我不能断了他们的活路呢。

粉丝三：那我们就不信了。

粉丝二：你不是说过有人举报你P照片吗，他们做得出你为何不能做呢？

粉丝三：看戏的不嫌事大！

粉丝四：楼上的不要乱说话。

079.老宅水井，晨，外。

老宅院门紧闭着，上面落着一把大铁锁。乔燕与李艺担着水桶站在水井的院门外，向蓝蓝提着水桶晃晃荡荡地走过来。

乔燕：这个门很少上锁的啊，今天怎么锁上了呢？

李艺：是呢，这个院门从来不锁的。

向蓝蓝似乎想起什么，摸了摸口袋，取出一串钥匙去开锁。

向蓝蓝：前几天小妹姐将钥匙还给小北姐了。

向蓝蓝将钥匙往锁孔里插。

向蓝蓝：不对呀，插都插不进去，不会是换锁了吧？

乔燕不相信，接过向蓝蓝手中钥匙试了几次，确实打不开。

三人相互对视，不知道发生了什么事，空着水桶往回走。

080. 镇政府，日，内。

镇政府大院。乔燕、李艺、向蓝蓝站在院子里。

乔燕给赵芙蓉打电话。赵芙蓉从办公楼走出来。

赵芙蓉：怎么突然上锁了呢？

乔燕：是啊，也不知是谁惹她发飙了。

赵芙蓉：你是不是因为视频的事找过小妹姐麻烦？

乔燕：没有啊，臣妾不敢啊。

赵芙蓉：我先打电话问一下什么情况。

赵芙蓉拨通了赵小妹的电话。

081. 胡玉音米豆腐店，夜，内。

赵小妹在台桌前准备第二天的食材，赵芙蓉围绕在赵小妹身边。

赵芙蓉：小妹姐，我知道你有些事不开心，要怪就怪我，是我这个当镇长的工作没做好做细，跟乔燕她们没有关系。你想啊，自古以来修桥补路、挖井凿渠都是功德事，咱不能让别人戳我们脊梁骨啊。

赵小妹：一锄头挖不出个井来，我也是被她们逼的。

赵芙蓉：你这是在说气话。

赵小妹：换成你也同样来气，芙蓉镇谁不知道我赵小妹的米豆腐是最好的，反而卖不过她们，本想弄张照片打开销路，又被她们举报。

赵芙蓉：过去的事不提它了，销路不好也是暂时的。

赵小妹：最气的是还被粉丝们顶上了墙，丢尽了脸。

赵芙蓉：粉丝们怎么顶你了？

赵小妹：他们要我拿出证据证明水井是我家的，我怎么证明？你说，除了这个办法，还有什么其他更好的办法可以证明？

赵芙蓉（哭笑不得）：所以你就听粉丝的话停了她们的水？小妹姐啊，你让我怎么说你？网上什么人都有，真是钓鱼的不怕水浑，你都几十岁的人了，让我怎么说你呢……

赵芙蓉在店里走来走去。

赵小妹低着头。

赵芙蓉：关于照片的事，我今天向你作个承诺，一定想办法将刘晓庆请到芙蓉镇来，跟你单独拍一张合影，你想放好大就放好大，我们堂而皇之地挂在店里。再说，合作社的厂房也快完工了，等刘鸣的投资款到账，结清工程款就可以正式投产了，到时你根本不用考虑销售的事。非遗传承人申报与米豆腐合作社，这两件事办不好，我这个副镇长也就不当了，到小妹姐店里打工来，一起帮你卖米豆腐。

赵小妹：算了，我可请不起。我本来也没有想过要锁水井的院门，如果我真的不想让她们用水也不会等到今天，但我的话已经都说出去了，重开也得等三天后，我得让粉丝们相信我没有说谎。

082.刘晓庆豆腐店，夜，内。

赵芙蓉从胡玉音米豆腐店出来，径直来到李艺家，打电话将苏小北与乔燕都叫了过来。

赵芙蓉：我刚从小妹姐米豆腐店过来，大家先别急，给自己放三天假，好好休息一下，我向你们保证三天后就可以正常用水了。

乔燕：为什么要等三天后呢？

赵芙蓉：就别问原因了，让小妹姐也顺口气。

083. 白河之北客栈 · 客房，夜，内。

刘鸣正在房间里对着手机看小说，见虾米奶奶敲门进来，立即起身让座。

刘鸣：奶奶坐，奶奶有事吗？

虾米奶奶：没啥事，找你聊聊天。

刘鸣感觉虾米奶奶有话要说。

刘鸣：奶奶，怎么没看到小北，小北出去办事了？

虾米奶奶：嗯，她说是去开个会。

虾米奶奶叹了一口气，说道。

虾米奶奶：小刘，其实我不是小北的亲奶奶，小北是我抱养的孤儿。这孩子特别懂事，读书也特别用功，大学毕业与青松结了婚，总以为过上好日子了，谁知天有不测风云，一次偶然事故，青松丢下她走了……青松去世，她就辞掉了大城市的工作，回到芙蓉镇，她说她是奶奶做虾米豆腐养大的，她要留在我身边照顾我。小北这孩子心思重，人好心善，也不会轻易喜欢上一个人的，你与小北的事奶奶都看在眼里，小北她是迈不过那道坎儿，给她点时间。

虾米奶奶的话，让刘鸣陷入了沉思。

084. 白河之北客栈，日，内。

米豆腐国家级非遗传承人批下来了，非遗传承中心陈主任将传承人证书交到虾米奶奶手上。

虾米奶奶：怎么评我呀，我都这么老了。

陈主任：评您才是实至名归。

虾米奶奶：还是评给年轻人吧。

陈主任：虾米奶奶，年轻人还有机会呢，每年都可以申报的。这是国家对您的肯定，是荣誉，您才是芙蓉镇最美丽的豆腐西施呢。

085. 白河之北客栈，日，内。

刘鸣从外面进来，见苏小北手里拿着传承人证书向外走去。

刘鸣：奶奶，小北这是去哪儿？

虾米奶奶：小北跟我商量，要将传承人证书和传承经费捐给米豆腐合作社。

刘鸣注视着苏小北远去的背影……

086. 老宅水井，日，外。

三天后，水井院门打开了。

乔燕、李艺、向蓝蓝正在水井边取水聊天，赵小妹怒气冲冲来到水井边，要她们离开，她要锁门了。

赵小妹：赵镇长心长得太偏了，什么好处都给苏小北……

在赵小妹骂骂咧咧的埋怨声中，乔燕她们终于明白了赵小妹要重锁院门的原因，提起水桶默默离开水井，朝院门外走去。

087. 镇政府办公室，日，内。

赵芙蓉：我知道了，这就过来。

赵芙蓉刚挂断乔燕的电话准备出门，却见苏小北走进来，他赶紧找茶杯去泡茶。这是他当上副镇长以来，苏小北第一次来他的办公室，不免显得有些慌乱。

赵芙蓉：怪不得今天天气这么好，原来有稀客啊。

苏小北：你这是红墙内，小民不敢随便拜访呢。

赵芙蓉：我知道我这儿潭小水浅，你别在那里取笑。

苏小北：还水浅？我是担心被淹死……

苏小北说着将奶奶的非遗传承人证书和一张银行卡，放到赵芙蓉的办公桌上。

苏小北：这是奶奶的传承人证书和传承经费，我跟奶奶商量好了，这个我们不能拿，都捐给米豆腐合作社。这是我们芙蓉镇的荣誉，合作社更需要这样的品牌灵魂，才有市场竞争力，也才能将米豆腐做大做强。

赵芙蓉：小北，这个荣誉是颁给你奶奶个人的，有这个荣誉挂在店里生意都好做些，再说，传承经费每年都有，奶奶的生活也有了保障。

苏小北：这些我都知道，所以才跟奶奶商量捐给合作社的，有我在，饿不到奶奶的，你放心。我相信合作社办起来后，对大家都好。不过，刘鸣那里也不敢保证，你要有第二手方案。

赵芙蓉：知道，我们一步一步地来，车到山前必有路，总会有办法的。你与奶奶有这么高的觉悟，我代表镇政府和米豆腐合作社，向你和你奶奶表示最诚挚的感谢。

苏小北：赵镇长，你可别给我戴高帽子了，这都是奶奶的功劳。

赵芙蓉：不是戴高帽子，小北，跟你说心里话吧，当我从陈主任那里知道，这次非遗传承人评下来是你奶奶时，开始是高兴，接着就后怕了，不知怎么跟小妹姐解释，做她工作。

苏小北：确实难为你了。

赵芙蓉：上次好不容易做通工作，等了三天才开院门。这不，刚刚接到乔燕打来的电话，说小妹姐听到传承人没有评她，又将院门锁上了。

088.米豆腐合作社厂房，日，外。

赵芙蓉站在一排新厂房前，乔燕朝着赵芙蓉这边走过来。

乔燕：赵镇长，好几天没见刘总更新朋友圈了，他不会跑路了吧。

赵芙蓉看了一眼乔燕。

乔燕：最近老觉得刘总神神秘秘的，问苏小北，也说有几天没有看见他了，有时很晚才回到客栈。

赵芙蓉沉默着，没有接乔燕的话。

089. 饭店包间，夜，内。

米豆腐合作社厂房竣工，一间临河包房里，七八个人围在一张八仙桌聚餐喝酒。赵芙蓉将桌面上的酒杯全都倒满后，举起了酒杯。

赵芙蓉：这段时间为了赶进度辛苦大家了，今天我特意准备了一坛好酒，大家放开性子喝。

包工头：赵镇长，你这是要喝死我们，好赖账啊。

赵芙蓉：放心，喝不死你们，大家尽兴啊。

两个小时后，每个人都喝得面红耳赤，大话翻天。赵芙蓉端着酒杯摇摆晃晃走过来再次给包工头敬酒。

包工头：赵镇长，你真想喝死我啊，我看酒就喝到这里可以了，我们还是聊聊工程款吧，门外还有一帮农民工等着我发工资呢，你不给我结账，我就是不醉死，出门也会被他们打死。

赵芙蓉：老兄放心，一分钱也不会少，少一分我就喝一杯酒。

赵芙蓉说着举杯一饮而尽。

包工头：赵镇长，酒真不能再喝了，喝酒豪气有卵用，结账也这般豪气那才算真男人。

090. 白河之北客栈，夜，内。

夜色中，空旷的街道。喝得酩酊大醉的赵芙蓉，天一脚地一脚地撞进白河之北客栈，大声叫喊着刘鸣的名字。

赵芙蓉：刘鸣，刘老板，你给我出来，你要是敢放我鸽子，老子就去杭州抽你屋的磉蹬岩，信不？

赵芙蓉跌倒再次爬起来。

赵芙蓉：刘鸣，快给老子出来，有本事陪老子喝两杯，躲着算什么男人。

刘鸣在房间里听到赵芙蓉在外面叫喊，站在窗口迟疑了一会儿，回到沙发上一言不发。苏小北正在电脑前写小说，听到赵芙蓉的叫喊，立马来到刘鸣的房间，担心刘鸣冲动。苏小北知道赵芙蓉的失态不仅仅是因为刘鸣的投资款没到位，更担心赵芙蓉借着酒疯说出更难听的话，做出更出格的事来。

沉默一阵的刘鸣，突然站起身来要拉门往外冲，苏小北急忙向前，用背死死地抵靠着房门。

赵芙蓉：刘鸣，刘老板，你，你还算不算个男人，出来！

刘鸣拉开苏小北，想要夺门出去，被苏小北从身后抱住。

苏小北：他今天是真的喝多了，我从来没见过他这样。

听到这边喧闹，李艺赶了过来。

听见李艺的声音，苏小北连忙放开刘鸣下楼。

苏小北：李艺，他喝多了，帮我一起把他送到医院去。

091.豆腐街，夜，外。

苏小北和李艺搀扶着赵芙蓉往医院走。

赵芙蓉：我没醉，我没醉。

苏小北：好，好，你没醉。

李艺：赵镇长，一会儿就到了。

赵芙蓉抓住李艺的手：小北，我心里难受。

李艺知道赵芙蓉将她当成苏小北了。

李艺：嗯嗯，我知道。

赵芙蓉：你不知道！我们芙蓉镇光靠那点门票不够呢，自从我上任副镇长那天起，就一直在思考，想来想去，只有将我们的米豆腐合作社建起来，将米豆腐做成产业，这样才能真的带动乡村振兴。

苏小北：知道。我们都懂。

赵芙蓉：你不懂，你什么都不懂……小北。

李艺尴尬地看着苏小北。

赵芙蓉：我太没用了，长这么大，从来就没有被人逼过账。

苏小北和李艺扶着赵芙蓉跌跌撞撞往医院走去。

092. 医院，夜，内。

胡闹一阵的赵芙蓉，因药物作用终于安静了下来，睡着了。

苏小北问李艺。

苏小北：今天怎么喝这么多酒？

李艺：听说是合作社厂房竣工聚餐，赵镇长请吃饭，包工头逼他结工程款，赵镇长觉得当着那么多人没面子。也真难为他了，为成立合作社受了那么多委屈。

苏小北沉默着没有说话。

李艺：小北姐，有句话我不知该不该问，你说刘总会不会给我们合作社投资？

苏小北：这个我也不知道。

这时，苏小北的手机突然响起，她走出病房接电话。

几分钟后，苏小北回到病房。

苏小北：李艺，小妹姐有急事，我先离开一步，赵镇长拜托你了，等他醒后给他喝点水，有什么情况打我电话。

093. 医院，日，内。

第二天早上，赵芙蓉醒来发现李艺趴在床头睡着了，他把放在枕头上昨天穿的一件外套轻轻盖在李艺的身上，努力回想着昨晚发生的事。

李艺醒过来。

赵芙蓉：李艺，我怎么在这里？

李艺：昨天你喝高了。

赵芙蓉：你送我来的？

李艺：我和小北姐，她有事先走了。

赵芙蓉：我是不是很失态？

李艺（捂嘴笑）：失态不好说，酒后吐真言倒有。

赵芙蓉：不好意思啊。

李艺站起身来。

李艺：现在感觉好点了吗？

赵芙蓉：好多了，没事了。

李艺：没事就好，我去给你买早饭。

094.豆腐街，夜，外。

安静的豆腐街，街灯将一些物体的影子涂抹在石板街上。

夜色中，赵小妹家房子里的灯光亮起来，接着传来哭喊声。

095.胡玉音米豆腐店·房间，夜，内。

赵小妹在接电话。

赵小妹：啊，翻车了？伤得严不严重？

吴海军（声音微弱）：我的脚好像动不了了，在流血。

赵小妹：你现在在什么位置？快告诉我，我现在就过去。

赵小妹挂断电话哭起来。

096.胡玉音米豆腐店，夜，内。

苏小北推开赵小妹的店门，赵小妹一把拽住苏小北。

赵小妹：小北，你姐夫翻车了。

苏小北：翻车了？姐，先别急，慢慢说。

赵小妹：我迷迷糊糊被手机铃声惊醒，接通电话才知道你姐夫车翻车了。

苏小北：电话是谁打来的？

赵小妹：你姐夫，声音好小，人肯定不行了。

赵小妹边说边哭。

赵小妹：前几天我还跟他说，我的右眼皮一直跳，要他开车小心点，就担心他出什么事，千叮万嘱还是出事了。

苏小北：姐，能打电话说明姐夫的情况不算太坏，你赶紧准备一下需要带的东西，我去取车，我们这就开车去找姐夫。

苏小北冲出店门口时，刘鸣与乔燕听见响动也赶了过来。

097.豆腐街，夜，外。

苏小北将车开了过来。刘鸣接过赵小妹手中的袋子放到后备箱，乔燕搀扶赵小妹上了车。

刘鸣：小北，天黑我来开吧。

苏小北：好。

路灯下，汽车快速驶出豆腐街。

098.山间公路，月夜，外。

皎洁的月光下，刘鸣将车停下，只见一辆大货车翻滚在公路下的陡坡上，被一棵大树挂住，下面是很高的悬崖。

赵小妹第一个下车，发疯似的扑向悬崖，大声喊。

赵小妹：海军，海军……

苏小北从身后抱住赵小妹，担心她摔下悬崖。

悬崖下传来吴海军的呻吟声。

赵小妹：快，小北，快，快去救你姐夫……呜呜。

刘鸣：小北，你们先别动。

刘鸣返回车里，发动汽车，飞快地转动方向盘，直到吴海军完全出现在车灯的光照里才停下朝这边飞奔过来。

刘鸣向前一把抓住正欲下去救人的苏小北。

刘鸣：你们先别慌张，让我先下去看看情况。

乔燕：小妹姐，小北姐，听刘总的。

借着车灯，刘鸣拉扯着树灌藤蔓顺着悬崖滑去。

从驾驶室摔出的吴海军，痛苦地挂躺在一棵枯树桩上。

刘鸣背上吴海军，乔燕拉着赵小妹的手，赵小妹拉着苏小北的手，苏小北拉着刘鸣的手，一点点往上爬。

就在他们拼尽全力刚刚将吴海军拽到安全的地方，突然，刘鸣脚下石头踩偏，翻身滑向悬崖，苏小北条件反射不顾一切飞扑过去，就在刘鸣快要坠入悬崖的刹那，死死拽住了刘鸣的手腕。

时间一分一秒地过去。

刘鸣：小北，你快松手，不然我们都会掉下去的。

苏小北脑海里出现丈夫青松坠落悬崖的画面。

闪回：大山悬崖，日，外。

苏小北用手指了指悬崖上的一排映山红。

苏小北：青松，瞧，好漂亮啊。

赵青松低头看了一眼生长在崖壁的映山红，拉扯着树灌向岸壁滑去。

苏小北赶紧向前抓住丈夫赵青松，不让他去攀岩。

苏小北：我就说说，太危险了，不要去摘了。

赵青松挣脱苏小北的手，突然脚下一滑，跌下崖壁……

闪回结束。

苏小北回过神来。

苏小北：刘鸣，坚持住，抓住我……

苏小北右手拽着刘鸣，左手死死抓着一棵小树。

赵小妹与乔燕见势不妙，立即手拉手向苏小北伸过手来。

眼看苏小北手中的小树快要折断了，刘鸣大声喊。

刘鸣：小北，快松手……

苏小北：我不会再松手了，要掉就一起掉下去。

就在苏小北手中小树快要折断的刹那，刘鸣奋力挣脱苏小北的手，掉下了悬崖。

随着众人凄厉的惊叫声，崖谷死一般静下来。

好一阵，苏小北她们才反应过来，开始对着崖谷大声呼喊刘鸣的名字。

苏小北蹲在悬崖边，一边喊一边大哭起来。

苏小北（带着哭腔）：刘鸣，刘鸣……

好一阵，从崖下空谷边传来刘鸣的声音。

刘鸣：小北，我没事……

刘鸣的声音久久在山谷间回荡。

099. 医院外科楼 · 病房，日，内。

病房内，吴海军躺在病床上输液。

赵小妹坐在床边，一只手紧握着吴海军的手。

赵芙蓉焦急地走进病房。

赵芙蓉：情况怎么样？

赵小妹：这次真的多亏了刘鸣、小北还有燕子，没有他们帮忙，只怕海军早就没命了。

赵小妹说着眼睛又湿润起来。

乔燕：小妹姐看你说的，乡邻乡亲的，谁家没有个三病两痛的突发情况？

主治医生走进来，赵芙蓉赶紧上前询问。

医生：幸好送来及时，再晚一点只怕是没命了。

赵小妹与乔燕相互看了一眼。

医生：病人是从车里摔出去的，左边大腿动脉血管刺破了，只要及时把血止住就没事，其他都是擦伤，很快就可以回家静养了。

乔燕：吴哥福大命大，肯定不会有事，现在好了，当年小妹姐一碗米豆腐连人带车留下，现在连命都是小妹姐的了。

赵小妹：你吴哥还在床上躺着呢，没个正经样儿。

众人笑。

这时苏小北和刘鸣从外面进来，刘鸣头上缠着绷带。

乔燕：瞧，又多了一位光荣负伤的。刘总，这回你怕是也要连车带人留下了哦。

众人又大笑。

赵小妹：刘总，这次多亏你了，让你也受了伤，还差点送了性命。

刘鸣：没事，我和吴哥一样，福大命大。

赵小妹走过来，抓住苏小北的手，眼里充满感激。

100.奔驰4S店，日，内。

城市，一辆出租车在奔驰4S店前停下来。

头上缠着绷带的刘鸣从出租车下来，径直朝店里走去。

见刘鸣进来，一个销售人员迎上来。刘鸣将汽车行驶证绿本交给销售员，并在一张过户表上签了字。

签完字，销售员将一张银行卡递给刘鸣。

销售员：刘总，这么好的车，贱卖不心疼吗？

刘鸣：车卖了还可以再买的。

手续办完，刘鸣在自己还是八成新的奔驰大G前转了一圈后才朝店外走去。

101.电脑商场，日，内。

刘鸣在苹果电脑专柜前挑选笔记本电脑。

102. 林间公路，日，外。

蜿蜒的山间公路，明亮的阳光从树林枝叶的缝隙射到路面上。

一辆越野车在林间公路上穿行，公路旁的小溪翻滚着白色的浪花贴着公路向前流去，洁净的蓝天飘浮着白色的云朵，几只不知名的小鸟从头顶掠过。

苏小北：怎么去那么久？车还没修好吗？

刘鸣：有点事耽误了。有个配件在上海那边耽搁了，还得等几天。

刘鸣：这几天怎么没见你更新小说了？

苏小北：还没有想好怎么结尾。

刘鸣：杭州来的那个年轻人最后离开芙蓉镇了吗？

苏小北：你说呢？

刘鸣没有接话，握着方向盘直视前方。沥青炒砂公路在飞转的车轮下快速往后退去。

103. 白河之北客栈 · 街道，日，外。

刘鸣刚从客栈出来就被突然出现的两个高大男人拦住。

刘鸣不想让熟人看到，赶紧拉着两个男人来到街道拐角处。

男人一：刘总，你还真难找啊。

刘鸣：难找吗？你们怎么找到的？

男人二：网络平台上到处都有你的身影，还怕不知道你在哪？

刘鸣：就是啰，我真想躲，你们会在网上看得到我？

男人二：我们的钱怎么办？

刘鸣：我也是受害者，给我三个月时间连本带息还清。不过你们得答应我，回去把法院的起诉撤了，这样我的线上平台才能恢复运营。我已经找到了商机，保证公司会起死回生。

男人一：怎么保证？

刘鸣：不信？

男人二：你又跑了怎么办，到时候我们到哪去找你？

男人一：他跑不了，他跑了我们就住在白河之北客栈等。

刘鸣：这事和她没关系，你们可别乱来。

男人二：那就拿钱来。

刘鸣：我明天就跟你们一起回杭州。

104. 白河之北客栈·房间，夜，内。

刘鸣坐在床上沉思。小猫从门口进来，跳到床上玩耍。

刘鸣打开手机SIM卡锁盖，从钱包内袋抠出那张SIM旧卡装上。

105. 白河之北客栈·房间，晨，内。

苏小北听到房门外有猫在抓门，拉开房门见是小猫芙蓉，俯身将它抱进怀里，向刘鸣住的房间走去。小猫每天都是在刘鸣房间过夜的，一种不祥的预感闪过。

106. 白河之北客栈·房间，晨，内。

苏小北快步来到刘鸣房间，发现床上的被子叠得整整齐齐。从来不叠被子的刘鸣这个反常举动，告诉她刘鸣不辞而别了。

苏小北在床上发现了一个信封和一台崭新的苹果笔记本电脑，她小心翼翼地打开信封，从里面掉出一张银行卡和一张小纸条：

小北，卡里有105万元，你留下5万元作为我这段时间的食宿费用，剩下的100万元请转交给赵芙蓉，让他先将建厂房的工程款结了。笔记本电脑是送给你的，希望你喜欢。

我回杭州了，好多事一时说不清，有机会再详细告诉你。

刘鸣/2022.7.26凌晨

107.老宅水井，日，外。

一根新水管从水井伸出，沿着墙脚向街上铺去。

赵小妹推开院门，来到老宅，取下墙壁上青松与苏小北的合影，将盖住苏小北头像的硬纸片取下来，将照片擦干净后重新挂上墙壁。

赵小妹从老宅出来，来到水井边。

苏小北这时提着提桶也从外面走进来。

赵小妹：铺了水管，以后就不用来井里担水了。

苏小北：嗯。这样就方便多了……姐，这水井的水是真好呢。

赵小妹：是的呢，哪怕天再干，都没见断过流。

赵小妹拉过苏小北的手。

赵小妹：以前姐做得不好的地方，别记到心上。

苏小北：都过去了，不说这些。

赵小妹：刘鸣走了？

苏小北：嗯。

赵小妹：还会回来吗？

苏小北：不知道。

赵小妹：看得出刘鸣是真心喜欢你，青松都走两年多了，你还年轻，遇到合适的，别错过。

苏小北眼眶湿润，抽回手拿出纸巾擦拭眼睛。

这时，一只小鸟从头顶飞过，歇在老宅的横梁上认真地梳理着羽毛。她们看着小鸟，谁也没有说话。

苏小北打好水后起身离开。赵小妹看着苏小北远去的背影，打开手机，找到粉丝“老屋上的小鸟”，点开头像放大查看。一张熟悉的歇着一只小鸟的老屋照片，出现在赵小妹的眼前。

108. 豆腐街，日，外。

熙熙攘攘的豆腐街，街道两旁挂满了喜庆的灯笼和气球条幅。

今天是米豆腐合作社成立的日子，横街而建的舞台上工作人员正紧张有序地布置会场，大功率音箱播放着山歌皇后乔燕领唱的土家族民歌《太阳落土四山黄》——

领：妹娃儿

合：哎

领：在哪里

合：在这里

领：一要哇借你呀

合：约约一个左啰喂

领：鸳鸯呢枕啰喂

合：叶叶儿点点红呀

领：叶叶儿赵子儿的龙呀

合：小妹妹把手招啰喂

…………

乔燕找到正在忙碌的赵芙蓉，让他看她朋友发的朋友圈，她同学新买了一辆八成新的奔驰大G。

赵芙蓉：你同学真有钱啊，叫他也来投资我们合作社呀。

乔燕：认真看，找重点。

赵芙蓉再次认真观看那张照片时，在驾驶室里发现了刘鸣。

乔燕一边说一边用手指了指照片中的刘鸣。

乔燕：我同学说，就是这个人着急出手变现，低价转手卖给他的。

109.胡玉音米豆腐街店，日，内。

赵芙蓉领着刘晓庆来到胡玉音米豆腐店，还在门口就大声对店里喊。

赵芙蓉：小妹姐，快看我把谁带来了。

赵小妹满面春风地出来迎接，见是刘晓庆，张开手臂与刘晓庆来了个拥抱。

赵小妹：大明星，你真的来了啊。

刘晓庆：我不是明星，你才是芙蓉镇真正的大明星呢。

众人笑。

赵芙蓉：小妹姐，我没骗你吧？

赵小妹：谅你没这个胆。

刘晓庆：都说你做的翡翠米豆腐好吃，给我下一碗？

赵小妹：好好好，我这就去弄。

赵小妹端上一碗翡翠米豆腐放在刘晓庆桌前。

刘晓庆：果真好吃，当年拍电影可惜不认识，不然天天来你家吃。

赵小妹：哈哈，那时我还在读小学呢。

刘晓庆：是吗？时间过得可真快啊。

吃完米豆腐，赵小妹提出与刘晓庆合影。

刘晓庆：我的照片真的可以帮你卖米豆腐？

赵小妹：当然，当然呢。

刘晓庆：可惜来迟啦，也可惜老啦。

赵小妹：刘老师，您还年轻得很呢，瞧，还这么细皮嫩肉的，与当年没什么两样。

刘晓庆：化妆化的。

赵小妹：你化不化妆都好看。

赵小妹对摄影师说：师傅，等我一下，我去换件衣服。

众人大笑。

赵小妹跑进房间，穿一件漂亮的红衣服走出来。

赵小妹叮嘱摄影师。

赵小妹：把我们照漂亮点啊。

摄影师：放心，保证拍出世纪大片，到时挂到进芙蓉镇的那个牌楼上去。

在摄影师的指挥下，她们一连拍了好几张合影。

110. 豆腐街，日，外。

芙蓉镇米豆腐合作社正式成立。

赵芙蓉主持活动仪式。

赵芙蓉：各位领导、嘉宾及芙蓉镇的乡亲们，在各级领导的关怀指导下，在豆腐街全体豆腐西施们的通力配合下，在国家乡村振兴政策引领下，特别是在杭州老板刘鸣的大力支持下，芙蓉镇米豆腐合作社今天终于成立啦。

台下响起热烈的掌声。

赵芙蓉：首先我要特别感谢两个人，她们就是我们芙蓉镇的虾米奶奶和苏小北，将国家颁给她们家的米豆腐传承人荣誉，还有传承经费都捐赠给了合作社，让我们的合作社有了镇社之宝，有了灵魂，让我们一起谢谢我们的虾米奶奶。

台下又响起雷鸣般的掌声。

众人在人群中搜索着苏小北和虾米奶奶。站在虾米奶奶与苏小北身边的赵小妹，赶紧挥手示意。

赵芙蓉：除此之外，我还有一个振奋人心的特大好消息要告诉大家，大明星刘晓庆老师今天也来到了我们活动现场，现在让我们以热烈的掌声欢迎大明星刘晓庆老师上台。

在热烈的掌声中，刘晓庆走上舞台。

刘晓庆：感谢芙蓉镇的乡亲们，这么多年过去，谢谢你们还记得我，爱着我，一如既往地喜欢着当年我扮演的胡玉音这个人物。以前，朋友们常开玩笑，说我是芙蓉镇的豆腐西施，这个称谓让我脸红，真正的豆腐西施应该是台下在座的虾米奶奶、赵小妹、苏小北、乔燕、李艺她们，是她们那种对生活积极乐观的态度深深感动了我，祝福她们未来的日子越过越精彩，祝福芙蓉镇的明天越来越好，祝福豆腐街的米豆腐大卖特卖，谢谢大家……

111. 豆腐街，日，外。

活动结束，刘晓庆与大家合影留念，苏小北看到李艺有意站在赵芙蓉身边，两人的手不约而同绕过身后，紧紧握在了一起。

拍完大合影，刘晓庆还与穿着印有“豆腐西施”四个彩字文化衫的豆腐街的西施们拍了一张纪念照。

合影结束，其他人都争着与刘晓庆单独合影留念。

112. 刘晓庆米豆腐店，夜，外。

夜，终于安静下来。

刘晓庆来到李艺家的刘晓庆米豆腐店，看着店门前招牌上那张当年拍戏时与李艺一家拍的合影，看着年轻时候的自己，久久不愿离开……

113. 白河之北客栈 · 书房，夜，内。

苏小北回到房间，打开刘鸣送给她的新苹果笔记本电脑，今晚写完最后一章，《豆腐街的西施们》就要完稿了。

苏小北的手轻盈地落在键盘上：

> 夜深了，热闹了一天的豆腐街终于安静了下来……明天，太阳会依然升起……

114. 白河之北客栈 · 廊道，夜，内。

苏小北走出房间，站在二楼廊道上，抱着狸花猫，注视着刘鸣第一次来到豆腐街的方向。

闪回：芙蓉镇石板街，夜，外。

刘鸣背着一个硕大的旅行包，走在芙蓉古镇窄窄的石板街上，街灯将他的身影拉得很长。他在街上站了一会儿，拉了拉背上的背包，径直向还亮着灯的白河之北客栈走来。

剧终。

出戏

湘作登字-2023-A-00099305
现实爱情故事片
获第二届湖南省微电影“金芙蓉”优秀作品奖

故事简介：

随着张官高速建成通车，有世外桃源之称的夸父山开始被外面世界关注，一些有眼光的投资人来到了夸父山。开发景区遇到的第一道门坎，便是在山脚下住了一辈子的独居老人杨奶奶，无论开出怎样的优惠条件，她都不肯将老房子迁走。最终，经常来夸父山拍晚霞的吕子川成为关键人物。交往中，吕子川发现杨奶奶并不像别人说的那样偏执，反而是个内心非常温暖的人。特别是当他在杨奶奶房间里看到那张“夸父山落霞”照中少女的背影时，脑海里时不时重构起那段遥远而凄美的爱情。原来，在杨奶奶孤独的背影里，藏着世上最美的山水。熙熙攘攘的世间，我们每个人都需要一处纯粹的山水存放疲惫的心灵。本来就不赞成拆杨奶奶家房子的吕子川，认为环境保护比开发更有意义，最终还是放弃了眼前利益，撕毁了那张已经拿到手的拆迁协议。

人物简介：

人物1：吕子川，男，32岁，基层公职人员，热爱摄影摄像，有自己的艺术审美追求，对生命和爱情始终保持着一种敬畏态度。他觉得一切美好的东西都是短暂的，也就是这无数个稍纵即逝的美好，构成了生命最绚丽的底色。杨奶奶的爱情故事深深地打动了他，也触动到了他，他对自己的行为深感愧疚，觉得无论时代如何进步发展，有些东西必须还得坚守，比如爱情。

人物2：杨奶奶，女，70岁，夸父山山脚独居老人。在外人眼里，她是一个沉静、性格孤僻的老人，然内心却无比温暖，她将自己封闭起来，不给别人走进她心里的机会。她对爱情的执念全都被四十多年前，那个来夸山父拍落霞的摄影家带走了，始终没能走出那段美好而忧伤的爱情邂逅。与其说她是在等待，不如说她只是坚守属于自己的那段美好岁月更准确。

人物3：小鱼，女，28岁，吕子川女友，漂亮但不浪漫，典型的现实主义女孩，面对生活与爱情，遵从平平淡淡才是真的人生哲理，却又被结婚必须买房的世俗观念裹挟，一步步对吕子川进行着爱情的试探。

电影剧本

001.夸父山·河岸，黄昏，外。

字幕：有时候，保护比开发更有意义……

三座两百余丈高，形同巨型恐龙蛋的石峰，呈三脚鼎状耸立在美丽的沅水北岸。一轮耀眼的橘黄色落日，正缓缓向三座巨石山顶沉下去。

一座典型的江南小村依山傍水而立。此时，可见几处蓝色炊烟从青灰色房顶升起，一只晚归的小船慢慢从河心向岸边驶来。

吕子川撑牢三脚架，调试着数码相机的拍摄参数和角度，等待最佳时机按下快门。身旁不远处草坪上，零乱摆放着一些拍摄设备和道具。

吕子川全神贯注地观察着显示屏里的光感变化与构图。

此时，一个穿着整洁的老人走入明亮的显示屏。因为距离太远，老人像极了一个移动的浅色墨点。

吕子川调整焦段，慢慢拉近……

出片名：出戏

002.夸父山·河岸，黄昏，外。

偶尔会有外面的风光摄影师，慕名驱车来夸父山拍落日晚霞，时间一长，村民们也都见怪不怪了。村里唯有杨奶奶始终保持着他人没有的热情，只要有摄影师来夸父山拍落霞，她都会好奇地朝他们多看几眼。

吕子川紧盯着三脚架上明亮的显示屏，心里盼着老人能再往前走近一些，那样构图就完美了：背影、落日、山影、村庄以及炊烟袅袅的河岸，多美的宋人水彩画境啊！

谁知，老人在吕子川的期盼中停下了脚步。

吕子川离开摄影机朝老人走去。

吕子川：奶奶好。

杨奶奶：真会挑时间呢，你瞧那晚霞多漂亮！

吕子川：是的呢，真的好漂亮！

杨奶奶：好看，就多拍几张。

吕子川：奶奶，我想把您也拍进去，那样就更完美了。

杨奶奶：老啦，上镜不好看啰。

杨奶奶说着继续朝河边走去。

吕子川不想错过这么好的机会，立即返身跑向摄影机，迅速调整视角，画面切入显示屏：

背影、落日、山影、村庄及波光粼粼的河面。

003.杨奶奶家小院，黄昏，外。

吕子川手拿相机走进杨奶奶家小院，见无人便向二楼阳台爬去，想从高处拍一张夸父山在河中的倒影。

刚上到二楼，吕子川从玻璃窗模糊看到一张照片，好奇欲推门进去看个明白，却被从码头洗衣服回来的杨奶奶大声喝住。

杨奶奶：下来！谁让你上去的？

吕子川连忙解释：这里位置高，我想拍张夸父山倒影。

吕子川一边说一边从楼上下来。

杨奶奶见吕子川下来，提着木桶去厢房廊道上晾衣服。

吕子川有些尴尬地离开小院，背着摄影包向停在远处的白色越野车走去。

004.杨奶奶家小院，日，外。

吕子川将白色越野车停在一处十字路口，从后备箱取出一幅装裱好的照片，向杨奶奶家院子走去。

吕子川：杨奶奶，给您送照片来啦。

杨奶奶听见有人进院子，从屋里走出来。

开始杨奶奶并没有去接吕子川手中的相框，当她看清照片正是前不久自己去码头洗衣服时，被吕子川从身后偷拍的那张，心里一阵温暖泛起，伸手从吕子川手中小心接过相框。

杨奶奶：拍得真不错，可惜人老啦。

吕子川：看您说的，您与这夸父山的风光一样，永远年轻漂亮呢。

杨奶奶脸上泛起微笑。

005. 河边，日，外。

字幕：三个月后。

一天晚饭后，女友小鱼打电话约吕子川在河边散步。

眼前清澈的河水如青绿色绸缎，被拖曳着向山外缓缓滑去。远处背景是美丽的水乡集镇，房子高低错落，似乎每处都恰到好处。

小鱼：今天开发景区的周总叫我过去了。

吕子川回头，一脸狐疑地看着小鱼。

小鱼接着说：你经常去夸父山拍照，跟杨奶奶熟，只要你能让杨奶奶签下拆迁协议，我们房子的首付款他来帮我们垫付。

吕子川：我认为有些保护比开发更有意义。

吕子川没有接小鱼的话，慢慢沿河岸向前走去。

落日最后一道霞光铺射在如镜的河面上，小鱼踩着吕子川被拉长的身影跟上去。

006. 杨奶奶家小院，日，外。

一间用楠竹片、河卵石及土砖围成的农家小院，看上去虽然显得有些简陋，却被女主人收拾得整洁有序，每一处都记录着女主人的精致心迹。

一只黑白相间的漂亮狸花猫，正懒洋洋地躺在柴堆上，眼睛却十分锐利地观察着周围动静。几株栽种在瓦盆里的花卉正灿烂地盛开着，给简陋的小院增添了几分色彩与生气。

杨奶奶提着一桶水从屋里慢慢走出，准备给小院里的那些花草浇水。那只狸花猫从柴堆上跳下来，跟在她身后。

咚——

突然，一个皮球落进小院，吓得杨奶奶险些将手里的水桶打翻。

杨奶奶四处张望，没有发现情况，便捡起皮球，见上面有几处污渍，便用手掌从水桶里捧水擦拭。

007. 杨奶奶家外路口，日，外。

样子有些疲惫的吕子川，手里提着三脚架，肩上斜挎着一个大大的帆布摄影包，慢慢朝杨奶奶家院子方向走来。

两个小男孩正缩头缩脚在小院外转悠，不时趴到栅栏上向院子里东张西望。

吕子川：小捣蛋，趴在那里干吗呢？

两个正专注着寻找皮球的男孩，被吕子川的呵斥声吓了一跳。他们回头见是常来村里拍照的吕叔叔，便缠着他帮忙去院子里捡皮球。

小孩一：我们皮球掉杨奶奶院子里了。

小孩二：叔叔，你帮我们取来好不？

吕子川：你们怎么不自己去取？

小孩一：我们不敢去。

吕子川朝小院里走去，不时回头疑惑地看两个男孩。

一会儿，一个皮球从小院里飞出。

两个男孩抱着皮球一前一后离开。

008. 杨奶奶家小院，日，内。

拍摄落霞余晖下的夸父山倒影，杨奶奶家是最好的位置。

三个月前被杨奶奶阻止，吕子川这次便小心地征求正在清扫院子的杨奶奶的意见。

其实，吕子川还另有一个目的，想看看壁板那幅上次没有看清的照片到底拍的是什么，为何让杨奶奶那么敏感。

吕子川：杨奶奶，我想去二楼阳台拍张夸父山倒影。

杨奶奶没有回吕子川的话，提着一个木桶向河边码头走去。以他对杨奶奶性格的了解，没有明确反对算是一种默许了，于是他便手握相机轻手轻脚向二楼阳台爬去。

透过模糊的玻璃窗，一幅悬挂于壁板上的“夸父山落霞”照和一台老式的胶片相机闯入他的视线。

吕子川探头看了一眼正走向河边码头的杨奶奶，禁不住轻手推开虚掩的房门走了进去。

照片宽边约三尺，相框为深褐色实木，真的太壮美了。

这是吕子川见到的最美的夸父山落霞了，他完全被照片那绝美的意境所陶醉，特别是画面里那个面朝落日、身材窈窕少女的背影，深深触动了他的内心。

吕子川取来自己送给杨奶奶的那张背影落霞照对比，从神态气韵，已经断定那个背影就是少女时的杨奶奶。这个发现让他心里一沉，同时也明白杨奶奶不肯搬走背后的真正原因了，他似乎从这个背影里，看到了一场缠绵悱恻的爱情。

吕子川打开相机，拍下了那张装裱在木框里的照片。

009. 河岸 · 公路，晨，外。

一轮红日缓缓从湿漉漉的河面升起，雄伟的夸父山像三个巨人雕塑耸立在天地间，留给我们三尊孤独而又藐视世间一切的剪影。

一辆白色城市越野车，穿行在河岸蜿蜒的乡间公路上。

清晨河面飘着一层薄雾，几只小船行驶在河雾中，若隐若现。

白色越野车行驶在河岸蜿蜒的公路上。

吕子川神情淡定地握着方向盘，头不自觉地偏向窗外。

吕子川将车停在一处T字形路口，从后备箱取出无人机打开。因为天还没有亮，无人机指示灯在晨雾中显得很刺眼。

吕子川用“太阳测量师”手机APP，对着剪影中的夸父山，测试太阳升起的具体位置和升起的准确时间。

在距离太阳升起的最后10分钟，无人机缓缓升起。

河的东岸山巅，一枚湿漉漉如同蛋黄般的太阳露出脸来。

吕子川全神贯注地盯着显示屏，操控着手里的控制器。

010. 河岸 · 路口，日，外。

吕子川身上满载摄影装备，低头站在路口。

小鱼穿着一条时尚的水洗牛仔裤向吕子川走来。吕子川看了一眼小鱼的牛仔裤，眼神掠过一丝不快。

吕子川：30年前哪有这种牛仔裤？

小鱼：30年前还没有你呢，你怎么知道就没有？

看着吕子川有些坚定的眼神，小鱼只好返回去换服装。

看着小鱼离开的背影，吕子川放下身上装备，在路旁一块岩石上坐下来。

011.河边·码头，日，外。

一架银色无人机缓缓升起，地上散落的树叶被风吹得像水浪一样向四周散去。穿着酒红色线织衫加深色秋裙的小鱼，出现在无人机明亮的操控器显示屏里。

吕子川熟练地操控着无人机，调整视角，用跟焦锁定功能锁定好小鱼。做好这些拍摄准备后，他将无人机控制器放到一处干净的草坪上，挥手示意小鱼可以开始了。

小鱼欢快地沿着青石板小路向河岸草地跑去。

吕子川追上去……

一只小木船安静地泊在靠岸不远的浅水滩。

薄雾刚刚散去的河面，随水浪摇晃的小船，起伏有致的山际线映在水中的倒影，河岸的水草野花，以及低空飞过的白色水鸟……

眼前的画面如一幅诗意水彩镶嵌在天地之间，唯一不协调的是小鱼与吕子川之间的默契。

因小鱼跑得太快，与吕子川的距离拉得过远，看上去不像是一对热恋中的情侣，倒像是在追赶小偷。

吕子川渐渐被移出镜头，他无奈地停下脚步，转头不自觉朝杨奶奶家的方向看了一眼。

远处，杨奶奶正安静地站在窗台上看他们拍摄。

012.河边·码头，日，外。

吕子川与小鱼一前一后返回原地。

吕子川拿起操控器显示屏，回放刚才拍摄的画面。

画面中小鱼跑得太快，将吕子川丢在身后。因为追焦锁定的是小鱼，无人机是以她为拍摄主体的。一开始吕子川还在画面里，随着距离拉开，他便被移出了画面。

吕子川与小鱼在一处草坡上坐下，重放刚才拍摄的视频。

小鱼用手指着控制器屏幕突然问道。

小鱼：画面里怎么只有我一个人，你人呢？

吕子川没有直接回答，好一阵才慢慢说道。

吕子川：我追那只白鸟去了。

小鱼一眼茫然地看着吕子川，轻声说道。

小鱼：要不重新再拍一次？

吕子川：可以了。

013.河面·村子，黄昏，外。

一只小船从河对岸缓缓驶来。

再近一点可以看清是小鱼在教吕子川摇桨。

吕子川与小鱼肩并肩坐在一处小山头，等待那轮落日滑向夸父山巅。

小鱼将一粒水果塞进吕子川口中。

一架银色无人机在空中盘旋。

杨奶奶落寞地站在阳台走廊，注视着夕阳下的夸父山和波光粼粼的河面。

014.杨奶奶家小院，黄昏，内。

杨奶奶推门进入房间，取下悬挂在壁板上的那幅“夸父山落霞”照，用一块拧干水的抹布，小心地擦拭着相框上的灰尘。

在杨奶奶擦拭相框时，那只黑白相间的狸花猫不时干扰着。
杨奶奶慈爱地将花猫从相框上抱开。
确认已经擦拭干净后，杨奶奶才重新将相框挂上壁板。

杨奶奶注视着被擦拭干净的照片……

015.河边·码头，黄昏，外。

落日慢慢靠近夸父山巅，色泽逐渐变得浓艳起来。整个西边天空如同燃起大火，火焰恣意向外蔓延。
杨奶奶落寞地站在窗前，看着即将沉下去的夸父山落日。
波光粼粼的河面上，一艘拖轮拖拉着一挂长长的木排，慢慢向远处驶去。
一片漂浮在河面的落叶上，一只黑蚂蚁无助地东张西望。
杨奶奶伸出一个小树枝，引导小蚂蚁爬上来。
黑蚂蚁借助杨奶奶搭成的枝条桥，成功地逃上了岸。

闪回：小鱼手里拿着一个小树枝伸向河面，去救一只落叶的蚂蚁。

吕子川拉着小鱼的手，平衡她倾斜的身体。

016. 河边 · 码头，黄昏，外。

吕子川打开摄影包，从里面取出一件与杨奶奶房间里那幅照片中颜色与款式都相差不大的衣服，递给小鱼。

吕子川：穿上这件。

小鱼：这也太土了吧。

吕子川：穿衣服是要看环境的，还要看穿在谁的身上。

小鱼：穿我身上就不土了？

吕子川没有接话，只是看着小鱼。

小鱼见吕子川态度有些坚决的样子，只好不开心地脱掉身上外衣，换上吕子川给她准备的红色线织衫。

017. 河边 · 码头，黄昏，外。

吕子川撑牢三脚架，不停地调整着拍摄角度与参数，希望能拍出跟杨奶奶家那幅诗意一样的壮美照片。

小鱼配合着吕子川，不停地挪动着位置和调整姿势。

此时，吕子川脑海里不停地闪现着，当年那个摄影师给杨奶奶拍摄时的感人画面。他认为那才是爱情真正的样子。

吕子川眼睛盯着显示屏，眼前如梦似幻的画面让他百感交集。恍惚间，小鱼的背影变成了杨奶奶少女时的背影，接着又幻化成杨奶奶现在的背影。

在落日即将靠近夸父山巅的瞬间，吕子川果断按下了快门。

018.河岸 · 码头，黄昏，外。

平静的河面远处，一只小船缓缓向码头这边驶来。

落日将橙黄的余晖铺洒在平静如镜的河面上，蓝天浮云，群山倒影，湖光山色，天地一体，让人分不清哪是天空哪是河底。

一辆白色城市越野车，缓缓行驶在河岸蜿蜒的公路上。

吕子川：今天是最后一场拍摄了。
小鱼：你有把握不？
吕子川：不知道，但我觉得很有意义。
小鱼：意义？什么意义，不是为了那套房子吗？

好一阵，吕子川才慢慢说道。

吕子川：生命是需要某种等待与遗憾的，爱情更是如此，有些坚守在常人看来不可思议，却恰恰是被我们弄丢了的东西。

019.河边 · 码头，晨，外。

银色无人机缓缓升到适当位置，悬停空中等待指令拍摄。

背着摄影背包的吕子川向码头走去，小鱼不紧不慢地跟在身后，心不在焉的样子，根本不像是那种难舍难分的意境。

吕子川只好停下脚步，等小鱼跟上后重新讲戏。

吕子川：你要有伤感的样子，我这一走也许永远不能再见了。

小鱼：谁稀罕呢，伤感不了。

小鱼的话说得有些漫不经心，恰恰是这种漫不经心，让吕子川心底莫名升起一丝失望与悲凉。

无人机还悬停在半空中，发出嗡嗡的声音。

吕子川拿起放在路边一块岩石上的无人机操控器，重新调整拍摄角度，并将焦点跟随锁定在了自己身上。

吕子川再次朝码头走去。

小鱼有了上次经验，走路姿势正确了不少。

吕子川登上晃动的小船，准备满怀深情地回头向小鱼挥手作最后告别时，却发现小鱼正在低头看着手机……

020. 公路 · 河滩，日，外。

一辆白色城市越野车停在河滩，车载音箱正循环播放着哲贵演唱的《多年以后》——

给我一个安静的角落，避开所有眼光的探索，寂寞是我唯一的借口……

021. 杨奶奶家小院，夜，内。

吕子川将修好的旧相机递给杨奶奶。

杨奶奶兴奋地接过相机。

杨奶奶：你真的把它修好了？
吕子川：嗯，我还在网上给您买了胶卷，装里面了。
杨奶奶：来，用它给奶奶拍一张，我喜欢听这个相机的快门声。

吕子川接过相机。

杨奶奶：子川，这几天看你们一直在拍，让我也看看？
吕子川犹豫了一下，才慢慢打开笔记本电脑。
吕子川：拍得不好。

这场自导自演的爱情戏让吕子川很不满意，要不是杨奶奶主动说想看，他原本是不打算让她看到的。

吕子川说着点开视频播放器，一段经过剪辑配上音乐的短视频，立即撑满整个屏幕播放起来。
杨奶奶认真地观看着视频画面，安静得像个孩子。
吕子川在身旁一直观察着杨奶奶脸上的表情。
杨奶奶看着看着，眼泪禁不住就落了下来。

吕子川慢慢后退，一声清脆的快门声响起……

022.杨奶奶家小院，夜，内。

杨奶奶已经被吕子川的举动感动，要留他在家吃晚饭，明天一早再回去。

杨奶奶：今晚就住这里吧，夜里开车不安全。

吕子川似乎找不到拒绝的理由，默默点了点头。

睡觉前，杨奶奶将已经签好字的拆迁协议书递给了吕子川。

吕子川正欲向杨奶奶解释，却被杨奶奶打断。

吕子川：杨奶奶……

杨奶奶：不用说了，你们的事我都知道。

吕子川接过拆迁协议书百感交集。

023. 杨奶奶家小院，夜，内。

夜幕下的农家小院，昏黄的灯光从窗户透射出来。灯光下，杨奶奶怀里抱着那台旧相机，正凝神看着窗外。

吕子川的房间。

吕子川半躺在床上，眼睛看着窗外月光模糊的山影。

此时，微信提示音响起，吕子川拿起手机。

小鱼：拿到手了吗？

吕子川：拿到了。

吕子川将手机调到静音模式，再次看向窗外。

那只黑白相间的狸花猫正趴卧在窗前桌子上，眼睛直直地盯着某个角落。从窗外射来的路灯光线被屋角遮挡，小猫一半身子在暗处，另一半在光线里。

024. 杨奶奶家小院外路口，晨，外。

当那轮湿漉漉的太阳再次从河面升起，整个夸父山景区被笼罩在一片霞光与雾气之中，犹如仙景，胜似梦境。

吕子川背着大大的摄影包，从杨奶奶家小院出来。

一辆白色越野车，缓缓穿行在雾霞中蜿蜒的河岸公路上。

画外音：在这场自导自演的拍摄过程中，本来就带着完成任务目的的小鱼完全不在状态，无论怎样努力都没有出现吕子川想要的那种唯美画面。从最初萌生创意拍这个视频，吕子川就已犯下了爱情经不起试探的错误。在杨奶奶的故事里，他不自觉地一步一步走向生命与爱情的原始期待。其实，我们每个人潜意识里，都有逃脱出自己预设角色的冲动和欲望……

025.河边·公路，晨，外。

吕子川将车驶入路边一处宽敞河滩停下，从车里走出来。

他注视着眼前静静流淌的长河，从摄影包里取出那份签好字的协议，回头望了一眼杨奶奶家小院的方向，将手中的协议撕碎，抛向了空中。

上游公路远处，来接签好协议成功归来的吕子川的女友小鱼，正高兴地挥手朝这边走来。逆光中，小鱼的身影犹如置身幻境，慢慢变得模糊虚化，最后消失在一道白光之中……

剧终。

珙桐花几月开

湘作登字-2024-A-00105516
治愈爱情故事片

故事简介：

苏可半舞蹈学院毕业后供职于一家演艺公司，偶然发现热恋中的上司男友已有家室，于是辞职逃离出都市的灯红酒绿。偶然中，一本风光画册中的珙桐花，让她来到了如今仍保存着原始生态的借母溪自然保护区。在这里，她虽然没有见到她想象中的珙桐花开，却让她受伤的心得到了治愈。

赵鸣公司破产，与女友分手，在自驾张家界途经借母溪时遭遇车祸，雨夜住进苏可半经营的民宿，并与之相识。在等待修车的这段时间里，他被苏可半美妙的舞姿和忧郁的气质吸引，向苏可半发起了爱情攻势。这一切都被暗恋苏可半的李向南看在眼里。已婚的李向南深知自己这份情感没有结果，也不想苏可半再次遭到伤害。在他眼里，赵鸣就是一个游山玩水的有钱公子，不会对感情负责。李向南老婆吕小燕由此对苏可半心生妒忌。

为了打动苏可半，同时也看到借母溪民宿的前景，赵鸣偷偷将自己修好的豪华越野车卖掉，从李向南手中接手将民宿进行提质扩建，起名“半亩田”，与病情好转的苏可半一起经营。赵鸣的执着最终感动了苏可半，就在她刚要步入第二段感情时，却发现自己已有身孕。赵鸣与苏可半相恋后，似乎变了一个人，以前身上那股玩世不恭的气息不见了，尽心照顾苏可半和打理民宿生意，过起平常人的小日子。一天，赵鸣在苏可半放化妆品的抽屉里发现了一份诊断为抑郁症的病历及孕检单。孩子出生后，苏可半病情再次加重，一次她在溪边洗衣时眼睛看着别处，儿子滑进深潭也没发现，这让赵鸣深感事态严重，为了儿子半半的安全，他开始有意不让苏可半接触到半半。

苏可半的病情越来越严重，最后失踪了。在苦等数月无果后，赵鸣将民宿交给李向南打理，带着半半离开了借母溪。

两年后，苏可半病情好转，因思念儿子再次回到借母溪。

借母溪上演大型实景情景剧《狃子花开》，核心剧情是一对母子骨肉分离的故事。这天，省里来了大领导考察借母溪生态旅游，指定要观看《狃子花开》，不巧狃花女扮演者吕小燕小腿骨折不能上台。李向南向村委会吴主任建议，请苏可半上台替演救场。果然，苏可半比主演吕小燕还要跳得投入精彩。李向南把民宿重新交给苏可半打理。从此，苏可半一边经营民宿，一边出演实景剧《狃子花开》，等待着赵鸣带着儿子半半归来。

李向南给赵鸣打电话，告诉他苏可半已回到借母溪，并要他在手机上看《狃子花开》的剧情视频。赵鸣惊讶地发现主演正是自己苦苦寻找两年未果的苏可半，第二天便整理行装带着儿子半半，驾着一辆橘色牧马人越野车朝借母溪急驰而去……

人物大纲：

人物1：苏可半，女，26岁，青年舞蹈家，就职于某演艺公司。偶然发现热恋男友隐婚而深受打击，导致患上轻度抑郁症，来借母溪疗伤与赵鸣相识相恋。

人物2：赵鸣，男，27岁，自驾游爱好者。公司破产，自驾外出散心，因一次车祸来到借母溪。为帮苏可半筹资扩建民宿，卖掉了自己的越野车。

人物3：李向南，男，34岁，借母溪保子洞风景区老板，因暗恋苏可半将公司下属的简易民宿转租给了她。后见赵鸣与苏可半走近，暗中阻止。

人物4：吕小燕，女，28岁，《狃子花开》实景剧狃花女扮演者，李向南老婆，在赵鸣提出扩建民宿却遭到李向南反对时，站出来支持赵鸣。

人物5：吴主任，男，40岁，借母溪村主任。

人物6：半半，男孩，3岁，苏可半的儿子。

其他：若干。

电影剧本

001. 城市 · 儿童游乐场，日，外。

蓝天白云下，儿童游乐场一棵大树下的长条靠椅，赵鸣悠闲地看着不远处玩耍的三岁儿子半半，眼中充满怜爱。

微信铃声响起。微信是很久没联系的李向南发来的。赵鸣取出手机点开微信，一段视频跳出——

视频内容：借母溪实景情景剧《狃子花开》演出现场。

画面原始唯美，音乐凄婉感人，狃花女主演舞姿缠绵优美。

突然，一张熟悉的面孔出现在手机屏幕上。

赵鸣拖动进度条放大重播，发现狃花女主演不是原来的吕小燕，而是从他世界里消失了近三年，苦苦寻找无果的女友苏可半。

002. 炒砂公路，日，外。

一辆红色“牧马人”越野车，急驰在安静蜿蜒的炒砂公路上。

赵鸣双手扶着方向盘，眼睛注视着前方。儿子半半坐在后排儿童座椅上，好奇地将头偏向车窗外，嘴里说个不停，眼前的一切让他充满好奇。

半半：爸爸……爸爸，我们要去哪儿啊？

赵鸣：去一个好漂亮好漂亮的地方，也是你出生的地方。

半半：爸爸……出生是什么意思啊？

赵鸣不知怎么回答，缓了好一阵才岔开话题说道。

赵鸣：半半闭上眼睛睡一下，好吗？

半半：爸爸…… 我好像睡不着。

迅速向后退的山峦。颠簸晃动的车厢中，半半闭上眼睛睡去。

赵鸣开着车继续前行。

闪回

003. 炒砂公路，雨，黄昏，外。

大雨瓢泼。

绵延的大山，蜿蜒的山间公路上，一辆黑色奔驰大G越野车在大雨中急驰。刚刚还敞亮的山谷，因为一场大雨使夜幕提前笼罩下来，两道刺眼的车灯在山间晃动。

突然，一辆失控的摩托车急驰而来，避让不及，赵鸣猛打方向盘，紧急避险将车撞到路边一棵大树上才停下来。

004. 借母溪村，雨，夜，外。

全身湿透的赵鸣背着一个硕大的旅行包，行走在古村窄窄的石板路上，抬头见镶嵌着"借母溪"三个大字的牌楼，矗立在雨幕中的橘黄色路灯下。

雨中的石板路干净透亮，一些积水处反射着大小不一的光斑。夜已经很深了，路旁一些店铺已经陆续关门，街灯将他孤独的身影拉得老长。

赵鸣在石板路上站了一会儿，用力拉了拉已经打湿的沉重背包，径直朝远处亮着灯的一家民宿走去。

005. 民宿，内，天台，雨，夜，外。

夜幕下，雨声越来越大。

赵鸣走进民宿见里面没人，便朝透着亮光的天台走去。

一道并不明亮的灯光，从半推开通往天台的门缝射向大雨中的天台，如刀片般将周围的夜色切割出一道扇形舞台，雨丝在光线中显得异常晶莹透亮。

突然，一只女人（苏可半）柔软纤细的手从黑暗向光带伸出来，缩回，再伸出。接着是翘起的臀，弯成弓的腰，半露的肩膀，高挺的乳房……

完全沉浸在舞蹈中的苏可半衣着不整，加上大雨浸淋，衣裙凌乱地紧贴在扭动着的性感的身体上。尽管如此，却丝毫没有影响到舞蹈的美感，反而让赵鸣看到了生命最原始的律动与情感倾诉。

闪回外景，铁路，日。

旷野，一列高铁飞驰而过……

闪回结束。

闪回内景，宾馆，夜。

柔和的灯光下，神情沮丧的苏可半，翻开桌面上一本名为《借母溪》的风光画册，一幅酷似万千白鸽歇息在枝头的珙桐树照片深深吸引了她的目光。

闪回结束。

大雨仍在继续，不时有风吹过。

很长的一段时间里，在大雨的伴奏中，已经全身湿透的苏可半，如幽灵般在光晕与夜色间穿梭闪现。

本来想冲上去将苏可半从雨中拉回来的赵鸣，不忍打断眼前的画面，久久伫立在雨幕中，雨水顺着他的面颊往下流淌。

006.民宿，日，外。

雨后的借母溪，清新透亮，仿佛一切都是新鲜的。

赵鸣睡到很晚才起来，在哗哗流淌的溪水跳岩上遇到苏可半。

苏可半：昨晚睡得还好吗？

赵鸣：好着呢，梦里都是哗哗的溪水声。

苏可半：好，那就多住几天。

赵鸣：还可以看到你跳舞吗……

赵鸣本来想说，昨夜她跳得很美，可是苏可半听他说起跳舞，脸上却掠过一丝让人读不懂的表情，转身向民宿方向走去。

赵鸣目送着苏可半的背影远去。

赵鸣有点不相信自己的眼睛，怎么都不能把眼前穿着整洁时尚的女子，跟昨夜雨中舞蹈的女子联系到一起。

007.移动公司门店，日，外。

赵鸣从移动公司门店出来，一边走一边将刚刚购买的移动新卡装进手机，并将换下的旧卡随手扔进街旁的垃圾箱。

闪回内景，赵鸣家，日。

赵鸣无精打采地坐在客厅沙发上，一言不发。一个穿着时尚的女人经过客厅，拖着行李箱朝门口走去。女人打开门，回头看了赵鸣一眼后离开。

女人出门不一会儿，赵鸣起身走向窗台。

远处街道一辆轿车朝着女人方向驶过来……

闪回结束。

闪回内景，赵鸣公司，日。

从几个身材高大，长相凶恶追债人的背影缝隙里，可以看见赵鸣低着头坐在宽大的办公桌前。追债人气势汹汹，赵鸣一言不发。

几个员工模样的人，在搬办公电脑和一些值钱的设备。

赵鸣的公司破产了。

闪回结束。

李向南举着导游小旗，带着一队游客从赵鸣身边经过。

赵鸣见李向南手中导游旗上写着“借母溪保子洞”，便跟着他们一路向借母溪保子洞走去。

008. 保子洞，日，外。

游客游览完保子洞后朝山下散去。

从洞口处可以看见山下溪畔的民宿全景。

赵鸣与李向南在一块大岩石上坐下来。

李向南：这儿风景不错吧。

赵鸣：是块不错的风水宝地，这溶洞投资了不少钱吧？

李向南：前些年在外面赚的钱都投到这个洞里了……不光是钱，我的心也都放在这个洞里了。

李向南说着用手指了指山下不远处的民宿。

李向南：山下那个民宿也是我建的，可惜没时间没精力管理，租给一个女孩经营了。

赵鸣：就是那个会跳舞的女孩吗？

李向南眼里闪过一丝疑惑，表情警惕地看向赵鸣。

李向南：你怎么知道她会跳舞？

赵鸣：无意间看到的…… 她是本地人吗？

李向南：不是。

赵鸣：那她是哪里人，来借母溪多长时间了？

李向南：半个多月吧，哪里人就不知道了。

赵鸣：你没问过？

李向南：我问这些干吗？

赵鸣见李向南心里有些抵触，便换了一个话题。

赵鸣：她舞跳得真的好美。

李向南：确实，我也看她跳过，可惜……

赵鸣：可惜什么？

李向南：你慢慢就知道了。

闪回外景，溪畔，日。

春天的小溪翻着细细白浪，欢快地向下游流去。几只鸭子在溪畔浅水区嬉戏。李向南与苏可半坐在溪边跳岩上聊天。

苏可半：珙桐花几月开？

李向南：四月底或五月初吧。

苏可半：我能看到吗？

李向南：开了，当然可以看到啊。

苏可半：那我就等珙桐花开了再走……

李向南看了一眼苏可半。

李向南：还有半年多时间呢！

苏可半：半年很长吗？

李向南：反正我缺帮手，你帮我打理民宿，我给你免房费怎样？

苏可半：这样可以？

李向南：当然可以，租给你经营都行。

闪回结束。

009. 溪畔，小雨，日，外。

草坪上的一棵大树下，身姿婀娜的苏可半在跳舞，舞蹈充满生命原始的律动与情感倾诉，似乎要与这里的自然山水融为一体。

此时，天突然下起雨来，苏可半的动作也慢下来。

一只蝴蝶飞来停在她肩上，她不敢动，担心蝴蝶飞进雨中打湿翅膀。苏可半斜眼看了一眼蝴蝶，尔后直直地看着远方，她的衣裙已渐渐被斜射过来的雨淋湿。

从集镇上回来的赵鸣也想冲到大树下躲雨，抬头见苏可半在躲雨，便在一处岩檐下停留下来，目光不时朝苏可半这边张望。

雨慢慢变小。很长一段时间，苏可半都保持着同一个姿势，不敢动弹，不时偷眼看肩上打湿翅膀的美丽蝴蝶。

地上一处水洼处，一只打湿翅膀不能起飞的蝴蝶在挣扎……

眼前的画面让赵鸣心头掠过一股暖流，似乎向着苏可半的未知世界又前进了一步。他小心翼翼取出手机，悄悄将眼前的画面拍了下来。

赵鸣悄悄离开躲雨的岩檐向雨幕中走去……

010. 民宿，外，房间，夜，内。

在各色灯光照射下，夜色中的小溪显得清幽洁净，明暗有别的水潭里倒映着灯光、木屋及溪边高矮不一的树影。

哗哗的流水声，不停跳动的白浪，在七色灯光下如梦似幻。

一个女游客牵着一个小女孩的手，从对面白水滩跳岩向民宿走来。

赵鸣安静地坐在靠溪的阳台上，眼睛注视着手机屏——

手机屏里正是白天偷拍苏可半与蝴蝶的照片。

011.溪畔，日，外。

苏可半穿着漂亮的衣裙在溪边玩水，身影倒映在清澈透亮的溪水里。

赵鸣与李向南坐在不远处一块干净的岩石上聊天，看着眼前动人的画面浮想联翩。赵鸣将手中一枚石头投进岩石下的溪潭里，漾起圈圈波纹。

李向南：你准备在借母溪待多久?

赵鸣：不知道。

赵鸣用眼神向李向南示意正在溪边玩水的苏可半。

赵鸣：等我将她追到手。

李向南轻蔑且反感地看了一眼赵鸣。

李向南：春天本来就是做梦的季节……不过我警告你，千万别乱来，不然你会走不出借母溪。

李向南再次警惕地看了一眼赵鸣，走开。

赵鸣看着李向南的背影，不明白李向南为何会突然如此态度，凭男人直觉，推定李向南可能也在心底喜欢着苏可半。

012.溪畔，日，外。

缓缓流淌的小溪，铺满卵石的溪洲。

一行向前延伸排列整齐的卵石队列。

苏可半不停地在溪洲上挑选各色大小形状统一的卵石，认真专注地一个一个往队列后面堆放，并审视它的笔直度，不时做轻微调整。

苏可半反复在溪洲与卵石队列间来回走动，不厌其烦，聚精会神，仿佛整个世界一切都不存在，与她一点关系都没有，她在乎的只有手中逐渐延长的卵石队列。

013. 外景，溪畔 · 大树，日。

苏可半衣衫不整地在一棵大树下跳舞，似疯似醉。

几个小孩躲在不远处偷偷观看。

014. 民宿，夜，外。

赵鸣睡不着，打开门走出来看山间夜景，忽然看到一个身影在苏可半的房间窗户边，探头探脑往里张望。

赵鸣走过去想看个究竟，黑影瞬即跳下窗台消失在夜幕中。

听见响动，苏可半披衣开灯从房间里出来。

苏可半：怎么啦？大半夜还没睡？

赵鸣：刚才有一个人影在你窗户前晃动。

苏可半：是吗？我怎么没发现。

赵鸣：小心一点，有事喊我。

赵鸣与苏可半各自回房休息。

夜幕下的溪谷，两个亮着灯的房间显得非常醒目。哗哗的溪流水声，由近变远，由大变小，如忧伤清澈的夜曲。

015. 溪畔，黄昏，外。

夕阳下，缓缓流淌的小溪，铺满卵石的溪洲。

赵鸣在帮苏可半捡溪滩上的卵石，堆放长长的卵石长龙。

赵鸣：你觉得这个长龙能延到哪里去？

苏可半：不知道。

赵鸣：再想想。

苏可半：天上……不，花开的地方……

赵鸣：可以延到你梦里吗？

苏可半答非所问。

苏可半：应该是天上吧。

从苏可半的背影看过去，卵石长龙消失在渐渐暗下来的夜色里。

016. 民宿，日，内。

苏可半手里拿着洗漱用品走向赵鸣房间，敲了几次门见没反应，以为他不在房间里，便用房卡开门走进去。

赵鸣耳朵里塞着一个耳机正在听歌，没有听见有人进来。

赵鸣听着歌，眼睛却看着手机屏里前几天偷拍的“雨中树下，苏可半让蝴蝶停在肩上”的照片，苏可半来到身后都没有觉察。

苏可半看清赵鸣手机屏里是自己的照片，没有说话，放下洗漱用品，悄悄地从房间里退出来。

017. 溪畔 · 大树下，黄昏，外。

溪边的一棵大树下，几个五六岁的孩子在嬉戏玩闹。

男孩1：前几天，我看见有个人在这棵树下跳舞。

女孩：真的吗？我怎么没看到？

男孩2：我也看到过，妈妈说，她是疯子，要我离她远点。

女孩：乱说，会跳舞怎么会是疯子呢？

男孩1：下次你自己看看就知道了。

此时，赵鸣从树下经过，听到他们的谈话走过去。

两个小男孩怕挨骂率先跑开了。

018.民宿，外，房间，夜，内。

赵鸣睡不着，担心苏可半，走出房间查看情况。

山间的夜色特别的美，月朗星稀，远山如黛。

赵鸣看到苏可半的房间亮着灯，慢慢走过去。透过窗户望去，苏可半若有所思地坐在椅子上，神情沮丧而又落寞。

019.溪畔，黄昏，外。

苏可半在溪边浅水区戏水跳舞，跳着跳着，慢慢向深水区滑去，完全进入到一种忘我境界。

赵鸣一直站在不远处观看。他觉得苏可半跳得太美了，山色韵致浑然一体。但他很快就发现不对劲，立即不顾一切地飞奔过去。

刚才双手还在水面舞动的苏可半，此时已慢慢向水底沉去……

闪回内景，舞台，夜。

演出现场。

舞台背景：一群白鸽萦绕在一蔸盛开酷似白鸽振翅欲飞花朵的珙桐树旁。

炫目的灯光下，一群身材娇美的女孩正在树下模拟白鸽翩翩起舞。苏可半是这台舞蹈演出的主演。

节目结束，苏可半从舞台上下来。

闪回结束。

闪回外景，街道，夜。

借着街灯，苏可半将孕检单再次查看了一眼。

一辆的士在苏可半身旁停下，她挥手示意不想坐车。的士离开，苏可半沿着橘色街灯下的街道往前方走去。

前方温暖的街灯下，一个男人搀扶着一个挺着大肚子的女人，散漫悠闲地走着，画面和谐甜蜜。

苏可半羡慕地注视着他们移动的背影，突然觉得那个男人背影好熟悉，便不由自主地加快脚步向前走去。当她发现那个男人正是自己热恋中的男友时，怔住了，一时大脑一片空白。

挺着大肚子的女人似乎觉察到什么，问身旁的丈夫。

女人：你认识她吗？

男人犹豫了会儿，摇了摇头。

男人：不记得了。

男人说完，继续搀扶着女人向前方走去。

他们已经走出去很远了，苏可半还没有从刚才的震惊中回过神来。她静静地站在橘色的街灯下。

航拍后拉：苏可半孤独的身影在慢慢变小，街道在慢慢变长，一会儿便有了整座城市的轮廓。最后，苏可半的身影成为一个小黑点，消失在了城市梦幻般的七彩灯光里……

闪回结束。

赵鸣来不及脱掉衣鞋，一头扎进溪潭里，溅起的浪花迅速向四周散开。

因为慌乱，加上下游水流越来越急，赵鸣救人心切，不小心将苏可半的上衣扯破，半边肩膀与白皙的前胸裸露出来。

赵鸣托着全身瘫软的苏可半向溪岸艰难地浮游划行，成锥形漾开的波纹缓缓朝两边散去……

赵鸣抱着苏可半来到岸上站住，眼睛定定地看着苏可半。苏可半并没有溺水后的惊恐与慌乱，眼睛也不躲避，只是平静地回望着抱着她的赵鸣。

此时，赵鸣有话想说，却不知从何开口，慢慢低头轻吻了苏可半。身体有些下滑的苏可半，本能地将手臂弯绕住赵鸣的脖子。

赵鸣抱着苏可半向溪边不远处的民宿走去。

天光消失，天慢慢暗下来。

镜头推远：亮着灯的民宿越来越小，逐渐消融在大山的浑浊里。

020. 实景剧场，日，外。

（借母溪因为一部名为《狃花女》的电影被外面世界知晓，接着申报成为国家级自然保护区。为了发展借母溪的文旅产业，当地打造了一台根据电影《狃花女》改编的大型实景情景剧《狃子花开》，试演没多久就引起外界关注，并迅速成为一张文化名片，成为吸引外地游客来借母溪游玩的理由之一。）

《狃子花开》实景剧正在排练，为即将到来的公演做最后彩排。

狃花女主演吕小燕见赵鸣与苏可半站在不远处观看，主动走过来打招呼。

吕小燕：苏老师好，赵总好。

苏可半：别叫我老师啦，你跳得比我好。

吕小燕：你可千万别笑话我，我完全是赶鸭子上架。

赵鸣：那你这只鸭子可了不得哟。

吕小燕：笨鸭子，起早贪黑找虫子吃，不过我喜欢跳舞。

此时，剧场有人喊吕小燕。

画外音：吕小燕

吕小燕：不和你们聊了，我回去排练了。

吕小燕说着转身往剧场跑去。

021. 民宿天台，日景，外。

经过一段时间相处，赵鸣对苏可半从最初的好奇，慢慢真心地喜欢上了她，心底有了一种要保护她的强烈情感冲动。

赵鸣：可半，借母溪自然生态好，加上《狃子花开》即将开演，旅游会越来越好，我们将民宿提质扩建一下怎样？

苏可半有些疑惑地看着赵鸣，好一阵才说话。

苏可半：有必要吗？要花很多钱的。

赵鸣：钱的事不用你管，我来想办法。

苏可半仍疑惑地看着赵鸣，话到嘴边却没有说出来。

赵鸣似乎明白了苏可半的担心。

赵鸣：算我入股，或算是我借给你都行。

苏可半轻轻地摇了摇头。

苏可半：我不是这个意思。

022. 溪畔 · 烧烤店，夜景，外。

借母溪的夜清凉舒爽。民宿对面溪畔是一排烧烤店，借母溪的夜间生活除了那台《狃子花开》实景剧，便没其他娱乐方式，所以烧烤店到了夜间便显得很热闹。赵鸣邀请李向南在溪边烧烤店吃宵夜，喝啤酒。

赵鸣：李总，我有个想法跟你商量，希望得到你的支持。

李向南：怪不得今晚要请我喝酒呢，吃人东西嘴软，拿人东西手短，趁我现在还没吃，什么事，你赶快说。

赵鸣：现在来借母溪养生休闲的人越来越多，把服务做好，硬件配套也要跟上去，这样才有回头客，你说是不？

李向南：道理谁不晓得啰，莫绕弯子，具体一点。

赵鸣：我想和苏可半一起把民宿提质扩建一下。

听到这话，李向南将手中端起的酒杯慢慢放下来。

李向南：现在不是经营得好好的吗？我觉得没必要去瞎折腾了。投资暂且不说，扩建得有地方啊。

赵鸣：所以要找你商量啊，保子洞那边不是还有半亩空地吗，正好可以跟民宿这边用吊桥连起来，这样还多了一个打卡景点……钱的事你不用管，我来想办法。

李向南：这不是半亩地和谁出钱的事，我觉得没必要。

李向南不停地喝酒，就是不表个明朗的态度，让气氛变得有些尴尬。此时，一个邻座的朋友端着酒杯过来跟李向南敬酒。

朋友：李总又在招商啊，有钱也带带兄弟一起发财啊。

朋友离开，他们继续喝酒聊天。赵鸣以为李向南不肯表态是因为租金和利益分配的原因，便开门见山说了出来。

赵鸣：租金与利益分配，这些都好商量，我们先把生意做起来。

李向南：借母溪的水太浅了，养不活你这条大鱼，你还是哪儿来的回哪儿去吧，明年合同到期，民宿我就要收回了。

023. 实景剧场，日，外。

《狃子花开》彩排现场。

远处，苏可半在模仿实景剧中吕小燕的舞蹈动作曼妙起舞，看得李向南入了神，偷偷用手机录视频，吕小燕走到身旁他都没有丝毫觉察。

眼前一幕让吕小燕无名火一下子窜上来，愤怒地将手中半瓶矿泉水用力泼向仍在偷录视频的丈夫李向南。

吕小燕：看！看！看个死啊。

被泼一脸水的李向南还反应过来，吕小燕就一脚将他踹下斜坡，手机在空中甩出一个抛物线，翻滚着滚进一堆杂草丛中。

吕小燕：再看把你的眼珠子挖出来！

这一幕刚好被手中拿着图纸，来找吕小燕商量民宿扩建的赵鸣看见。等李向南从斜坡荆丛里爬起身，捡起手机气鼓鼓离开后，他才慢慢朝吕小燕这边走过来。

赵鸣：小燕姐，猜到你会在这儿排练。

吕小燕仍在气头上，态度不友好地说道。

吕小燕：有屁快放，我忙着呢！

赵鸣：我与可半商量，想把民宿重新提质扩建一下。昨晚我找李总谈过，他好像不是太愿意，想你去做做李总的工作。

听到“李向南”三字，吕小燕心头火更大了，没等赵鸣把话说完就表了态。

吕小燕：他有什么资格说话，民宿房子是我娘家的，不用理他……你们男人都是吃在碗里看着锅里，没一个好东西！

吕小燕觉得话说得有些过头，赶紧解释。

吕小燕：赵总，你别往心里去，我没说你。

赵鸣尴尬地笑了笑。

024.汽车维修店，日，外。

赵鸣走进一家汽车维修店，店老板走过来打招呼。

店老板：还以为车你不要了呢。

赵鸣：修好啦？

店老板：早修好啦，你试试车。

赵鸣接过店老板递过来的车钥匙，上车启动汽车。店老板以为赵鸣会将车开出去遛一圈，没想到他却熄火跳下车来，将车钥匙递给店老板。

赵鸣：车没问题。不过，还想再请你帮个忙。

店老板：什么忙？

赵鸣：帮忙把车卖了。

店老板：怎么想要卖呢，就是换个左前灯，两个面油漆，丝毫不影响开啊。

赵鸣：就因为你知道车没问题，才叫你帮忙的。

店老板不解地看着赵鸣，见他好像不是在开玩笑的样子。

店老板：你说个底价，我试试。有消息给你打电话。

025. 民宿，日，外。

施工现场匆忙而井然有序。

几个木工在装修民宿房间，另一个工程队在脚手架上修建民宿大门。

苏可半半倚着赵鸣，注视着忙碌的工人们，心里对未来充满期望。

026. 民宿，日，外。

自从赵鸣与苏可半相爱后，吕小燕心里的那份担心没有了。

这天，吕小燕神神秘秘来找苏可半，打开手机要苏可半看她的微信朋友圈，朋友圈里是三张不同角度的黑色奔驰大G照片。

苏可半：小燕姐，你朋友真有钱呢，买这么高档的车。

吕小燕：二手的，朋友说他捡到一个大便宜。

苏可半：这么新，不像是二手车啊？

吕小燕：不是要你看这个，你认真看，找重点。

苏可半再次翻了翻照片，疑惑地看向吕小燕。

苏可半：不懂你在说什么。

吕小燕见苏可半没有发现端倪，便将其中一张照片用手指放大了让苏可半看。苏可半终于看清了，站在车后面戴墨镜的男人正是赵鸣。

苏可半这才知道，赵鸣为筹钱扩建民宿把自己的豪车卖了。

027.李向南家，日，内。

赵鸣将豪车变卖帮苏可半扩建民宿的事，很快就传到了李向南耳中。吕小燕心底也希望赵鸣与苏可半能真心好上，联手将民宿做起来。

吕小燕：我看赵鸣帮苏老师是真心，将保子洞那半亩空地也给他们吧，民宿建得再好也是我们的，他们又搬不走。

李向南：我不是不愿意让出那半亩地，我是担心赵鸣给苏老师设圈套。赵鸣是什么人，在大城市开过公司，苏老师哪是他的对手？

吕小燕诧异地看了一眼李向南。

吕小燕：吔，我以前怎么没发现你心肠这么好啊。你舍不得的怕不是那半亩地，是半条心吧。

话都说到这份上了，李向南也就不得不同意了。

028.半亩田民宿，日，外

提质扩建后的半亩田民宿漂亮宽敞了许多，来了许多参观的人。

此时，几个民工正在将“半亩田”民宿的牌匾往大门上装挂。李向南向正在下面指挥安装的赵鸣走过来。

李向南：你真的将民宿取名“半亩田”了啊。

赵鸣：没有你那半亩地，它也建不成啊。

029. 半亩田民宿，日，外。

赵鸣将苏可半在溪边大树下躲雨的照片冲印出来，装裱在精致的相框中，悬挂在民宿接待大厅的显眼位置。照片中，一只蝴蝶轻盈地停歇在苏可半的肩上，仿佛在与她低语。赵鸣为这幅照片取了一个充满诗意的标题：

“让蝴蝶停在你的肩上”。

在众人的共同努力下，借母溪成功被评为全省五个乡村民宿集居区之一。半亩田民宿也经过提质扩建，满足了各项评级指标，获全省“五星级乡村民宿”示范点的殊荣。

赵鸣、李向南、吕小燕等人围在借母溪村吴主任身边，兴奋地在手机新闻上查阅这一令人振奋的消息。此时，一辆公务车缓缓驶入民宿停车场。

县文旅局的领导亲自前来借母溪授牌，赵鸣兴奋地从领导手中接过牌匾。

众人沉浸在付出终得回报的喜悦之中，唯独苏可半站在远处，神情淡漠，心事重重，与眼前欢庆的氛围格格不入。

赵鸣注意到远处孤零零的苏可半，心情从刚才的喜悦中骤然沉重下来。

赵鸣：这里风大，还是回屋去吧。

苏可半（低声）：珙桐花几月开啊……

赵鸣：还没下雪呢，听李总说，大雪后的春天，珙桐花才会开得灿烂。

苏可半（喃喃）：是吗？那什么时候下雪呢……

赵鸣望着苏可半的背影，心中涌起一阵复杂又心痛的情绪。他知道，苏可半心中藏着无以言说的心事，他只能默默陪伴，等待她心中的珙桐花开。

030. 半亩田民宿，外，房间，日，内。

冬天到了，窗外飘起了雪花。

苏可半挺着大肚子站在窗前，目光涣散地注视着被白雪覆盖的群山。

突然，苏可半发疯似的拍打自己隆起的肚子，用肚子撞击窗台。

赵鸣见状，立即冲过来抱住苏可半。

半亩田民宿的生意越来越好，却没有改变苏可半的精神状态，随着肚子越来越大，她的病情越发变得严重起来，常常一个人呆坐、傻笑。

031.溪流，日，外。

春天，小溪的水活了起来，潺潺的流水声伴随着微风，显得格外清澈。岸边溪渚上的水草也开始泛绿，几朵不知名的野花点缀在绿草丛中，随风轻轻摇曳。阳光洒在水面上，泛起粼粼波光。

突然，一声响亮的婴儿啼哭声从远处传来，打破了这片宁静。

032.溪流，日，外。

翻着白浪哼着小调的小溪，釉亮洁净的卵石铺满长长的溪岸滩渚。

苏可半半蹲着身子，双手浸在溪水里搓洗衣服，身旁放着一个不停晃动的婴儿车。夕阳从两座山峰间照射过来，给小溪及周边事物镀上一层浓重的暖色。

赵鸣站在不远处，专注地在用手机拍摄着眼前的美景。

此时，不停晃动的婴儿车突然滚进了翻着白浪的溪水中。苏可半眼睛专注地盯着流淌的溪水，木然地搓洗着手中的裙子，并未发觉婴儿车已经掉进了哗哗流淌的溪水中。

正在不远处拍摄风景的赵鸣看到这一幕，心头一紧，飞快朝溪岸飞奔过来，扑进溪水中将孩子救起抱上岸来。

苏可半似乎对眼前发生的一切并不关心，仍旧反复漂洗着洗了无数遍的蓝白相间的裙子。

033. 闪回：民宿房间，夜，内。

赵鸣在苏可半放化妆品的抽屉里层，看到了一份病历单及孕检诊断书。

赵鸣查看着诊断书上的日期：

——2023年6月12日。

闪回内景：汽车维修店，日景。

赵鸣从维修店老板手中接过车损报告单，上面的落款日期是：

——2023年7月1日。

闪回结束。

034. 借母溪村，黄昏，外。

一切似乎都在赵鸣的预料之中，苏可半自从孩子掉入溪水中后，病情越来越严重，没过几天就失踪了。

寻找无果的赵鸣紧张起来，跑去找李向南和吕小燕。

赵鸣：李总、小燕姐，这几天你们见过苏可半没有？

李向南：没看到啊，出什么事了？

吕小燕：是啊，真有好几天没见苏老师了。

李向南：前几天我在溪边看到过她，像是在寻找什么东西。

吕小燕：苏老师肯定以为半半是被水冲走了……还愣在这干吗，赶快去找人啊！

李向南：我给吴主任打电话，多喊几个人帮忙找。

李向南说着拨通了吴主任的电话。

打完电话，三人一起向溪谷下游寻去。

赵鸣跌跌撞撞，好几次踩到青苔滑倒摔进溪潭里，爬起来，又和着一身湿衣裤继续奔跑寻找。

画外音：苏可半……苏老师……

天色越来越暗，晃动的人影即将融进混沌的山色之中。

远处，模糊可见吴主任带着村里人也在分头寻找。

035.借母溪，日，外。

三个月后，夏天到了，仍然没有苏可半的任何信息。

半亩田民宿后面的稻田，已经开始泛黄，再过半月就可以收割打谷了。

吕小燕怀里抱着半半，漫步在金黄稻田间的田埂上。

赵鸣站在远处注视着他们，眼中的吕小燕慢慢变成了苏可半。

苏可半就像从这个世界消失了一样。

赵鸣把半亩田的经营权交还给了李向南夫妇。

赵鸣注视着大厅里那幅“让蝴蝶停在你的肩上”的照片，抱着孩子半半，坐上了开往山外的大巴车。

036.半亩田民宿，日，外。

字幕：两年后。

两年后的某一天，一直了无音讯的苏可半突然回到了借母溪。

一身时尚的苏可半，慢慢朝半亩田民宿走来。直到走到跟前，李向南才看清眼前这个女人就是失踪两年多的苏可半。

李向南：真的是你啊，苏老师。我们一直在找你，这些年你都去了哪里，怎么都不跟我们联系啊。

苏可半并未回答李向南的问话。

苏可半：你们都还好吧，民宿生意也应该不错吧。

李向南：我们都好着呢。回来就好，赵鸣呢，他怎么没跟你一起来？

此时，有个带小孩的游客走过来，苏可半突然冲过去，要抢游客手中的小孩。游客退了几步，赶紧抱住孩子，孩子吓得哇哇大哭起来。

李向南立即冲过去，抱住正欲抢夺孩子的苏可半。

037.大厅，日，内。

再次回到借母溪的苏可半，只要不想起自己的孩子，跟正常人没有两样。她的异常举动和两年前突然失踪的经历，让李向南很担心，几天来一直有意无意跟在她身后，生怕再生出什么事情来。

这天，苏可半将接待大厅的“雨中蝴蝶”相框取下来，换上另一幅“珙桐花开”的照片。

闪回外景：溪谷，日景。

苏可半走在溪谷丛林间的小路上，不时朝森林深处张望。

一个巡山人从前方树林中迎面走来。

苏可半：你知道珙桐树在什么地方吗？

巡山人：远着呢，山深林密，你找不到的……

闪回结束。

闪回至第33场：

赵鸣带领众人在溪谷寻找失踪苏可半的情景画面。

闪回结束。

路人离开，苏可半继续往溪谷深处走去。

038. 溪流，日，外。

这天，苏可半一人来到两年前小孩掉落水中的小溪边，眼睛呆呆地注视着缓缓流动的溪水。她的记忆似乎还停留在两年前，她的孩子就是在这里被溪水冲走的。

躲在不远处的李向南见苏可半朝溪水中走去，立即跑过去制止。

李向南将苏可半拉回到岸边，耐心地劝说。

李向南：苏老师，你孩子没事，好好的呢，赵鸣把他带到城里去了，他知道你来借母溪了，一定会带孩子来找你的。相信我。

苏可半：真的？你没骗我？

李向南：当然是真的，我骗你干吗。

苏可半：那我就在这里等他们。

李向南：嗯，不过你要答应我，以后不许再到处乱跑了。

039. 李向南家，日，外。

实景剧演出公司接到上级部门通知，省长要带领全省文旅专家及相关领导来借母溪实地考察，指定要观看《狃子花开》实景剧。收到通知后的演出公司和借母溪村委会领导急得额头上冒汗，原因是《狃子花开》的女主演吕小燕不小心从二楼楼梯摔下来摔断了脚骨折了，根本演不了。

李向南喊住慌慌张张从门前经过的村委会吴主任。

李向南：吴主任，你这是要去哪儿啊，火急火燎的。

吴主任：去跳河！

李向南：借母溪没有河，到底出什么事了？

吴主任：省长要来我们借母溪看《狃子花开》了。

李向南：这是好事啊，看把你急的。

吴主任：好什么啊，你屋老婆脚摔断了你不知道？明晚这场戏演不了，估计我这个村主任也干不成了，你说急不急？

听见门外李向南与吴主任对话，吕小燕从屋里一拐一瘸地走出来。

李向南：又不是你推下去的，和你有什么关系？

吴主任：话是这么说，领导可不会这么想。

李向南：说的也是，可否找个人替换？

吴主任：有人替换，我会急成这样吗？

此时，站在一旁的吕小燕提议。

吕小燕：要不找苏老师试试？我看见她跳过，比我跳得好多了。

吴主任：苏可半？

李向南：嗯。

闪回结束。

040. 实景剧场，夜，外。

大型实景情景剧《狃子花开》正在上演。

今晚的演出特别隆重，观众比以往哪次演出都要多。省长及相关陪同人员坐在观众席前排。赵鸣与孩子半半安静地坐在观众席的最后排。虚幻的灯光，凄婉的音乐，原始且极富生命质感与张力的舞蹈，让台下每一位观众都沉浸在剧情哀怨凄婉的叙事中。

赵鸣的眼睛始终锁定在主演狃花女的身上。这舞蹈的神韵他太熟悉了，虽然距离远，不能看清狃花女主演的正脸，但他已经断定那就是他苦苦寻找两年多的半半的妈妈苏可半。

全场观众鸦雀无声，都被剧情与音乐带进了那个遥远的故事里。快到结束时，随着优美凄婉的主题歌《多想你》响起，赵鸣已是泪流满面。此景此情与四年前，赵鸣因车祸初来借母溪的那个雨夜，苏可半在民宿半露天天台上的舞蹈动作幻化重叠在了一起……

半半扭头看向爸爸赵鸣。

半半：爸爸，你怎么哭了？

赵鸣擦了擦眼泪，将半半抱入怀中。

半半还只是一个三岁的孩子，他不明白爸爸为何会流泪，更不明白剧情中的那个妈妈为何要被人抓走。他轻声地问爸爸。

半半：爸爸，那个跳舞的妈妈为什么要被人抓走啊？

赵鸣不知道怎么回答，把半半抱得更紧了。

此时，舞台中的苏可半爬上假山的最高处，深情地向观众席看过来，眼里泛起晶莹的泪花。

实景剧主题曲《多想你》还在继续：

多想你叫声妈，
在天边，在山崖。
多想你说些话，
在梦里，在你那。
记忆里的小溪，
最难忘的是那朵水花
…………

随着歌声在夜色中慢慢淡去，人群开始逐渐散去。

剧终。

乌宿渡

湘作登字-2024-A-00105782
爱情故事片
获第三届湖南省微电影“金芙蓉”优秀作品奖

故事简介：

辰州县的金弹子保种繁育研究基地，被批为国家级科技小院。另外，还在县内发现了国家一级保护动物“白颈长尾雉”集群，国内罕见，怎么留住这群宝贝，助力打造辰州生态旅游县，成为当务之急。在此背景下，辰州县召开了科技人才引进暨科技助力生态旅游座谈会，在乌宿长大的生态学博士林可灰在受邀之列。他这次回乡有两个原因：一是参会，二是看望同学秦小北。

成语“学富五车、书通二酉”出典处二酉山在乌宿集镇对面，酉水与酉溪两条溪河在此交汇。林可灰自幼随供职二酉乡的父母在乌宿集镇生活读书，在这里认识的第一个朋友便是与爷爷一起生活的秦小北。他们一起在酉水河滩摸鱼，在乌宿渡口喊渡，在发蒙泉前喝神水，在书天门外爬石阶，在藏书洞里听絮语，在“古藏书处”碑前猜春秋。

秦小北告诉林可灰，听爷爷说乌宿是神鸟金乌鸟歇息的地方，金乌鸟追逐着太阳的轨迹飞翔，最后歇息在太阳落下的地方——乌宿名就是这么来的。看着林可灰若有所思的样子，秦小北突然问道：“你也是一只金乌鸟，哪天飞走了还会回到这里来吗？”

秦小北的话一语成谶，林可灰真的像只金乌鸟从她的世界里飞走了。

高考前，林可灰与秦小北分别将两张写着心愿祝福的纸条，做成锦囊藏进藏书洞上壁一处隐蔽的岩槽里，承诺双双考上北京大学后一起来取，并约定考上大学一起爬长城。后来，林可灰考取了他理想中的北京大学，而秦小北因手臂受伤，影响了答题速度，只考上当地一所师范院校，毕业后回到乌宿集镇当了一名小学教师。在一次事故中，秦小北摔伤大脑导致失忆，不能上课后便跟爷爷一起开起了渡船。

林可灰借这次科技人才引进暨科技助力生态旅游座谈会的机会，像那只金乌鸟一样从北京飞回到了乌宿集镇。为了帮助秦小北恢复记忆，林可灰与她一遍一遍重温过去的成长细节，希望她早日从失忆中走出来。当他们一起爬上二酉藏书洞，取当年藏在岩槽里的祝福锦囊时，却发现锦囊早已不翼而飞。

其实，在林可灰的帮助下，秦小北已经从失忆中走出，只是面对他们之间的现实距离，明白梦想中的那只金乌鸟已经不属于她那片狭窄天空了。林可灰准备离开了，当他再次回望渡口那只穿行在雾中酉水河孤独的渡船，眼里噙满泪水。他启动汽车，突然在放手机的手提袋里，发现了当年自己藏在岩槽里的那个蓝色秘密锦囊，似乎明白了什么。

在林可灰离去的背影里，一双满含泪水的眼睛在默默地目送他。

在县科技局领导的诚邀及人才引进的好政策下，本来还在犹豫回不回家乡工作的林可灰，心里似乎已经有了答案。

人物大纲：

人物01.林可灰，男，28岁，生态学博士，阳光帅气，自幼随父母在乌宿集镇读书生活，后以优异成绩考取北京大学。

人物02.秦小北，女，27岁，乌宿本地人，聪明好学，纯朴善良，与林可灰是同学，师范毕业后回乌宿当了一名小学教师。

人物03.秦锡山，男，70岁，秦小北的爷爷，乌宿渡船老板。

人物04.苏菲：女，35岁，二酉小学老师，其爱人创建晚晴山庄国家科技小院。

人物05.杨妮：女，28岁，林科院博士，林可灰大学同学。

人物06.陈局长：男，50岁，县科技技术局局长。

人物07.童年林可灰，男，8岁，小学生。

人物08.童年秦小北，女，7岁，小学生。

人物09.高中林可灰，男，18岁。

人物10.高中秦小北，女，17岁。

人物11.其他：若干。

电影剧本

001.会议厅，日，内。

宽敞明亮的会议厅，一条“辰州县科技人才引进暨科技助力生态旅游座谈会”会标，十分显眼地挂在会议厅前方。

会议正在进行中……

陈局长：各位领导、各领域的专家们，你们好，首先感谢你们的到来，科技人才引进和科技助力生态旅游是我县的一次重要创新。这里我要特别感谢生态学博士林可灰的到来。我们二酉的金弹子保种繁育研究基地，已被批为国家级科技小院。另外，在我县还发现了国家一级保护动物“白颈长尾雉”集群，国内罕见，怎么留住这群宝贝，助力打造辰州生态旅游县，急需要像林博士这样的专家加入……

没等陈局长的话说完，会场便响起了热烈掌声。

会议在热烈的气氛中结束。

002.沿河公路，日，外。

散会后，林可灰开车向阔别多年的乌宿集镇驶去。

沿河公路捋着河道的曲线，一路蜿蜒向上游延伸，两旁的树木比过去更浓密葱郁了，脚下的酉水河却仍旧一如既往的蓝。

003.码头，日，外。

河面笼罩在浓稠的秋日光晕下，山影树丛倒映在深蓝色河面。

永远不会在同岸码头相遇的南北两只渡船，此时正好在河中交叉驶过……

林可灰下车，背着一个旅行包向渡口走去。

004.码头，日，外。

渡船靠岸，一群有说有笑的游客从船舱里探头出来，顺着木质跳板跳上码头，向停车场方向走去。

眼前的一切既熟悉又陌生，让林可灰百感交集，他离开这里已经快十年了，二酉山因为旅游开发已不是当年的样子，一种莫名的陌生感从心底泛开，他努力地在记忆中寻找那曾经熟悉的一切。

这时，林可灰在船头发现了一个有些眼熟的女孩（秦小北）身影。

待游客全部离船上岸后，林可灰随着游客跳上开往南岸二酉山的渡船。

005.渡船，日，内。

渡船缓缓向对岸的二酉山码头驶去，蓝天白云倒映在清澈如镜的河面。林可灰俯身倚靠在船舷，探头看着窗外的风景。

刚刚那个有些眼熟的女孩（秦小北）仍站在船头，背对着船舱。

渡船缓缓靠岸，游客开始往船头走去，林可灰最后一个离座起身。

渡船老板秦锡山从驾驶室出来，一眼便认出了林可灰。

秦锡山：可灰，真的是你呀，刚才上船时，我就觉得你眼熟。

林可灰：秦爷爷好，您怎么开上船了呀。

秦锡山：二酉山在搞开发，我家地被征收，他们就安排我来这里开渡船了。

林可灰：原来是这样，一切都大变样了啊。

秦锡山：是啊，越来越热闹了。

他们开心地说着话，游客陆陆续续下船往岸上走去。

秦锡山：小北，小北，你快过来，看是谁来啦。

秦锡山大声冲仍背对船舱木然地站在船头的秦小北大喊。秦小北在爷爷的呼喊声中慢慢转过身来。

见果真是秦小北，林可灰兴奋地走向前去打招呼。

林可灰：小北，小北……

秦小北并未理会兴奋中的爷爷与林可灰，只是漠然地看了他们一眼，跳下船缓步沿河岸走去，留下一脸茫然的林可灰。

006.渡船，日，内。

游客与秦小北下船离开后，渡船上只剩下林可灰与秦锡山。秦小北的态度让林可灰感到很意外，就像根本不认识自己一样。

林可灰：爷爷……

林可灰调转头看了一眼正在河边玩耍的秦小北。

林可灰：爷爷，小北她……

当林可灰问起秦小北的情况时，秦锡山的情绪一下子伤感起来。

秦锡山：小北这孩子命苦呢，一年前她带学生爬二酉山摔了一跤后，就失忆了，好多事记不起来了，好多人都不认识了。

林可灰：啊，这样啊，去大医院看过没有？

秦锡山：去过一些医院，都说要慢慢恢复。唉……小北命苦呢，当年临近高考却掉到河里受了伤，耽误了复习时间。

林可灰：嗯，她平时成绩比我好，经常考到我前面，原本也应该和我一样考上北京大学了。都怪我，要不是我不小心把复习资料掉进河里，她也不会跳进河里去救资料，更不会受伤了。

秦锡山：这怎么能怪你呢，说起来也是命。

林可灰：小北她现在还好吗？

秦锡山：小北因为分数不好，只能读了师范，不过她喜欢当老师，学校里的孩子们都喜欢她，她经常带班上的孩子们来二酉山爬山搞活动，就像你们当年一样。她还常在孩子们面前说起你，说要向你学习，将来考北京大学。

林可灰：爷爷，你可千万别这么说，我没那么优秀，只是运气比小北好。其实考名校也不是唯一实现人生价值的途径，哪一行都可以做得很好。

秦锡山：道理谁不明白呢，唉……

秦锡山深深地叹了一口气

秦锡山：小北失忆了，学校不得不暂停了她的课，要她安心养病。

林可灰：爷爷，小北慢慢会好起来的。

秦锡山：但愿吧。

闪回。

007.闪回：渡口，黄昏，外。

高考前两个月的一个周末，林可灰和秦小北放学后从学校一起回乌宿。秦小北背着书包，林可灰手里拿着一本借来的复习资料并肩来到渡口，两人上了一只小渡船后并排坐在船头。林可灰低头看手中翻开的书。

秦小北：可灰，你看的什么复习资料？

林可灰：上个星期我爸从省城帮我买回来的，据说是雅礼、长郡的高考生必看的一本内部复习资料，边说边盖上书让秦小北看书本的封面。

秦小北：你看完之后能不能借给我看一看？

林可灰：当然，你不讲我也准备让你看的。

此时，秦小北不自觉地露出娇羞的笑容。

渡船快到对岸时，林可灰为了避让从船舱里出来的旅客，不小心将其中一本珍贵复习资料掉进了河里。

秦小北看见，惊慌地大声冲林可灰喊道。

秦小北：可灰，你复习资料掉到河里去了！

在秦小北的惊叫声中，林可灰才发现自己的复习资料真的掉进了河里，并缓缓向水底沉去，慌忙俯下身船舷去抢救，却被冲过来的秦小北一把抓住。

秦小北：可灰，你不会游泳，让我来！

眼见复习资料就要沉入水底，慌乱中秦小北脚底一滑，索性就势跳进河里去抢救快要沉下去的复习资料。

秦小北满脸欣慰地拽住复习资料向岸边游来，在岸上焦急等待的林可灰，满眼愧意与感激地望着蹚着河水有些艰难向岸边游来的秦小北。

就在林可灰伸手去拉秦小北上岸时，秦小北右臂感到一阵钻心疼痛，才发现刚刚在船舷处被那道铁护栏扭伤了。

闪回结束。

008. 医院专家楼，日，内。

灰白色的医院大楼。在治疗失忆症的专家问诊室，林可灰耐心地向治疗创伤性失忆症的专家咨询秦小北的病情与治疗方案。

林可灰：像这种创伤性失忆症，恢复的概率有多大？

专家：这要看病人的身体素质，创伤性失忆恢复概率还是很大的。

林可灰：除了药物，还有其他辅助疗法吗？

专家：对于创伤性失忆，心理干预疗法也很重要……

看着林可灰一脸茫然的样子，专家接着说道。

专家：通俗点讲，就是人为干预重现记忆深处的东西，从潜意识里寻找激活点……不过这需要时间和耐心。

009. 科技局，日，内。

来到科技局大楼，林可灰将装有方案材料的文件袋交给陈局长。

林可灰：这是初步的一些构想，交陈局长审阅，往后还请您多多关照。

陈局长：哪儿的话，真心感谢林博士支援家乡建设呢。

林可灰：应该的。对了，我有一个大学同学在林科院工作，她对我们县的“金弹子繁育”与“白颈长尾雉”集群很感兴趣，想来做一次田野调查。

陈局长：好啊，热烈欢迎，需要我们配合的，你尽管说。

陈局长下楼送林可灰来到大门口握别。

林可灰：我还有些私事要处理，一个月后准时来向您报到。

陈局长：没事，你先忙你的，离开家乡这么多年，是该多陪陪父母，见见同学朋友了。

林可灰与陈局长挥手告别。

闪回。

010. 石板巷街口，日，外。

读小学二年级的林可灰随父母来到乌宿集镇。

林可灰坐在行驶中的小车里，从车窗看到一个穿蓝色裙子的小女孩在巷子里玩耍。这个比他小一岁的小女孩就是秦小北，她家就在那条窄窄的石板巷里。

011. 石板巷，日，外。

初来乌宿集镇的林可灰没有朋友，漫无目的地四处游逛。这天，他经过一处巷口，见巷子里有个小女孩在画画，身旁架子上晾晒着几种图案的蜡染布料，充满好奇，便站在巷口远远地观望。

秦小北看见林可灰，好客地打招呼。

秦小北：过来玩啊，站那么远干吗。

与秦小北对视时，林可灰才记起她原来就是自己第一天来集镇时，从车窗看到的那个穿蓝色裙子的小女孩。听到秦小北主动喊他过去，才怯怯地挪动脚步向前走了几步，接着便加快脚步朝小巷里跑去。

画架上是一幅还没有完成的二酉山水彩画。

林可灰：你这是在干吗？

秦小北：给蜡染布画画啊，老师布置的任务。

林可灰用手轻抚着木架上晾晒的蜡染作品，眼中充满好奇。

林可灰：真漂亮，都是你做的吗？

秦小北：嗯，真的漂亮吗？

秦小北得到夸奖，心里高兴极了，主动自我介绍。

秦小北：我叫秦小北，你呢？

林可灰：我叫林可灰，刚转来这里读书。

秦小北：几年级？

林可灰：二年级一班。你呢？

秦小北：太好了，我也是二年级一班，我们是同学啊。

两人有说有笑地在一起玩耍，小巷里洒满童年欢快的笑声。

012. 教室，日，内。

老师正在讲台上教学生朗读课文。

林可灰与秦小北同桌，认真地跟着老师朗读，认真而专注。

当老师背过身去在黑板上板书时，林可灰将一块巧克力偷偷塞给秦小北。

013.蜡染教室，日，内。

各种色彩图案的蜡染作品，琳琅满目地挂满整个教室，这是二酉小学的学生手工艺实验课堂与作品陈列厅。

一面长方形大镜子，贴挂在教室的墙壁上。

林可灰与秦小北坐在工作台前，专注地整理着桌面的蜡染作品。突然，林可灰非常神秘地对秦小北说。

林可灰：秦小北，我看到了一个非常漂亮的女孩。

秦小北：在哪儿，我怎么没看到？

林可灰努了努嘴：看你左边。

秦小北头稍稍向左偏去：哪儿呀？

林可灰：你再往左一点啊。

在林可灰的示意下，秦小北侧头看向左边挂贴在墙壁上的那面镜子，镜子里一个笑容甜美的女孩正注视着自己，顿时羞红了脸。

秦小北：坏蛋。

秦小北说着站起身来要离开，林可灰立即将手中一块漂亮的蜡染花布，丢过去，刚好盖在了她的头上……

工作台前的其他同学，见状都大笑说秦小北罩了盖头要当新娘子了。

同学1：秦小北，要当新娘子啰。

同学2：新娘子……新娘子……

014.书天门，日，外。

一个女教师带着一群小学生嬉闹着沿长长的石阶朝书天门爬去。

女老师：同学们，加油啊，看谁先爬到书天门。

三五成群的同学，听到老师在为他们加油，顿时来了精神，嬉闹着向上爬去，都想第一个爬到书天门。

走在前面的秦小北，回头看了一眼后面的同学，见林可灰也掉在后面，便有意停下脚步，等他追上来。

秦小北：林可灰，加油啊，林可灰。

015. 发蒙泉，日，外。

二西山的这眼泉水名气很响，传说小孩在开蒙前喝这泉水会变聪明，读书就会很用功很优秀。

泉井边，林可灰与秦小北注视着冒着细细泉水的泉眼。

林可灰：听说喝了这泉水的人会变聪明，真的吗？

秦小北：当然是真的，我爷爷说的。我听我们老师也说过。

秦小北说着接了一瓢清亮的泉水递给林可灰。

秦小北：你一口气把它喝完，保证你将来考上北京大学。

林可灰仰头咕嘟咕嘟地喝着泉水，秦小北在一旁开心地看着，看着他喝水笨笨的样子，乐得咯咯地笑。

林可灰：你没骗我吧，你也喝一瓢，我们一起去北京读大学。

林可灰说着拿瓢去接泉水，泉水却细得像一根线，半天也没接满一瓢。

秦小北：算了，他们都走了，我们明天再来。

林可灰有些遗憾地回头看了一眼泉井，随秦小北沿石阶往二酉洞爬去。

闪回结束。

016. 发蒙泉，日，外。

林可灰回辰州县与政府签下人才引进协议后，便再次来到了二酉山。

林可灰明白，只有遵照医学专家的治疗方案，带秦小北重温她记忆深刻的往事，才有可能唤醒她生命深处的东西，帮助她慢慢恢复记忆。

这天，林可灰邀秦小北来到发蒙泉边，学着当年的样子，在泉眼处接满一瓢泉水后递到秦小北的面前。

林可灰：你把它喝完，保证你……

林可灰本来想说“保证你考上北京大学”，觉得不妥便改了口。

林可灰：保证你越来越漂亮。

秦小北疑惑地看了看林可灰。

林可灰以为秦小北理解为在说她不漂亮，立即纠正。

林可灰：本来就漂亮，喝了泉水会更漂亮。

秦小北笑着在林可灰的督促下喝着泉水，林可灰在旁边诱导着说道。

林可灰：你知道这叫什么泉吗？

秦小北摇了摇头。

林可灰：这叫“发蒙泉”。我们小时候一起喝过，记得吗？

秦小北摇了摇头。

017.教室，日，内。

周末，空空荡荡的校园。林可灰带着秦小北来到从小一起读书的教室。

林可灰：小北，还记得你当初坐哪儿吗？

秦小北：想不起来了，在这儿上过课？我怎么一点不记得。

林可灰邀秦小北在当年坐过的位置，选择并排的两张课桌上坐下来。

林可灰将事先准备好的与当年一样品牌的巧克力，装着躲避老师的目光偷偷递给秦小北。

秦小北接过巧克力，剥去锡纸慢慢放进口中。

秦小北：好香。

林可灰：真的吗？

秦小北：真的，不信你试试。

秦小北说着将剥好的巧克力递给林可灰。

林可灰吃着巧克力，眼睛盯着前面的黑板，思绪万千。余光里，他看见此时的秦小北正认真专注地摆弄着手中的巧克力锡纸。

018. 书天门，日，外。

二酉小学在组织登山活动，林可灰与秦小北夹在人群中往书天门爬去。

走在前面的女老师苏菲在鼓励同学们加油。

林可灰觉得是个好机会，因为在他的记忆里，这样的画面经常在他的脑海里浮现。他学着当年秦小北的样子与腔调，鼓励秦小北加油跟上来。

林可灰：秦小北，加油啊，秦小北。

带队的女老师苏菲曾是秦小北同事，也在大声鼓励秦小北加油。

苏菲：秦老师，加油啊。

快到书天门的时候，爬累了的林可灰与秦小北坐在书天门前的石阶上休息。

苏菲绕过他们身边时，突然站住了，感觉林可灰有些面熟。

苏菲：林博士，我好像在哪儿见过你，好面熟。

林可灰：是吗？

就在林可灰冲她微笑时，苏菲终于想起来了。

苏菲：去年差不多也是这个时候，我们学校组织学生爬山，你就是在长城上跟我们秦老师微信视频的帅哥是不？我在秦老师身后偷看到的，秦老师就是那次从这儿摔伤后失忆的……没错，就是你。秦老师，你说是不？

此时，刚好林可灰的手机铃声响起，他的女同学杨妮打来微信视频。

林可灰没有回避秦小北就接通了微信视频。

杨妮：你这是在哪儿？这么美的地方都不带上我啊。

杨妮说着将手机对着高铁站转了一圈。

杨妮：可灰，你看这是哪儿？

林可灰：看不出。

杨妮：我到辰州高铁站了。

林可灰：你上次不是跟我说，你下个月才来啊。

杨妮：不欢迎啊，不欢迎我就回去了。

杨妮在视频里笑容灿烂。

秦小北看了一眼视频里林可灰的女同学杨妮，脑海里突然跳闪过当初接林可灰微信视频时摔倒受伤的画面。

闪回。

019. 书天门，日，外。

秦小北带着一群学生在爬书天门。

秦小北与她的学生们有说有笑地坐在书天门前的石阶上。

秦小北正拿着手机给学生们拍照，在爬长城的林可灰打来微信视频。

林可灰在视频里笑得很灿烂，并旋转手机让秦小北看长城的样子。

秦小北：啊，长城真壮观啊……

林可灰：嗯，真的很壮观，有机会我一定带你来爬一次长城。

秦小北：有机会吗？

林可灰：当然有啊，只要你愿意来。

他们正说着，屏幕里一个漂亮的女生（杨妮）突然出现在林可灰身后，一只手亲昵地搭在他的肩上。

杨妮：跟谁视频呢，这么开心。

刚刚还挺开心的秦小北，突然一阵伤感，但还是极力掩饰着内心的失落。

林可灰没有理会杨妮，继续跟秦小北聊天。

林可灰：秦小北，你现在是孩子王了啊，让我也看看你带的孩子们。

秦小北心不在焉地转动手机，将镜头扫过嬉戏打闹的学生。几个调皮的学生挤过来，凑在一起跟手机屏里的林可灰打招呼。

学生：叔叔好！我们也想爬长城。

林可灰：好啊，下次跟秦老师一起来，我陪你们一起爬长城。

秦小北突然一阵晕眩，从石阶上摔滚下去，头重重磕到石阶上晕了过去。

闪回结束。

020. 藏书洞，日，内。

林可灰与秦小北慢慢朝藏书洞走去，一会儿便到了藏书洞里。

林可灰：小北，高考前我们放了时空胶囊在这里，你还记得吗？

秦小北摇了摇头。

秦小北：什么时空胶囊啊？

林可灰：当初放的时候说好了，只有我们一起才能将时空胶囊取出来，今天我们都在，我去把它取下来好吗？

秦小北尽管不知道什么时空胶囊，但还是点了点头。林可灰艰难地爬到当年藏时空胶囊的地方，发现里面什么也没有，有些失望地从上面跳下来。

秦小北：找到了吗？

林可灰：不见了，可能被什么鸟叼走了吧……

林可灰心里充满失落。

闪回。

021. 秦小北家，夜，内。

右手臂缠着白色绷带的秦小北，打开一本封面印有北京大学图案的笔记本，因为疼痛不便，有些吃力且认真地写道：

如果我们之间只有一个人考上北京大学，我希望那个人是你。如果我们都考上了，我会在北京大学门口告诉你：我喜欢你！

写好后，她却又将“我喜欢你”四个字划掉，接着将全部字迹也划掉了。

犹豫好一阵后，秦小北将刚才写过的页面撕掉，认认真真写起来。当她再次写到“我喜欢你”时却又停住了，好一阵才果断将“我喜欢你”写上去。

写好后，秦小北将纸认真折好，装进一个非常精致的粉红色文具盒里。

022.藏书洞，日，内。

林可灰与右手臂缠着白色绷带的秦小北，有说有笑地朝古时秦人藏书的岩壁洞穴爬去。

秦小北：藏这里安全吗？

林可灰：肯定安全，古人藏书都在这里，一定安全。

秦小北：好吧。

他们一起将包得严严实实的一个蓝色锦囊与粉红色锦囊，装进一个非常精致的文具盒里，小心翼翼藏进藏书洞上面一个非常隐蔽的岩缝里。

锦囊藏好后，秦小北与林可灰从岩壁上跳下来。

秦小北：说好了啊，谁也不许单独来取。

林可灰：嗯，一定。

闪回结束。

023.书天门，日，内。

林可灰与秦小北坐在书天门前的石阶上，看山下如玉带般美丽的酉水河。

秦小北：我们真的在藏书洞藏了锦囊？

林可灰：当然，我骗你干吗，那是我们的青春之约。

秦小北：青春在风中消失了，约定自然也就不存在了……

秦小北若有所思，此时，一只鸟从酉水河的上游慢慢朝二酉山飞来。

林可灰：看，那是什么鸟，好漂亮。

秦小北：金乌鸟。爷爷告诉我的。

秦小北脱口而出。林可灰突然心里一惊，惊喜地看着秦小北。

林可灰：金乌鸟，你记得金乌鸟了？

024.渡口，日，外。

渡船靠岸，知性且时尚的杨妮从船舱里出来，好奇地环顾四周。

秦小北向渡船走去，刚好与下船向码头走来的杨妮迎面相遇。

秦小北回头看了一眼擦肩而过的杨妮，脑海里突然闪现出一幅画面：

——秦小北正在与林可灰微信视频时，手机屏幕里，突然一个漂亮的女生出现在林可灰的身后，一只手亲昵地搭在他的肩上。

秦小北来到正在下锚系桩的秦锡山跟前。

秦小北：爷爷，我去办点事，中午可能不回来吃饭了。

秦锡山：好的，早去早回，注意安全啊。

秦锡山怜爱且有些担心地看着秦小北离去的背影。

025.科技园，日，外。

林可灰带着杨妮来到晚晴科技创新园调研，占地十多亩的园区里，各种高矮不一，品种各异的珍贵景观树布满整个园区。

林可灰正在聚精会神地观看着一棵金弹子，苏菲朝这边走过来。

林可灰见她就是那天爬二酉山时遇到的带队女老师苏菲，便友好地打招呼。

林可灰：苏老师，这是你家的科技园，这些金弹子也是你培育的？

苏菲：我哪有那本事，都是我们园区师傅们弄的。

林可灰向苏菲老师介绍身边的女同学杨妮。

林可灰：这位是林科院的专家，有机会让她来帮你指导指导。

苏菲听说杨妮是林科院专家，连忙向她伸出手去。

苏菲：欢迎，欢迎专家来我们科技园区指导工作。

苏菲打开手机，收到秦小北要来科技园取盆景的微信语音信息。

满眼惊奇的杨妮与林可灰还在仔细研究科技园的植物。

秦小北来到科技园，慢慢停下脚步，站在一棵枝叶浓密的大树下，默默注视着远处有说有笑的林可灰与杨妮。

苏菲端着一盆漂亮的金弹子盆景，从码头石阶冒头出来，刚好看见秦小北躲避在树下，正欲招呼却停住了。作为秦小北关系最要好的同事，她了解秦小北的一切过往，眼前的画面让她明白了秦小北为何没有走过来，心里不觉一阵难受。

026.南岸渡口，日，外。

林可灰跳下渡船朝码头上走去。

秦小北看见林可灰下船朝码头上走来，回转身从另一边石阶走向停靠在码头上的渡船。

027.石板巷，日，外。

林可灰朝石板巷走去。

秦小北从窗户看见林可灰从巷口走进来，便从后门走了出去。

028.渡口，黄昏，外。

夕阳下的酉水河被镀上一层金辉，一只小船上站着一个手拿竹篙的人，驱赶着一群晚归的鸭子。远处有一只机动小船驶过，将静若玉带的河面划开一道扇形口子，一只不知名的水鸟，紧贴着河面从远处飞来……

这里的一切如此散淡，与世无争。

秦锡山与林可灰静静地坐在渡船船头，吹着河风，想着各自的心事。

秦锡山：小北这孩子有些自卑，你多开导开导她……

林可灰：爷爷，您有话就直说，可灰听着呢。

看着爷爷欲言又止的样子，林可灰说道。

秦锡山：你这么优秀，身边应该有不少优秀的女同学吧，找女朋友了吗？

林可灰笑了笑，说道。

林可灰：爷爷，还早着呢。

029.渡口，夜，外。

月光下的乌宿渡口与酉水河多了几分神秘。

林可灰与秦小北坐在码头上，看着倒映在河面晃动的月影。

林可灰：小北，我给你说个故事：很久以前，有个男孩随父母来到乌宿读书，他在这里认识了一个非常漂亮聪明的女孩，他们一起读书，一起玩耍，还说好了要考同一所大学……

秦小北在林可灰娓娓道来的叙述中已经泪眼朦胧。

秦小北：后来呢？

林可灰：后来他们分开了，女孩把那个男孩忘了。

秦小北：他还会回来吗……

一阵清爽的河风吹过，倒映在河面的那轮月亮变得虚幻起来。

一只水鸟不知被什么惊飞，贴着河面低低地朝这边飞来。

秦小北：金乌鸟。

秦小北的声音很低，似乎并不想让别人听到。

030.码头，晨，外。

深秋的酉水河静卧在连绵的群山间，薄雾飘浮在河面，河岸上的事物若隐若现。

突突的机动船声音从浓雾中贴着河面传来。随着声音越来越近，渡船船头从雾中显现出来，有一种湿漉漉的感觉。

林可灰站在船头，目光注视着河面。

船快要到岸时，林可灰从手包里寻找车钥匙时，突然从包里发现了一个蜡染布包。看到这块蜡染布料，林可灰脑海里突然闪现出当年与秦小北嬉闹时，将一块漂亮的蜡染布丢到她头上的画面。

在回忆中，林可灰觉得这块蜡染布就是当年的那块，当他小心翼翼地打开布包，发现了他当年藏在二酉洞里自己的那个写有心愿的蓝色锦囊。他似乎明白了什么，回头望向还在浓雾中的二酉山，远方一切都还在缥缈的河雾中，如梦似幻。

一阵河风吹来，将林可灰无意间掉落到船板的蜡染花布，吹落到河面上，并缓缓向河底沉去。

此时，秦小北正伫立在吊脚楼窗前，目送着林可灰离开，不觉中眼泪已经模糊了双眼，分不清眼前是河雾还是泪花……

剧终。

小说原著

一辆车的公路

2009年《青春》第12期“主编推荐”头条刊发
2010年收录《小说选刊》第1期全国“佳作搜索”栏向全国推介

一

站在四棵垭，可以看见山下正在修建的公路。三胜将车停在路边，爬上一处稍高的土塬，嘴里骂了一句粗话：“狗日的，想甩老子。”这段时间，三胜常来这里，眺望山下正在施工的那条新公路。

“骂谁呢？”

三胜回过头，一时没回想起问话的人是谁。

“真的是有了钱，眼睛就不认得人了。”

“米小东。我还以为你那天夜里掉到河里淹死了呢，一去就没了音讯。”

“这么想我死呀，我死了，你这辆双排座就成了一坨死铁，这条黄鳝蛇也活不回来。”

是呀，这条黄鳝蛇早在米小东走后不到一年就死了。黄鳝蛇，是长浪山人给通向浪塘码头的这条简易公路取的别名。——这条孤独的黄鳝蛇是三胜的，当初他出钱修这条公路的时候，并未想到它日后会反过来咬自己。

公路刚修好的那阵子是与外界连通的，后来下游浪谷电站大坝关闸蓄水，将沅水北岸的公路淹了，这条公路才变成了一条死路。三胜的双排座被关在了里面，出不去。当然，外面的车也进不来。

准确地说，这条公路是三胜为二秀修的。二秀是长浪山最漂亮的女人。

最初起因是他的两句说过了头的大话。三胜说：“我要娶老婆，就要娶长浪山最漂亮的女人，再就是修一条公路通到浪塘码头上去。”

要说第一句还有些基础，第二句就真的不靠谱了。

在三胜心里，长浪山的漂亮女人排位：二秀第一，其次是石左兰。这两个女人都喜欢三胜，这才促使他蹦出那句不着边际的话来。在自己喜欢的女人面前夸海口的，也不是只有三胜一个男人，很多人说过，不过没人去认真追底。三胜可没那么幸运，二秀爹说：“要想娶我家二秀，等公路通了，开着车来，我保证陪一车嫁妆过去。”

三胜知道话说过了头，不久就失踪了。

两年后，三胜突然回来，手里还搞到一笔钱。三胜回到村，找来长浪山三个村的村长，说要修一条简易公路通到浪塘码头上去。

三胜说：“我只是牵个头，身子还得靠几位村长推。”

开完村长会，三胜将两年前曾问他公路什么时候开工的人，一一请到家，好酒好烟款待。临散席的时候，三胜突然说：“哦，差点忘了，瞧这酒误事，明天公路开工。”三胜当然没忘请他们来的真正目的，故意弄得漫不经心，在席的人早就忘了两年前说过的话，三胜这么一说，倒使他们回忆起来，骤然觉得这酒喝得有点憋心。

长浪山共三个村，按村承包到段，不到半年时间就将路拉通了。三胜将余下的钱，买回一辆双排座人货两用车，跑运输。三胜的车刚开进村，来长浪山收购木材的人后脚就跟进来。这时，长浪山人才发现三胜这小子精怪。三胜说：“我真不知道收购木材的米小东会来。”

公路修到浪摆村的时候，三胜与三位村长意见发生了分歧。三胜要求将公路修进村，路线选择从二秀家门前过，三位村长则坚持从村头扯直。三胜的态度非常坚决，完全没有商量余地。一位村长突然想起两年前二秀爹说过的话，同另外两位村长通了气。村长们醒悟过来：“三胜，你小子还蛮记仇的嘛。你早说不就成了，害得我们跟你一个劲地驳理。”

三胜说：“哪里呢，我也是考虑公路修进村，装个东西什么的方便些。不就多花点钱，劳些工吗，身子都下水了，还留两只耳朵露在外面干吗。”村长们会心地笑笑，不再说话。

三胜从县城将车开回来的当天，就将车开到了二秀家门前，一个劲地按喇叭。

二秀爹始终没有出来，知道那叭叭的喇叭声是冲自己来的。二秀爹没有理会，二秀倒从家里走出来："三胜哥，你再按我就生气了，给我爹让个斜坡下吧。"

三胜没有立即去提亲，他已经不担心二秀会跟了别人。要是会，这两年早就跟了，不会等到今天。

三胜说过的两句大话都兑现了。通向浪塘码头的公路已经拉通，二秀也只等他一句话就可以娶进屋。长浪山人觉得三胜这小子真的有能耐，不敢再小瞧他。三胜更像只斗胜的公鸡，在别人羡慕的目光里梳理自己的羽毛。他的啼叫虽不能叫醒长浪山清晨的太阳，却能将他们的腰包装得鼓实。

好景不长，三胜的这条黄鳞蛇就被打死了。那汪深绿色河水似乎不是在堵这条出山的公路，而是在堵三胜的心。

黄鳞蛇死了，剩下两条美女蛇陪伴三胜。一位绕在身外，一位钻到心里。

三胜做梦也没有想到，二秀也会咬他一口，而且咬在心上。

一天，二秀突然对他说："三胜哥，我想问你一句话。"

"嗯，你说。"看着二秀一本正经的样子，三胜知道可能有重要的事情。这段时间，他就隐隐觉得二秀有心事，在有意避着自己。

"我问了，你必须回答。"

"你还没问。"

"先答应。"

"好。我回答。"

二秀的眼睛直直地看着三胜。他看见有盈盈的泪水在二秀的眼眶里涌动。好一阵，二秀说："三胜哥，如果我已跟过别的男人，你还会娶我吗？"

三胜最担心的事，终于还是发生了。在外两年，不是一个很短的时间。

"是谁！"三胜咆哮。

等三胜稍稍冷静下来，二秀接着说："是谁已不重要，你只需回答会不会再娶我。"

"你还没告诉我他是谁！"三胜的情绪再度激动起来。

"你说过，要回答我的，男子汉说话就得算话。"二秀似乎显得很冷静。

二秀的冷静与不屑，再次激怒了绝望的三胜："滚吧，婊子！"一记重重的耳光落在二秀的脸上。

二秀的背叛，让自信而霸道的三胜心情坏到了极点。公路被回涨起来的水封死，规划中会有一条新的公路连通，但二秀跟过别的男人这件事，却将三胜的心牢牢堵死了。

三胜还没缓过神来，二秀要嫁给石左山的消息就在长浪山传开了。三胜这时才意识到，二秀说的那个“别的男人”原来就是石左山。三胜不能接受自己女人的背叛，更不能接受一个朋友趁自己不在家霸占自己的女人。三胜找到石左山，将他带到一处悬崖边，说：“左山，我们从小一起长大，你杂种跟我玩阴的，趁我不在家搞我的女人，算个卵！今天，老子不和你一样玩小人阴招，明着来。”

“你要横来，不怕你，但我有话说。”

“有话就说，有屁快放，等会儿就没机会了。”

“我没有跟你玩阴的，我是喜欢二秀，但你在外面两年我并未动过她。”

“真的就想不通，二秀怎么会相上你这种没卵用的男人，喜欢一个女人都不敢说。”

“你不信可以找二秀对质。我的话说完了，三胜你硬要蛮来就放马过来。”

二秀与左兰赶到的时候，他们还在扭打，左山满脸是血。二秀冲上前护住石左山，左兰向前抱住三胜。二秀大声说：“三胜，你给我听清楚，不是左山找我，是我找的他！如果你还记不得，我就再说一遍！”

三胜像一头受伤的狮子，开着他那辆绿色的汽车，在长浪山这条孤独的公路上来回疯狂奔驰。有时还故意左扭右拐，横冲直撞，谁遇着都远远躲开。老人怕被三胜当成二秀爹，年轻人怕被三胜当成石左山，女孩子则怕被三胜当成二秀。一句话，三胜浑身冒着火，谁都怕惹火上身。

看着三胜一天天醉醺醺地将车开得像高山上滚石头，东倒西歪，石左兰心里就越发难受，不知该怎么去劝他。三胜的女人做了自己的嫂子，算起来自己也是帮凶，如果这个时候去劝，肯定会更糟糕。石左兰心里又急又痛。

三胜、二秀、石左兰分别住在长浪、浪摆、浪鼓村，以四棵垭为集散地，相隔均不到五里地。四棵垭有四棵高大的松柏，浓荫蔽日，是路人休息歇足的好地方。在清浪七中读书的学生，每周都回家一次，返校时，他们都喜欢在这里聚集，然后相邀结伴而行。

四棵垭其中一棵松柏树背后有一块平整的石板，是二秀最先发现的。如果因事不能等到三胜一起走，她就捡来一枚小石头，在这上面写道：三胜，我先走了，来追我。二秀。

三胜看见留言，就会拔腿追赶。

这个秘密后来让石左兰知道了。她也捡起一枚小石头，留言：三胜，我先走了。落款也是二秀。

三胜满头大汗追上的当然不是二秀，是笑翻了腰的石左兰。后来，二秀就长了心计，在留言上做暗号：将二秀写成一秀，然后在“一”字上面放一个石子。石左山喜欢二秀，当然也不想二秀与三胜一块走，在上面留言：二秀，我先走了，来追我。三胜。

二秀追上的也不是三胜，是石左山。

这个游戏玩了不满半年，他们就毕业了。

告别了学生时代，也就不再玩这种游戏。三胜开始称石左兰为篮子，石左兰叫三胜杏子，杏子应该装在篮子里。可是，三胜总是忘不了二秀给他做的那个暗号。最终三胜将自己的压寨夫人选定为二秀，不光是因为那个灵犀通心的暗号，主要还是他心里的那股子山寨王意识在作祟：自己的老婆应该是长浪山第一号美人。

二

二秀与石左山的婚礼定在八月中秋，在这个花好月圆的日子，长浪山人都融入了喜庆之中。只有三胜，愤懑而沮丧地开着他的汽车，悄悄地离开了长浪山。

几天后，三胜从县城回来，长浪山因婚礼带来的喜庆气氛已经消散，只有男女双方家门上的红对联和留在路边燃过的鞭炮纸屑，仍耀眼地刺灼着三胜的眼球。

三胜从县城带回一桶红色油漆，他要给自己的汽车换件衣服。三胜对绿色反感，不是因为视觉而是一种心理，他觉得就是这绿色给他带来了耻辱。他先将汽车用水清洗了一遍，晒干，然后用刷子蘸了红漆一刷一刷地往上面涂抹。每涂完一刷子，绿色的车身就留下一道鲜红的印迹。越涂越密，越涂越快，鲜红的色彩迅速向整个车身铺去。不到两个小时工夫，一辆绿色汽车就变成了一团鲜艳的火球。

接下来的日子，三胜的汽车像一团火球，在长浪山的波峰浪谷里穿行。这团火点不燃他心里的爱情，却能点着人的心。长浪山人理解车主的心情，不去招惹，可长浪山的公牛却不买账，见着红色就眼红，奔过来顶，把看牛的西屋婶子吓得半死。这西屋婶子是个天不怕地不怕的主，冲三胜骂道："三胜子，你要死呀，把车涂得血红血红的。你不知道公牛见了红色眼红发癫呀，你那是铁做的家伙，牛顶得过吗，要是把我家的牛顶死了，你得赔！你不喜欢绿色，当初就别买绿色的呀。左山让你戴了绿帽子，你找他去，把气撒在牛身上算么子英雄汉。"

这还真是三胜先前没有想到的，红色会招惹公牛。招就招了。三胜被西屋婶子这一骂，心里的那点愧疚全没了，跳上车，猛踩一脚油门，一股浓烟冒起车身就跳了出去，直奔那头迎面扑来的公牛。一声沉闷的声响过后，公牛轰然倒下，四条腿猛力地甩动几下，猝然不动了。情绪中的三胜再次加大油门向前冲去，将西屋婶子的号啕与咆哮声远远丢在了身后。

三胜回到家，从抽屉里取出三千元钱拿在手里。不到一袋烟时间，西屋婶子领着村长就追上门来。村长正要开口，三胜伸出手掌推过去，示意村长不用开口："这是三千块，一头公牛也就两千来块，村长你拿去给她。"村长似乎有话要说，看见三胜重又伸出手掌示意，便不再多话，将西屋婶子领出屋去。

三胜冲村长的背影说："你叫村里喂公牛的人，如果心疼牛就不要将牛赶到公路上去；如果想要钱，一个价：三千块。"

日子如黄鳝蛇悄然地向前爬行。

半年过去，山上的树木越来越少，三胜从以前每天十趟，改成每天送两车木材到浪塘码头。上午在家睡觉，下午跑车。村里的年轻人已陆续南下打工，村里慢慢变得冷清下来。

石左兰下过几次决心，想与村里的姐妹们南下打工，最终都放弃了。只要没事做，她就会站在四棵垭目送三胜开着那辆火球似的汽车远去，然后又等着他从山下摇摇晃晃开回来。她生怕那团火球在哪一天突然从自己的视线里消失，掉下悬崖去。她不敢上前同三胜说话，她不是害怕三胜会用恶毒话骂她，而是怕自己的出现会揭开三胜那些还没有结痂的伤口。

石左山从中学时就一直爱着二秀，只因三胜比自己出色，没有资本去与他争。

二秀突然主动说要嫁给自己，他心里又高兴又担心，担心二秀是在跟三胜赌气一时说的气话，到头来还是自己受伤。事实却不是他所担心的那样，婚后，二秀对他贴心贴肺从未有过二心。

自从二秀嫁给石左山后，三胜就没有给二秀与石左山家运送过木材了。看着别人家的树木都变成了白花花的钞票，自己山上的树还好好地长在那儿，急得二秀心里团团转。二秀心想，哪天政策一变，到时不准砍伐就亏大了。石左山知道二秀心里着急，担心娘家又要担心婆家。石左兰说："哥，时间都过去这么久了，想必三胜哥不会再记恨，我们去求求他帮我们送几车吧。瞧嫂子再过两个月就要生了，等着钱用呢。"

"要去你去。我是不会去的，去也没用。"石左山说。

"去都没去，怎么知道三胜哥就不会答应呢。"

"不去求他了，我们自己想办法。"二秀一旁说。

最后还是石左兰在电视里找到了灵感，说："北方都是用马车驮东西，我们何不打辆牛车呢。"一句话提醒了石左山。是呀，我们可以打辆牛车送木材，怎么之前就没想到呢。

说干就干。石左山进城买车轮，石左兰去请木匠，二秀在家绘图纸。

长浪山起屋做家具的木匠，从未做过这种改装的马车，而且也不会看图纸。做做停停，停停想想，做了一个星期才完工。

第二天，左山左兰兄妹俩往牛车上装木材。过路的人都说这办法好，当初怎么就没想到，把钱冤里冤枉都给了三胜。石左山牵来家里的大水牯，套上轭环，向浪塘码头进发。左兰坐在牛车上，学着电视里赶马车人的样子，甩着手中的鞭子，口中还吠吠地叫着。为了减轻重量，石左山一只手扶着牛车，跟着车子走，上坡的地方就用力推一把。再陡些的地方，左兰也下来帮忙推。幸好去浪塘码头多是下坡，不费什么气力。可下坡有下坡的麻烦，不好控制车速。其实这些问题遇到都有解决的办法，只是有一件事，是他们起先没有想到的：在公路上会遇到三胜那辆像火球一样的汽车。

冤家路窄。刚到长冲垭就远远看见三胜的汽车从山腰摇晃着开上来。左兰的手停在空中，半晌不出声。

"怎么了？"左山问。

“哥，还记得西屋婶子的那头水牯吗？”

“被三胜用车撞死了。”想到这，左山也突然醒悟过来，“三胜的车来了？”

“嗯。到山腰了。”左兰从车上跳下来，“我们得想办法避开。”

没地方可避，兄妹俩急得团团直转，不知该如何应对。一阵焦急的等待，却不见那团红色的火球出现。兄妹俩屏声敛气静静地听着，山间很沉静，汽车隆隆的吼声也消失了。三胜的车停下了？还是出事了？左兰心里一紧。就在此时，只见前面山岭拐角处，一个人影冒头走出来。是三胜。

三胜看着左山左兰停在路边的牛车，径直走过来。兄妹俩不知三胜要干什么，站在原地不动。石左山的一只手拽着水牯的牛鼻绳，神色尴尬、紧张。

来到牛车跟前，三胜一句话没说，脱下自己身上的蓝色衬衣，准备递给左兰的时候却缩了回去。他的目光转向那头膘壮的水牯，走过去将衬衣盖在它的头上，并将衬衣的两只袖子交叉绕在水牯的两只犄角上，系牢。

“这样牛就看不见红色了。”三胜丢下一句话，回转身去。

兄妹俩怔怔地看着三胜孤独的背影拐过山岭，半天没有回过神来。

红花花的钞票并未抵消三胜越来越强烈的失落感。沅水北岸那条公路被水淹掉后，重建的公路从上游沿着北岸伸下来。快到浪塘码头的时候，突然改变了原定计划，绕到山里去了，没有从浪塘码头过。这样，三胜的车就彻底被封死在大山里了。

三胜开车经过四棵垭，常会将车停下来，看山下那条正在修建的新公路。

这天，三胜又爬上那个土塬，看山下正在施工的公路。石左兰隐在他身后的那棵松柏树下，静静地看着他。她知道三胜心里在想什么，但又不敢前去搭话安慰。

三胜跳下土塬准备离开，抬头见左兰拦在前面。

“三胜哥，谢谢你。”左兰将上次用来遮牛眼睛的蓝色衬衣，叠得平平整整，怯怯地递给三胜。自从二秀嫁给石左山后，左兰这还是第一次当面叫三胜。

三胜接过衬衣，淡淡地说：“我都忘了。”

“我没忘。”左兰说。

“我也想忘……”左兰直视三胜，想从他眼中读到一些信息。

三胜接过衣服，不自觉地俯身闻了闻，一股熟悉的肥皂香味从记忆深处沁来。

“我在替你洗衣服的时候，嫂子，”左兰说着突然转了口，“二秀走过来递给我一块香皂，是她告诉我你最喜欢这个牌子的香皂。”

入秋后的太阳虽然没有减弱，但山间的风却凉爽起来。一阵风吹过，三胜感到一身清爽。看着坡沿被风摇动的树叶，三胜说：“篮子，叫你哥逢单日送木材，这样就可以避开我的车了。”

左兰的眼里不自觉就有了泪水，三胜哥已很久没这么叫她了。她点点头，轻声说：“嗯。”三胜轻身跃上驾驶室，踩响引擎离去。左兰倚着那棵大松柏树，好一阵才离开。

长浪山收购木材的老板相继撤走，最后的一位老板也准备下月离开。为了赶在木材老板离开之前将自己山上的木材运到浪塘码头，左山兄妹便顾不得那个约定，每天都要往浪塘码头赶运好几趟。兄妹俩赶着装满木材的牛车，缓缓走在缠绕在山岭坡坳间的公路上。他们一边走，一边细心倾听着从远处可能传来的汽车轰鸣声。一旦发现三胜的车开来，自己好提前做准备。

三胜放着空车从浪塘码头回来，一路情绪低落。他不想急着回家，下个月就没有木材运了，没有木材可运，自己的汽车也就成了一坨遗弃在山中的废铁。他将汽车熄了火，跳下车，在公路上漫无目的地走着。想起山下那条正在修建的公路，三胜心里就憋闷得难受。横过前面那道山坳应该可以看见那条让他闹心的公路，三胜走下路坎，穿过一片小树林，前面果然亮敞开来，山脚下正在施工的公路也尽收眼底。他还发现四棵垭左边的这条山坳是离那条公路最近的地方。经过目测，大约不到两公里。这个发现无疑是让人兴奋的，就像往潭中投下一枚石子，在水面窜起几点跳跃的浪花。

三胜开始观察山势，想象着一条公路从这里延伸到那条新修的公路上去。

左山兄妹赶着牛车，缓缓而来。来到一个山岭拐角处，左山说：“左兰，再认真听一下，看三胜的车来了没？”

左兰走到公路边，侧身探头往山下张望，时隐时现的公路显得很空寂，她屏声敛气，除了风抚过树叶的声响，什么声音也没有。

“哥，我们走。三胜哥的车还远着呢。”

左山兄妹赶着牛车继续前行。就在此时，沉闷的隆隆声突然响起，几乎是在同一时间，那团红色火球就从前面拐角处探头冒出来。左山与左兰顿时被吓得没了主意，张大眼睛愣在那儿。惊恐让水牯瞬间忘了雄性，拖着车子张头乱窜。最先回过神来的石左山赶紧冲向前，想拽住水牯的鼻绳。一切都为时已晚，所有的惊恐都在那声沉闷的巨响中结束了。

水牯当即就没了气。装满木材的拖车被挂在坡下的一棵树蔸上，一节一节的原木料从拖车上滑脱，滚下山去。

石左山想站起来，却怎么也使不上劲，用手去搬自己的腿，想把腿搬拢来，搬了几下，好像手中的这条腿不是自己的，轻轻一拽就悬了起来，没了根。

从惊恐中醒过来的石左兰，冲过来一只手扶住哥哥，一只手去捡留在地上的那截腿。她一边将断脚往哥哥的腿根上对，一边号啕大哭。

车祸来得太突然了，别说回避，连思考的间隙都没有。三胜后悔不该将车停在拐角处，更后悔不该去看山脚下的公路。早一步晚一步，都可以避免这场灾难。

这场突如其来的车祸，最大的受害者应是身怀六甲的二秀，她觉得是自己害了左山。她不知道该怎么办，如果将三胜送进牢房，到时他心一横，牢都坐了，要钱没门，最多用那台车抵数。现在木材送完了，公路也封了，车自然就成了一坨废铁，当废品卖也没法运出山去。

经过反复思忖后，二秀与左兰一起说服了父母没有去报案，理由简单也实在：

左山的伤势很严重，清浪镇的医院不敢收，当天就租了一只快艇送进了县人民医院。

二秀挺着个大肚子，行动有些不便，在县城医院待了一个星期，确认左山的伤情稳定之后就回长浪山了，留下左兰与三胜在医院侍候石左山。

这段时间，左兰的心里是最为矛盾的，一边是自己的哥哥，一边是自己如今还爱着的男人。哥哥被筋骨的剧痛折磨，三胜的痛苦是在心理与精神上。她常常在半夜里被哥哥的呻吟声惊醒，跃身而起，扑到床前帮哥哥做按摩。这时，三胜也就会爬起身，来到床前却又手足无措。已经三年了，三年来左兰这是第一次与三胜近距离待在一起。一些年少的美好时光在左兰脑海里回放。在她的记忆里，三胜不是一个沉默寡言的人，仗义疏财，处处都以长浪山的大哥自居。有人打了一个比方，说三胜就像一只大公鸡，老鹰来了，他便会拍着翅膀嘎嘎地叫嚣，掩护着母鸡与小鸡躲到屋檐下面去，自己最后一个离开老鹰的视线。别看他叫嚣的调子高，其实早就被吓得要命，却还得装。

这只大公鸡真的受伤了，从二秀嫁给石左山那天开始，他就再也没有心情抬头看有无老鹰在头顶盘旋了。

左兰爱这只公鸡的羽毛，更爱这美丽羽毛下面的侠义。再威武的公鸡也得有人喂养，特别是在他受伤的时候。只要有机会，左兰就会开导三胜，邀他去逛街，分散他的注意力。医院大楼前面，是县城最热闹的辰州路。街上的行人很多，正好又是下班时间，他们只好捡着街边人少的地方走。来到一家“以纯”服装专卖店前，天刚好洒过一泼雨，他们走进店里躲一下。左兰左看右转，最后在一条绛紫色的围巾前停下。三胜走过来：“喜欢就买下来。”

“没心情，我们走吧。”

走出服装店，他们朝佳惠超市方向走。走着走着，左兰回头不见了三胜，不知去了哪里，就在原地站了一会儿，希望三胜跟上来。迎面走来两位警察，经过左兰身边的时候，她突然反应过来：三胜是有意避开的。

回到医院，左兰说：“三胜哥，你难道怀疑我们会告了你？走过来的又不是交警，公安你怕什么？”三胜的举动让左兰很伤心，整整两天没跟他说话。三胜本来想说，你误会我了，话到嘴边又咽了回去。

家里捎信来，二秀生了，生了一个大胖儿子。这个消息让躺在病床上的石左山一时忘了痛苦，心情也顿时开朗起来。儿子的降生，弥补了他失去一条腿的遗憾。三个月后，石左山出院了。

按照口头协商的条件，石左山出院后，三胜除结清医院所有治疗费用外，必须一次性付给石左山十万元。

第二天，三胜来到石左山家对二秀说：“你跟我去镇信用社，我好把钱转到你的账户上。”

“叫左兰去行吗？宝宝随时都要喂奶。”二秀说。

“还是你去好些，你们是夫妻。孩子可以带上，我在浪塘码头租只船去镇上，不用走路的。”

见三胜坚持，二秀知道三胜心里的想法，只好说：“那好吧，我们就走。”

二秀第一次坐上三胜的汽车。本来这辆车就是为她买的，第一次坐上没有戴红花，却在怀里抱着跟别人生下的儿子。想到这些，二秀心里怅然起来，头偏向窗外。看着窗外晃动的山峦，往事犹在昨天。

“三胜哥。”二秀禁不住轻轻地喊了一声。

三胜侧头看了一眼二秀。

“对不起你。”二秀看着窗外，好像不是说给三胜听的，“左兰一直都喜欢你，只要你愿意，左山那边我去说。”

孩子的哭声打断了二秀的话题，她急忙去哄怀里的孩子。虽然二秀早就嫁给了石左山，但三胜总觉得二秀还在自己身边，直到这一刻，他才意识到二秀已经为人妻为人母，真正从自己的世界里走远了。

在信用社，三胜很快就办好了转账手续。

回来的路上，三胜一直不说话，开着那辆已经有些褪了色的红色汽车，在那条九曲八拐的山间公路上奔驰，一团一团扬起的灰尘，紧紧地咬着车子屁股，一路追逐。

一路上，三胜总想着前面有辆车开过来，或是后面有辆车追赶他。他知道，这只是一种不切实际的幻想。没有车能开进来，他也永远开不出去。

“三胜哥，你的钱都赔我们了，以后怎么办呢。”二秀说。

“我不是还有车吗？”

“车还有什么用，没有木材运，开又开不出去。”

“那我就再修一条公路，让车开出去。”

“还说大话，还不接受教训。”二秀说着，禁不住落下泪来，“你不仅害了自己，也害了我。”

三

浪塘码头一家商店门口，贴着一张告示，说，谁家还有木材没有送的，赶快送来，一个星期后就不收了。三胜看了一下告示，离限定的期限只有一个星期了。

三胜来到左兰家，说要帮忙将他们山上的木材运出山去。左兰心里很感动：“谢谢三胜哥，我们按别人双倍的价钱给你。”

“要是冲着钱，我就不来了。”三胜的话到了嘴边却没有说出来。三胜每天来回跑十几趟，希望能赶在采购员离开之前，将左兰家山上的木材都运出山去。

太阳下山时分，三胜装下最后一车木料向浪塘码头驰去。车到浪塘码头，检尺员已经收工了。三胜焦急地四处打听，终于在一家小酒馆里找到了检尺员。

凭窗临河的一个小隔间里，几个人围着一张饭桌手舞足蹈，身边倒着几个酒瓶。三胜走拢去，一人递过一支香烟。

“才来一车货，你们先给检一下，我们还得赶回去。”三胜说。

“急么子卵，反正也是白送，那么卖命干吗？”其中一个人说。

三胜在长浪山算是个有影响的人物，他的过往，浪塘码头上的人都早已听说。

“三胜呀，你可是长浪山的一条汉子，也是跑过江湖的人，怎么就过不了女人这道关呢。”

“三胜，你把你那女人喊来，陪……陪我喝杯酒，我……我就帮你检尺。”

席上喝酒的男人越说越没边。这时，左兰正好从门外走进来。几个男人抢着站起身，端着酒杯摇摇晃晃走过来。

“来……妹子，你干了这杯酒，我保证立马给你检，而且，”一个矮胖男人还做了一个淫秽动作，“将这么细的条木也量成20，保……保证比三胜的大。”

三胜冲过去拦在左兰的前面，伸手一把夺过矮胖男人手中的酒瓶：“你再说一句，看老子不一瓶子撂死你！”

看到事态恶化，席间一个浪塘本地人赶紧走过来圆场，劝三胜不要太冲动。

“老子今天就陪你们喝，谁他妈的不喝就给老子穿裙子摆屁股。”三胜将手中的酒瓶往桌子上一蹾，“有种的都过来！”

几个年轻人仗着酒性，在椅子上摇摇晃晃坐下来，胆小的便站在一边看热闹。

“一人一瓶！”三胜说，“老子后来先干。”说完头一仰，咕嘟咕嘟地将酒瓶吹了个底朝天。

几个年轻人也不示弱，举起酒瓶也要喝。本地男人过来抢过年轻人手中的酒瓶：“你们还真的想闹出人命呀。”

“不喝了，是吗？两种选择：要么你们自己找条裙子穿上，摆屁股；要么给老子去检尺！”

酒被三胜搅了局，本地男人领了检尺员去检尺。检完尺，天已经完全黑了下来。

三胜今天的举动让左兰感到有些意外，因为自己，再次唤醒了三胜那股沉寂了很久的霸气，一种从未有过的幸福感漫遍全身，尽管这种幸福让她战战兢兢。

浪塘码头随着夜幕的降临沉静下来。借着酒性，三胜跃身而起，打开车门钻进驾驶室。左兰连忙伸手去拽，想阻止他酒后开车，伸出的手却被三胜重重地挡了回来。引擎有些夸张地轰然响起，车身痉挛地跳动起来。左兰赶紧跳上汽车，她知道如果自己不上车，三胜也会将车开走。

汽车踉踉跄跄地向长浪山深处开去。左兰一边哭着，一边喊着劝三胜将车停下来。三胜听不清左兰在说什么，山风从开着的车窗吹进来，凉爽而惬意。

左兰为了稳住身子，手紧紧地抠着座垫。突然，汽车一个趔趄戗住了。左兰就势跳下车，想去前面拦住三胜，阻止他继续向前开。就在她下车的当儿，手上随势抓起一条软软的东西，借着车灯，她看清了手上拽着的原来是那条绛紫色的围巾。左兰再也控制不住自己，一把抱住跌跌绊绊冲过来的三胜。

"三胜哥，别开了，三胜哥……"左兰一边哭，一边双手死死箍住三胜的腰。

俩人踉踉跄跄一阵后，一齐倒在公路上。三胜在左兰怀里，像个孩子似的大哭起来……

三胜准备娶长浪山第二号女人了。

山上可以砍伐的树木都砍光了，最后一批年轻人离开了长浪山。

"三胜哥，我们也走吧。"左兰说。

每次左兰说起这个话题，三胜都不正面回答，不是岔开话题就是低头不语，这让左兰有些不解。感情细腻的左兰，却走不进三胜的世界。在左兰眼里，三胜的内心世界变得隐晦起来。她怀念三胜从前那种粗犷得能把女人变成水的草莽气概。

"是不是还放不下二秀？"左兰终于怯怯地问道。

三胜站起身，走开了。左兰看着三胜离去的背影落泪。

三胜开车去了四棵垭。近段时间来，他常一个人来这里转悠。自从上次发现这里是离山下那条公路最近的地方，三胜心里就有了一个大胆的想法。他认真勘测了一下，从四棵垭再修一条简易公路接通山下的公路，工程量并不是很大。四里地，接近一半的路程只需做些平整工作就可以勉强通行，主要工程量是在那段近500米的盘山路上。

三胜需要一笔钱，他粗略估算了一下，如果有四万块钱就能打通这条路。

三胜找到左兰，希望她去跟二秀商量，暂时借回四万块钱。三胜说："等路拉通后，我去镇上跑运输，赚了钱再还回来，就算到时赚不到钱，将车开到镇上卖了也值四万多元。"左兰心里不同意三胜修路，她希望过那种平平实实的生活。还有一个原因，她老是觉得三胜修路一定还与二秀有关。左兰说："钱是赔给她丈夫的，要去你去。"

三胜不会去找二秀，更不会找石左山。就在三胜无望的时候，米小东再次来到了长浪山。米小东的出现，着实让三胜深感意外。自从一年前的那个深夜送走他后，就一直没有再见他来过长浪山。

三胜跳下土塬，开玩笑说："我还以为你破产自杀了呢。树都砍光了，来长浪山干吗？"

"给你送钱呀。"

"给我送什么钱？"

"你不要？"

"我正等着钱救火呢。"

"那就好。如果你不想要，我就惨了。"

米小东的话把三胜搞得云里雾里。他想不出米小东会拿什么理由给自己钱，他心里非常清楚这些城里人是不会上丁点儿当的。个个贪婪得要命，恨不得用撒的尿换你身上的血。

长浪山靠近沅江，湿度好，山上除了用于建材的松树与杉树外，还生长着大量珍稀树种。黄杨、檵木、石楠、纹母、火鸡、桂花树等，这些都是非常珍贵的盆景与园林观赏树。这些长浪山人从不正眼去看的形状怪异的东西，长在长浪山就只是一个树蔸，一旦到了城里，上面就会结满红花花的钞票。米小东粗略算了一笔账，将长浪山上的这些树蔸统统运出去，少说也值七八十万元。

"三胜，你是在外面见过世面的人，我也就不想瞒你，也瞒不了你。"米小东说，"只要你不向村民们说实情，我每趟车多加你100块，一天跑十趟下来，就多赚1000块。"

“米小东，你也太心黑了吧。你发财我不眼红，可村民们的钱你一个子儿也不能少。”

天无绝人之路，米小东的再次到来，让这条已经死了的黄鳞蛇重新活了回来。

三胜修公路的钱终于有了着落，他对米小东说：“如果你能保证那些帮我修公路的人准时拿到工钱，我就能保证你的宝贝树蔸鲜活地运到浪塘码头。”

米小东说：“这个自然没问题，只要我的树蔸全都安全到了浪塘码头，那一天，也就是你的公路接通的日期。”

山上的树蔸也能变成钱，这是长浪山人没有想到的。他们非常配合米小东，按照米小东吩咐的注意事项挖掘。只有一个人，死活不肯将山上的树蔸卖给米小东，这个人便是二秀。左兰说：“哥哥的一只腿没了，钱放在身上总比长在山上让人踏实些。”

“生在山上，还怕它们长出翅膀飞走？”二秀说，“值钱的东西总会有人来收，先前收木材，开始不也就只有米小东一个人，后来怎样？还不都卖完了。”

左兰觉得二秀的话也有道理，东西好还怕成不了钱？三胜可不这么认为，他说：“这树蔸与木材还是有区别的，有些东西不是谁都觉得它好。”

二秀的工作谁也做不通，而米小东又偏偏不愿漏掉她家的山林。这样僵持下来，三胜觉得这里面一定有文章。三胜告诉左兰，米小东这么咬住你家的山林不放，一定是发现了什么特别值钱的树种。

三胜经过调查，证实自己的怀疑是对的，二秀家的山林有一种黄杨树，特别值钱。这种观赏树一般都长不高大却非常珍贵，有“尺杨寸金”之说。但二秀一开始就拒绝了米小东，这让三胜有些不解。二秀不可能事先知道这种树是值钱的东西。在米小东来之前，长浪山人根本就没听说过盆景这个词汇。所以，二秀不肯将树蔸卖给米小东，肯定还有另外的原因。

米小东对三胜说：“如果你能叫二秀把山林让出来，我每趟车再多加你50块。”

“你以为钱多办什么事都成？”三胜说。

“当然钱多有些事办不了，但有钱你就可以修通连接山下的那条公路，我走后，你就不会再困在长浪山，当只山乌龟。”

要想从四棵垭拉通山下的公路，米小东无疑是唯一的希望。但要他去劝说二秀让出山林还是做不到。二秀不光是伤了他的心，而且让他下不了台。对二秀坚决不肯将山林让给米小东，三胜心里有谜团。他不好直接向左兰打听，怕左兰误会自己心里还装着二秀。左兰不好问，左山就更不用说。三胜只好希望在米小东这里打听出一些原委来。“既然是二秀不同意，你怎只让左兰传话，不去直接找二秀问个清楚？”三胜试探着问。

“一家人，同谁说还不都一样？”

“这当然有不同，谁不同意就当面说清楚，不论是价格还是其他问题，总会有解决的方法，你这是隔山打羊。”三胜停顿一下，接着说，“你不敢见二秀？”

“我有什么不敢见她的。”

三胜明显感觉到米小东说这话的时候，神色有些异常。他开始预感到米小东与二秀之间似乎有什么过往。

三胜一把拉住米小东的手，说：“走，去二秀家，我帮你去说。”三胜主动帮忙，米小东再推脱似乎没有理由，只好随着三胜一路往二秀家走去。

再次来长浪山，米小东就知道迟早会有一天要面对这件事。到底该用哪种方式，自己确实还没有想好，只能走到哪一步说哪一步话了，何况自己怀里还揣着杀手锏，该出手时自然会出手。

二秀在屋坪外逗儿子玩，见三胜领着米小东前来，脸突地阴沉下来。二秀抱起儿子向里屋走去，将儿子交给坐在躺椅上的石左山后走了出来。为了不让他们进屋，她有意往屋坪外的一处草坪走去。

“三胜，你把他带来干吗？”二秀语气明显带着埋怨。

“我想让你们当面谈谈山林的事。”三胜说。

“要你带，他的腿比你快得多。真是多管闲事。”

“他跟你谈过了？”

二秀好一阵不说话，沉默着。

三胜说：“只要你不对村里其他人说，米小东愿意出给别人双倍的价格给你。”

“十倍也不行！”

“二秀，你别蠢，这些树蔸与木材是有不同的，哪天米小东一走，就成不了钱了。”

“叫他走呀，他一年前就该走了，不，就该死了。畜生。”

在与二秀简短的对话中，三胜似乎嗅到了一些信息。二秀突然不自觉提到一年前，使他也不自觉地回忆起米小东离开长浪山的那个夜晚。

那天，三胜白天一口气跑了十趟浪塘码头，洗完澡后就睡下了。朦胧中，他仿佛听见有人在拍打自己的窗户：“三胜，醒醒，三胜……”

“谁呀，我都睡了。”三胜昂起头，冲窗外问。

“我呢。”

“这么晚了，有什么事呀。”三胜听出是米小东的声音。

“你先开门，进来说。”

“什么事，这么急？”三胜打开门，见米小东神情慌乱，语无伦次。

“把我送到浪塘码头去。”

“这么深夜了，黑灯瞎火的，我从没跑过夜车，你不怕死，我还怕呢。明早不行吗？”

“明早若行，我这么急找你干吗？实话同你说了，我的一船木材在桃源检查站被扣，如果不赶去疏通关系，明天一早报到局里去就晚了。”米小东从口袋里掏出十张一百元票子，塞在三胜的手中，“三胜老弟，你这次帮我，来日方长，我不会亏待你的。”

三胜不想得罪也不敢得罪这位长浪山的财神爷，如果不是他来长浪山收木材，哪有他三胜今日的风光？如果米小东破产，他的财路也就断了。

三胜将车开到浪塘码头，已经夜里十二点。米小东在码头租了一只机动船，一句话没说，匆匆离开。回来的路上，三胜一直在想米小东在车上同自己说过的话：不要对村里人说，我是深夜租你车离开的，如果有人问你怎么这么晚开车去浪塘，你就随便编个别的理由。当时，三胜想不明白，米小东为什么要说这些。

想到这，三胜突然回想起二秀就是在米小东离开长浪山后，不到十天就提出与自己分手的。“三胜哥，如果我跟过别的男人，你还会娶我吗？”难道二秀说的那个“别的男人”不是石左山而是米小东？

三胜突然回转身，一把拽住米小东的衣领：“畜生，你是不是动过二秀？”

米小东没说话。

“是不是！”三胜咆哮着，一记重拳狠狠地落在米小东的脸上。米小东踉跄着后退几步，仰天倒下。一股血柱从米小东的鼻孔喷涌而出。

米小东的沉默，肯定了三胜的判断，也更激怒了他。三胜搬起路边一块大石头砸向倒在地上的米小东：“我今天非要把你做了！”

“杨伟兴！”米小东大喊了一声，三胜高扬的手突然僵在了空中。

四

杨伟兴，是三胜在惠州一家公司当业务员时用的假名，没几个人知道。他已经忘了这个名字，准确点说，是他在努力地想忘掉这个名字。在长浪山突然有人这么喊他，着实让他心里像触了电，猛地一搐，瞬间茶了下来。

米小东说，当初我也不是出于恶意，只是误解了二秀的热情，以为她喜欢我。那时你正春风得意，又在外面混过，我以为你见过女人多了，不可能再看上二秀，好马还不吃回头草哩，如果早知道你仍想娶二秀做老婆，馋死我也不会去动你的女人。在外求的是财，不是仇。有了钱，还怕没女人？

米小东继续说，这件事就这么过去了，我想这也是二秀本人的意思，她要是真的想告我，也不会等到今天。再纠缠着不放，对谁都没好处。你不帮我送树蔸，我发不了财，你也得困死。这山上的树也砍光了，新造的林不知何年何月才能成材。等到这些树木成材，怕你我都成朽木了。当然，今天我不来挖树蔸，哪天还会有别人来。但你想想，这些树蔸挖完了呢，你不会指望山上的石头里有金子吧。就算是有金子，也轮不到你一个人发财。他们会修一条更宽的公路与外面接通，那就不是你的公路了。

所以，你得先抓现钱，钱到自己的腰包才算自己的。每车每趟我再给你加50块，我离开后，你也会赚下一笔钱。你我都是吃过几天江湖饭的人，有些道理不用我明说，杨伟兴这个名字也会随着我的离开永远消失。老弟你放心，我早你几年踏进社会，更懂得遵守江湖上的潜规则。

三胜没有再追究下去，不全是因为米小东的这番话。他是不想放弃这唯一能留住自己半张脸面过往后日子的机会。

石左兰对眼前发生的事并不知晓，只是隐约感觉到三胜情绪有些不对，以为是与米小东在价格上发生了争执，并未往心里去。

三胜有事做了，左兰心里踏实了许多。这天，天突然下起了大雨。米小东从山上回来，到三胜家躲雨。左兰见米小东全身被淋湿，便烧了热水让他洗个热水澡，换上三胜的衣服。三胜从浪塘送货回来，雨一直在下。他冒着雨幕冲进屋，见米小东坐在火炕上，心里顿时阴沉下来。

左兰见三胜脸色难看，赶紧上前招呼。三胜没有理会左兰，阴阴地走到米小东跟前，大声说："谁叫你穿我衣服了！"

米小东本来想说是左兰给的，但想到三胜的火并不是发在衣服上，也就没有去解释："穿你件衣服咋啦，这么大惊小怪的，像个男人吗，下次进城我赔你十件。"

"你把衣服给我脱下来，一千件也不行。"三胜的态度很坚硬，没有可以商量的余地。米小东气愤地脱下身上的那件蓝色衬衫，重重地甩在壁板上，扬长而去没入茫茫雨幕中。

米小东走后，三胜说："下次不要与米小东这种人单独在一起。"

"这有什么，你们是合作伙伴。"左兰辩驳。

"我说不要就是不要！"三胜大声吼道。

左兰不解地看着三胜，找不出三胜发火的理由。直到她突然想起这件衣服就是当初用来遮挡牛眼的那件蓝色衬衫时，才隐隐捋出一些思路来。左兰回忆起在衣柜找出衣服时，还是当初自己折叠的那个样子，三胜一直没有穿过。左兰想到这些，不由一阵感动。接着她又不安起来，不知三胜是想留住二秀的那种香皂气味，还是在珍藏着一份有关自己的记忆。

整整一个秋天，三胜都在为米小东运送树苑。冬天伊始，三胜开始用运送树苑得来的钱，在四棵垭破土动工了。

连通山下的公路终于破土动工，这本应是件让人高兴的事。但在左兰眼里，三胜并未出现她想象中的样子，反而变得更加沉默寡言了。米小东刚来的时候，三胜对左兰说过，等这批货物运完就结婚。最近一段时间来，三胜却不再提起结婚的事，心里装的似乎只有这条路。左兰说："你怎么想的？"

三胜说："等我将这条路拉通，我们开着车去民政局登记。"

左兰说："只怕等路拉通，我都老了。"

三胜说："老婆老婆，就要老，才能偕手到婆呗。"

左兰苦笑一下："变成婆，你可不能不要我呀。"

只要没有货运，三胜就会来四棵垭督修那段通向山脚的公路。左兰很少来公路上帮忙，因为她心里并不赞成修这段公路。在她心里一直都有这个想法，认为三胜修这段公路与二秀有关联。

这天，二秀从娘家回来，路过四棵垭，看见三胜与几个村民在远处施工，便在一块岩石上坐下来。四棵垭还是原来的样子，四棵松柏高高地矗立着，茂密的枝叶在头顶撑开一大片树荫。二秀的记忆不自觉又回到了中学时代，那时多美好呀。想到这些，二秀便站起身，走到那棵有块大石板的松柏树下。当年留言的石板不见了，二秀心里掠过一丝怅然。她一边回忆当年的美好情景，一边四处搜寻那块石板。

在不远的坡沿下，二秀终于找到了那块半掩在荆丛中的石板。她用手掌抹了抹石板上的尘土，上面除了岁月留下的几道裂痕，没有找到任何可以凭吊的痕迹。二秀用力试了试，勉强能移动。她小心翼翼地将石板挪到一处稍高的岩石上，转身用背抵扶着，铆足了劲想背起来。然而几次都失败了，石板太重，她根本驮不起。

于是，她就将石板向上翻转，一个转一个转地向四棵垭翻去。每翻转一次，她都要费很大的力气。有时稍不留意，石板就会往下滑移。太阳线已经燃过山巅，天，慢慢暗了下来……

这一幕，被收工回来的三胜看在了眼里，他慢慢走向前去。

"我来帮你。"

"不用你帮。"

三胜抱起石板，小心翼翼地放回原处："二秀，是这儿吗？"

二秀并未回答三胜的话，蹲下身，用手抚着石板，然后捡起地上的一个石子，在上面写下：三胜，我走了，来追我。一秀。

二秀写完，停了停，在那个"一"上面轻轻放下一个石子。

"二秀，你还没忘记我。"

"忘了。"

"你没忘，都是米小东这畜生。"

二秀禁不住一头扑进三胜的怀里，哇的一声哭出声来。

三胜抱着低泣的二秀，两年了，话埋在肚子里时间长了，再倒出来就很难组织出一句完整的可以表达自己情感的话来。夜色慢慢收拢过来，因为树荫的原因，四棵垭已是混沌一片。隐约听见一阵喧哗声从村子方向传来，二秀猛地挣脱三胜，慌乱地理着衣服，像个做错了事的孩子。

“我先走一步，你在后面来。”二秀说。

二秀的话像蜂刺蜇醒了三胜，刚才怀里抱着的已是别人的老婆。

喧哗声越来越清晰，三胜已经隐隐听见有女人的恸哭声。再向前，他听见那恸哭声好像是左兰。三胜加快了脚步。

石左山出事了，连同牛车翻到了悬崖下。三胜与二秀赶到时，村民已经将石左山的尸体抬到了公路上。借着微弱的月光，左兰看见三胜与二秀一同朝这边跑来，她发疯似的扑过去，一会拽三胜，一会抓二秀，号啕大哭。

“都是你们干的好事，不要脸！你们赔我哥哥……”

二秀不顾左兰的抓挠，扶起左山大哭起来：“你怎么还驾牛车呢，这么晚了，你这是去哪儿呀……”

“你还有脸说呀……你是个婊子，是个真正的婊子！”左兰松开三胜冲过来，她不准二秀碰自己的哥哥。

三胜愣在一旁，木木的像个树桩，然后无声地跪下来。

三胜心里承认一直没有将二秀放下过，这已不是面子上的事情，而是心里确实忘不了。但他也只是心里这么想，没有付出行动。如果米小东不再次出现，不将这个秘密揭开，他会永远埋在心里。然而米小东出现了，米小东的出现，使他从过去的怨恨变成了自责，他宁愿活在痛苦中，也不愿在这种自责中苟全。一种个人英雄主义情结，让他对二秀的感情重新煴燃起来。然而，如果不给他一个恰当的机会和环境，那团火也许只能燃烧在他的胸膛里，烧不到二秀的身上。

他不曾想过要去伤害左兰，更没想到左山会因此而丢了性命。要说上次石左山因为自己将车涂成红色致残还有些心理铺垫，这次真的有些不能原谅自己了。

原来，左兰出于对三胜的关心，见三胜这么晚还没回来，担心他出事才找到四棵垭来的。左兰万万没有想到，因为自己对三胜的关心，而让她看到了她最不愿看到，心里却一直担心的一幕。当时，左兰没有立即冲上去痛斥他们，而是悄悄哭着跑回了家。她不想让已经残疾的哥哥知道，怕左山经受不住这个打击，但她又希望哥哥出面去制止他们。在这种复杂的心理背景下，经左山再三逼问，她最终还是将她看到的一切告诉了石左山。

石左山赶着牛车向四棵垭奔去，他恨不得眼前的这头水牯长出翅膀，飞到四棵垭去。牛哪能随得了人的性子，一脚踏空，连车带人摔到一处断崖下去了。

葬礼上，左兰将三胜送去的5000块钱像抛纸钱一样抛向了空中，并将二秀从灵堂里赶了出去，不准她跪拜自己的哥哥，骂他们是一对狗男女。哥哥不想见你们，你们滚开。左兰边骂边哭，好不悲凉。

安葬石左山后，三胜一直将自己关在屋内，不见任何人。

米小东找上门来，已是一个星期后。三胜说："你还有脸上门来，一切都是你一手造成的，老子真想一刀把你摞了。"

"三胜你有胆就一刀摞了我，没胆就得听我说。"米小东在一张木椅上坐下来，"我是有错，我也承认了，认过错。我说过，我不是有意的。既然事情已经出了，你摞了我也回不到过去的日子里去。你也得反问一下自己，难道石左山的死你就没有过错？你没错，左兰怎么会那么恨你，将你送去的钱当纸钱抛了？二秀已经是左山的老婆了，而且你也已经跟左兰确定了关系，还在那里藕断丝连。该杀的不是我而是你三胜，知道吗？"

米小东还要往下说，三胜操起一把椅子砸了过去。米小东反应快，身子一偏躲开了。

"要我不说也行，收拾收拾东西给我去送树蔸。再不送，那些树蔸会枯死的，到时损失就不好算了。"

"你的意思是要我赔？"三胜瞠目怒视。

"也不全是这个意思，我只是提醒你，人不要得罪得太多，敌人多路就窄了。我也想等我离开长浪山后，你能安安静静地过日子。如今石左山死了，二秀还是你的，你说过的两句话都可以兑现。你还是原来的三胜，长浪山还是你的长浪山。你当你的山寨王，我做我的江湖客，井水不犯河水。"

"威胁我！"

"我也不想。"米小东说，"明天早上，我等你来装车。"

三胜看着米小东远去的背影，心里狠狠地骂了一句：终有一天，老子要一刀摞了你！

五

三胜没有在米小东说的第二天就去装车送货，而是在十天后。他能做的反抗也许就只有这些。

这天，三胜将一车树蔸送到浪塘码头后，放着空车回来，经过四棵垭的时候被二秀拦住了。他本不想停车的，见二秀拦在公路中间，只好一脚刹车将车停下。

“三胜哥，左兰她……”二秀话没说完，就哭泣起来。

“左兰怎么了？”三胜听说是左兰的事，焦急地追问，“快说呀，左兰她怎么了？”

“左兰她，她跟米小东好上了。”二秀说，“我也知道她是气你，故意做给我们看。可是……就怕米小东这畜生心术不正，左兰会吃亏。”

“你找过她吗？”

“找过，她根本听不进去，反而呛得我没脸说话。”

三胜真的没想到左兰会用这种方式对付他。无论用什么方式，三胜都可以接受，用米小东这畜生做筹码，比用刀子剜他的心还要难受。

三胜找到左兰的时候，她正与米小东在一个山坡上找树蔸，见他走过来，故意将手挽在米小东的肘弯里。来到跟前，左兰仍装着若无其事跟米小东说树蔸的事，还是米小东主动跟三胜打招呼：“这么早就回来了，今天送了几趟？”

三胜不回话，上前一把拽住左兰的手，想将她拉到一边说话。左兰奋力挣脱三胜紧握的手，故意大声说：“你干什么呀，拉拉扯扯，你有力去拉你的二秀啊，跑到我这里干吗？”

“我求你别疯了，好吗？”

“你说话得有分寸啊，谁疯了，你才疯了哩。你有什么资格拉别人的女人？”左兰的不屑让三胜既痛又难受。他真不知道该怎样说服眼前这位深深爱过自己，又被自己伤害了的女人。

“三胜，这就是你的不对了。别人已经把话都说开了，你再这样纠缠就不能怪我不客气了。”在一旁的米小东气愤地说。

“闭上你的臭嘴，这里没有你说话的份儿。”三胜怒吼。

“三胜，这就是你的霸道了。我的女人，你在这里拉拉扯扯，我没说你，你倒反打一钉耙。我告诉你，你再动手动脚，就别怪我翻脸不认人了。”

“你翻脸怎了，吃了我？”

“我是不会吃你，自然会有人收拾你，你等着瞧。”每当米小东将话题引到此，三胜燃烧的火焰就好像劈头浇下来一盆凉水，熄去一大半。

米小东接着说：“我不和你横来，让左兰自己表态。如果她愿意与你重归于好，我二话不说，从此不再找左兰，如果左兰选择我，你就乖乖地走开！”

三胜心里没底，但还是默认了米小东的建议。他此时没有别的选择。

左兰说：“二秀还在等你，快去呀。”左兰说完，挽着米小东的肘弯向坡沿那边走去。

看着他们远去的背影，三胜突然感到一股透心的失败感向自己袭来。

二秀看见三胜回来时沮丧的神情，就知道事情的结果。尽管这种结果在她的预料之中，但她仍感到一阵锥心的愧疚。她不想就这么放弃左兰，她已经对不起石左山了，她得以一个嫂子的身份去保护左兰。当天夜里，她就找到了米小东。

“你放过左兰吧。”二秀说，“米小东，你不是一直想要我的那片山林吗？我给你。”

二秀回到家，心情沉到了谷底。她努力回忆着与三胜交往的点点滴滴，怀念着那股子山寨王霸气和能让一个女人化成水的胸膛，如今，不知那个能为一个女人修一条公路的三胜哪里去了。在对待米小东的这件事情上，三胜所表现出来的懦弱与暧昧，让她突然怀疑起三胜曾经对她的那份感情。

自从二秀将山林让出后，米小东在表面上与左兰断绝了来往，但暗地里还是有所往来。

米小东将双倍的钱交到二秀手里，说：“我说过的话一定兑现，说是双倍就是双倍。”

二秀说：“钱多钱少没关系，只求你放过左兰。”

米小东说：“这个你放心，我既然答应了你，我就一定做到。”

“希望你能说话算数。”

“你以后自然会明白，我米小东没有你想象的那么坏。”

二秀轻蔑地看了米小东一眼："但愿狼能变成羊。"

二秀家的山林生长着很多珍贵的黄杨，这也是米小东死死盯着她家山林的原因。山林到了手，眼下米小东担心的是运输问题。最近一段时间，他发现三胜好像变了一个人，看见他也不像从前那样仇视了。他已习惯了三胜的敌视情绪，这一突然改变反而让他觉得有些不正常。米小东只想尽快将这批黄杨运出山去，然后永远地离开这里。

三胜已有一个星期没去公路现场了。几个帮忙修公路的村民，见三胜几天没露面，便找上门来要工钱："三胜，不是我们信不过你，我们确实等着钱用。"

村民还说："三胜，你得再加些人手，很快就春耕农忙，到时就没时间了。"

村民们这么一说，三胜才突然想起来，是有一个多月没给他们发工钱了。

三胜来找米小东。

"你还好意思来讨运输费，上次你闹情绪半个月没有跑车，我枯死好多檵木你知道吗？我也不和你算损失，公路那边你先垫付一下，等这批黄杨运完后一起给你。"米小东留了一个心眼。

"你想耍无赖？我有钱垫付还来找你干吗？再不给钱他们就停工了。"

"他们停工我也没办法，我手上暂时没有现金。"

"他们停工，你就不怕我也停工？"

"你要停工早就停了。"米小东说。

三胜见米小东又想拿杨伟兴说事，只好不再说话。

见三胜空着手回来，修公路的村民围上来，你一句他一句，话说得有些难听。三胜说："你们放心，我三胜绝不会少你们一分钱，就算到时一分钱拿不到，我还有这辆车，卖了抵账。"

"我们要这车有个卵用，又不会开，就算会开，这路拉不通还不是坨死铁。"

"你们把路修通，它不就活回来了吗？"

"没钱，路修不通。"

"都是乡里乡亲，你们这不是在为难我三胜吗。"

"我们也是看着你长大的，把你当自家孩子看，你三胜是什么人，我们心里都清楚，除了好胜，好面子，没别的可以拿来数落的东西。"西屋婶子接着说，"谁想为难你呢，一是我们确实没办法，等着钱用；二来也是在帮你，你想想，米小东求你时都没将钱给你，等你将黄杨全都送出山还会把钱给你？到那时，你只有搬起石头打天去。当初你开车撞死我家水牯的那股子霸气呢，见了城里人就茶了，亏我们还把你当条汉子看，到头来也是只阉公鸡。”

三胜心里清楚，米小东到那时也许真的会这么做，但他还是说：“你们放心，我看米小东不会是这种人，他手头上确实没现金。”

“你还在替他说话，三胜，不是我说你，亏你还是见过世面的人，你落到今天这步田地就是太缺心眼了。”

第二天，三胜装好车准备出发，昨天围着他要工钱的村民过来将车拦住了，说，今天不给钱就不准开车。三胜去找米小东，米小东说：“他们拦你车，是你的事，你想办法解决。”

“我有办法还来找你干么，我总不能从他们身上辗过去吧。这钱早给也是给，晚给也是给，何必硬要为难我呢？”三胜说。

“谁有意为难你呢，我不是说过手头上没现金吗？”

前来讨工钱的村民也在一旁帮三胜说话，天有不给钱绝不罢休的架势。米小东感觉到有些情况不对，将三胜拉到一边，说：“三胜你行呀，耍滑头呀你。你们是不是商量好的，唱双簧？”米小东见场面一时不好收拾，就回转身对村民们说，“你们先回去等消息，我明天就去县城想办法，三天后要是没钱，你们再来拦车。”

三天过去，三胜仍未见米小东送钱来，心里开始紧张起来。他不会去了公安局吧。想到这里，三胜开始后悔向米小东施压了。村民见三天已过去，便一起来三胜家问钱的事。三胜因为心情差，说话态度不好，跟前来讨钱的村民争吵起来。

“三胜，你在我们面前吼个卵，充英雄好汉就去米小东那儿把钱搞来。搞不到钱，声音再大也是只阉公鸡。”

三胜被村民们说得抬不起头，面子算是丢尽了。讨钱的村民刚走，就见二秀慌慌张张跑来。

“三胜哥，出事了，左兰不见了。”

“什么时候？”

“三天前。”

“是不是去哪儿玩了？”

“开始我也是这么认为，后来越想越觉得不对，就撬开她的房间查看，见衣服全都不见了，才知道她已经走了。”

二秀在三胜的脸上没有找到她想象中的那种慌乱与不安。这让二秀心里非常失望，从前那只宁可冒着被老鹰叼走的危险也要舍命保护小母鸡的大公鸡已随岁月老去了。二秀无限感伤起来。

三胜站起身，准备去开车。

“三胜哥，你得想想办法呀。”二秀拦住三胜。

三胜不吭声。

“你不想去找米小东问问？”二秀失望地问。

三胜还是不说话。

“肯定是米小东这畜生，他答应不再找左兰的。我要杀了他！”

二秀说完就往前走，却被三胜一把拉了回来：“你凭什么说一定就是米小东？”

“左兰不见了，你不去找，还不准我去，三胜哥，你还算是男人吗？”

三胜跳上车，踩响了引擎。看着慢慢离去的汽车，二秀悲凉地落下泪来。突然，三胜将车停住，从驾驶室里跳下往回走来。走到二秀跟前，硬硬地说：“二秀，你说得对，我不是一个男人，两年前我就已不是一个男人了。从前，我就是因为太想做一个男人才变成今天不像一个男人。但我想要你知道，从前太想成为一个男人是因为你，今天变得不像一个男人也是因为你。二秀，你和左兰都不再属于我，可我得最后守住这条黄鳝蛇，不让它反过来咬我。很多年后，长浪山人记不得我了，至少他们还可以从这条路想到我。二秀，做一个男人很难，可有时也很容易，记住，我依然是原来的三胜。”

六

三胜手紧紧地握着方向盘，眼直直地看着前方，一句话不说。车越开越快，翻过一个山岭便是一条很陡的下坡，汽车就像一头挣脱了鼻绳的公牛，颠晃着向前奔去。车后扬起的尘土，像一条灰黄色的尾巴，摇摆着。

坐在副驾驶座上的米小东，感觉到三胜今天有些不太对劲，大声说："三胜，车开这么快干吗？"

三胜不答，眼睛仍直直地看着前方。

"开慢点呀！"

"我根本就没踩油门。"好一阵，三胜才冷冷地说道。

"快踩刹车呀！"

"现在想到要踩刹车了？两年前你就应该想到会有今天。"

米小东俯身过来，将左脚伸过去踩刹车。空空的，就像踩在一根失去了弹性的弹簧上。惊惶失措的米小东赶紧将脚收回来去开车门，准备跳车。当他伸手去推车门的时候，发现门把手不见了，赶紧用脚去踹。

"别折腾了，打不开的。"三胜仍冷冷地说。

"你疯啦？"

"我清醒得很！我问你，你去县城干吗了？"

"给你取钱呀。"

"钱呢，怎么不给我？"

"我回来，你又没问我要。"米小东从包里取出一沓钱来，在三胜面前晃了晃。

"我不要，你就不给？"三胜侧眼看一眼米小东，"我再问你，你把左兰弄到哪里去了？你卑鄙不卑鄙？见钱赖不过去，就用左兰要挟我。"

"左兰出去打工了，她不想让你们知道她去了哪里。她说，她不走，你们就好不成。她知道你心里装的是二秀。"

"你编吧，编得再好车也停不下来。"

"天地良心，你真的误会我了。是左兰要挟我，我才答应她假装同她相好气你的。"

"左兰要挟你？她拿什么要挟你？"

"开始我也是为了帮助你们和好，让你回到二秀身边。后来发现不妥就提出不干，左兰说，二秀她只能做她与左山那份山林的主，要她也同意，我就得听她的。我没办法，你知道我来长浪山就是冲着那些黄杨来的。"

车到四棵垭的时候，三胜将方向盘一转，拐进了那段还没有接通的公路。

"这条路还没修通呀。"

“你如果把钱如期给我，它早就通了。今天就让你瞧瞧，我能不能将车开到山下那条公路上去。”三胜说，“我是在惠州老板那里骗了20万元，你们城里人骗我们的钱还少吗？这笔钱说小些为了一个女人，往大的地方说，我也是为家乡造福，比你们这些衣冠禽兽要好得多。你处处拿杨伟兴说事，要挟我。我也想通了，要想杨伟兴这个名字永远消失，只有这一个办法了。”

“我死了，你能活得了？”

“我死了，我还有这条公路留在长浪山。长浪山人也就永远不知道我修这条公路的钱是骗来的，我依然是长浪山名头最响亮的男人。”

“三胜，你真的误会我了，我从来就没想过要去公安局告你，也没想过要将这事说出去。我出来求的是财，我处处拿杨伟兴说事，要挟你，说到底也是为了钱。”

“你就死到钱眼里去吧……”

新修的公路在他们的车轮下断了。此时，三胜猛地一脚油门，汽车一阵痉挛向山下跳去。

二秀回到家，心里一直琢磨着三胜刚才说的话，想着想着，心里突然不安起来。她跑着来到米小东装车的地方，几个帮忙装车的村民坐在那儿抽烟。

“三胜的车什么时候开走的？”二秀问。

“刚走一会儿。”

“看到米小东没有？”

“米老板去押车了。”

二秀抄近路向四棵垭方向追去。当她追到四棵垭的时候，看见三胜的车正从那段新公路尽头跳下山去。

二秀爬到三胜曾站过的那个土塬上，目睹着那团已经褪了色不再耀眼的火球跳动着向山下滚去。火球在二秀的视线里最后跳了几跳，没进了深深的荆丛，不见了。空中飞舞的纸片慢慢地回落下来，错落的树枝与突兀的岩石上，到处可见红花花的钞票。

一切都变得很安静。好一阵，二秀突然看见那团火球猛地跳了起来，颤抖着朝山下那条新公路冲去。车在中途翻了几个滚，倒过来继续向前开去。

车终于爬到了山脚那条新修的高等级公路上。

世界死一样沉寂下来，二秀紧紧抱着身旁的那棵松柏树，眼睛死死盯着那辆趴在公路上的汽车，她希望三胜能从里面爬出来。又好一阵死一般沉寂后，一个人艰难地从已经变了形的驾驶室滚出来，重重地跌在路面上，然后爬起来，朝这条公路的出河方向踉跄几步，又倒下了……

狃花女

中篇小说，刊发于湖北省优秀期刊《中国故事》1998年1月
改编的同名电影获澳大利亚电影节最佳外语片等三项大奖

一

一辆二人抬的小花轿颠颠晃晃朝鲤鱼背走来。与其说是花轿，不如说是滑杆，只不过用彩布围了起来。走在最前面的是狃子客，将唢呐口一会儿朝天，一会儿朝地，苦瓜皮脸巴涨得通红，激越而又略带苍凉的调子在山间回荡。就在曲儿进入低婉的时候，突然从那边狃子林传来了山歌声：

鲤鱼刀刀那个冈，
花轿晃晃那个郎，
撒尿线线那个片，
娶来爹爹那个娘。

狃子客停息片刻，嘴角露出丝丝冷笑，也吹起了“那个”调。

花轿一停下，狃子客的唢呐也收住了音，那边的山歌也销声匿迹了，仿佛一切都事先约好了似的。

碗儿一脚跨出花轿，揉揉眼睛问：“差不多到边了吧？那人什么样？”

“管他什么样，泥巴打灶，糊一年吧。”狃子客阴阳怪气。

“家里有些什么人？”碗儿又问。

“打麦的篮杖，三根光棍。”

碗儿陡地脸露惧色：“三个男人？我…… 我这是第一次哩。”

“光身的时候，肉眼眼喂肉团团；多累赘的时候，肉团团喂肉眼眼。咳咳，女人不就那么回事。不要紧的……”

碗儿默不作声，低头走路，仿佛在想心事，惶然问道：

“你老人家做狃子客好多年了？”

“…… 这是最后一次了。”

狃子客长长地叹了口气。

二

前面能看到狃子林了。狃花开得如火如荼，微风送来阵阵沁人肺腑的清香，令人有些激动。

这是湘西一种奇怪的果树。狃花五颜六色，好似集中了桃李杏梨、石榴樱桃之精华，宛如天上彩虹飘落山间。不仅花色各异，而且一日之内三变其颜色。如此这般，方可挂果成熟。人们把这种果子叫狃花果，把这种花旺才挂果、花淡不结果的自然现象称为狃花。

狃子林不远处有一个小山村，这就是众所周知的借母溪。到借母溪去的方向山太高路太远，加之太穷太穷，所以借母溪的男人很难娶到媳妇，于是自古以来借母溪的男人都会从很遥远的鼎锅山那边“借母生子”。

久而久之，习以为常。借母溪人便将“借母生子”这一奇特的风俗称为“狃花”，为他们之间牵线搭桥的就被称为“狃子客”。

四公做狃子客已经三十多年了。他干上这行全然是命中注定。干“狃花”这行，是要折阳寿的，况且做狃子客有许多严格的规定。首要的是死了男人的女人或者死了女人的男人，且没有后；其二，必须一定为女方保密，不能向男方透露其家庭境况与地址，小孩断奶后，由狃子客带女方回家，从此双方就成了陌生人，如果男女有情难断，或小孩长大后寻根问母，狃子客则必须守口如瓶，不能透露真情；其三，借母以一年为期，如果一年内未能生孩子，那就无条件延期……

碗儿不紧不慢、不远不近地跟随在狃子客的后面。

过了鲤鱼背，狃子客从一个黑布包里，取出一条六色印花头巾，对碗儿说：

“盖在头上。”

“当是娶亲呀？不遮这个！”碗儿皱皱眉头。

“你当新娘是遮这个？哼，新娘遮的是红绸巾，而这是六色的。没见渡关解煞用过？”

狃子客白了碗儿一眼。碗儿接过头巾，搭在头上，问道：“怎么走路？你背我？”

狃子客甩了甩绵软的衣袖，麻利地解开围在头上的长黑丝帕，右手牵着，另一头就拖在了地上。

“你就踩着丝帕的尾巴走。”

那语气不容辩解。这是“狃花”的规矩，盖上头巾，遮住了视线，一来怕旁人认清了女人面孔，二来怕被狃花的女人记住了山路地势，日后念儿思夫心切，偷偷跑出来。

前面就是借母溪了，隐约可见茅舍屋顶，炊烟淡淡上升。夕阳也已贴紧山巅了。在大山里，太阳落山的当口，是最具大山味儿的时刻，犹如一个爱做梦的少女在瞌睡前的那种感觉。归巢的鸟儿在空旷的谷涧，划出一圈梦幻的笔调，沟坎灌木丛中，探头缩脑的夜狐狸，又在虚构一个神秘的故事。

狃子客在一块干净方正的大石块上坐下来，并吩咐碗儿也坐下。

“怎么了？”碗儿不解，“坐下干吗？”

“还没黑下来，等夜狗子叫了，俺们才好进村。这是规矩。”

碗儿坐下，听深山杜鹃清脆的啼叫声，一阵怅惘袭上心头，望着狃子客披着齐肩的头发，颠儿颠儿走进狃子林。夕阳斜照，地下晃着长长的人影。眼前的人事景物，令碗儿觉得仿佛八百年前曾经到过这里。

一会儿，狃子客用衣襟蔸着一包狃花回来了，说：“妹，坐好，我来给你做狃花结果。”

先用狃花撒了一个圈，把碗儿围在当中。狃子客站在圈外，口中念念有词，双手捧起狃花向空中扬去，顿时五颜六色的花瓣纷纷飘落在碗儿的头上、身上、颈脖里。晚霞透出金红，五彩云飘过山顶，映红了碗儿的脸庞，勾勒出金灿灿的身影。狃子客端详着碗儿美丽的模样，一下愣住了，惶惑惊诧不已。

……微微上翘的鼻子、弯月般的眉毛、橘瓣般的嘴唇，尤其那种神气，怎么那么像“她”呢？

双眼忽然模糊起来，似乎有两粒浑浊的泪珠滴了下来。

碗儿睁开眼，看见狃子客无胡须的婆婆嘴巴僵硬地颤抖着，一副走火入魔的样子，骇怕起来，言不由衷地嘟哝道：“你教我放蛊？你……”

狃子客陡然变脸，白眼珠子向上一翻：“放蛊？你想当寡妇？”

“不是！我若真嫌那个痨病客，我就不会来狃花，赚些钱都还不是为那个痨病客抓药，也好让他多活几年。再说，我还有个胖儿子哩。”

说完，碗儿轻轻叹息，眼神里露出淡淡的忧伤。

狃子客回转身子，夜风把他的长头发扇起又放下，和他的心事一样，像浪头起伏难平。眼前这个女人心地善良，有情有义。他年轻时也害过痨病，可他那女人心肝狠到哪里去了，情义二字更是放在胳肢窝里，一跺脚，就抱着刚满周岁的女儿不辞而别……细细算起来，女儿若在人世，也该有这般年纪了。

碗儿心事重重。她不知道，等待她的是一个什么样的人。她心里明白，男人如果不把女人当人待，野起来狂起来，是难以抵挡的。何况，对方是三兄弟呢？

狃子客收住了白眼珠，看看碗儿焦虑的脸色，口气平和起来：“妹，你这是第一次，忍着受着点儿，实在不行，就得变戏法哄着邪着他们。”

碗儿问：“哪门子哄，哪门子邪呢？”

狃子客说：“男人最怕女人来身子。田坎旁边有一种狗泡子，一捏出血水，红紫紫的。你摘些放在身边，必要时就捏揉几个，涂在大腿间和裤头上……”

碗儿睁大了眼珠子，钦佩不已。想了想，又问：“老人家，你说，那家三兄弟不会像筒车打水轮着上吧。”

“也不要紧。”狃子客取出了一团草药，递给碗儿，“你吃下了，包好，平安无事。”

说完，邪邪地冷笑。

沉沉的夜幕压了下来。仿佛是被第一声夜狗子的叫声喊下来的。那凄厉的喊叫，震得碗儿慌慌颤颤。

三

碗儿随一个黄脸汉子，进了一个仿佛有了两百年历史的松木屋里。然后，那黄脸男人便邀狃子客走到枞油明子下，轻轻地说：“这是一半狃花费，剩下的另一半，等儿子生下来再给。难为你了大伯。”

狃子客踅到碗儿身边告辞：“妹儿，从今天起，这就是你的家。刚才那男人是芦二，火坑屋还有芦三。你就忍着点受着点吧。”

一阵可怕的沉静之后，碗儿听见火坑屋里有人说话。芦二吩咐道：“芦三，把土罐子里的那几个鸡蛋，抠来打了，给她送去。”

“么时收的，我怎么不知道，土罐子里有鸡蛋？”

“叫你去，你就去，莫多屁！”芦二斥责。

这芦二是个有心人，碗儿想。

芦三在土罐子里抠了一阵，却空着手返回来。芦二见他指头上还沾着谷糠皮子，便上了火：“蠢翻牛脑子的！在糠壳底下嘛！”

一阵叮叮哐哐之后，芦三端着一碗冒着热气的荷包蛋推门进来。

乍一见芦三那呆头傻脑的模样就令人发笑。这大约是天生如此，口皮上翻，嘴唇很厚，显得神志不清；个矮而墩实，有股子蛮劲；极易被人怂恿，就连村坊里的小孩子也常常取笑他：三哥穷，三哥屁，三哥裤裆毛毛虫；衣服大，裤子松，虫虫饿得摆摆动。

芦三急了，就真的抠出那条毛毛虫，对着小孩撒尿。孩子们便一哄而散，嘻笑连天。

芦三将荷包蛋放在扁桶上，就偷偷看碗儿的脸和胸前的奶包。碗儿见他一摇一摆，呆头傻脑，心里踏实了几分，故意慢条斯理地喝汤，和颜悦色地说：“芦三，加点盐来好不？淡了。”

芦三一出房门便忘了取盐，缠着芦二：“二哥，那女人乖死了，是让我睡的，对吗？”

芦二狠狠剜了他一眼，吼道：“唏死，等大哥回来再说。”

芦大这次回来得比预算的日子要早。当火坑里茶树蔸烧得最旺的时刻，背着褡裢的芦大风尘仆仆地闯了进来。

三兄弟只差笑得噎过气去，因为家里添了个狃花女人。

芦大走的时际，三兄弟就商量过，要狃个女人来，好借母生子。芦大是借母溪放排飙滩的厉害码子，他的排扎得比谁都牢实，不说滩呀礁呀的，就是白泡洄狗牙石也捅不散它。所以村坊里的男人都喜欢同芦大搭伴合伙。这次放排下德州，他一路上都惦记着家里，心想卖个好价钱，扭个好女人。木排脱手后，其他几个人就去逛夜市，打虾子去了。而芦大却匆匆往回赶，刚踏进门槛，没想到女人就进了屋。

芦三擤泡鼻涕先告状："大哥，二哥不让我睡她，还要我打荷包蛋给她送去吃。"

芦大满脸络腮胡抖动着，龇牙大笑："莫急莫急，好商量好商量。"

芦三背朝壁板坐下："不就是睡觉吗，商量个么？"

芦二说："莫多屁，听大哥的！"

接下来便是一阵沉静。火坑里的茶树蔸，一个烧完了又添上一个，添到第五个的时候，月亮就从小窗口照了进来。

芦大说："三弟，去把那个放鸡蛋的土罐子搬来。"

芦三兴冲冲跑去，把土罐子搬来了。芦大接过罐子，把半罐糠壳倒掉，扣在地上，用小錾子在罐底凿了个筷头那么大的洞眼。

芦大吩咐芦二，倒半碗酒来。芦二不知道老大要干什么，又不好多问，便依他端来半碗包谷烧。芦大接过酒，泼向他事先从鱼尾滩带来的沙粒，认真地拌搅了一阵，取下簸箕装沙并且摊开，薄薄的，一会儿就风干了。

芦大再将风干的沙粒装入土罐子里，用中指抵住洞眼，把土罐子搁在三角架上，瞅了瞅站在旁边发呆的老二老三，说："这是个沙钟，只要我手一取开，沙子便从洞眼漏出来……我们也不能让那女人太遭罪，一个人就这一罐沙的时间。这样，三兄弟也好没个话说。"

芦大说完就松开抵在洞眼的手，径直朝"新房"里走去……芦大毕竟是三十大几的人了，最多也只是看见过女人在草丛里屙尿，从来没尝过那个味儿。碗儿翻仰在木板上，不敢吭声，她已凭听觉估摸出今夜将发生的事情，马上联想起狃子客给她的草药，取出来就往嘴里塞。芦大扑过去抱住碗儿就在她奶子上乱摸乱揉，然后由上朝下摸去，当扯掉碗儿裤头的时际，已经大气不匀。

碗儿仿佛从刚才的冷漠中激昂起来，身子不断扭动盘旋，嘴里也开始发出"唔唔"的声音。

土罐子里的沙粒在芦二芦三的焦渴等待中漏完了，芦二用棍子敲了一下罐口，芦大低头红脸地走了出来。

“老二，轮到你了。”

四

太阳刚背荫的时际，狃子客来了。

芦大正在门前桂花树下修整火铳，他已听说蛇溶来了一群野猪，心里痒痒的，打算祭祭梅山菩萨就去狩点。

狃子客像个影子，飘到芦大身边，用那种讨账人极不耐烦的语调说：“芦大，你屋蛇溶那块苞谷地里进了野猪！咳咳，我今天上午到那里采血蜈蚣，就看见地边有碗口大的脚印，糟蹋了好大一片苞谷。咳咳，我没进地细看，估计不止一两条！”

芦大瞪直了双眼，心想，反常的事情果然就出现了。平时狃子客心肝哑巧，哪家出了背时倒霉之事，他躲在狃子林小茅屋里饮酒，幸灾乐祸。今天怎么主动上门来讨好卖乖？芦大仰起脸，望着狃子客灰扑扑的眼睛，想从那寻找根由。那是一张男不男女不女的脸庞，唯剩两笔眉毛粗粝上扬，保留下男人的气味，其余一切都女性化，尤其是那一副婆婆嘴形与娘娘腔调，实在令人心烦。但是，今天的狃子客一脸郑重其事，隐藏着一股高深莫测的气焰，一下就令芦大信服了。

芦大习惯地抹了一把络腮胡，点点头：“难为大伯了，等老二回来，我们商量去守夜。”

狃子客龇牙一笑，立刻在芦大眼前出现一个黑洞，放缓了语调说：“那女人好啵？我给你们提个醒儿，她是借母生子来的，可不是做堂客哩。”

“晓得了，我会尽早让狃花结果。”

“听说……”狃子客环顾一下四方，凑近芦大耳边，“芦二馋得很呢，白天从山上回来都要干一回。”

芦大皱了皱眉头。

狃子客声音更轻：“我是过来人，晓得女人肚子如果有货了，身子就干净了……”

“身子？……怎么干净？”芦大追问道。

“就是下身来红不来红。“狃子客指了指夹裆。

“喔，”芦大明白了，“碗儿她今天告诉我，来红了，夜间莫进新房哩。”

“嘿嘿，那就是还不成，还不成……”

狃子客阴阴怪笑着，抽身离去。

五

吃夜饭的时候，芦大说：“蛇溶苞谷地里进野猪了，还不止一两头，嚼吃了不少包米筒子。你看，狗日的野猪！”

芦二夹了一口菜，说：“野猪得味了还会再来，哥，得守夜去。”

芦大接过话头：“老二，你枪法准，胆子又大，你去守夜吧。”

芦二想了想，终于嗯了一声。

天麻麻黑的时候，芦二就背着那杆火铳，上山去了。翻过屋后那座小冈，芦二不觉站在冈顶回头望了望，在暮色中的小屋后门，他看见一个穿着淡红布袄的女人朝他这个方向张望。那女人是碗儿。芦二心里不觉沉重起来，想起芦大吃饭时讲话那种神情，心底涌起一种莫名其妙的滋味。

芦二弯腰钻进苞谷地，夜猫子一般溜到一个偏坎旁。那里有一个用芭茅草搭成的窝棚。他在窝棚里坐了会儿，脑子里想不得事情，一想，便心烦意乱，于是点了一袋叉子烟，吸上了。半袋烟的工夫，芦二便听见苞谷地下方有窸窸窣窣的声音。芦二心里一紧：来得这么快？他赶紧把手中半截烟在地上摁熄，操起火铳扳机头叩火纸，然后用右手托起枪管，轻悄悄地向高处爬去，思量着打一炮挂牌枪。

声音越来越大，芦二听到了苞谷叶子断裂的哔啪声。真是肝火上升，狗日的，老子种地你来收，今天让你吃枪子。那动物毫无顾忌，径直朝窝棚响来，还夹杂着唏呼唏呼的喘气声。

芦二激动无比。

就在芦二平举枪管，准备瞄准目标的当口，突然听见芦三的喊声：“二哥，我来了。”

犹如火上浇油，芦二火冒三丈：“你想找死啦，鬼里鬼气，你来干吗？”

芦三萎蔫着脑壳，嘟哝道：“是大哥叫我来的，好跟你做伴。”

“屁伴卵伴，”芦二的手指头差不多点到芦三的鼻梁上去了，“蠢猪，大哥嫌你挡手挡脚哩！”

芦三陡然愣住了，怔了半天：“真的，我怎么没想到呢？我怎么没想到呢？”

芦二极力咽下胸中的闷气，划了三次火链才打燃叉子烟，铁青着脸说：“你快回去，守在新房门口，看老大怎么办！”

芦三一路磕磕绊绊，刚下小坡就看见碗儿住的房间有淡红色的光亮从窗户闪出来。好家伙，大哥你吞独食，撇开俺们，点起枞膏火把干！便三蹦两跳来到后门，屏气敛声猫腰窜至窗下。果然房里有响动，芦三把耳朵贴紧壁板，心想，如果大哥在房里干那事儿，我就冲进去劈头浇他一瓢冷水……这样想着，就顺手把挂在柱头上的背篓取下，倒扣过来，双脚稳稳地站了上去。

窗口较高，加上那个背篓，芦三的脑壳刚好够到窗棂底楣儿。芦三踮了踮脚，不看则罢，一看就喘气儿了。

碗儿正在脱衣服洗澡，右边放着一个木澡盆，热水雾气歪歪扭扭上升。枞油明子给整个房间笼上了一层玫瑰色的光环。芦三看见碗儿一件一件解下身上的衣服，还听见碗儿口里哼着好听的曲子。碗儿唱道：

一要脱衣来洗澡，
恐犯日月共三光；
二要脱衣来洗澡，
恐怕惊动水龙王；
三要脱衣来洗澡，
又恐暗中有人藏；
眼观四下无人见，
奴家方才脱衣裳；
上身脱了黄丝藕，
下身脱了藕丝黄，
再脱鸳鸯鞋一双……

每次洗澡的时际，碗儿就要唱这支歌，每次唱这支歌的时际，就自然而然想起了亲娘，因为，这支歌是亲娘教给她的。对亲娘的回忆，已经十分模糊、十分遥远了。记忆最深刻的是碗儿十来岁那年，亲娘突然得了急病，喊心窝子痛。隔壁来了一个尸娘子给娘跳马脚，跳着跳着亲娘就咽了气，后来尸娘子就把碗儿领走了。想起这些，碗儿双眼总是噙着泪水，暗地哀叹自己的命，嫁给一个男人是个痨病客，如今又要为他狃花……

芦三听着那曲儿，心里却一个劲地喊："快点脱光嘛！"贼眼死死盯着碗儿高高挺立的奶子，当最后一件上衣脱掉，白花花的奶子蓦地跳跃在芦三的眼前时，他几乎停止了呼吸。

碗儿向木盆靠近了一步，赤条条只剩下那个花花的裤头缠在那个最诱人的地方了。一只手已经插进裤带里，随着那手向下一个推拽，白花花的屁股似糯米粑粑就弹了出来。

碗儿把裤头在枞油明子下晃了晃，看了眼紫红紫红血样的斑块，心里觉得好笑，随手就往壁角丢去。狃子客的办法还真灵，揉一串狗泡子，血水子汹涌得很哩。碗儿勾下脑壳，习惯地瞅瞅两只嫩嘟嘟的大腿间，右腿紧贴小肚子不远处赫然现出一个清晰的符号：き。

也巧，符号天然生就一般，你长，它也长，墨黑墨黑的颜色，笔划均匀，手摸在上面毫无凹凸之感，仿佛从肉里长出来一般。

碗儿问过娘，娘摇摇头摆摆手，根本说不出个子丑寅卯。这大概是一部无字天书，永远也悟不明白了。碗儿思忖着，转过身子坐进了盆子里。

陡然间，窗外"啊哟"一声，继尔踢踢踏踏从窗下离开。惊惶中，碗儿听出了是两个人的脚步声。

原来，芦大去后门小解，忽然瞟见一个人影在窗下偷看，不禁怒从胆边生，黑暗中奔过去就是一柴块子朝那人背脊打去。芦三猝不及防，没头没脑向后山逃去。

碗儿胡乱擦了几把身子，便扯了件红褂子穿上，趿着鞋子正在穿裤头时，房门哗啦一声，被人一脚踹开。

碗儿惊叫了一声。转过脸来才看清是芦二站在枞油明子旁，嘴唇像蚌壳一样紧闭着，脸皮更加显得蜡黄蜡黄。不知是由于走路过急，还是由于发了脾气，衣襟敞开，胸脯像扯炉一般呼呼出气。两只眼睛直勾勾地盯着碗儿白雪般的大腿，闪着灼人的绿光。

碗儿手足失措，尴尬地后退两步，一屁股坐在床沿上，脸上现出一丝无可奈何的微笑：“二兄弟，你不是去守夜了吗？”

“想你呢，就跑了回来……”

芦二话音刚落，身子却到了床边，一下就搂住了碗儿，左手就插进了大腿间，火急火燎地要往下拽裤头。

碗儿急急央求道：“好兄弟，才来身子哩。俗话说，大月伤娘，小月伤郎。”

芦二不理睬，已经扯断了裤腰带。

“老二，”一种瓮闷的声音在房间响起，是芦大回来了，“莫为难女人了，是真的来身子，红红的好凶哩！”

一听是芦大的声音，芦二忽地翻身站起，冷笑道：“讲得好听，你把俺们追出去守夜，你好在屋里快活！看，等女人先洗得干干净净，两人好过神仙日子……”

“老二，我是为大家好。俗话说，大月伤娘，小月伤郎，难道你不怕得弱病？”

“咦，两个人一种腔调，配合得好方圆啰。”

“我不相信，刚才我摸了，怎么不见红东西？”

芦大闭了一下眼睛，络腮胡子抽动了几下，脸上显出很痛心的表情。摇摇头，一时想不出什么再好的话来劝慰，只好轻轻唤了声“二弟”，默默转身，默默走出房门去了。

六

几天来，芦大闷闷不乐。芦二见到他，眼珠子斜斜的，气鼓鼓的样子，对守夜之事仍然耿耿于怀。芦大也一肚子怨气，三兄弟不是人才不行，而是别处女人不肯嫁来借母溪。如今狃来一个女人，人见人爱的模样，实在令人疼，当然不能乱来呀。做大的想得多些，想得远些，体贴女人也没有什么不对的地方。可是，你只为兄弟做好事，他反把好意当错情……唉，老二公开翻脸，口口声声斥责他想独吞女人！

依气来，芦大想大动干戈，可是他一忍再忍。

忍是有道理的。娘死得太早，是爹把他们三兄弟拉扯大的。爹是方圆几百里著名的阉猪匠，不知什么缘由，在芦三才五岁时也死去了。临死的时候，爹拖着芦大的手板说："把阉猪的行头全部放进棺材埋葬，芦家从此再不阉猪，另外，对老二要忍让，对老三要卫护。因为老二生性好强老三差劲……"

但是，光忍也不解决问题。因为，老二对他的误会很深很深。面对面的解释，老二不相信；而碗儿任你吼她、骂她，甚至逼她打她，她总是撬牙不开，宁愿忍受委屈，不愿火上浇油。这样，就更使芦大增添痛苦，增添爱怜。

到底怎么办呢？芦大想找一个旁人来通融通融，于是就自然而然想到了狃子客。

狃花已经凋谢，坡上的节节蒿却葳蕤可爱。一走进狃子林，嫩嫩的青果子已经在枝头上显出了豆子大的形迹。再转过一个山岬，就听见那边传来颤颤的皮唢呐声音，曲调凄婉幽怨，宛如咏叹自己的愁苦和不幸，生活感受肤浅者是永远吹不出那种境界的。

芦大循声而去，在林中一小块空坪中，看见狃子客正神情专注地吹奏着。青草环绕着一块方方正正的巨石，石面平整无比，两头略高，好似天生的枕头。狃子客端坐在石头上，腮帮子鼓起疙瘩，长发随风飘飘，双眼直视天边，那出神入化的地步令芦大感动不已、钦佩不已。

芦大规规矩矩地唤了一声。狃子客戛然而止，手抚皮唢呐慢慢转过脸来，问道："什么事？狃花结果了？送另一半钱来了？"

"不是，"芦大愁眉苦脸，叹道，"女人正在来身子……为这个，与老二发生了误会。"

"我早就晓得会这样。"狃子客阴阴地冷笑，白眼珠子向上一翻。

"现在，不知道怎么办才好，老二很凶。"

狃子客把皮唢呐扯长，又缩短，然后向空中抛去，落在石板上扭成麻花。狃子客指指皮唢呐，操起娘娘腔调："你做老大的，让一步为好。刚才卜的这个草课，主争斗不和。芦大呀，既然我为人们做好事，就巴望你们早早狃花结果，兄弟和睦。不要为一个女人而反目成仇，不然，怎么对得起你爹？"

"是的，老伯你讲得极是。"

狃子客向芦大瞟了一眼，白眼珠子又向上一翻，说："我有个好主意。春牛砍了一些杉木，正愁无人扎排放排，你去，到德州打个回转就是个把月光景了。两兄弟个把月不见面，回家来又赚了笔钱，到那时岂不一切烟消云散？好啵？"

芦大眼珠子一下亮了，这的确是个好主意，忙不迭声："难为老伯了。另外，屋里的女人这几天来不舒服，请老伯到我家走一趟，给她看看病，也好劝劝老二。我这就立刻去鱼尾滩，不回家了。一切请老伯周全！"

狃子客目送芦大的背影，忍不住怪笑起来。

七

碗儿听说芦大去鱼尾滩扎排，马上就要动身行江，心里战战兢兢，有一种说不出的空空荡荡的感觉。与老二阴阳怪气，老三呆头傻脑相比起来，老大满脸络腮胡子和那双慈善的眼睛总在脑海里晃动。十多天来，芦大表面上非常平静，不露声色，白天做事，天黑时就背着那杆长火铳上山狩野猪去了。对碗儿有意疏远，对老二老三很少说话，以至使碗儿认为他在故意掩藏他的内心世界，那心灵深处一定有许多动人的故事。而且这种故事掩藏越深，就越神秘，也就显得越有内涵。

这样好的男人，我为什么总碰不上呢？如今就在眼前，我就必须挽留住他。把这份情给他，把这份心给他，也就不枉做一回狃花女人。

这样想着，碗儿急急忙忙吃了两碗饭，走进房子给芦大找出几件换洗的衣裤，用一个蓝布包装好，趁芦二芦三还没回来，就一溜烟往鱼尾滩奔去。

快要到鱼尾滩的时候，太阳已经落山。碗儿看见芦大还在弯着腰扎排，心里顿时踏实了几分。

芦大累了，直起腰来舒展一下身子，抬头间见是碗儿站在岸边，呆呆地盯着他，就说："你怎么来这里了？扎排的时际是不准女人来的，要不，扎得再牢实的排也会打散，会出人命的！"

"莫吓人老大，我是你们狃来的女人，为什么老是躲着我呢？"

"哪是躲呢，只是我太忙，招呼不过来罢了。老二他们回家了没有？"

"我不晓得。要放排行江了也不进屋打个转身，衣服呢也不带，出了大河，风大哩。”碗儿说着说着就一脚跳上了木排，“老大经常下德州，玩的女人多了，莫不是瞧不起我？”

碗儿从来没上过排，随着惯性向前走了两步，脚下一滑，松散的木头就摇晃起来。碗儿上身失去平衡，一个趔趄便倒在芦大怀里。

“哪里哪里。”芦大嘴里回应着，赶紧将快要跌倒的碗儿抱住。

碗儿浑身软绵绵的，那张脸却高高扬起。

她望着他。

他望着她，望得出神。略微外斜的一双明眸似溪水一样发亮，桔瓣般的红唇天生地永带笑容，细腻的脸庞宛如金色的月亮一样漂亮。这一切一切，都用不着隐瞒，都撩拨人心，使芦大魂飞九霄。高高隆起的奶子，像两只受惊的竹鸡，在浅蓝色印花布上衣里跳动。芦大忍不住用手箍紧了碗儿的细腰，神色慌张地笑了笑。

碗儿很老练地用下颌靠紧了芦大的颈梗，柔声说：“老大，你就带我下德州吧，回来的时际，我肚子里就有了你的种了……说不定是个胖儿子，我能！”

碗儿边说话，边摇动脑壳，用头发摩挲芦大的脸颊，心想，今天一定要挽住芦大，不然以后很难遇上这样的机缘了。一边嘀咕着，一边就解开了自己的衣服，露出了酥胸。

“老大，你是借母溪上的一竿篙哩，什么风浪没见过，今天怎么就这样屣呢？”

“你未必看不出？老二特别喜欢你呢，他人聪明能干，是个有血性的男人。在屋里我是老大，俗话说，做大的不正，做小的捎棍。当然凡事我要让着三分。”

“我不要你让！”

碗儿说着，手就伸进了芦大的夹裆，一把抓住了毛毛虫，硬硬梆梆的。陡然间，仿佛有一道雷电击中了芦大，他喘着粗气，浑身上下野火般燃烧起来。此时此刻，四周静极了，唯有排底溪水潺潺，对岸有两只水鸟伸长颈梗朝排上张望，不知道这边将要发生什么事情。

芦大再也忍不住，猛然一把抱住碗儿，走向排头。那里有一块用节节蒿铺就的地方，柔软芳香，芦大把碗儿平放在上面。碗儿很麻利地褪去裤头，即刻露出女人特有的美丽的东西，芦大再也欲火难熬，手一撕，裤衩便不见了。接着，芦大弓身屈腿，掰开碗儿的大腿，他要在天地灵气间先看个够，然后再尽情享受。恰巧，夕阳透过山峰，斜斜地映在排头，碗儿一多半身子沐浴在金辉之中。

就在芦大向大腿间看去的那一瞬间，碗儿右腿内侧那个符号“き”十分清晰地印入芦大眼底。

芦大遽然惊愕了，后脑壳仿佛被人敲了一洗衣棒头，嗡然发懵。足足怔了几秒钟，然后是一阵莫名其妙的恐惧包围上来。他已经联想起自己左腿内侧也有相同的一个符号“き”。那么，他自己就和碗儿有某种神秘的联系。他似乎听死去的娘讲过，但具体含义确实记不清了…… 眼下，第一个想法是占有碗儿的身子绝对不应该，否则，定会遭神明报应。

芦大瞅了一眼碗儿，碗儿已经闭上了眼睛，等待着那种幸福时刻的来临。然而，芦大痛心地摇头扭身，扑通一声，一个汆子潜入水底去了。

八

芦二是从狃子客那里得知碗儿到鱼尾滩去了。狃子客这样说：“芦二，你们三兄弟，芦大最有福气是啵？你看，芦大在鱼尾滩扎排，女人就箭一般地跑去送东西，好留恋呢。”芦二听后，无名阴火一股股往上冒，面子上不搭理，做得好宽让，暗地里却勾勾连连缠死缠活难分难舍呢。

此时，芦二早已躲在岸边树丛中，目睹了排上所发生的一切。突然，芦大潜水而去令芦二着实吃惊，他莫非是看见了我？芦二边思忖边扭动身形，躲藏得更加隐蔽了。

水面上吹来的风，凉爽爽地惬人。碗儿将一只脚悬进水里，更加突出了躺在木排上白花花的身子。借着水光的反射，那身子就像一段千年梧桐树，散发出淡淡幽幽的光泽。

随着扑通一声之后，碗儿急切地等待了片刻仍不见动静，睁开眼睛一看，木排上一片空空荡荡，忙急急坐起来，水面上波圈儿正在一圈圈扩大，碗儿有些慌神，低低地唤了几声老大，四周不见人影，觉得情形蹊跷与不妙，便麻利地穿好衣裤，往岸上跳去。碗儿边跳边想，一定是芦大看见岸上有什么人来了，才汆水躲起来，那么，我也必须趁暮色奔回家去。

果然，上岸没有多远，就碰到了芦三。芦三鬼鬼祟祟的样子，倚在一棵水柳树后，不知他看见碗儿没有，碗儿没有惊动他就一晃而过，径直奔向松树屋。

芦二沉住气，再躲了片刻，夜幕就沉沉地压了下来。芦二从屁股后面抽出了一把小斧头，野猫子般向水排奔去。在排头，他用斧头把穿排的竹缆砍断了多半，只留三匹篾牵着，再又把头棹的支座楔子敲了下来……这一切，干得看不出丁点儿痕迹。

回家之后，芦二扬起巴掌大的一块木楔子对芦三晃了晃，说："俺们就靠它睡女人哩！"

芦三听后心里一麻一麻，眼皮狠狠地跳了几下。他确实有些神志不清，朦朦胧胧看见芦二在排头弓腰砍什么，虽然不懂这样做到底是什么用心，会造成怎样的后果，但是一种天性预示他，芦二是在干坏事。现在，芦二竟把木楔子拿回家来了，耀武扬威的样子，使芦三明白了一多半。他急切地预感到芦大处在危险之中，但这种危险是什么，他又说不清。于是他盼望芦大晚上能回家，他好把楔子偷来给大哥看，消除危险。

然而，当夜，芦大没有回家。

九

日子似流水平淡地过去。

碗儿在企盼中度日如年。

芦二在得意中飘飘然。

芦三到底呆头傻脑，第二天就把大哥的危险忘得一干二净，除了做事，有空时就和村坊里的小孩们闹成一团了。

晚饭后，几个小孩走来，站在篱笆外喊："三哥哥，我们到晒谷坪看戏去啰！"

芦三探出头来问："什么戏？"

"傩神戏嘞！"

芦二陡然来了精神，邀碗儿："吴家的狃花女人来了半年也不见肚子大，就请了一个戏班子唱一堂傩神戏，压压邪，冲冲喜。听说那个班头法术挺大的，凡请过他们都十分灵验。"

碗儿觉得看看戏解解闷儿也好，于是就劈了大把枞油柴，三人一起出门了。

夜间的借母溪，路旁小虫唧唧，远处蛙声呱呱。上屋场下屋场时不时有火把掠过。沿途中，芦二使劲捏紧碗儿的手，生怕她被别人抢去似的。芦三追逐着那群孩子，早已无影无踪。

走过一段小林子的时候，芦二突然心潮澎湃，情不自禁地唱起“那个调”：

溪水细细（那个）长，
狃花姐姐（那个）香，
白肉嫩嫩（那个）奶，
毛条口口（那个）糖。

碗儿他们来到晒谷坪上的时候，那里已经聚满了人。坪外头是用八块大门板搭成的戏台，三面通风，上面通顶，后台只挂了一张红布作内幕。戏台两边立有两根柱子，柱顶放有大石板，作为烧枞油明子的台灯。台中央用六彩线扎成三个穹门：天门、阴门、生门。

陡然间，锣鼓齐鸣，唢呐高亢，班头铺坛发牒，大吼三声，傩神戏开始了。戏一边唱，一边不停地入阴门、过天门、再出生门，如此轮番几次。

慢慢地，锣鼓声渐息。唢呐平吹。一位天仙般的美女走上戏台，身段袅娜，怀中抱着一个婴儿。有懂戏的人介绍说，已经换了戏目，这是《仙姬送子》，好生看啰。台下一片交头接耳，叽叽咕咕，大家知道，这出戏很出格，一会儿那仙姬就会解掉衣服，露出酥胸，给孩子喂奶。于是乎，个个引颈瞪目，享受刺激。芦三对着戏台上的美女傻笑，时而又偏过头来瞅瞅碗儿，嘴角上早已流出涎水了。

戏将至高潮，台下一片寂静，突然间，从鲤鱼背方向传来三声羊角声，低沉而呜咽。空气似乎都凄切地颤动了，像一根鞭子抽破夜空，沉甸甸地直透借母溪人的心底。不祥之兆立刻笼罩了晒谷坪，众人惶恐不安起来，互相询问“听到了吗”，然后伸长颈梗一致朝鲤鱼背方向张望。

果然，不一会儿踉踉跄跄奔过来一条黑影，枞油明子光亮下，众人看清了他是春牛。春牛的衣服被撕碎了，浑身血迹斑斑，极像从土匪堆里逃出来的死囚，模样着实吓人。

有年长的人围了上去。碗儿脸色吓得煞白，心扑扑跳着，全神贯注地望着春牛。

春牛扬了扬手中的羊角，有气无力地说："木排打散了！在白泡洄……芦大他淹死了！我……捡得条命……唉，芦大，想不到老接生娘子抓破了尿泡……"

碗儿听得清清楚楚，春牛带来的噩耗，字字句句像钢针，一齐扎向心窝。她木木地呆在那里，暗暗地诅咒自己：是我害了大兄弟！我一个狃花女人，怎么糊里糊涂跑到鱼尾滩木排上去了呢？天啦，这如何是好啊……

芦二早已把碗儿的一切动静看在眼里，心胸里涌起一阵预感到的震动，同时又伴有一种说不出的害怕。他根本不敢上前亲自询问春牛具体情况，始终背着人影，扶着碗儿，低声说："我们回去吧。凡事都有命，大哥阳寿尽了，这有什么办法呢？"

碗儿进了新房，终于忍不住号啕大哭。边哭边数落自己："是我害死了你呀大兄弟，千不该嘞万不该，我糊里糊涂上木排，这千年的规矩万年古，木排打散了人不再回来……我悔呀悔，好悲哀……"

芦二听了心中窃喜，有了，这有话把儿讲了。阴阴地笑了一阵，就假装伤心无比的语调劝碗儿："人死了不能复生，身子要紧啦大姐。我先就讲过，凡事都有命，不要光埋怨自己呵。哪个有心巴望大哥出事呢？何况，你又是真心喜欢大哥，不是你害他的，而是他命该如此啊！我们不会怪你的。"

芦二百般抚慰碗儿，亲自用帕子给她擦眼泪，亲自递水给她漱口。

芦三虽然呆头傻脑，但大哥排散人亡这样的大事还是终于弄明白了。他毫无泪水。他的记忆里那深刻的一幕又清晰地不断浮现。他准确无误地断定：是芦二居心不良，在排上做了手脚，导致大哥出事……

芦三一鼓作气跑回家，首先在堂屋中柱缝里找到了那块木楔子，然后再死命拍打新房门。但是，芦二早已闩好房门，正搂着碗儿在床上睡觉，根本不予理睬。

芦三无奈，在门外破口大骂："狗日的，黑良心！千日不打网，鱼在潭里长。我要给大哥报仇！"

碗儿听了，更加害怕。

十

半个月来，碗儿神志恍惚，整天唉声叹气。她根本不敢出房门，凡见到的村坊里的人，全不愿与她打招呼，像躲大麻风般地唯恐逃之不及。碗儿知道，全村人都在议论她上排的那件事，都在背地里咒骂她是扫帚星、白虎屁。反正，全村人都恨她。就连小孩子看见她，都马上露出了惊恐的眼睛，宛如小羊儿遇到恶狼一样，慌忙躲闪，不敢出声。

碗儿痛苦万分，沉重的负罪感使她抬不起头来，她不知道该怎么办，不知道用什么方式来赎罪，来让她的心上人在阴间原谅她。有时，碗儿想到了死，以死来殉情，证明她是个好人，是个有仁有义的人。但是她自己有个胖儿子，作为狃花女人也应该给芦家生一个儿子。就这样，她一天到夜，翻来覆去思考，矛盾重重，惶惶不可终日。趁人不注意时，碗儿找来残香剩纸，躲在屋头槐树下朝着鱼尾滩方向烧香磕头。

这一切一切，芦二看在眼里喜在心头，他需要的正是这种效果，便整日陪伴她，形影不离，里里外外的粗重活儿都分派芦三去做，自己则在家里办好吃的东西，亲自送到新房里看着碗儿吃；三天两头杀一只大母鸡，炖得浓浓的汤汁，或者煮一尾红腮鲤，熬得喷喷香。还恰如其分地请狃子客来给她看病，抓点草药，谈谈话儿，宽宽心儿。真做到了百般体贴，十分爱护。那哄人的话儿更是甜如蜜糖："狃花大姐，你身子要紧啦！我看着你这个模样，心里好难过哩。你想想，芦大是我的同胞兄弟，他去了，这本来已经够难受了……可是，你，却活生生地自己折磨自己，作贱自己，这不是让我更加痛苦难过吗？你这样下去，叫我如何对得住你，如何对得住死去的大哥呢？唉……"

碗儿怦然落泪，伏在芦二肩上叹道："这都是命中注定哦！"

狃子客偷偷找到芦三，拉到僻静的地方，悄声说："狃花女人好作孽哩，她觉得是自己害了你大哥，自愧自责，不敢见人，再加上村坊里一片咒骂，日子难过嘞！你要多多关照……"

芦三眼一瞪，颈梗上的青筋就暴了出来，恶狠狠地说："不是，不是她害了我大哥！我晓得，我看见了……哼，千日不打网，鱼在潭里长。我要跟大哥报仇！”

狃子客听出了话中有话，便一一从芦三口中套出了事情的全过程，阴阴地冷笑，白眼珠子向上一翻，说：“芦三，那你要跟狃花女人讲清楚，哓得啵？”

芦三点点头。他也真的想跟碗儿讲清楚，但总见芦二与她形影不离。有两次碗儿单独坐在那里，芦三轻轻走过去，刚挨近身边，碗儿以为芦三要来纠缠，便大声喝斥，芦二赶紧跑来赶走了芦三。

终于有了机会。一天，四川秀山过来一个阉猪匠，为了争生意，便邀约春牛比赛。芦三颠儿颠儿跑去报告碗儿：“在门板田，春牛要与别人比阉猪了！快去看热闹吧。”

碗儿想了想，也好，见了春牛好把芦大打排遇难的细节问个清楚，日后也好有个说法。于是，就跟着芦三往村外跑。

一路上，芦三高兴，心里想，这一下可以有机会跟狃花女人讲清楚了。

没到门板田，就老远看见那边挤挤攘攘围满了人。碗儿在一棵草垛子边停下来：“三兄弟，你先过去看，我就不露面了。等结束后你把春牛邀到这里来，我有话问他。”

芦三到底神志不清，一见新鲜场面就把正经事忘了，瞟见那边热闹，便三蹦两跳挤进了人群。

碗儿扒在草垛子上，目光透过扯草后留下的空隙，往人圈里望过去。见春牛与一位陌生男人坐在中央，向众人宣布比赛规矩，众人就是裁判，输者从此挂刀不再阉猪。左边是两头母猪分别栓在两个木桩上，右边有两个鸡笼分别罩住两只毛色红亮的大公鸡。

碗儿在暗暗为春牛担心，春牛年纪轻轻，会赢四川秀山那位老师傅？如果春牛输了，借母溪这一带的生意做不成了是小事，连询问他的机会也就从此消失。

随着狃子客一声令下，两位阉猪匠一齐起身走向那两头引颈乱叫的母猪。两人几乎是同时将猪的后腿提起，快速解掉系在脚上的棕绳，然后向前一个平甩，母猪就平平地躺在了地上。等猪还没来得及仰头，两人的左膝就压了下去。将猪按牢后，右手从腰间抠出一把锃亮的形如残月的小刀来，衔在口里。右手从木盆里泼出冷水，把猪肚皮洗干净。

围观的人屏住气，不说话，眼睛只在两人之间睃来睃去，看谁最先站起来。

约摸两分钟过去，两人都开始将手中白花花的肠子往里塞，并几乎是同时直起腰板。

“好功夫！好功夫！”众人喝彩。

于是，狃子客宣布第二轮比赛开始。

第二轮比赛是比阉鸡。虽然阉鸡不像阉猪那样用力，但其难度大多了。它要求既准又细，就在这个“细”字上比输赢。

随着狃子客一声吆喝，两人同时掀笼扑鸡。春牛手脚麻利地抠出了豆子大的肉蛋蛋，呸呸两口清水喷出之后，便将公鸡用力抛向空中。几乎同时，四川佬也将公鸡抛向空中。

围观的人一齐仰头看那两只空中在扑打着翅膀的公鸡。就在众人再次准备击掌叫绝的刹那间，只见四川佬手中抛出的公鸡，翅膀扇扑了几下，头一偏，斜斜地在众人视线里掉了下来。

躲在草垛子后面的碗儿，心头悬着的那块石头也随同那只公鸡掉了下来。碗儿正高兴，春牛阉好的那只公鸡，却划了一道长长的弧线，越过众人头顶，一直朝她这个方向飞来。说巧也巧，公鸡落在草垛子上。碗儿惊喜无比，对自己说，我要捉住公鸡，等春牛过来取，好与他谈话。

主意一定，碗儿轻悄悄地舒展臂膀，踮起脚尖，双手扑过去。谁知大公鸡扑棱棱又起翅往后山小路上飞去。碗儿哪里肯放，扭转身子疾步追了过去。公鸡边跑边飞，碗儿一心要捉住它，跟在后面已经追去几十丈远。

碗儿心急脸红，因没有捉住公鸡又气又恼，只好放慢脚步。谁知从路那头闪出条人影，一下捉住了大公鸡，笑吟吟地站在碗儿面前，挡住了去路。

碗儿感到十分惊奇，抬头一看，更加惊骇不已。不看便罢，一看简直不敢相信自己的眼睛。朗朗乾坤，青天白日之下，站在面前的竟是芦大！

碗儿努力镇定自己震惊的心情，揉揉眼睛，再一次证实了站在面前的实实在在是芦大，不禁悲喜交加，哀哀地唤了一声：“大兄弟……”

芦大平静地点点头，坦然地咧嘴而笑，仍然那么神采奕奕，只不过络腮胡子更加稠密而已。他说：“排过白泡洄时，棹座子松了，板不过来，撞到狗牙石上散了。我被弹下水，后来被一位渔公公救了，免去一死……”

“可是，春牛回来时说你淹死了。”

“等于到阎罗王那里打了个转身。”

“我天天给你烧香烧纸哩。”

“如今不要烧了嘛……老二老三他们好吗？包谷如何了？”

“……好，嗯，好……”

碗儿有些语无伦次。

十一

芦大没死。

震惊最大的，应该说是狃子客。

从清早起，有一个迷惘恍惚的回忆一直难分难解地萦绕着他。芦大出乎意料地没死，像一把刮刀撩拨出长久埋在他内心深处的角落里一个时隐时现的宿怨。狃子客毫无心思生火煮饭，舀来一盆清水，呆呆地注视着盆底，先是重新审视自己的苦瓜皮脸庞与一副永不改变的婆婆嘴巴，然后慢慢地，栗花的倩影在他眼前清晰地晃动起来。

事情得回到三十年前。狃子客的第一个婆娘出走后，他的痨病奇迹般地慢慢好了。为传宗接代，托老狃子客从鼎锅山那边带来了一个狃花女人。狃花女人叫栗花，准确地说，栗花应该是个寡妇；更准确地说，栗花应该是狃子客的第二个婆娘，因为她打算在借母溪度过后半辈子。

栗花是那么聪明贤惠，又那么善解人意。她梳着两条长辫子，岔花般盘在头顶，宛如顶着一片乌云。最让人不能忘记的是栗花的一双明眸和一双巧手，那双明眸似鱼口潭水一样清亮深邃，那双巧手十指纤纤会挑花绣朵……一想到这些，狃子客就会魂移神游。

那时，他多么疼爱栗花，因为他有过一段不幸的婚姻，所以深深懂得女人的珍贵。他在她身上流注进了自己全部的缱绻之情。

傍晚时分，他和栗花走进一座茂密的树林，四周静悄悄的，夕阳西下，透过林子斜斜地照着地上的落叶。顿时，落叶五光十色，美丽无比。栗花踩在柔软的落叶上欢快地说，看，这多像一张铺了印花被褥的大床呵！狃子客大笑，立即应声说你和我想到一块儿去啦。随后就将栗花搂在怀里，不停地吻，不停地揉。接着就抱起女人稳稳地放在柔软的“大床”上。此时，栗花一下明白了男人要做什么了，便羞窘至极，口里喃喃呐呐：这是山上，怎么能呢？怕被人撞见哩！狃子客说，我正要试试山野之味。说完便扑下身子，两人像野兽一般在地上翻绞……

男欢女爱正在嬉戏之中，突然“哎哟”一声叫，狃子客的右脚被一根套索捆住，随着啾儿离地，整个身子被吊在半空中了，似倒挂着的半边猪肉。

“狗日的，欺侮我家的山神土地！”

话音刚落，跳出一条汉子。狃子客倒看过去，原来是芦瞎子，号称湘西一把刀。此人强悍霸道，从未沾过女人。此时此刻，一双贼眼正滴溜溜地瞅着呆了的栗花，狃子客暗叫不好。

后来……当时的狃子客不敢看，现在的狃子客不敢想。后来，栗花跟芦瞎子去了，为他生下芦大、芦二、芦三。

这是狃子客平生的奇耻大恨。

为这个，他曾在很长时间很长时间彻夜辗转难眠，神思恍惚惆怅，但又无能雪仇，因而久久不能平息。

老狃子客可怜他：“你当狃子客吧。君子报仇，十年不晚。”

“君子报仇，十年不晚”这句话，像铸铁一般深深烙进了他的骨子里。从此以后，他就人不人鬼不鬼地生活着，男不男女不女地煎熬着。眼睁睁看着栗花、芦瞎子先后死去，也看到了雪耻消恨的时机慢慢来临，直到如今，第一步计谋即将实现，可是，芦大竟然没有死！这就令狃子客震惊不已，唏嘘不已，泪水涟涟。他恨恨地叹道：“天啦天，莫非是我做了什么对不起天地之事，而要保佑芦家，惩戒我吗？”

日过正午，照到狃子客茅棚的阳光冉冉西沉，淡白的光华在屋外狃子果上无力地闪抖。人生荏苒，光阴匆匆流逝，一去不再回头。狃子客躺在床上，一阵阵焦虑，一股股凄惶不断向他心头袭来。此时此刻，他感觉到自己十分虚弱，已经老眼昏花，那颗心也明显地枯竭了、老了。现在，他所剩下的唯一思维活动，就是一门心思沉缅在往昔的时日之中。

阳光徐徐西斜，狃子客双眼鼓鼓地盯着屋梁上那一块淡红色光斑，直到最后一缕残阳消失在茅草顶棚。黄昏很快来临。夜幕越合越紧。

狃子客神思恍惚：等到天色暗尽黑透，我莫也要死去？

他并不害怕死。他将飘飘荡荡进入另一个暮色苍茫的世界里，他有充分的准备，他要用牙咬断芦瞎子的颈梗，夺回属于他的栗花……不过这时他实在不愿意死，他必须还在这个纷纷扰扰的世间多苟延片刻，他发誓要亲眼看到芦家断子绝孙，方可撒手人寰。

此时，茅棚外传来男人的呼唤声：“老伯，老伯，大哥叫我来请你……”

狃子客听出是芦三的声音，心头为之一震。

十二

芦大的回家令芦三既兴奋又惶悚，他虽呆傻，但还是记住了一件大事：应该向大哥告状。

他从衣襟里扯出来巴掌大块楔子，压低声音问大哥：“你晓得这是什么楔子？”

芦大端详了一阵，用眼睛逼视芦三：“从哪搞来的？”

“都是那砍脑壳死的芦二搞的坏事！大哥，那天我躲在芭茅丛看到了，不是个好东西！”

接着，芦三一五一十叙述一番。芦大越听越锁眉头，紧闭双唇沉默无言。

最后，芦三“呸呸”两声，唾沫吐在手板心，说：“千日不打网，鱼在潭里长！大哥，你回来了我胆子更大了，这坏东西不除，是条祸根。”

芦大一把抓住芦三的手，连连摆手：“三弟，乱搞不得。万事起因在女人，芦二他喜欢那狃花女人，不是故意要害我的。反正是给我们芦家传宗接代，就让芦二跟她好吧。”

芦三一下红了脸，青筋暴跳，眼光横了过来：“先讲好了的，三兄弟都有份。他一个人独吞不行！”

芦大想得更多更远，时时刻刻搅扰心头的是碗儿大腿上生就的符印，他打算弄清楚那个符号的谜团，还必须秘密地进行。另外，芦大与芦二芦三相依为命，好不容易长大成人，俗话说，长兄为爹哩，难道这点过节都不能宽仁大度吗？

芦大握紧了芦三的手，说：“三弟，你要听大哥的，当让人时要让人，莫把亲人当仇人。至于女人，明年有钱了，大哥专门为你狃个女人来好吗？再说，人有失足，马有失蹄。我相信芦二会变好的！”

芦三忿忿然，认死理：“他会变？我不跟你讲了……”顺手拾起木楔子，揣进怀中，一溜烟跑去。

碗儿既兴奋又不安。她想了很多很多，有女人的缠绵缱绻，又有孩子般做错事后请求谅解的羞惭。她一门心思想找一个恰当的时机向芦大表白心迹，两人再过一个你死我活的日子，作为对芦大的一种补偿。于是，内心涌起阵阵冲动，久久不能平静。每次吃饭的时候，碗儿总是火辣辣地瞅芦大，主动地劝菜；等晚饭后一袋烟刚抽完，洗澡水就准备好了。而芦大反应较为平淡，可是芦二看在眼里则妒火万丈。

机会终于来了，那天芦大去看山，检查卡子上安装的套索。碗儿已摸熟了芦大必从磨子沟路过，便早早守候在那里。

秋高气爽，山谷里是满山遍野的红枫叶，空气里还飘浮着桂花馨香，仿佛闯进了一个童话世界。碗儿在一棵硕大的枫香树下停住了，从篮里拿出祭品香纸，对着西方烧了纸焚了香，然后再恭恭敬敬磕了三个响头。

烧纸钱的青烟袅袅娜娜升腾着，碗儿呜呜咽咽哭了一阵，呆望远方。山谷里的恬静清幽使她忧伤又感动，唤起了她那份回忆、那份情感、那份等待，她觉得这也是一种享受。

以致芦大来到她身边的时候，她都一无所知。芦大见碗儿这副模样，心头早就涌起了一种男性的爱抚，问道：“有什么心事呢？”

碗儿勉强笑笑：“我猛然间想起今天是娘的忌日，就找到这处僻静的地方……”

有一团阳光透过叶隙，落在芦大肩上，把他的脸膛映衬得好看极了。碗儿盯住了芦大那双慈善的眼睛、刚毅的嘴唇以及充满野性的络腮胡须，觉得无一处不是她心中日夜想念的男人。碗儿放慢语调，怯生生地说：“大兄弟，听说你遇难了，我天天躲在屋头槐树下给你烧香纸，跟今天一样呢。”

芦大感激地点点头：“今天不说这个。我想问你，你爹你娘……”

“我爹我娘都死得很早，记不清了。今天不问这个好吗？大兄弟，那天到鱼尾滩排上，我是好心好意，哪个晓得又偏偏出事了。”

“我没怪你……”

“我看得出。但就像做了一场恶梦，我欠着你好多情呢……”

碗儿说着说着，声气就粗了起来，胸脯一起一伏。

“今天不说这个。”芦大以不置可否的语调平稳地说道，“我还要问你一件事，你大腿那个怪异的符印是么意思？”

碗儿摇摇头，脸上显出了一丝伤感：“今天不问这个好么，大兄弟我要你！”

芦大叹息，皱眉，摇头，不知道该说什么，只好用手一指山冈：“我要看套去！”便大步离开碗儿，很快消失在山路拐弯处。

碗儿天黑才回家。一回到屋里就病倒了，厌茶厌食，以后每日昏昏沉沉、痴痴迷迷地发呆。这可急坏了芦二，他催着芦大拿个办法，芦大想了想，便叫芦三去请狃子客。

十三

狃子客三言两语就从芦三口里套出了三兄弟与碗儿的一切情形，心中窃喜。操起桃木棒，背起赎魂袋，吆喝芦三开道。钻出狃子林的时候，狃子客想，这三兄弟太容易对付了，真是飞蛾扑火，自作自受。光棍男人啊，就是这样，永远不知道自己已被别人玩弄于砧板之上！

碗儿的病说不清道不明，只要一闭上眼睛，就恍惚看见鱼尾滩木排上立着一个英姿勃发的男人，脸上是令人心醉的络腮胡……还几乎真真切切地嗅见了那个男人特有的汗味儿，那种汗味儿让她心神不安、难以自持。她更喜欢他死里逃生后所表现出来的更多忧伤和沉默。尤其是那双慈善的眼睛，总是静静地、若有所思地盯住她，令她得到满足和轻松，又诱惑她渴望着向他靠拢！

然而，问题就复杂在这里。他并不领情，总是躲躲闪闪，把话题引开，显出冷淡来。这说明他在怨恨你哩，虽然嘴巴上冠冕堂皇，心里却始终有个过节……于是，他对你不感兴趣了，你也不能吸引他！

想到这些，碗儿生出无限的失望与忿恨。

一连数日，碗儿的思路和情感就一直晃荡在鱼尾滩排上和磨子沟大枫香树下。

碗儿禁不住心猿意马，病情又加重了几分，竟消瘦得憔悴不堪，令人心疼。

狃子客的到来，令整栋松木屋笼罩着一种神秘而又紧张的气氛。昏黄的枞油明子下，狃子客神秘兮兮地观察了碗儿的气色，口里嘟嘟囔囔："天灵灵、地灵灵，傩神菩萨护前行，今天来到芦氏家，芦家女人已丢魂……"

当下，他在新房内设下法坛，大门小门窗户上到处贴满了一道又一道鬼符，神龛上、灶上、柱头上到处点燃密密麻麻的香，法坛上横放着一个无底的甑子，准备给碗儿渡关解煞，取骇赎魂。一时间，香烟缭绕，纸灰飞舞，新房内阴风惨惨，犹如地府阴间。

狃子客身背赎魂袋，手持桃木棒，登法坛作法。不晓得怎么的，狃子客突然变得青面白牙披头散发，一只脚落地，旋转如陀螺，口中念念有词："起手成罡，动足成诀。大金刀落水中，小金刀落水中，阴龟师落水中，阳龟师落水中，吞鬼子落水中，衔鬼子落水中，女人大魂落水中，祖师掌住……"

念罢，便口吐白沫，穷凶极恶般挥棒乱打，在房内乒乒乓乓，癫狂之极。

三兄弟诚惶诚恐，跪在法坛之下不敢侧目，恭恭敬敬伏在地下一动不动。

狃子客从房内一路打杀而出，在屋外黑夜中大声喝道："回来没有？没有回来……哪里去了？水中漂去了……"

然后返回房间内，一屁股坐定在法坛之上，用黑布遮脸，顿时虎虎生威，俨然阴曹判官。忽而，狃子客怪声怪调地说："所有男女听好，本祖师已捉住大魂，但是不肯回家。其中必有原由，必有罪孽，所以本祖师特意审问你们，希你们诚实对答，千万不可欺神，否则通天达地，出幽入冥。"

啪嗒一声，狃子客用桃木棒敲了一下神案。问道："狃花女人近来作了什么罪孽？"

碗儿凄楚而平静地答道："芦大扎排的时际我去排上，后来排打散了，芦大死里逃生，这是我的大罪……"

狃子客又问芦二："你说说。"

芦二怯生生的样子，不敢抬头，答道："狃花女人讲的是实情，我晓得，但这个这个罪孽嘛，芦大也该担一半，请祖师化解……"

芦三忍不住了，抬起头来吼道："你这个坏东西胡说八道！木排上做手脚的是你芦二，以为我不晓得？我看到的。你到今天这个份上还想怪罪狃花女人？哼！"

芦二也板直了腰板，抬起头："三弟神志不清，不要扰乱法坛。"

芦三唰地从怀中取出那块巴掌大的木楔子，敬奉在法坛上，鼓起了眼睛说：“上有天下有地，这个就是你敲下来的木楔子，想抵赖吗？千日不打网，鱼在潭里长。”

芦二反而镇静下来，冷笑道：“吔嗨，我敲下来的木楔子怎么会到你怀里？我看见有人上排做手脚，原来是三弟你搞的呀。好，好，一切明白了，祖师在上，三弟一直神智不清，可陷害人倒厉害，望祖师弄个一清二白。”

芦三急了，颈梗上的青筋暴跳，结结巴巴说：“是你坏，是你搞的，是你搞的……”越急越说不出话来。

芦二装出委屈的样子，说：“大哥，你是明白人，本来是给狃花女人作法事，神明在天，陷害人是要遭雷劈的！一切由祖师做主。”

芦三不顾芦大劝阻，怒不可遏：“芦二，连自己做的事都不敢认账，还说什么神不神的，敢跟我砍鸡脑壳吗？”

“敢！”芦二毫不示弱。

昏黄的灯光下，只见狃子客的瞳仁里闪耀着刻骨铭心的仇恨和一股永不会消失的杀机。他一拍神案，正言道：“傩神在此，神灵在天，二人不要争吵！哪个能受住这一桃木棒头，而且身上不留桃符印，就是讲的实话！”

芦三争着回答：“好，一言为定。”

芦二点点头：“巴不得。”

狃子客举起桃木棒交给芦三：“你先打，芦二后打，然后，两人解衣验身。”

芦三满怀喜悦接过桃木棒，心想，菩萨是公正的，这棒下去肯定会有灵验。芦二想，一棒有什么要紧？只不过痛一阵而已，芦三若打得重，我就还得更重；桃符印哪个说得清，到时再争辩还会争不赢芦三？

狃子客问过诰子，喷过法水，喝声“起棒”，便挥手示意芦二伏地，芦三执事。

在整个挥棒的过程中，芦三脑子里仅存一个意念：千日不打网，鱼在潭里长。随着一道弧线在枞油明子光影中划过，扑的一声，桃木棒便落在芦二右边腰上。芦二“嗯”了一声，似乎没有哼第二下就软瘫伏地，一动不动了。

好一阵不见芦二起身，芦大上前边扶边唤：“二兄弟怎么啦？”翻过身子一瞧，眼珠子早已翻白，抚试鼻息，已无呼吸。

芦二确实死了。桃木棒恰巧打在腰子上，破裂了，当场死去。这意想不到的结果，令芦大芦三两兄弟震惊不已。芦大慈善，想想手足之情，号啕大哭起来。

芦三原本只想教训一下芦二，令其悔悟，也不想要置他于死地。可是眼前的惨景、打死兄弟的刺激，对他这样一个呆头傻脑的人来说，打击太沉重太沉重。他简直无法接受这个事实。他丢掉了桃木棒，痴呆呆地望着狃子客。狃子客又变换了一副假面具，张着血盆大嘴凶神恶煞，怒吼："打死亲兄，罪上加罪！"

想得到神灵的保佑，这最后一丝希望也破灭了。芦三"呀呀"怪叫两声，返身冲出松木屋，消失在茫茫黑夜之中。

十四

芦三失踪了。

全村人相帮寻找，但杳无踪迹。

七天之后，辰州一荒货客路过借母溪借宿，头发吓得直直的，失魂落魄地向村里人诉说：他经过鲤鱼背，走到猴儿跳那一段时，突然间阴气逼人，无风而树叶沙沙，一会儿从谷底传来隐隐呼唤声"好伤心吔，哥哥"。令人毛发倒竖背心发冷，不敢慢步，惊惶害怕之中逃命而来。并追问，村里是否有人失足跌落谷涧而死。

一语惊醒梦中人。大家很快联想到芦三，便邀约芦大第二天去鲤鱼背猴儿跳岩壁处观看，发现岩缝杂木枝上飘挂着一缕蓝布襟，是芦三穿的褂子；而且发现石块翻动与软草被人梭动的迹象……众人不再多嘴，心里早已明白了八九分。芦大想起来悲恸，几天之内家中去了两兄弟，脚一软便伏地痛哭。

一会儿，有人嘀咕："你听，好像有什么喊声。"于是大家侧转了耳朵，果然飘来"好伤心吔，哥哥"的冥冥之音。一时间，众人架起芦大便往回跑来。至此后，凡是变天之际，行人可以听见芦三冥冥之音，再也无人敢独自通过猴儿跳。

俗话说，怒伤肝，忧伤脾，极度悲痛伤心肺。芦大似霜打的菜秧子，蔫头蔫脑，一日三叹，萎靡不振。碗儿自知罪孽深重，强打着精神，宛如当家人一般，里里外外收拾工夫，悉心服侍芦大，端茶送饭，好言劝慰，确实一片真情厚意。

可是，芦大好像心灰意冷，始终没有心思讲一句话。

睡至半夜，芦大在外屋火坑铺上叹息；碗儿在新房内木床上叹息。碗儿思忖，这大概就是命吧，我做狃花女人怎么就这么艰难呢？这个芦家阴气太重，要不就是和我的八字相克。长此以往，不是人过的日子哩！我有家有儿，我得想退路嘞，狃花的规矩，不就是给人家生孩子么……想着想着便迷糊过去。

如此几天，碗儿都在思考退路，事情到了这种地步，情呀爱呀还有什么意思呢？

但是，碗儿想不出好办法，她下决心去找狃子客商量商量。

碗儿穿过狃子林的时候，看见狃子果刚刚亮毛，青里泛白。露珠滴在颈脖，凉飕飕的感觉。满树的绿叶像被人拭擦过的镜子逼你的眼睛，四周有薄如纱巾的淡雾飘荡，鸟儿啁啾，令人心头微微舒坦。有两只胆大的鸟伴儿，双双枝头嬉戏，那情意绵绵的景象又勾出了碗儿满怀心思。

狃子客仿佛晓得碗儿必定会来。在林中那块小空坪里，他坐在那块方方正正的巨石上正抚着一把皮唢呐，吹奏出一连串颤抖的曲调。

碗儿一眼看见了，走过去，羞羞答答地唤一声“老伯”。狃子客就放下了皮唢呐，和蔼地说：“你来了，什么事？”

“我的命不好，做什么事都有不顺。做狃花女人吧，芦家又出了两条人命，村子里还说长道短，好像是我带来的背时运……”

狃子客插嘴道：“妹子，你莫听，你只管做你的狃花女人。”

“是的嘛，其实我就是这样自叹自解的。可是，直到如今，我肚子里总怀不上……”

“那芦大呢？他又不是木筒子！”

“唉，”碗儿说不尽的烦恼，“莫提他还好些，提起他来让人伤心。老伯，讲一句丑话，他好像不是男人，没有那种本事一样，总不肯和我圆房……你看，这让我狃花女人怎么做下去啊？”

“哦，我明白了，为了这个，你才找我的？”

碗儿点点头，好像自言自语：“怎么办呢？”

狃子客微闭双目，沉思片刻。拉过碗儿的右手，搁在膝前认真地察看了好一阵，又是掐又是算，叽叽咕咕念了一阵菩萨，抬头注视着碗儿说：“办法有，话丑理正，你肯听话啵？”

碗儿悬着的心落了下来，急急问道："什么办法？我听老伯的。"

"那好。我也晓得你心灰意冷，想早日脱离苦海。春牛你认识吗？他是个好男人，忠诚可靠。由我来安排，明天下午你来这里，他也来，事情就成了。"

碗儿心一横，"嗯"了一声。

狃子客又说："我会包住一切。等到生孩子那天，你一口咬定是芦二的种，不就万事大吉？"

碗儿狠狠地点点头，转身去了。

狃子客心花怒放。

十五

春牛大概与芦大差不多大年岁，也是那种没见过女人的男人。虽然到处阉猪，野食肯定打得不多，那就一定是那种见了女人恐怕要把骨头都嚼吃了的男人，凶得很呢。

碗儿这样想着，走进了狃子林。她特意带来了一个枕头，她打算垫在屁股底下，竭尽全力让春牛永生永世忘不了她——天底下竟有这样一位令男人骨肉酥软销魂夺魄的碗儿。

碗儿走到巨石旁，把枕头放在石面上，斜斜地坐下来。日头懒懒地照下来，四周是密密匝匝的狃子林，微风涌动，青草芬芳。碗儿看着这样一个绝妙环境，想着这块方方正正的巨石马上就要成为她的婚床，一阵阵红潮不禁涌向脸颊。

春牛怎么还不来呢？就在碗儿浮想连翩的时候，突然从树上掉下一个狃子果来，正打在她肩膀上。碗儿从地下捡起狃子果，想不会有人搞鬼吧，仰头往树上看去，果然见一个人两腿叉在树丫上，冲着她笑。是春牛，碗儿简直不敢相信自己的眼睛。

春牛旋风般卷下来，举起碗儿就平放在巨石上。随后，春牛似鲤鱼板籽紧贴了上去。

碗儿"扑哧"一声笑，细声说："莫急春牛，等我垫枕头，尽你本事弄……"然后就像蛤蟆箍蛇一般，紧紧搂住了春牛的腰身。

春牛还是第一次这样被一个女人搂着，大奶子贴紧胸脯，立刻就感到了碗儿身上的热气在往自己身上流，并闻到了碗儿身子里那种异常的气味。男人那种本能的冲动驱使春牛不顾一切地扳紧了女人的肩头，再死死地压了下去，压了下去。

巨石在晃动，狃子林在晃动，刹那间天旋地转。女人发出欢快的呻吟，男人呼出唔唔的嚎叫。

太阳刚刚落山，西方天空扯起了火烧云，把对面青山、鱼尾滩、狃子林染成一片粉红色。春牛与碗儿被笼罩在玫瑰色的梦幻之中。

此时此刻，有一张苦瓜皮脸藏在一株狃子树后面，那一双灰扑扑的眼睛从头至尾无不闪烁着痛苦仇恨的光芒。

公正地说，狃子客是一位男人，但是他又是一位不健全的男人。像这样的男人，眼睁睁看着别人做那种乐事，谁能道尽他心头的千般愁苦和万般伤心呢？

今天，狃子客能看尽碗儿的胴体，皮肤光滑细腻，宛如鱼尾滩上的青沙鱼；眼睛有点斜视，但是很大很黑很美；嘴唇虽然有点厚，但线条十分明晰，露出的雪白牙齿好似借母溪里的白石子……这些足够了，足够他回忆起他的第一个女人菜坛子。百思不得其解的是，狃子客一见碗儿就容易想起菜坛子……

狃子客更加痛苦，无法诉说的痛苦。

事情又得回到三十年前。也是一个下午，在亮垭小树林里，狃子客的右脚被一根套索捆住，整个身子吊在了半空中，像倒挂着的半扇猪肉。

接着芦瞎子从树丛中跳了出来，一只萝卜花鼓鼓的，一只好眼睛斜斜的，盯住栗花，充满了饥渴与淫意。随之，他饿狼般扑过去，占有了栗花。

后来，万恶的芦瞎子掏出一把弯如残月的阉猪刀，那简直是魔鬼巫术，等狃子客还不及呼叫，三下五除二，便把他的两颗卵子阉割掉了！

不仅仅如此，芦瞎子还顺理成章地霸占了栗花。

狃子客呼天天不应，呼地地不灵。从此后，那根毛毛虫再也不会硬成黄瓜，而永远是软巴巴的一根泥鳅了。

三十年了。三十年的光阴好难挨啊。

狃子客又记起了老狃子客的教训：君子报仇，十年不晚。心头略微平静些许。

十六

一场秋雨过后，借母溪发了重阳水，绿豆色，刚刚填平鱼尾滩。九九艳阳高照，狃子果泛出淡红色。

狃子客终于找到了春牛，把他拉到自己的小茅屋，苦瓜皮脸上全部是严肃的表情，说：“春牛，你想跟狃花女人做长久夫妻还是做露水夫妻？”

对这个问题也许觉得太突然，也许觉得太重大，春牛愣了愣，惊愕了：“想是想，想得到吗？人家是狃花女人，生孩子后要回去。”

狃子客极神秘的样子，告诉春牛：“我已得确切消息，鼎锅山那边来人说狃花女人的男人因害痨病，早就死了，哪里还有什么家不家的！”

春牛露出明显的兴奋之色：“既是这样，也还有个芦大啊，他是正当名分的呢。”

“屁，”狃子客下意识地摸了摸自己被芦瞎子阉割掉卵子的卵包，强压怒火，阴森森地说道，“有办法有办法，你春牛听不听？”

“听。”春牛显得有些激动了。

“你在溪边又砍了一些杉木是不是？”

“是。”

“你即刻请芦大扎排，当他站在排头扎竹缆的时际，你打帮手站在水中。这时，他的光屁股正对着你……而你，早就暗中准备好阉猪刀，把他的两个卵子割下来！”

春牛听后，良久不敢做声，有些心虚地说：“弄不好会出人命……”

“屁！”狃子客白眼珠子向上一翻，“凭你的手艺，只管割下来，然后你就把刀扔到水深处溜之乎也。其他的事情一切由我来办。干不干？”

“嗯。”

“怕卵，有我哩。”

“不怕。”

第二天，芦大被请到鱼尾滩扎排。忠厚善良的芦大干得十分认真，因为他有过一次打排的教训，在扎竹缆的时候，又添了一圈老鸹藤，特意叫春牛站在水中打帮手。

开始紧缆穿藤了，芦大站在排头，赤条条光屁股对着站在水中的春牛，夹裆里的黑卵包像个小茶壶似的，晃来晃去。春牛几次要动手，但又不忍心，时间就这样捱过去了。

最后，芦大说："差不多了，春牛，你把长嘴斧子递过来，好上楔子。"

春牛上岸取了长嘴斧，蹚下水，慢悠悠地递给了芦大。在整个取长嘴斧的过程里，春牛脑子里总响起狃子客所说的话和闪现着碗儿在欢乐中满足的笑脸……他想，如果再不下手，那么就不能与碗儿做长久夫妻了……

芦大撅起光屁股，扬起长嘴斧子上楔子，整个黑卵包在空中暴露无遗。春牛瞄得很准，右手从腰间摸出了他师父芦瞎子传给他的那把弯如残月的阉猪刀，在水面上划了一道美丽的圆弧，手起刀落，只一下，黑卵包上便横着割了一道口，随即两个白卵子被左手勾了出来，然后啪嗒一声，阉猪刀和白卵子一齐抛入水中。

春牛噼噼啪啪奔上岸，头也不回地朝村子里跑去。

芦大还在上楔子，他只觉得夹裆犹如被小蚂蚁咬了一下，没有什么大感觉。再敲了两下楔子之后，钻心般的疼痛开始了。芦大忍着，想敲完最后一个楔子，可是手一软，长嘴斧敲落了空，木把打在夹裆里，简直疼痛得要命。芦大惶惑起来，用手一摸，血糊糊一片，脚一软，顿时扑倒在排头。

芦大双手捧住卵包，血从手指缝里涔涔流出，不敢松手。勾头去看，整个身子弯成一个大虾公，像在铁锅里被煎焙着似的不断蠕动。此时此刻，芦大的整个意识一片模糊，整个思维一片糊涂，唯有心里明白：两颗卵子被打丢了！到底是怎样打丢的呢？他已经无法搞清楚：是自己的长嘴斧或是春牛不小心？

芦大像一头被阉割的公猪，挣扎着奔上岸 ，因血流过多，又疼痛难捱，终于倒下了，在沙滩上号哭，令人心寒地呼喊着："救命！救命！"

狃子客躲在狃子林等候着喜讯，一听到下边鱼尾滩传来芦大的呼喊声，就笑了。这是解恨的笑，解仇的笑，三十年后才实现。他要让芦瞎子的后代也尝尝被阉割后的人生滋味！

陡然间，狃子客精神倍增，双脚生风，磕磕绊绊奔下山坡，来到沙滩。他要欣赏芦大痛苦的样子，他要听到芦大向他乞求救命的哀鸣，更重要的是，他要处理伤口，绝不能让芦大很快死去，那样太便宜他了……

狃子客来到芦大身边的时候，芦大已经奄奄一息，所卧之处，沙石已被扒成一个大坑，到处是鲜红的血迹。情形比想象中要严重得多，狃子客立即蹲下来，赶忙从衣袋扯出一些草药丢进嘴里咀嚼。然后狃子客掰开芦大的大腿，“噗噗”几下，把草药朝夹裆喷吐而去，也真灵验，血立即止住了。

好大一阵，芦大缓过气来，脸色苍白，更衬托出两颗黑眼珠比以前更黑更大，愣愣的，没有一点活气，只剩下最后一丝模模糊糊的希望。这点希望使他注视着狃子客，好像完全把自己交给了这点希望，交给了狃子客。

就是这种眼神，触动了狃子客灵魂深处最隐秘的部位，他觉得这小子特可怜，特委屈，便和蔼可亲地问：“怎么受伤啦？”

芦大努力咽了咽口中的唾沫，喉结艰难地滚动了几下，断断续续地说：“是我用长嘴斧时不小心弄了一下……不怪春牛……难为你了……大伯……”

“不要紧的，芦大，我来把血印子洗干净，再扶你回家。”

狃子客解下包在头上的丝帕子，在溪水里浸湿，然后把芦大下身染上的血印子一一揩拭干净。

那草药也真是灵丹妙药，不仅止了血，而且也止了痛。芦大神志清醒了许多，睁开眼睛，清清楚楚地看见狃子客忙得满头大汗，用丝帕子揩净血迹之后，又蹚到溪水中搓洗，然后又上岸来揩拭，如此往返，尽心尽力，禁不住心底涌起阵阵热浪，终于，两眼溢出了晶亮的泪花，有气无力地说：“大伯，你是我的恩人……”

狃子客心里暗自好笑，但脸面上故作正经说道：“造孽哩，两颗卵子打丢了，好凶险嘞，如果我不在家，再迟点，就大概没救了。好，算你命大，孩子，忍着点，让我把左边也揩干净……”

倏地，狃子客噤若寒蝉，两股目光滞留在芦大左边大腿根部，呆住了——因为血迹揩净，那里现出一个清晰的符号“き”，似烙铁般嗤的一声烙进了他的脑中，令他震惊万分、惊惶万分。

狃子客绝不相信，莫是老眼昏花看走了眼？他连忙紧闭双眼，用双手故作正经地揉了好大一阵，再慢慢张开，俯下脑壳，左看看右瞧瞧，青天白日之下，实实在在有一个符号“き”。莫是什么东西剐出的两道印子？狃子客伸手去摸，肉皮光光的平平的，再拭些唾沫用大拇指使劲擦，反而越擦越清晰……

是有针刺在肉皮里去了，青黑颜色，勾画的，符号与人一起长大……狃子客顿觉脑壳眩晕，似有千万根针尖正在刺他的心窝子。心脏打鼓一样咚咚跳了起来，很快传递到四肢，双手哆嗦发抖，连问话都打颤颤了：

"芦大，你这大腿上的符号，什么意思？听你娘讲过啵？"

"小时候，好像听娘讲过，可惜记不清楚了，只记得娘讲是爹叫她刺的一个么记号。"

"呀——"狃子客惊叫一声。七夕那天夜晚的事情历历在目，犹如昨天。

栗花说："你看，今天真的不见一只喜鹊呢，都飞到哪里去了？"狃子客指着星河横亘的天空说："今日鹊桥相会哩，喜鹊都飞上天给牛郎织女搭桥去了！"

"我晓得。"栗花用蒲扇轻轻拍了一下狃子客的肩膀，"织女生了一双儿女，可惜就是难得见面，今日一定好伤心哦。"

"那不一定，应该欢喜，哎，栗花，我问你，你喜欢儿子还是女儿。"

"只要养的好，都一样。"

狃子客使劲地点头，若有所思地说："我们如果生了孩子，就在他大腿上刺个符号，男左女右。很简单，用针刺出血，再涂上锅烟灰就行了……"

然后，再把符号"き"划在栗花手心，栗花嬉笑不止。

莫非芦大是我亲生骨肉？

狃子客不寒而栗。

又问道："你家芦二芦三有没有这个符号？"

芦大微微摇头。

"呀——"狃子客又惊叹一声，面如土色。

十七

狃子林深处，小茅屋里亮着枞油明子。

外面是灰蒙蒙的天空，飘洒着细柔柔的秋雨。夜正凄凉，一阵寒颤幽静的小风，似乎吹着一位妇人哭子的哀调，送过鱼尾滩来，又送进狃子林。小风叩醒了九月季节里每一棵狃子树，树上残存的狃子果皆缀上晶莹的雨珠，祭悼它的伤心。

此时此刻，狃子客坐在枞油明子下正泪流满面。木板床上躺着芦大，安安静静地睡着，嘴角轻轻蠕动几下，泛出一个莫名其妙的微笑，是不是在梦里又遇见了什么亲人？

狃子客端详着他的脸庞，虽然白得难看，但那脸络腮胡子却十分惹眼。也是的，为什么以前偏偏没注意到这脸络腮胡子呢？这明明和自己一模一样啊，年轻的时候，我也不一脸络腮胡吗？一个模子里倒出来的嘛。

唉，千般悲痛、万分悔恨舔噬着狃子客那颗凋残冰冷的心。

芦大确实是狃子客的骨血。栗花被芦瞎子霸占去之前刚刚怀上芦大，之后，等栗花感觉到了的时候，已经无法告诉狃子客了。于是栗花就记住了狃子客的话，用鞋婆针在婴儿左大腿根部刺了个符号“き”。

外面又一阵寒颤幽静的小风，吹着一位妇人哭子的哀调，送过鱼尾滩来，又送进狃子林。满山的黄叶不安地在秋风中飘摇，簌簌落地；树上残存的狃子果禁不起寒意的袭击，东一粒西一粒掉了下来；秋蝉虽不再哀鸣，但不知名的鸟儿躲在洞穴里传来阵阵呜咽……仿佛整个冷凄凄的世界都陪伴着狃子客哭泣。

狃子客小心翼翼地给芦大换了药，再一次用手抚摸那个符记，一股股无限悲恸的凉意早就袭上心头：

这是我的生命的延续呵！

可是——唉，报应哇。

狃子客不仅悲而且苦。而且是说不出的苦。他想认，他应该认这个亲生儿子，然而他不敢认，又不能认这个儿子！如果芦大说，亲爹，这是怎么回事啊？虽是你的儿子，但如今已是无用的男人了，怎么对得起你啊亲爹！

那么，狃子客哪里还有容身的天地？他的良心所受到的拷问，他的灵魂所受到的审判，更无力承受啊。

这便是说不出的苦。

想前想后，狃子客最终决定不认芦大，只祈求狃花女人早早生下一孩子，作为对芦大最大的补偿……

十八

只要狃子客一碰见碗儿，便问：“怎么样了，妹子？”碗儿总摇头，目光中同时流露出失望与灰心。如此情形，不下十余次。

狃子客倒真的焦急起来，顾不得老脸皮了，故作正经问道：“春牛人怎么样？行不行？”

碗儿勾头不作声。

狃子客又说：“话丑理正，你讲，我好拿个把握。”

“人好，劲也足……可是我，总怀不上……不晓得是哪根筋没顺。”

“不要紧，我有办法。金碗水，你晓不晓得？喝了金碗水，八月生贵子。”

“对我也灵？”碗儿惶惶追问道。

“当然哩，你一切要听我安排。今夜一定要与春牛同房，五更后到狃子林等我，我带你去喝金碗水，万无一失。”

还不到五更天，碗儿就急急忙忙来到狃子林，狃子客说：“来了？”

“来了。”

“来了就好。我算了卦，你阴气太重，胜了男人的阳气，所以久久不孕，喝了金碗水就会怀上。但那金碗水不是一般人都能喝得到的，一要心诚，二要会喊。如果你能喊来金碗水，包你生个龙子，如果生个女娃，也是只金凤。”

另外还有许多规矩，沿途不许讲话，若碰见男人要立刻讨个好口风，金碗里漾满水的时际要默诵咒语，如果这时东方第一道霞光照亮的话，那就大功告成。

碗儿听后诚惶诚恐，不敢多言，紧随狃子客上山了。拐了一个大弯，便穿过一个长长的山洞，霎时，山冈瘴气弥漫，上不见星光下不见谷底，高耸的凶险绝壁竖在眼前。碗儿心惊胆战，不敢挪步。正畏缩时，只听见狃子客一声轻轻的咳嗽，砉然间飘过来一根白带子，在脚下晃动，碗儿屏气敛声，跟随着白带子趺趺撞撞前行。

走完银环蛇峡谷，爬上天阶，再斜下坡，穿过一座密林，眼前是一排檐岩，挡住去路。上面是万仞高山，下面是悬崖峭壁，仿佛到了世界的尽头。

狃子客令碗儿跪下，自己在岩壁下点燃三炷香火，又烧了几沓纸钱，嘴里嘟哝，双手扼诀。忙完之后，天已麻麻亮了。

碗儿欠身平视过去，只见檐岩满布青苔，非常潮湿，好像是一床打湿的绿绒毯子铺在那里。檐岩向里凹进去，与地面相接处，天生地造般隆起一层平台，宽约三尺，高齐膝盖。平台上长满千万年来形成的石钟乳，似古树盘根，纵横交错，披着绿茸茸的草衣，构成神秘而又古老的沼泽地。

更为奇妙的是，平台中央生就一个石窝儿，和白花碗一样大小，但是空空荡荡不积水，只要虔诚的女人对着檐岩高呼三声，一时三刻，石窝儿里很快漾满一碗清水——这便是著名的金碗水。

碗儿此刻的心情无比激动。她想，今日喝下金碗水，明日便可脱离苦海。

狃子客看看时辰已到，便起手成诀，动足成罡，口中念念有词："山中取来五谷之水，江中取来长命之水，东海取来观音之水，洞中取来金碗之水……"

碗儿即刻接腔，呜嗬三声。说也奇怪，一时三刻，石窝里便漾满凉飕飕的清水。狃子客大喜，转身从腰间掏出一个花碗，小心翼翼从石窝里恰好舀了满碗水出来。

碗儿接过金碗水，满怀欣喜，一仰头咕咚咕咚喝了下去。

此时此刻，东方刚刚亮起第一道霞光。狃子客赶紧拉住碗儿叩头谢恩。起身时，狃子客看了看石窝，里面又积了半碗水，便大惊失色。

碗儿见状，不敢多嘴，怔怔地站在那里如木桩一般。狃子客叹息道："妹子，你阴气确实太重。平常往日，金碗水恰好一碗，喝了不会再多给一点点，可是今天多出半碗，说明你要怀蜈蚣胎了……"

听说要怀蜈蚣胎，碗儿吓得面如土色，带着哭腔喊道："老伯，你要救我！"

狃子客正色道："当然我要救你，让你怀上正胎。只是你千万不必害羞，事不宜迟，妹子，赶快脱下裤子，让我来施法！"

碗儿无奈，顾不得羞耻，连忙脱下裤子，面朝东方。狃子客用碗舀起石窝里半碗水，端在手中，边画符边念咒语："金碗水金碗水，水里有九龙，龙要摆尾凤点头，泼向女人生贵子——"

语音刚落，狃子客将半碗清水朝碗儿下身泼去。此时此刻，东方刚好亮出第二道霞光，碗儿白雪的大腿，右腿根部那个"き"明晃晃地映入狃子客的眼底。

狃子客踉踉跄跄倒退几步，颤颤地问道："妹子，你叫什么名字？"

"碗儿。"

“你娘是菜坛子？”

“是。”

狃子客顿时昏厥过去。

十九

狃子客自知罪孽深重，不可饶恕。老狃子客在三十年前告诫他的话“君子报仇，十年不晚”一直激励着他苟且偷生，寻机复仇，然而就在雪耻的今天，反而成了报应！这个世界怎么变得这样蹊跷呢？他实在想不过来。本来，狃花女人是被他利用来作为鱼饵的，受尽了折磨，受尽了侮辱，但到头来竟然是他的亲生女儿！

狃子客把亲生女儿给亲生儿子作狃花女人！天啦，报应啊！究竟是怎么回事呢？因为这个，面对着亲生女儿不敢相认；因为这个，面对着芦大还要赔笑脸，告诉他狃花女人怀上了！因为这个，狃子客觉得在世上再也没有什么活头了。

自己一死了事。死了死了、一死百了。那么，芦大、碗儿怎么办？

到底怎么办？狃子客苦苦思考了九天九夜，终于想好了，这个笑话不能留给后人。

下午，太阳落山的时际，芦大与碗儿双双来到狃子林深处小茅屋里。他俩提着一只大母鸡和两壶酒，还放了一挂炮仗，给狃子客做寿来了。昨日狃子客特意告诉他们，今天六十大寿，请他们来团聚……

狃子客好高兴，双眼闪着喜悦的泪花。

三人七手八脚，一齐动手，很快就炒好十二道菜，摆上桌子，围拢来消消停停吃晚饭。

其实，狃子客已偷偷在几道菜中下了蒙汗药。酒至半酣，芦大与碗儿先后发作，伏案呼呼睡去。狃子客也开始觉得眩晕起来，挣扎着走到灶边，伸手扯出燃得正旺的柴火，往茅屋草墙边拨去。刹那间，熊熊大火冲天而起。

有火必有风，火趁风势，狃子林也接火燃烧起来，噼噼啪啪响成一片火海。

狃子林烧了整整一夜……

第二天早上，春牛从外地赶到狃子林，原先约好了与碗儿相会，还特意给碗儿买了一面圆镜。然而，目光所及之处，全是一片灰烬，唯有那块方方正正的巨石黑咕隆咚地蹲在原处不动，只是被大火烧裂了一条大口，像对春牛倾诉着什么。

顿时，春牛眼睛里涌出了泪水。

春牛缓缓转身，从腰间取出羊角，对着狃子林吹响：呜——呜——呜——

三声凄厉的羊角声惊动了借母溪的人。众人三三两两走出大门，向鲤鱼背方向望去，只见春牛孤身单影，一步一步向远处走去，慢慢地，消失在鲤鱼背小路尽头。

珙桐花几月开

电影片名：国家树种

一

宝来婆娘的男人是个痨病客，春寒不能下水耕田，春雷一响，宝来婆娘就急得直掉眼泪，开始犯胸口疼的毛病。掉眼泪村里好多人见过，而胸口疼的事只有二憨子一人知道。宝来婆娘说："二兄弟，我这毛病莫给村里其他人讲喔，你帮我摩一摩就好了。"二憨子每犁完一丘田，让牛歇轭去啃田坎上的青草，自己就到山坡刺篷里帮宝来婆娘治胸口疼。只有这个时候，二憨子才觉得宝来婆娘对自己好，二兄弟前二兄弟后喊得他骨头都是软的。

宝来婆娘每年都答应二憨子，犁完这季赶水田让他那个，却一次没兑现。二憨子说你光骗人，但也只是在嘴巴上这么一说，当那两团魔芋豆腐似的大奶子在眼前一晃荡，比头顶那轮红太阳还管用，早将早春水田里那刮骨的水晒暖了。二憨子重复着往年说的那句话："犁完田后，我要……要那个……"

今年光景变了，二憨子不再在意头上第一声春雷什么时候炸响，也不关心宝来婆娘的胸口疼了。借母溪热闹起来了，时常有穿着时髦的男男女女从借母溪溪谷走过，二憨子心花了。昨晚开全村生态保护与旅游开发动员大会，第一个起身拍手的就是他。郭乡长说，等滑轨修进村旅游搞起来，我们这里就热闹了，到时城里妹子脚尖连着脚后跟地到我们借母溪来。郭燕还特意对靠在屋门角落的二憨子开玩笑说，二憨子，你可得把眼睛擦亮点，城里妹子长得都一个样，看上就做个记号，到时别弄错了。

二憨子记住了郭乡长说的话。

去年五月，郭燕来借母溪实地调研，当时她正在一座山冈上画树种分布图，偶然看见有成群的白鸽散落在绿叶之间，好长一段时间也不见一只白鸽展翅飞起。这时，她才想到那并不是鸽子，是一种貌似鸽子的白花。这个推断让她兴奋得一口气滑下山坡，呈现在她眼前的果然是有“绿色熊猫”美称的珙桐树。

回城后，郭燕写了一篇借母溪生态调研与保护的文章，在省报发出来。文章里写道，在森林资源破坏比较严重的武陵山南麓山区，居然还保存着如此完好的沟谷原始次森林带实属罕见。文章特别指出，在借母溪沟谷原始次森林带还发现了珙桐树，推翻了以往专家关于洞庭湖流域没有珙桐树的定论。她自己也不曾想到，这篇文章会在学术界外引起这么大的社会反响，县里有远见的领导及旅游人士开始大肆炒作，给借母溪安上了“天然氧吧”“动植物王国”等诸多亮眼的头衔。这些闪亮的字眼开始在各大媒体纷呈出现，郭燕顺理成章从县林业局调到了借母溪乡任副乡长，分管林业与旅游工作。

生态保护与旅游开发动员大会上，村长担心郭燕年轻没经验，会开不下去，不停在一旁附和，讲解，有时还故作激昂地带头鼓掌。几个村民站起来开玩笑：“村长，你不多话保证嘴巴里长不了蛆。”村民们哄笑，他们都喜欢听郭乡长说话，郭乡长左边嘴角的那个酒窝，说起话来像朵忽大忽小的浪花在跳跃，两道细眉牵着水汪汪的大眼睛一闪一闪。村里有人打了个比方，说郭乡长的两个眼睛就像躲在枝叶丛中熟透的山柿子，风一吹，柿子一晃一闪，牵着你的心一上一下。

郭燕慢慢将话题引到主题上，城里人为什么大老远地跑到我们这里来，他们来看什么？这一问，村民们傻眼了，开始交头接耳，伊伊哝哝地议论起来。郭燕见时机成熟，站起身来大声说：“他们来借母溪看的就是这里的山，这里的水，这里的树，我们也只有这些比鸟翅膀还高的山，比鸡肠子还弯的溪和白天都见不到太阳的树，所以，我们搞旅游开发首要任务就是封山，保护好这些树，这条溪……”

“这山怎么能封呀，我们每个人才五分水田，还都是靠天吃饭的天水田，全仗在山地里种些苞谷红薯什么的来度荒月，你把山一封，大家靠什么讨吃啊。”

“所以我们要发展乡村旅游，等体验滑轨一通，游人进来就要消费，买我们的农产品，到时候我们借母溪山上长的、地里种的都可以变成钱，日子就有盼头了，大家咬咬牙，亲帮亲邻帮邻就挺过去了。”

一条见不到源头的小溪，在借母溪村被一座叫鼎锅山的山脉拦断，水流从山脚溶洞里冒出来。偏南北走向的鼎锅山，同沟谷两边仰头看会掉帽子的高山焊在一起，形成一个三面环山的狭长地带，借母溪村就零星地散落在这条沟谷里。借母溪的鹞子出门都要选个天空晴朗的日子，这里的男人娶个媳妇自然比爬那座鼎锅山难得多。这里的女孩，灵性的一懂事就想着往山外跑，嫁出大山是她们唯一的出路。

水梨子长得与她的名字一样水灵，喜欢梳一条又黑又亮的独辫子，山里的汉子不会形容，就说水梨子撒的尿可以泡饭吃。

水梨子亲爹，在她一岁时被五步蛇咬伤，几天后就死掉了，娘改嫁给丈夫的同宗族弟刘根生，没几年就出走了。水梨子记不得爹娘长什么样子，也不晓得娘是什么时候什么原因离开他们的，叔爹不说，村里人也不提起。借母溪人从不回忆死去的人，地上走的活人都顾不过来，哪来心思关心地下躺着的呢。

水梨子一天比一天漂亮起来，怀里好像藏着两只肥嫩的白鸽子，老是想往外飞，看得借母溪的后生们心里直闹鬼，直到林管站李司南出现，他们才慢慢死了心。那年水梨子十八岁，李司南巡山路过她家门前讨水喝，因为出汗，白衬衫紧粘在身上，胸脯块状的肌肉清晰可见，那白白的领子刺得水梨子睁不开眼。

二

郭燕来借母溪下队喜欢到水梨子家玩，晚了不敢走夜路回去就留下睡一张床，后来干脆从村部搬到了水梨子家来住。有洁癖的水梨子与郭燕成了朋友。这里的女人没有自己单独的盥洗工具，水梨子除外，一次郭燕来了例假，带来的卫生巾在过溪时不小心掉到水里冲走了，还是水梨子用自制的丝瓜网绒让她度过了难关。山里的夜晚长，郭燕就跟水梨子说她在大学里的一些有趣事情，还给她讲班上有个男同学老是偷偷送花给她，不敢当面给，放在寝室的阳台上，却被同寝室的另一个女生拿了。水梨子听着咯咯笑，说到兴头上，郭燕突然问水梨子有喜欢的人吗，水梨子脸一下子红了，别过脸去假装睡觉。

睡梦中郭燕感觉窗外有响动，借着天空微弱的光亮，看见一个模糊身影从糊着塑料薄膜的窗口慢慢移过。郭燕有些后怕，睁着眼听山间的风声虫鸣，直到第一声鸡叫才迷迷糊糊睡着。

天越来越热起来，水梨子家坡坎下那蔸枝繁叶茂的栀子花，正开着白白肥肥的花朵，有风无风都会有一阵一阵清香飘过来。在栀子花旁边还生长几株叶片宽大的博落回，水梨子喜欢用它的汁液涂指甲，色泽艳丽不褪色，就是洗几天衣服也不会掉。大片大片的鳞盖蕨向远处铺去，风一吹，像浅浅水浪一波一波荡过来。最惹眼的还是路旁草地上的过路黄，小碎花开得自由自在，像极撒了一把细碎金粒在绿毯上。这天，郭燕同水梨子正攀扯着栀子树枝摘栀子花，李司南慌慌张张跑过来，说："郭乡长，不好了，他们要，要砍那两蔸珙桐树。"李司南一口气跑了大几里山路，脸憋得紫里透青，说话都断不好句。

听说有人要砍珙桐树，郭燕连忙丢下手中的栀子花，拔腿往鸽子坳跑去，她一边跑一边骂，国宝都敢砍，法盲、土匪……这是郭燕心里一直担心的事情，过溪时，不小心脚下一晃，跌入半人深的溪潭里，呛得透不过气来。她艰难地从水潭里爬起上岸，和着一身水继续往前跑。李司南紧紧跟在身后不敢多话。当他们火急火燎赶到鸽子坳时，那蔸一米直径的珙桐树王已被砍进十几厘米深的口子，生鲜的木屑碎片掉了一地。正在挥斧砍树的民工见郭乡长浑身湿漉漉朝这边跑来，都停下来丢了手中的斧头，杵在那儿一脸的茫然。

"是谁批准你们砍珙桐树的，啊？"郭燕大声呵斥，参与砍树的民工你看我，我看你，谁也不敢接腔。

"快去把你们的包工头喊过来。"

"包工头不在，早上来过一趟，叮嘱我们加紧干，误了工期要扣工钱。"

"他是在逃避责任，有意不在现场，出事要你们背黑锅，知道吗？"

"不就两蔸吃露水长大的鸽子树么，搞得像是我们在谋财害命似的，有那么严重吗？"民工们觉得郭乡长有些小题大做。

"它是国宝，知道吗？砍了要坐牢的。"

"别吓我们，你再晚来一袋烟工夫，我们砍了你拿石头打天去。"

"天是打不到，砸到你们脑壳还是可以的，要是真砍了，谁都救不了你们。"李司南冲到郭燕跟前，向几个还在犟嘴的民工怒吼。民工们不服气，更不理解，七嘴八舌嚷嚷起来。郭燕示意李司南不要再理论，与他们嚷嚷没有意义，赶紧吩咐人用黑淤泥将斧口敷住，接着用杉木皮裹好，还抬来了树杆木棒围着树身建起了一道围栏，心才安定下来。

从鸽子坳回来的路上，郭燕心情坏到了极点，李司南第一次见郭乡长发这么大的火，还以为她没脾气，原来没脾气的人发起脾气来比谁都凶。

“包工头肯定是在有意躲避，想把责任推到这些无知的民工身上。”李司南说。

郭燕低着头，看着自己的脚尖往前走。今天虽然暂时制止了砍树，但不敢保证哪天他们不会再砍。几天前，她还曾多次同包工头说过，施工一定要注意生态保护，特别是不能伤害到珙桐树。因为不放心，她还专门将包工头带到一蔸珙桐树前，指给他认。当时见包工头一副心不在焉的样子，就感觉他在敷衍，根本没将她的话记到心上去。

“那么反复说了，包工头还要这么做，应该不是他本人的主意，量他也不会有这么大胆子。”李司南感觉到事情没那么简单，试探着问，“郭乡长，您说这样下去能保住那两蔸珙桐树吗？”

“想砍珙桐树，除非先把我砍了。”郭燕嘴上虽这么说，其实心里也没有底。

政府会议纪要写得很清楚，旅游开发就是皇帝的轿子，拦皇帝轿子是什么后果，这谁都清楚。借母溪正在申报国家级自然保护区，县里不想也不敢将开发权交出去，就是因为考虑到了生态保护，只是将体验滑轨这一项工程进行了招商投标。没想到工程竞标会那般激烈，经过几轮商谈，最后剩下江苏泰昌与德州的金马两家公司竞争。金马公司是做旅游开发的专业公司，行业声誉没得说，最后让做林木进出口起家的泰昌公司夺得了借母溪滑轨开发权，倒是出乎很多人的意料。

凭女人直觉，郭燕觉得泰昌公司负责人周永昌说话天一句地一句，云里雾里让人不踏实。当初勘测做规划时，滑轨也不是从鸽子坳中心通过的。想到这些，郭燕心里感到不安起来。经过村小的时候，郭燕说：“司南，你先回去，我想一个人走走，顺便去看看李豆。”

溪水流过一段平缓溪谷，到这儿一边溪床塌陷下去，足有一丈多高落差，亮亮的溪水被岔开成两部分，左边水流卷着水花欢快地跳下断崖，形成一挂瀑布；右边水流仍保留着先前的优雅，抚着大岩石凹槽不急不慢地向前流。这种地形是建水碾房的最佳之地，那个巨大水轮转盘天然生就般吊嵌在右边的断崖上，看上去浑然一体。郭燕第一次见到这个水碾房的时候，真的被惊艳到，美极了，像看到了一幅绝世油画。让郭燕遗憾的是，她没有看见过水碾放水碾过米，这次她来借母溪工作，没想到这里已改成了一所临时学校。

李豆就在这里上学，学校只有十三个学生，村长跟郭燕打了个比方，说借母溪村的小孩能读到高中的，少得比你发现的那些珙桐树还要稀贵。李豆是这十三个学生中唯一的女生，是宝来家的二女儿，小名豆子。去年做植被考察时，郭燕就认识了李豆，当时，郭燕见李豆可爱就常带着她。李豆有问不完的稀奇古怪问题，郭燕问，豆子，你怎么不读书？这些问题书上都有。李豆说，我娘不许我读。郭燕又问，你娘怎么不许你读书？李豆就说，我娘说读书有什么用，那些黑黑的字又不能变成大米。

郭燕第二次来借母溪做的第一件事，就是自己出钱将李豆送进了学校。

郭燕趴在用石块和卵石砌成的碉堡眼似的窗口，静静看着十几个圆圆的脑袋在那晃头晃脑地跟着老师背诵课文。将村小迁走，把水碾房空出来办“农家乐”是郭燕早就有的想法，她想把它打造成借母溪一个非常亮眼的打卡景点。现在城里人讲究养生，追求原生态，让他们来借母溪自己动手碾米煮饭吃。她的这个想法与县政府旅游开发办一拍即合，同时也可以借这个契机，修一所正规像样的学校，好让孩子们能在村里读完小学。

三

会议在政府办公大楼六楼旅游办小会议室举行，由分管旅游的汤副县长主持，议题就是怎样尽快让“皇帝的轿子”通过鸽子坳。时间紧，任务重，已经进入到100天倒计时，工程务必要在十月一日国庆节前完工，届时央视及省卫视都会来现场报道，新闻发布会省市领导都要来参加。汤副县长最后再次强调说，借母溪旅游开发就是皇帝的轿子，谁也不能拦！

“珙桐树坚决不能砍，修滑轨可以凿山，也可以绕道；钱不够可以想办法，时间来不赢可以推迟庆典；他周永昌撤资，还有下一个刘永昌、李永昌……”郭燕越说越激动，全然不顾会场的沉郁气氛，说完便拂袖而去。

为赶工程进度，会议最后决定跳过鸽子坳，先修前面的滑轨，到时再衔接拢来。这样可以不延误工程进度，有时间慢慢做郭燕的思想工作，或想其他更好方案。

郭燕的分析是正确的，包工头确实向指挥长王东海汇报过，王东海没说砍，也没说不砍，只是反复强调时间的紧迫性，并威胁一定要如期完工。郭燕预感到，在是否砍珙桐树这件事上，自己被孤立起来了。开完会，郭燕没有急着回乡政府，她知道短时间内珙桐树不会有大的危险。郭燕回到城里，手边的事迟迟没有办妥，加上心情不好，这次进城一住就是一个星期。每次进城都是来去匆匆，一方面是乡政府有忙不完的事，再者是不想回到自己家里去。几个月前丈夫被调去省工商银行上班了，这段名存实亡的婚姻也随丈夫的调离走到了尽头。

回借母溪前，郭燕将客厅里的电视机用纸箱子装好，去广电局门市部买了台电视卫星接收机。一切准备停当，她拨通了在电业公司上班的同学电话。

“你现在哪里，我过去找你，机械厂线路改建你不是在负责吗，把那些拆下来的废旧电缆全都给我。”

“你要这些干吗？”

“我说是拯救世界，你信吗？”

郭燕随拉电缆的车回到乡政府，派了三个电工师傅花了近一个星期时间，终于将水梨子家通上了电。电缆是从山岭上李司南的森林防火站拉过去的，与防火站共用一块电表。郭燕特意交待李司南，电费暂时由她私人垫付。当第一盏电灯在借母溪大山深处亮起，大山里的夜空星星就少了，月亮也没有先前那么亮得迷人了。几个从没走出过大山，没有见过电灯的老人，眼睛死死盯着那个发着橘色亮光的玻璃圆球出神，他们在琢磨里面的油什么时候燃完，看久了，再看远处夜幕下的群山，先前漂亮而明朗的山迹线忽然间没了踪影。

借母溪自然保护区核心区有两个自然村组：上借村与下借村。上借村的住户集中散落在溪水源头锅鼎山的环形山脚。下借村因为地势原因住得稀散多了，坳里几家，岭上几户，只有到了傍晚家家升起青蓝色炊烟，才能顺着那些炊烟的痕迹寻找到那些住户的存在。自从水梨子家通了电有了第一台电视机后，全村人的生活规律全被打乱了，村民们吃了晚饭便三三两两有说有笑结伴往水梨子家走来，水梨子家一下子成了借母溪的娱乐聚会中心。在这之前，村民很少去水梨子家的。刘根生是个沉默寡言的人，似乎对每一个造访他家的人都心存芥蒂，两只深眍下去的眼睛像两个深不见底的洞穴。水梨子很兴奋，以主人的身份忙上忙下招呼着来看电视的村民，电视剧开始后她才安安静静抱膝坐在床上，那专注的神情谁也不忍心去打扰，剧情伤感处，亮亮的泪水从眼角悄然滑落，情感激越处，会听到一颗年轻有力的心脏撞击着薄薄的胸膛。郭燕在一旁默默注视着水梨子，她的喜怒哀乐远比剧中人物更让人关注。平常水梨子喜欢半倚在床上看电视，只有当李司南在的时候，她才不会坐在床上，这些细节都被郭燕看在眼里。

每天晚上看电视二憨子都是第一个到，最后一个离开。不管二憨子来得有多早，反正板凳都轮不到他，被人指东挥西。郭燕冲着在前面转来转去始终找不到位子的二憨子叫道，二憨子，你过来坐我旁边，挤着坐。

二憨子见郭乡长喊他，心里没法形容有多自豪，把头昂得老高，眼睛斜视着像只战胜的公鸡，绕过人堆朝郭乡长这边挤过来。电视里正在播电视剧《红楼梦》，有的人不愿意起身让路，二憨子就大声说："还不让，是郭乡长喊我过去的。"那人嘀咕几声，接着狠狠戳了一下他的屁股，才极不情愿地挪了挪似乎粘在板凳上的屁股，让过挤攘过来的二憨子。已经挤过身去的二憨子忍不住回头瞥了那人一眼，"不让，还不让，郭乡长喊我，你还敢不让。"

在借母溪没有人对二憨子有好头眼，就连宝来婆娘也只是在春雷响起时才对他好那么一阵子。二憨子已经习惯了别人对他的态度，面对郭燕的热情一时头胀，认不得自己了，胆子慢慢大了起来。郭乡长的声音像雨后天晴山茶花里的蜜，最要命是身上还有一股香香的味道，二憨子有些禁不住，几次想伸手去摸郭乡长白白的手。

那天晚上二憨子睡得很香，还做了梦，只是醒来什么都记不得了，让他有些懊恼。从家里出来，要经过一条比鸡肠子还要细还要弯的小路。宝来婆娘心里发酸，指着从屋门前晃过的二憨子骂："看你那条屄相，郭乡长，郭乡长，叫得那么亲热，是你娘还是你屋堂客？"

"是你娘，就是我堂客……"

二憨子嘿嘿笑几声拔腿就跑，一边跑一边回转身来，对着宝来婆娘做他独创的经典动作，将右手食指套在左手食指与拇指扣成的圆圈里，一个劲地抽动，他每次做这个动作时，眼里就会有一种异样的光放出来。

四

为了赶工程进度，滑轨跳过鸽子坳沿溪谷向鼎锅山山脚铺去。

滑轨在鸽子坳被隔断成两截，运水泥和沙石的滑车过不来，只能全靠人力扛运。二憨子被通知去鸽子坳扛水泥，两块钱一袋，凭他那身蛮肉一天下来四五十袋不在话下，好多有力气的后生汉子都争着去，可名额有限，不是想去就去得成。二憨子心里清楚是郭乡长同他们打过招呼，自己才能去的。十几天下来，手上有了小钱的二憨子更神气了。一天，宝来婆娘趁旁边没人拦住二憨子，说："二兄弟，把你的钱给嫂子借点，嫂子好抓药吃，嫂子这胸口又开始隐隐疼了。"宝来婆娘一边说一边用手摩胸口。

二憨子说："你就自个儿摩吧，疼死了也跟我没半毛钱关系。"

最没用的二憨子挣了钱，让借母溪的婆娘们开始骂自己男人没卵用，后来就将对二憨子的妒忌情绪转移到了郭燕身上。

"要是郭乡长同意将那两蔸什么卵珙桐树砍了，滑轨早就修通了，再说二憨子能挣那么多钱吗？"

"那两蔸珙桐树不砍，路修不通，时间一长只怕夜长梦多，哪天领导一换，新和尚不念老和尚的经，到时我们借母溪人就白高兴一场了。"

村民七嘴八舌，说什么难听话的都有。郭燕没有觉察到村民们的敌对情绪，这段时间她正一拨一拨迎接县里来的车轮战术。水梨子说："郭乡长，难道你还没感觉到？你数一数刚开始来我家看电视的是多少人，现在剩几个人了，喊都喊不来。"经水梨子这么一提醒，郭燕这才意识到来看电视的人是越来越少了。

"郭乡长，我有话想问你。"水梨子怯怯地说。

"想问什么？"郭燕看着很少主动找话题的水梨子。

"我不明白你为何不准砍那两蔸鸽子树，再听话的孩子也只有自个儿爹娘疼，鸽子树喝露水长大你怎就那么上心呢！"

"那是国家一级保护树种，地球上就只我们国家有，而且都还没有借母溪的大，那是我们的国宝。"

"什么宝啰，长在那里都几百上千年了，也没见它起到什么作用，你会上口口声声说旅游是皇帝的轿子谁遇到谁让步，还说要让借母溪人过上好日子，滑轨修不通，我看什么日子也不会有。”

“这完全是两码子事，不能扯在一起的。”

“它们明明就连在一起嘛。”

郭燕没话说了，她不知道该怎么跟水梨子解释她不让砍珙桐树的理由。

滑轨施工与郭燕的思想工作，在紧锣密鼓地同步推进。汤副县长为了能让陈湘君背水一战，临时任命他为指挥长，换下了王东海。没有人想到上面会派陈湘君来，包括郭燕，见面第一句话她就问陈湘君是不是你毛遂自荐来的，陈湘君说你先别管我是怎么来的，你只要明白我是为了你好才来的就可以了。郭燕说，那就没必要了，为我好你就赶紧回去，别搅这档子事，我也是为了你好。

陈湘君是个慢性子，在情感上同样是不温不火，冷水煮青蛙。上大学时，他就追求过郭燕，因为这份感情才主动要求分配到西陵工作的。后来郭燕发现，这不是她想象中的爱情，时断时续时冷时热坚持了几年后，两人最终还是平淡地分手了。

“怎么弄成了这样子呢，基层干部与村民都在埋怨你，说你扯旅游的后腿，拦皇帝的轿子，说一套做一套。”陈湘君理了理情绪，“大道理我也不想同你说，也说不过你，我们就说眼前烧眉毛的事，上个月你工资被扣下多少？你应该很清楚，我们县是国家级贫困县，基本工资都无法保障，是你的一篇调研文章让领导们看到了希望，这次是铁了心要把借母溪旅游开发当成西陵县的最后一根救命稻草了。”

“这是两码子事，一码归一码。”

“是，我承认，这是生态问题，也正是因为借母溪有这么好的生态环境才让西陵县有了希望。我们来个假设，当初你发现的那片珙桐林，如果根本就没有这两蔸挡路的珙桐树王呢？借母溪同样叫借母溪，原始次森林同样叫原始次森林。”

“话怎么能这么说？当初做规划的时我就再三说过要注意保护生态，特别不能对那两蔸珙桐树王造成伤害，要他们把钻山打隧道所需的人力财力，还有时间都要考虑进去，领导们哪怕听进去半句，也不至于现在火烧眉毛，走到砍树让路这一步。”

“我也承认这方面确实是领导们没考虑周全，但我们又反过来想想，哪位领导是学林业出身，像你那样懂那么多生态环保方面的知识？搞旅游也是摸着石头过河，边走边学，谁都难免在工作中会出现一些纰漏，但有一点我们必须承认，他们一心想把西陵县的旅游搞上去，让西陵县走出困境这一点是毋庸置疑的，也是迫切的。”

五

100天倒计时已经过去一半，从鼎锅山山脚铺过来的滑轨眼看就要爬到鸽子坳了，郭燕心里越发紧张起来，她压根儿也没想到陈湘君会来这里任指挥长。从临时调换指挥长这件事上看，县里并没有考虑或拿出其它更好的解决方案，这样下去，随着时间一天天逼近，那两蔸珙桐树王被砍掉的可能性也在不断增大。郭燕给林学院导师打了一个长途电话，问导师珙桐树是不是可以像其它树种那样进行带土平移。

这段时间一直没有腾出时间跑建村小的资金，珙桐树也没有拿出一个好的解决方案，郭燕心里空荡荡的。她借进城联系导师的机会，找到分管文教卫的领导，得到的还是那句官话，县里有精神，眼前一切大小事情都要给滑轨让道，建村小的事只能缓一步，等滑轨接通后再说了。

几件事情都没有向着自己预期的方向发展，郭燕不知道下一步该怎么走。天越来越热，七月滚烫的太阳晒得溪里的水干枯了许多，清澈而温暖的溪水里，小鱼儿来来回回在亮亮的浅滩与岩槽沟里穿梭。很长时间没下雨了，溪沟里大片小片的滩渚，大块小块的鹅卵石裸露在外面，它们太渴望一场大雨将它们干枯的身体浇透了。郭燕抬起头望了望天空，几朵白云像几片撕碎的棉絮，从锅鼎山顶慢慢飘过来。前面深潭边有个小女孩在那里玩耍翻螃蟹，郭燕高声喊不要在溪里玩水，当心掉进深潭里去。小女孩听到有人喊自己，飞快地跑远了，小女孩一边跑一边回头偷望郭燕。是李豆！上课时间李豆不在学校上课，跑到这里来干吗？郭燕匆匆洗好衣服，来到水碾房村小询问情况。

老师告诉郭燕，李豆一个星期前就退学了，问她什么原因不来上课，她始终不作声，问急了，就低着头抹眼泪。老师还说：“我找过你几次，想告诉你李豆退学的事，几次都没找着，李司南说你有事进城去了。”

“找过李豆的娘没？”郭燕问。

“找过，得一肚子气，她娘说，问你们郭乡长去，说你说一套做一套。”老师说着朝郭燕看了一眼，她还说：“你们城里人就是花花肠子多，假惺惺地送她女儿读书，不知安的什么心，几棵树都不准砍，路修不通才害了我们子子孙孙。”

从水碾房回来的路上，郭燕心里突生一种从未有过的悲凉和无助感，农村工作难做超出了她的预期。她一步一步朝对面去年普查调研发现珙桐树林的那个山岭爬去，林间树荫斑驳犹如飘忽的心境，只有面对这些葱郁的树木花草，郭燕的心情才能静下来。缓缓的岭坡上是一片稠密的青岗栎树林，郭燕在林子里漫无目的地走着，太阳像火球一样从这座峰岭滚到另一座峰岭，林子里渐渐凉爽下来，热浪被稠密而坚实的树叶挡在了外面。郭燕漫无目的走了一阵后，在一处松软干净的草坡上坐下来，此时太阳已爬到山腰，光线穿过浓密的树叶照在身上，暖和而清爽，不一会儿就斜躺在草坡上睡着了。她做了个梦，梦到借母溪的学校落成了，从崭新窗户玻璃反射过来的太阳光让她有些睁不开眼睛。梦里她隐隐感觉裙摆间有一个冰凉的东西顺着她的大腿滑上来，她本能地一把抓住用力抛甩出去，同时感到大腿内侧一阵针扎了似的钻心刺疼。

郭燕惊叫着从梦中醒过来，发现原来自己手中拽着的是一条两米多长的圆斑蝰蛇。郭燕真的吓坏了，平常走路远远看见蛇从路坎溜过，腿都发软全身发麻，今天却活生生地抓在手中，她一声尖叫，眼前一黑晕了过去。

六

咬伤郭燕的是一条毒性不强的蛇，在大山里很常见。借母溪草医拜师学徒，第一条要学会的本领就是医治蛇伤，草医将七叶一枝花的叶片捣碎敷在郭燕的伤口上，没几天就散淤消肿了。

陈湘君走马上任后，工程进度明显加快了，随着工程进度的迅速推进，棘手的问题也越来越近。汤副县长带领乡政府领导一行五人，来看望被毒蛇咬伤的郭燕。

“郭乡长，看到你没事我们就放心了，你为借母溪人民所做的一切，这里的山这里的水都会为你做证的，西陵的旅游开发你是第一功臣，这次被毒蛇咬伤是正正当当的公伤，组织上决定让你先回城里休养一段时间……”

郭燕开始还觉得心头暖暖的，听着听着就想起陈湘君刚来时劝诫自己的话，心里不免伤感起来，一种莫名的失落慢慢爬上心头。很明显组织上对她的关心是假，趁机调离才是领导的真实意图。

郭燕的直接领导，借母溪乡书记对此刻调离郭燕表示了异议，他说，借母溪的旅游本来就是自然生态旅游，还必须要一个像郭燕这样对生态环保充满激情且具有一定专业水平的领导。郭乡长在工作中出现一些被动，起因也是因为那两蔸珙桐树王，从生态保护这方面来讲她是对的，只是从西陵县的实际情况出发不免显得有些太书生气。再说，珙桐树的事，最终解铃还须系铃人，绕不过去的。

山中的雨不紧不慢地下着，似乎没有短时间停下来的意思。在郭燕的记忆里，夏天的雨都是急性子，没有征兆地匆匆而来，又匆匆离去。山深林密的借母溪不光是信息闭塞，就连季节也都变得泾渭不分明了。郭燕进屋的时候，水梨子正在专心用博落回汁液涂指甲。博落回在借母溪叫菠萝筒，用小刀将一截茎干削出一个光滑切面，汁液会迅速洇浸出来。水梨子小心翼翼用一块小布头蘸上汁液往手指甲上涂抹，涂好后，举起手掌对着光线照了照，嘴角露出一丝浅浅微笑。

门外的雨慢慢小了下来，山间雾岚将一些树林变得虚幻起来。郭燕与水梨子抱膝蜷倚在床上看电视。前几天还燥热得不行，这雨一下气温就骤降了下来，这就是人们常说的大山气候吧。一场淅淅沥沥的雨，一部缠缠绵绵的电视剧，让被困在木屋中的两个女人情绪都变得异常低落，水梨子这段时间常常会目光呆痴长时间注视同一个地方，叫她半天才回过神来。

郭燕不知道水梨子有着怎样的心思，只知道她与山上美丽灵动的珙桐花一样孤独而落寞地生长在这深山里。

“说说你小时候一些有趣的事，好吗？”郭燕想分散水梨子的注意力。

“没有什么有趣的。”

“那就说说你最难忘的。”

“好像也没有。”

“听说李司南一直不愿调回城里去，是因为你？”

水梨子仍然不语。

郭燕只要一提到李司南，水梨子就不吭声了。

七

自从上次找分管文教卫的县领导空手而归后，郭燕明白自己不做出让步，建村小的资金走县财政这条路短时间内肯定没希望了，得想别的办法。筹资，对。筹资是个不错的办法，先造声势行动起来，火坑烧泥鳅，熟一节吃一节，学校修到一半领导不可能不管，百年大计，教育为本，这句话不是光放在嘴皮子上装门面的，得落实到具体行动中来。

考虑到上借村与下借村相距较远，分别照顾到两个村，新校址选定在上借村与下借村之间，当年人民公社时期借母溪生产大队粮仓与晒谷坪的旧址上。这确实是一块不错的地方，当年包产到户分田地时，大队特意将它提留了出来，作为集体预用储备土地保留下来，今天还真派上了用场。为了调动村民们的情绪，筹资动员会定在新校址前那块杂草丛生的晒谷坪上举行。

“大家请安静，今天把大家都召到这里来，是要告诉大家我们准备将水碾房空出来改成农家乐，当然这也是为村民们着想，乡政府领导想借这个机会将借母溪的学校建起来，我们要在这儿建一所学校，一所真正属于借母溪孩子们自己的学校。”

这时，一个顽皮的小孩将用草秆与树叶折成的纸飞机用力向前抛去，纸飞机在空中旋了半个圈，一头落在了郭燕的跟前。郭燕弯腰捡起纸飞机，一只手拉住前来捡飞机的孩子：“我们借母溪的小孩个个都很聪明，不比城里小孩笨，多年来为什么一个高中生都没有呢？水碾房是用来碾米的，再大的水再好的飞轮也只会碾出白花花的大米，碾不出高中生大学生出来，你们说是不是？”

郭燕的话被下面响起的几处稀稀拉拉的掌声打断，循声望去，几个手里夹着香烟的年轻人在拍手。郭燕被这有些尴尬的掌声打断了思路，清了清嗓子继续说：“从前没文化躲在大山旮旯里日子一样过，可如今时代不同了，情况发生了改变。其实这也是一举两得的好事，孩子们可以到新学校上学，学知识，将来走出大山，大人们经营农家乐可以分到钱，把日子过踏实。现在外面搞旅游开发都是谁出钱谁获利、谁入股谁分红的方式开发旅游项目，我们也在借用别人的成功经验，以入股分红方式经营农家乐，再将入股农家乐的钱用来建学校，这不是一举两得的好事吗？”

台下又响起几处寥落的掌声。

一直蹲在草地上一声不响的二憨子，猛然站起身向台上走去，一边走一边翻自己的裤腰带，快走到台上时终于从裤腰带里抠出一卷皱巴巴的钱来，说：“我，我入，入股，入五百块。”

台下一下子沉寂下来，似乎被二憨子的举动搞愣了头。不知是二憨子本身具有的喜剧效果，还是他的举动震撼到了大家，片刻沉静后人群中轰然响起热烈的掌声。郭燕看时机成熟，拉开嗓子说：“我也入股五千元。”郭燕从手提包里取出一沓簇新的钞票来，“这是我准备用来买电脑的钱，上次进城电脑公司技术员将配置单都填好了的，今年就不买了，反正电脑这东西淘汰快，等明年分了红再去买台更高档的。”

“我才没钱入什么卵股，我男人抓药都没有钱。”宝来婆娘从人群中站起身来，扯着嗓子喊，“听村干部说，本来修学校的钱政府要出的，就是你不准砍珙桐树才不肯给我们，现在修学校的钱应该由你姓郭的一个人出才对。”

“对，应该由郭乡长一人出。听说一蔸珙桐树值五万块，砍了那两蔸珙桐树，加上县里拨的十万块，修学校的钱早就够了，还用得着我们在这里筹钱吗？”刚才还在一旁带头鼓掌的年轻人站起身大声说道。

“叫她一个人出！叫她一个人出！”

会场气氛突然180度大转弯，让郭燕有些措手不及。村民们开始躁动起来，宝来婆娘见有人替她帮腔，愤然走上前去，双手挥舞着像唱独角大戏：“捉鬼放鬼都是你，什么卵乡长，树不准砍，我看你是想砍人吧……”

八

筹资会开得太仓促，加上没有这方面经验，现场熙熙攘攘像冲泡的一碗炒米。

“开会时我怎么没有看见村长呢，他在现场情况肯定会好一些。”经李司南这么一提醒，郭燕才回想起来，确实没看到村长在会场出现。今天要开会，前几天就跟他说好了的。怎么回事呢？第二天，郭燕见到村长时，村长解释说：“刚出门就被陈指挥长派人喊走了，说是修滑轨炸炮将下借村刘大民家的稻田炸塌了，这个刘大民是村里出了名的烂杆子，他将家里的被子搬到轨道上打起了地铺，谁劝也不听，问他到底要赔多少钱，他还假装不好意思张口……郭乡长，你也知道，修滑轨是县里大事，谁都不敢含糊。”

郭燕没有接话，她希望这只是一个巧合。从村长家回来，陈湘君已在门口等她很久了。

“你来干吗，看热闹还是想听笑话？”

“话先莫说得那么难听，本来我是准备好协助你开集资会的，谁知突然半路出了个刘大民，软硬稀稠都不吃，才不得不派人将村长喊去帮忙做工作，想着筹资会少村长一人不会有啥差错，谁能想到筹资会的场面真的会失控呢。”

陈湘君吩咐身边的财务，将一个厚厚的纸包放在郭燕的面前，“先从指挥部挪五万块钱过去，让学校先开工动起来，后面的慢慢想办法。借条我都替你打好了，你只需签个字就行。”

“旅游开发是皇帝的轿子，轿夫的钱你也敢动呀，你可真够胆肥的。”

“这个不用你担心，天塌下来我个子比你高，伤不着你。”

“收了你的钱我就更不放心了。”郭燕将钱推了过去，“这可是轿夫钱，皇帝一怒，血流千里。你还是把钱拿回去，延误了工期我可担不起这个罪名。”

“钱拿回去也难按时完工，不如先做成一件事是一件事。”

时间已进入倒计时30天，随着时间一天天逼近，郭燕越来越深感不安，滑轨很快就要铺到鼎锅山下了。随着下半截滑轨的完工，一个敏感且无法回避的现实问题将摆在面前。截至今天，县里并没有拿出其他补救方案或建设性意见，到时只会有两种情况发生：一是，推迟新闻发布会时间；二是，砍树毁迹。

来之前，陈湘君在汤副县长面前立下过军令状，现在开始后悔当初不该请缨来当这个烫手的指挥长了。在郭燕这里掘开口子已不现实，只能实行B计划了。在得到汤副县长的口谕后，陈湘君立即组织林业局的相关人士，以最快的速度拿出了一个平移珙桐树的方案，交汤副县长审批。

“成功几率有几成？”汤副县长看完方案后问。

“六成以上。我是说万一，万一平移失败，只能算我们调研不深入，方案不完善，最多算是工作失误。”

“那也算是过失杀人啊。”

“总比故意杀人要好。再说，我们也是为全县人民背这个罪名的。”

“再没别的办法了？”

“如果要想如期完工，这是最后也是唯一的办法了。”

郭燕还不知道这个秘密推进的平移方案，她是来找分管文教卫的陈副县长汇报工作的，准确点说，是来要钱的。

“修滑轨是很重要，也很紧急，可借母溪已经在那儿几千上万年了，旅游开发也不差这点时间，而学校晚建一年，借母溪的孩子就长大一岁，让他们有地方读书比什么都重要都紧迫，滑轨没修好，我们可以慢点修，今年修不通，明年修，人不可能因那段时光留下遗憾下次重新再来一遍，童年是倒不回去的。”郭燕说着说着，脑海里又浮现出水梨子最近一段时间忧郁而呆滞的眼神，突然情绪激动起来，“我不希望借母溪的李豆，可能还有黄豆、绿豆，这些欢蹦乱跳的女孩变成第二个第三个水梨子！”

陈副县长被郭燕的情绪瞠住了，一脸茫然地看着她，他不知道郭燕嘴里说的李豆、黄豆、绿豆是什么意思，水梨子又是谁，更弄不明白她为何突然情绪会这么失控。

“郭乡长，你的话说得很有道理，难得像你这么年轻的干部有这份人文关怀，目光放得这么长远，我一定想办法尽快落实，你先回去协助陈指挥长工作，建学校的资金就交给我。”陈副县长接了一个紧急电话，一边说，一边往楼下走去。

走出政府办公大楼，郭燕心里空荡荡的，她一遍一遍琢磨陈副县长最后的这句话，越琢磨心里的那种空荡感就越强烈，什么才是协助陈指挥长工作？砍树吗？我的职责是保护生态，保护树，怎么协助？

九

记不清多少天没有去水梨子家了，郭燕在县城给她买了一条紫色围巾，一本新华字典，还有香皂和一些女人用的生活用品。水梨子收到礼物开心极了，这是她长这么大第一次收到这么好的漂亮礼物，反复在脖子上试围，每围一种样式都要问郭燕，这样漂亮吗，是这么围的吗，可不可以这样围啊？

“你这么漂亮怎么围都好看，什么样式都可以，只要你自己喜欢。”

一只山雀娘拖着长长的尾巴，从对面山岭上朝这边飞过来。郭燕指着快要飞到头顶的山雀娘说：“快看，你把山雀娘都招来了。”水梨子抬头看着那只从头顶掠过，慢慢飞远的山雀娘，情绪莫名其妙低落下来。在郭燕面前，水梨子就是一株没有被录入植物百科大全的植物，全然不知道她的习性与所在科属，她的一颦一笑让人捉摸不透。郭燕正想着用什么话题将水梨子拉回到刚才欢快的气氛中来，只见一个民工模样的人慌慌张张从屋下坡冒头上来，一边爬一边高声喊：“郭乡长，不，不好了，珙桐树上吊了好多绳子，听他们说是要挖树了。”

郭燕听说有人在挖珙桐树，立即向鸽子坳跑去，当她气喘吁吁赶到鸽子坳，眼前是一派繁忙景象，十余根粗大的棕绳系着珙桐树的枝丫与树干，另一头分别系在溪对面的几棵大树上。一些民工在溪旁顺着树蔸右前方挖平移的坑槽，挖出来的生土像一条土坝横垒在溪畔上。

“统统给我住手，你们这是在干什么？”郭燕爬上一块溪岩大声吼道。

正在施工的民工们被突如其来的呵斥声吓了一跳，抬头见是郭乡长，似乎早有了心理准备，稍许停顿又开始忙碌起来。郭燕见民工们根本不听自己的，纵身跳进一个已经挖了半人身深的坑穴里，想用身体阻止他们的行为。民工们见郭乡长来真格了，只好停下手中挥舞的锄头。这时，一个包工头模样的年轻人走过来，冲停下来的民工吼叫：“谁叫你们停下的？赶快挖，中午挖不完，你们休想拿到一分钱。”在包工头的威逼下，民工们只好继续卖力地挖起来。

郭燕站在齐腰深的坑穴里，发了疯似的抢夺他们手中的锄头，奋力抛向坑外。空下手来的民工只好爬出坑穴捡锄头，就势跳到另一个坑穴里继续挖。郭燕见状，不得不从坑穴里爬出来，跳到另一个坑穴里去阻止。谁知等到郭燕跳下坑，民工们又一窝蜂爬出来，跳回原来的坑穴继续挖。几个来回下来，郭燕累得上气不接下气，找到包工头，有些绝望地吼道：“你赶快叫他们停下来，这是在犯罪，是要坐牢的，你知道吗？你告诉我是谁批准你们挖树的？”

包工头一脸漠视，说：“谁说要挖树了？我们是在平移，带土平移知道吗？我们是在想方设法帮你救树呢。是谁批准的？这个你得去问陈指挥长啊，我们是按领导的指示做事，你在这里装什么神仙扮哪路菩萨。”

“谁说可以平移的？就是冬天也很少听说有平移成功的先例，更何况头上还有这么大的太阳照着！”

“这我怎么知道，我们又不是专家，再说方案又不是我们施工单位拿的。我们是乙方，只管按照甲方的要求去做。”

“那你告诉我，方案是谁拿的？”

“陈指挥长交给我的，他说是县里拿的方案，你是这方面的大专家，我还以为是你拿的平移方案呢！”

郭燕突然回想起来，眼前这个指手画脚的年轻人在上次的村民筹资会上出现过，就是现场故意捣蛋的那两个年轻人中的一个，怪不得这么眼熟。想到这里，郭燕突然全明白了，心凉到了极点，怪不得那天场面会失控，原来有人在暗中一手策划着这场闹剧。

郭燕怒气冲冲跑到指挥部，推门进去，陈湘君正在同几个人商量事情。面对突然撞进来的郭燕，陈湘君表情镇定，没有想象中那份尴尬与慌乱，示意办公室谈事的几个人先离开，抢在郭燕说话前先开了口。

“方案是县里拿的，我是指挥长，只能不打折扣地去执行。”

“那你最好马上过去，通知他们赶快停工！”郭燕一个字一个字地咬着说。

“已经不可能了，就是现在把我从指挥长的位置上撤下来，也停不下来了。”

“那我可以向你保证，第一个进监狱的人就是你。”

“燕子，你别激动，这件事不能太书生气了，泰昌公司已最后下了通牒，再不处理好珙桐树的事，他们立即撤资走人，政府就要按合同赔偿他们的全部经济损失。”

“陈湘君！”郭燕大声吼道，“不准你再喊我燕子。”

陈湘君表情错愕地看着郭燕，不知道接下来该怎么应对。这时，从工地那边跑过来两名民工，一边跑一边高声喊：“不好了，塌方了！塌方了！二憨子和几个铺滑轨的民工被埋到土里面去了……”陈湘君与郭燕从刚才的对峙气氛中惊醒过来，撒腿朝鸽子坳奔去。

几天前，施工队从鼎锅山撤回到鸽子坳，做滑轨对接前的准备工作，因指挥部临时决定平移两棵珙桐树，一些民工被抽调过去帮忙。陈湘君对平移珙桐树心里自然也没有把握，反复交待施工队施工时一定要注意珙桐树的安全，也要注意人的安全，强调要将平移槽坑挖深掘宽一些，一定不要弄伤珙桐树的主体根系。

昨晚上雨稀里哗啦下了整夜，山体泥土经雨水浸泡变松软了，早晨上工就有人看见坡坎上那道有一拃多宽的裂缝，担心将基脚挖松后上面的坡崖滑塌下来，大家都躲着那条裂缝在远些的地方施工。二憨子见他们一直在原地磨蹭，朝地上吐了口吐沫，说："你们有条卵用，让老子去，给你们打个样儿。"

近段时间，二憨子干得比谁都卖命，盼着滑轨尽快接通的那一天，城里的漂亮女人一串一串到借母溪来玩。其他民工们在一旁全神贯注地注视着那道裂缝，准备稍有动静就喊二憨子撤下来。二憨子一钎一钎撬得很卖力，苞谷子大的汗珠子沿着鼻梁掉落在黑亮黑亮的滑轨上。此时，一个眼尖的民工突然高声喊道："二憨子，快跑，塌下来了，塌下来了，快跑……"见二憨子没有反应，两个腿快的后生一个箭步冲上去，想把二憨子拉回来。还是晚了一步，敷在山体上的泥土石块顷刻间滑塌下来，只听到一声沉闷的低吼，两名冲上去的民工和二憨子，一起被腥红的泥石堆掩埋了。

郭燕与陈湘君赶到出事地点的时候，民工们已将血肉模糊的二憨子挖了出来，其他人还在手忙脚乱撬石块挖泥土搜救另外两名被埋民工。有人在高声喊叫，有人在恸哭。二憨子被抬放到一块半斜的岩石块上，胸前的伤口在汩汩地往外冒着血泡，随着胸脯一上一下起伏。郭燕站在人群中看着二憨子，不敢上前去，她没有勇气接受一个熟悉的人在自己眼前慢慢死去的现实，更不敢正视二憨子那双没有谁能读懂的眼神。

此时，二憨子嘴角翕动了几下，好像有话要说，村长俯下身，将耳朵贴在二憨子的嘴边，说："二兄弟，有话你就说，我给你做主。"二憨子努力将眼皮撑开，向围拢在他身边的人群中搜寻，似乎想说什么，却一个字也没有说出来。

十

出了这么大的安全事故，铺滑轨和平移珙桐树的事不得不暂时停了下来，陈湘君引咎辞去指挥长职务回城等待处理。不知是因为时间紧，还是已经放弃了十月一日的新闻发布会，县里没有派人来接替陈湘君的工作，而是就地提拔原来的副指挥长任指挥长，组织全面工作。二憨子是孤儿，安葬事宜由村委会牵头组织。

二憨子新坟在村子东面那个生长着一片葱郁黑壳楠的矮坡上。昨夜吹了一夜的风，坟堆旁积散着一层薄薄的开始泛黄的落叶。郭燕想去看看二憨子，烧沓纸线给他。山中无雨三丈雾，林子密潮气重，高高矮矮的树林被浸泡在一团一团移动的雾岚里。翻过一处小山冈，远远看见雾气中一个背影在往二憨子的新坟走去。郭燕跟上去，走出林子后才看清那个背影原来是宝来婆娘，起先以为她只是顺路经过，没想她来到二憨子坟前停下来，接着扑通一声跪下了。

宝来婆娘在男人们眼中应是借母溪这根溪水回头率最高的女人，不仅长得丰满白腴，荤段子讲得能让你三天三夜睡不着觉，特别是胸前那两团魔芋豆腐似的大奶子，常常让从身边经过荷篓挑担的汉子走神踢破了脚。这些高光岁月是属于宝来婆娘的，郭燕的到来，让宝来婆娘似乎一下老去了十岁。最让她气愤的是二憨子，以前叫他去茅厕坑摸长尾巴的蛆蛆都从不说半个“不”字，如今瞧他那个屌样，走路昂首阔步故意做样子给人看，嘴里还郭乡长前郭乡长后喊得让人浑身起鸡皮疙瘩。再就是自己那个得痨病的男人，一年多来骑在她身上没做完整过一次那事。后来她慢慢悟出一个规律，自己男人白天只要是见过郭乡长，夜里准要做那事，气得她一脚将男人踹下床去。

“你这又是哪根筋不对啦？”男人一脸的委屈。

“郭乡长不踹你，你去啊。”宝来婆娘在男人的屁股上又补上一脚。宝来婆娘对郭燕的妒忌就是这样一天一天堆积起来，闷在心里头挂在脸面上迎着风淋着雨疯长。

“二兄弟啊，你死得冤呢，被狐狸精勾了魂你还蒙在鼓里呢，我早知道那狐狸精迟早会要了你的小命，可我没想到这么快啊。”宝来婆娘说着说着，声音变得沙哑哽咽起来，“憨子啊，你在世上没做回男人就走了，到阴世也会招人耻笑，不是嫂子我狠心，我屋那个痨病客毕竟是跟我一起拜过祖先的人，我干不出那种缺心缺肺的事，我迈不过那道坎啊。本想着等痨病客走了，嫂子让你好好耍一回的，哪知道你却早一步先走了……”

宝来婆娘絮絮叨叨，一边抹着泪，一边慢慢从背篓里取出一个纸扎人儿：“憨子，嫂子阳世没顺你的愿，只能等到阴世去还了。这个纸人儿就是照着那个姓郭的狐狸精样子糊的，是她害死你的，我要她来陪你，我都替你想周全了，看，我已经将她的手脚全捆死了，她不顺也得顺！”宝来婆娘一边念叨一边点燃手中的纸人儿，橘色的火焰在山风中跳跃，飞蹿，一些被风卷起的落叶卷入到飞蹿的橘色火舌中，发出噼噼啪啪的脆响，慢慢升起的白烟像雨后清晨的雾，在枝叶浓密的树林中萦绕弥漫，一会儿就消失得无影无踪了。

看着代表自己的纸人儿慢慢化为灰烬，郭燕心里像是哽了一团化不开又拿不掉的东西，憋得透不过气来。她终于明白过来，自己对植物树种的了解远远超过对人的了解，特别是对生活在借母溪这个被现代文明遗弃的底层人群更是知之甚少。宝来婆娘的话以及行为深深刺痛了她的心，当她看见“自己”被宝来婆娘捆了手脚，点火燃烧的那一瞬间，感觉自己真的就如同那缕白烟一般飘散了。

一阵风吹过，几片落叶在眼前翻滚幻化，一声鸟鸣从树林深处传来，听着让人觉得周遭一片魔幻，不由得害怕起来。郭燕悄悄离开了，她不希望宝来婆娘此时看见自己，更没勇气面对她那刀子般锋利的眼神。二憨子的死，特别是眼前的这一幕对郭燕产生了巨大的震撼，逼压得透不过气来。她不自觉地想到了水梨子，水梨子的内心世界比借母溪任何人都要隐晦和未知，她开始怀疑，如果哪一天水梨子突然向她敞开那个隐匿的内心世界，她是否有勇气有胆量走进去。

十一

塌方事故后，郭燕在城里待了一段时间，躲在家里谁也不见，每天睡到快中午才起床，饿得不行就去外面随便吃点东西。电视机已经送给水梨子了，家里长时间没人居住，显得空空荡荡。陈湘君在这次事故中被免职，顺势调去省文艺出版社下的杂志社工作了，这是他很早以前就有的想法，没想到最终走得这么不光彩。

李司南见郭乡长进城这么久没回借母溪，进城办事顺道来看望郭燕。

“出什么事了？”郭燕见李司南突然来访，心里掠过一丝不安。

“没事呢，就是来看看你。”说着，李司南从包里取出一根绛红色的树枝，“前几天有个村民带我去看了一棵树，好像是珍稀树种：血皮槭。我拿不准，折了一根树枝来让你鉴定一下。”郭燕接过树枝看了看，将它插进一个精致的高脚玻璃水瓶里，摆放在向阳处的一个茶几上。

“你一来，我突然觉得肚子有点饿了，走，我们去馆子好好吃一顿，边吃边聊。”

从郭燕家出来要经过一条窄窄的巷子，巷子两边有许多小餐馆，都是居民用一楼柴棚打通改造而成的。丈夫江长河被调去省城后，郭燕就很少在家里做饭，是这里的常客，她觉得这些小餐馆虽没有街面上那些酒店排场，但却很温暖，饭菜也可口。他们选了一处较干净整洁的餐馆坐下来。

“郭乡长，我觉得我们也许误会陈指挥长了，虽然他交待过暂时不要跟你说，但我觉得还是让你知道更好。陈指挥长说，他来借母溪之前，去省里的调动手续就已经办得差不多了。他还说，他来借母溪之前，县里的态度就已经很明朗，砍树回避不了，只是时间问题。那次你被蛇咬伤时，他向组织建议将你调走，其实是在保护你，希望你趁机离开这个是非之地。再后来，他不得不安排手下的包工头在筹资会上搅你的场，让你知难而退主动放弃，可没想到你还是要坚持。见诸多方法都不能阻止你，他只好想出一个平移方案来拖延时间，他知道你知道后一定会出面阻止，本想着利用这一波三折来来回回的折腾，将时间拖过十月一日，让县里主动放弃砍树，推迟庆典时间，争取到足够时间来选择其他方案，偏偏又出了塌方事故……其实，那天那个民工去向你通风报信，也是陈指挥长安排的。”

“他还说县里的关系很微妙，其中也有同你观点一致的人，不赞成砍树修滑轨，当初贺县长对将工程投标交给泰昌公司是持保留意见的，滑轨修到鸽子坳碰到珙桐树也是事先没有想到的事，泰昌公司坚持要从鸽子坳中间穿过，着实让人费解。开始以为泰昌公司不愿意钻山打隧洞是为了节省那十几万块钱，后来联想到泰昌公司以前是做林木进出口业务的，在网上查了一下，这才知道他们有别的目的。陈指挥长还说，在做平移方案时，一是为了拖延时间，二来也是想试探一下泰昌公司。方案出来后，贺县长为什么要带队去鹰咀岩考察？认真想想，也就知道答案了。”李司南说着，将一张纸片递给郭燕，“这是陈指挥长的新号码，他说他在省城见过金马公司的老总，对方说，只要泰昌公司撤走，他们愿意重新考虑接手。”

李司南还要往下说，被郭燕打断了。

“水梨子还好吗？”郭燕不想往下听，转移了话题。

“她挺好的，昨晚听说我要进城来看你，特意叫我把这串钥匙带给你，说是你掉在床上了，怕你回来时她不在家，走累出汗了一时开不了门，不方便。”

“她还说了些什么？”

“她的话让人云里雾里的，我也弄不明白。”

“快说呀，她到底说了什么？”

“她说，到了明年春天入夏的时候，如果我看见有白白的鸽子在我身边飞，千万不要将它们赶走……”

李司南的话还没说完，郭燕便站起来，匆匆结了账，说：“你赶快联系一辆车，我去家里拿点东西，我们现在就赶回借母溪去，水梨子要出事了。”

李司南被郭燕的话搞懵了头，半天没反应过来，他停顿了一会儿，回想起水梨子在跟他说那些话的时候眼眶湿润润的，离开时还回过身看了他一眼……想到这里，李司南的心忽然也紧张起来，马上打电话联系到一辆林业站的执法车。

郭燕坐在飞驰的车上，一路回忆最近一次见到水梨子时的情景，那天水梨子好像跟她有说不完的话：“郭乡长，我问你一件事，你是读书人有学问，在鸽子树上吊死的人，真的可以在阴世与心爱的人在一起吗？”

“也许吧。你怎么突然问这么稀奇古怪的问题？”

“借母溪的人都说有这么一个传说，说是一个女孩子一旦吊死在鸽子树上，第二年鸽子花开的时候，那些白白的鸽子花就会变成一只只美丽的真鸽子，衔着她的灵魂飞到心爱的人身边去……”

只几天没见的水梨子，不知为何憔悴了那么多，昔日如溪水般透澈的眼睛变得呆滞，不灵动了。郭燕只想告诉眼前这个可怜的女孩，这只是个美丽而悲壮的爱情童话，是借母溪女人自我疗伤自编的一个美好愿景，坚决不能信！可她却没有勇气说出来，她不忍心击破眼前这个如晨雾里悬在草尖儿上，露珠般透亮易碎女孩心里仅存的那一份对美好爱情的向往。

郭燕一直催司机开快点，到借母溪乡政府时已是夜里十一点多了，从乡政府到水梨子家还要走三十多里山路。一路上郭燕、李司南谁都不说话，只顾埋头赶路，当他们翻过那座高高的鲤鱼背，东边被山际线分切成锯齿状的天穹开始露出鱼肚白的光晕。手电筒射出的光线越来越暗，山间雾岚慢慢清晰起来，像细纱一样缠绕在黛绿色的树影之间，几只被他们惊醒的夜鸟，像两滴透明的水珠从高处巢穴里滑落下来，在眼前一闪就没进了另一片更深的混沌黛色之中。

天上的鱼肚白在慢慢扩大，远山的轮廓逐渐明朗起来，鸽子坳那棵珙桐树旁好像围了许多人。他们加快脚步向鸽子坳跑去，郭燕一边跑一边在心里喊：“水梨子，你可别吓姐姐啊，那些传说都是别人瞎编的，不是真的，你可不能这么傻啊……”

天地在慢慢亮开，雾却在慢慢变浓，刚才还能隐约看见的远山轮廓，现在反而什么也看不见了。

郭燕的预感没有错，水梨子用自己的方式告别了人世，飞向了她心爱的人。郭燕拨开人群看到水梨子静静躺在一块洁净的岩石上，双腿一软瘫倒下去，一屁股跌坐在溪旁沙渚上失声痛哭起来。水梨子是被清早起来解手的民工发现的，民工们将水梨子从珙桐树上解下来，将一块半透明薄膜盖在她的身上。

溪涧里的雾浓得化不开，一阵风吹过，一些人影与景物像是刚从梦中醒来。郭燕怎么也不愿相信，那么一个活蹦乱跳的女孩会用这样的方式结束自己年轻的生命，她没有勇气走上去看水梨子最后一眼，透过半透明薄膜，她隐约看见水梨子穿着她平时最喜欢穿的那件红色碎花衬衣，脖子上围着她送给她的那条漂亮的紫色围巾，整洁干净得像是静静地睡着了一样。指甲上涂抹的博落回汁液，鲜艳而醒目。郭燕一直在流泪，汹涌的泪水让眼前的一切变得更加迷糊而虚幻，她仿佛看到溪对面珙桐树上成千上万的鸽子花离枝展翅而起，顷刻间幻化成无数只雪白的飞鸽在溪谷的上空漫飞盘旋，久久不愿飞离。

回头，见李司南远远跪在一块岩石上，像晨雾中的半截树桩杵在那里，一动不动。

十二

按当地习俗，女人死去只能在婆家安葬，水梨子还是个女孩，没有婆家，娘家又归不得，村民们商议后只好把水梨子就地安葬在珙桐树旁的一处坪地上。人群三三两两慢慢散去，逼仄的溪谷突然间沉静下来。湿度很重的暮色中，郭燕看到一个落寞佝偻的背影，一晃一晃踩着满地的落叶消失在远处被暮色与浓雾笼罩的山林深处。

入葬后第三天，亲人要去坟上烧纸钱招魂，这样死去的人才能回得了家，特别是死于非命的人。郭燕准备了一沓纸钱想去水梨子的坟上烧给她，她不忍心将水梨子丢在这荒山野岭之间，尽管她不相信这些。初秋的太阳暖暖地照在这片山坡上，昨夜的一场雨让空气湿润润的，一些因雨水而掉落的颜色各异的树叶，色彩斑斓地散落在水梨子的新坟上。几只用棕榈树叶扎成的鸽子，用枝条扦着插在水梨子坟堆软软的新土上，一阵山风吹过，薄薄的翅翼随着风微微颤动，跃跃起飞的样子。暗绿绣眼鸟从头上掠过，叽叽叫过几声，穿过密密的丛林向山那边飞去。

李司南来过了，郭燕心里感到一丝宽慰。

告别水梨子，郭燕朝指挥部方向走去。

郭燕将一份事先准备好的同意砍伐珙桐树，且一切责任由她一人承担的书面材料递到新任指挥长手上。指挥长接过材料看都没看，直接放进文件柜，顺手将桌上事先准备好的一份只需郭燕签字就可以帮她洗脱责任的说明材料递过去。大致意思：鸽子坳只有六蔸珙桐树，文章里写到的那两蔸直径超过一米的珙桐树王根本不存在，当初这样写，主要是为了增加那篇文章的分量，特向组织以及相关媒体作出深刻的书面检讨……

郭燕退出会议室，办公室小王追出来将材料再次递过来。郭燕接过材料，当着她的面将材料撕碎用力甩在地上，说："大海都翻了，还在乎一只船吗？"

郭燕从指挥部出来，没有去水梨子家，她什么行李也没有，一些与水梨子共用过的生活用品已在水梨子死后的那天晚上烧掉了，几件水梨子说自己穿着好看的衣服作为随葬品也给了水梨子。路过水梨子家下面坡岭时，郭燕还是不自觉地看了一眼水梨子的家，那栋破旧的房屋房门紧锁，她仿佛看见自己曾住过的那间房子的窗子里，有一双眼睛像两个黑森森的枪眼在目送自己，郭燕感到背后一阵阵寒意。

爬上鲤鱼背，郭燕沿着山脊来到她第一次发现珙桐树的地方。雨，不大不小，缠缠绵绵下起来。

郭燕在一株叶片宽大的博落回前停下脚步，用小刀削下一根枝杆，鲜艳的酱黄汁液洇浸出来，她学着水梨子的样子，小心翼翼地涂抹在指甲上。涂好后，又学着水梨子的样子，伸出手指对着天光照了照，发现手指透明了一般，好漂亮。她接着从手提袋里取出钥匙环，将水梨子给她的房门钥匙扣，从自己的钥匙环上别下来，钥匙扣上那个用棕榈树叶折成的小鸽子漂亮极了，她知道这应是李司南送给她的。郭燕轻轻晃动几下，小鸽子好像活了一样，既萌又可爱。郭燕将钥匙扣挂在一棵青岗栎树的树枝上，一阵山风吹来，悬吊在钥匙扣上的小鸽子舒展着翅膀，灵动得像要飞起来。抬头望去，鼎锅山笼罩在雨雾之中，翻过鼎锅山，手机就可以收到信号了，她一步一步沿着山脊朝鼎锅山山顶爬去。

一声清脆的手机短信铃声响起，郭燕打开手机，短信是陈湘君发来的：

只要你心中仍然四季分明，鸽子花便可随时展翅飞起。

蓦地，她想起去年普查时，第一次看见珙桐树时写在笔记本上的一首小诗来：

如果心是一棵树，
旁逸或斜枝，你的
天空都能装下么……

故事梗概

云上天子湖

又名《爱情秘方》
乡村爱情故事片

人物小传：

人物01：杨小青，女，28岁，随母姓，天子蓝印花布有限公司法人。她大学毕业后考入某市文化馆事业编制，在母亲的再三劝导下，毅然辞去公职回到了家乡，同母亲一起传承和发展蓝印花布这一国家级非物质文化遗产。

人物02：冯天明，男，30岁，中国美术学院毕业后，在上海红杉服装公司做品牌设计工作。他在一次服装展上与杨小青相识。当时天子蓝公司正在T台秀上展示他们的产品，因杨小青盗用了他的油画获奖作品《云上天子湖》，用于雕刻印版图案制作了这套展示服装。

人物03：程海东，男，28岁，辰州油匠茶油有限公司法人，杨小青的高中同学。他高中毕业后去了上海打拼，以不正当手段赚得第一桶金后回乡创业，并以入股的方式帮助杨小青将蓝印花布从传承工艺走向了产业化发展。

人物04：杨燕，女，55岁，杨小青的母亲，老字号天子蓝印花布人，天子蓝印花布有限公司创始人。做事执着，干练，有头脑。

人物05：张建华，男，45岁，天子湖镇派出所所长。

人物06：张诚，女，38岁，天子湖镇副镇长，分管乡村产业振兴与旅游工作。

人物07：周小州，女，25岁，天子蓝印花布有限公司员工。

人物08：程培松，男，55岁，程海东的父亲，辰州油匠创始人。其实祖上也是做蓝印花布的，后来因为染料配方遗失才改行开油坊。

人物09：吴江北，男，50岁，上海红杉服装公司总经理。

人物10：小夏，女，25岁，天子蓝印花布有限公司员工。

人物11：李大鹏，男，30岁，天子湖镇村霸。

其他人物：若干。

故事梗概：

天子湖国家湿地公园位于邵阳县城西北，为资江的两大支流赧水和夫夷江汇合地，历史人文厚重，湖光山色迷人。这里不仅是中国茶油之都，更是全国著名的蓝印花布之乡。在国家乡村振兴政策背景下，将特色产业做强做大推向市场，成为当地政府的重要发展思路。故事就是在这个时代背景与地理环境下，讲述新时代农村年轻人希望通过自身努力改变家乡面貌，实现人生价值和追求幸福爱情的感人故事。

故事开头1：一天雨夜，染坊失盗。

故事开头2：蓝印花布服装在上海T台秀引发的《云上天子湖》作品侵权官司。

辰州油匠是天子湖畔一家老字号油坊，在当地非常有名，传至程海东这一辈已是第四代了。听说他们祖上以前也是做蓝印花布生意的，后来因为植物染料配方遗失才改行开油坊。时代在前进，人的观点也在改变。九〇年后出生的程海东，显然不满足于祖辈们的那种小作坊经营意识，希望能向规模化现代化方向发展。他在上海经商时，以不光彩手段赚得了人生第一桶金。回乡后，他立即将“辰州油匠”注册为了商标，并以商标名成立了公司。在保留一条传统油榨工艺线的前提下，大手笔引进了三条现代化油榨生产线。

程海东与杨小青是高中同学，在中学时就给杨小青写过情书，后来因杨小青考上大学，他觉得自己配不上她，才不得不将这份情感隐藏起来，希望哪一天自己混出头脸了，有机会再去追求杨小青。

杨小青大学毕业后，考上了某市的文化馆事业编制，成了一名公职人员。她的母亲杨燕是当地有名的蓝印花布传承人，做事执着，干练，有头脑。工艺是祖上传下来的，传说杨燕的祖上与程海东家族有过恩怨。印染工艺到杨燕这一辈也不知道传了多少代了。在母亲的再三劝导下，杨小青终于辞去了公职，回到家乡与母亲一起传承和经营祖上的这份产业，并成为了天子蓝印花布有限公司的法人。

与程海东一样，杨小青的理想不仅仅只是停留在传承上，她立志要把蓝印花布做成产业，得到市场认可的同时，创造更大的经济效益。公司发展需要资金，程海东找到杨小青，主动以现金入股。就这样，程海东以股东的身份再次走进了杨小青的生活。

然而，故事的发展并没有照着程海东设计的路线与方向走下去。

冯天明出现了。

如果没有发生那次侵权行为，杨小青就不会认识冯天明，没有认识冯天明，也许她与程海东的爱情故事可能会是另一个感人的版本。

杨小青并不赞成母亲的那套“酒好不怕巷子深，只要把产品质量搞上去，就不怕没人喜欢”的传统观念。经过努力与精心策划，她终于将天子蓝印花布推上了上海的服装T台。这次T台秀服装展收到了比预想还要好的效果，特别是当那套印着“云上天子湖”图案的服装闪亮走过T台，立即引得台下一片惊艳的目光和欢呼。

《云上天子湖》是冯天明当年在国美读大四时，与老师一起在天子湖写生时创作的一幅油画作品，还获得了全国大学生油画类专业大奖。杨小青第一次看到这幅作品时就被吸引，于是将这幅作品进行了线条化加工，雕刻成了印花图版。

天子蓝公司被告上法庭。当冯天明第一次见到杨小青时，就有些后悔了，他没有想到站在他对面的被告，来自乡村的普通服装公司会有这么好气质的美女老板。在进一步的沟通协调中，冯天明更是被她的那份对传统蓝印花布的执着与真诚感动。特别是当她谈起她全国各地寻找蓼蓝草种的艰辛与委屈，最终经过无数次研究试验，成功采用菘蓝（板蓝根）替代这种传承上千年的蓼蓝植物染料后，冯天明慢慢有了自己的想法。

后来，冯天明对杨小青开玩笑说，你哪是在盗我的作品啦，分明是在偷我的心啊。冯天明撤诉后，他在杨小青的真诚邀请下来到邵阳天子蓝公司考察。他在网上曾留意过这种蓝印花布的制作工艺，想以此为题材创作一组油画作品。冯天明不是职业画家，从中国美院毕业后，他直接应聘到上海的红杉服装公司做品牌设计师。蓝印花布服装受到市场的青睐，冯天明所在的服装公司有了新的商业计划。杨小青有蓝印花布，红杉服装公司有专业的设计团队和成熟的销售渠道，如果能够合作，市场前景一定很好。所以，冯天明来天子蓝公司考察，明面上是创作采风，收集创作素材寻找创作灵感，暗地里却是带了公司的任务来的。

经过冯天明的努力，天子蓝公司与上海红杉服装公司的合作终于谈成了。天子蓝公司负责生产蓝印花布，红杉公司负责品牌设计和销售，双方合作取得了很好的业界美誉和经济效益。慢慢地，杨小青开始不满足于这种合作方式，她觉得天子蓝印花布有限公司还应该有更好的发展，她想创立自己的服装品牌，让公司走得更远更稳，将来走上国际服装T台。

红杉公司刚刚开创的新品牌和新市场，眼看就要因蓝印花布涨价，甚至有断货的可能而受到重创，为了摆脱这种原材料受制于人的困境，公司不得不改变策略，寻找其他的合作伙伴，但都因蓝印花布的质地问题选择放弃，最后公司决定开始自行研制蓝印花布。制作蓝印花布，核心工艺与技术是在研制植物染料的配方上。天子蓝印花布是祖传秘方，外人根本没法知道。红杉公司经过无数次实验都没有取得成功，无奈之下便想出了商业间谍计划。

天子蓝公司在商业上取得的长足发展，并没有让股东程海东开心，因为他发现杨小青对自己越来越冷淡。眼看着自己心爱的女人与冯天明越走越近，程海东心里萌生要将冯天明赶走的想法。他告诉杨小青，说冯天明有可能是红杉公司的商业间谍，不要跟他走得太近，别到时候被卖了还在帮他数钱。

杨小青根本听不进去，认为程海东小心眼，完全是因妒生恨。其实，杨小青心里明白，自己的感情天平早就开始向冯天明这边倾斜了。一天不见，她都会心神不定，魂不守舍。

这一切都被女员工周小州看在眼里。周小州一直暗恋着为人侠义的程海东，杨小青的移情别恋让她看到了希望。

在冯天明眼里，程海东是个有侠义心肠的人，尽管这种侠义有着农村年轻人的狭隘，但他仍是一个值得交往的朋友。然而就是这么一个侠义汉子，时常会有一些反常举动让冯天明找不到答案。如：他不许别人给他拍照，也不与人合影，从不发朋友圈。与红杉公司签合作协议的那天，杨小青邀请程海东一起合影留念，他都借故离开了。直到有一次，冯天明偶然在一次商业活动中，得知程海东私吞过一家公司的一笔货款后才恍然醒悟过来——程海东原来是担心照片流出去后有人找到他。

在一次闲聊中，冯天明暗示程海东自己知道了他在上海搞到的那第一桶金的内幕，让他老实点不要赶自己离开天子蓝。因为这时冯天明已经是天子蓝的服装设计师了。

接下来发生的事情超出了冯天明的预期。

一天雨夜，一个人影鬼鬼祟祟地从悬挂晾晒的蓝印花布间闪过。接着一声尖叫划破黑夜里绵密的雨幕，伴随一道闪电，只见那个黑影迅速穿过层层布帘向围墙外跑去。

天子蓝公司的染坊失盗，植物染料配方不知所踪，这件事终于让程海东找到了赶走冯天明的理由和机会。

程海东与杨小青来到天子湖镇派出所报案。杨小青说，小偷在逃跑的时候，被她用染缸里的布球棒击中过。这种染料一旦被染上，半个月都冲洗不掉。只要找到嫌疑人，叫他脱掉衣服就知道小偷到底是谁了。在程海东的举报下，冯天明被传唤到了派出所。当冯天明脱掉衣服，果然发现他身上有一块靛蓝的色块。

杨小青心里一万个不相信偷染料配方的人是冯天明，但事实摆在面前。其实在她心里，那天雨夜看到的那个背影好像是程海东，她又联想到母亲跟她说过，程海东祖上以前也做蓝印花布，后来因为染料配方被盗才改行开油坊。母亲还说，程海东的爷爷曾跟村里的老人们说起过，他怀疑是杨小青家祖上偷了他们家的配方。杨小青第二个怀疑对象便是村霸李大鹏，因为李大鹏在镇上放过狠话，说程海东抢了他家的茶油生意，他还知道程海东喜欢杨小青，扬言有机会要给程海东上点颜色。而那天雨夜，她亲眼看见李大鹏来过公司。

冯天明终于被赶走了，一去了无音信。程海东却仍然高兴不起来，因为杨小青并没有因为冯天明的离开，而将感情转移到自己身上来。杨小青的移情别恋，辰州油匠公司经营不善，再加上失盗事件杨小青对他因爱生恨做法的不能原谅，万念俱灰的程海东选择了自首，向警方坦白了在上海私吞货款的事。他还说是他设计陷害了冯天明，冯天明并没有偷配方。他不想再过这种偷偷摸摸见不得光的日子了。

一天，杨小青在整理程海东的房间时，意外发现了那个写在牛皮上的配方，心凉到了极点。

冷静下来的杨小青，感觉这里面一定还有其他隐情，就像当初她不相信冯天明会偷秘方一样，她不相信程海东会做这样的事，他不是这样的人。记得有一次，李大鹏喝醉酒找冯天明麻烦，还是程海东跳出来揍了李大鹏一顿。为此，程海东还在派出所被关了一夜，赔了5000元医药费才将事情平息下来。

这天，杨小青带着律师去看守所看望程海东，远远看见已经辞工的周小州从看守所出来，低着头朝这边走来，杨小青赶紧侧身躲在一棵大树身后。经过观察，周小州的异常举动引起了杨小青的怀疑，后来事实证明，杨小青的判断是正确的，偷配方的人不是冯天明，也不是因爱生恨监守自盗的程海东，更不是李大鹏，而是暗恋程海东的周小州。这一点她从程海东那里也得到了证实。

一年后，天子蓝公司受邀在上海参加服装展。这次服装展本来杨小青是不打算参加的，当她从名单上看到有红杉公司才临时决定参加。她希望能在这次服装展上看见那个熟悉的身影，当她发现冯天明挤过熙熙攘攘的人流，微笑着向自己走来的时候，眼泪禁不住夺眶而出……

在冯天明的沟通和协调下，红杉公司再次与天子蓝公司签订了合作协议。天子蓝可以利用红杉公司在国内外成熟的销售渠道，销售自己创建的品牌，红杉公司还以入股的方式向天子蓝公司注入了大量资金，用于研发各类布料的植物染料，譬如印在莫代尔、丝绸等高档布料上的植物染料。天子蓝公司承诺，新研发的植物染料，专利权归两家公司共同拥有。也就是说，红杉公司可以使用新研发的植物染料制作服装了。

冯天明离开了红杉公司，回到了天子湖畔，因为他不想再次失去心爱的女人。

后来，他们从那幅获奖油画中得到启发，正式创立了“云上天子湖”服装品牌。

如果爱情有颜色，它便是蓝色的；如果爱情有秘方，它便是天子湖上的那一片云……

半边兽脸

又名《编剧是个杀手》
高智商悬疑复仇片

故事梗概

导演陈河东无意间得到一个高智商越狱题材的剧本，正在紧锣密鼓筹拍。

辰州市虽只是个县级市，却有一所在全省都很出名的监狱。陈河东在编剧“半边兽脸”的推荐和建议下综合考量，最终决定将辰州监狱作为这部越狱电影拍摄的主场景。

电影筹拍工作正有条不紊向前推进，辰州市却突然发生一起离奇的少女绑架案。

尽管监狱有严厉的保密制度，但因电影拍摄需要一些囚犯配合群演，消息还是小范围传开了。董海军也是配合电影群演的一名囚犯，当他进一步打探到被绑架女孩原来是自己在读小学的女儿童童时，彻底崩溃。

董海军强压住怒火，不露声色。他不信因果报应，偏偏报应就来了。干过坏事的董海军心里明白，女儿凶多吉少，他必须得利用拍电影当群演的机会尽快逃出去，亲自去与绑匪谈判，把女儿从虎口中解救出来。

就这样，一场越狱戏的戏中戏悄无声息地开始了。

两年前，辰州市同样发生过一起类似的绑架轮奸案，作案人先将车停放在路边，突然开门将放学回家落单的女孩挟持上车。董海军就是那起绑架轮奸案的主犯，后因其父亲是市政法委副书记，硬是将这起恶劣的轮奸案，办成了一起嫖宿案，凶手最高也只被判处三年的监禁。

戏外越狱戏与戏中越狱戏同时进行着，董海军觉得没有开始想象的那么难，好像一切都在自己的预期中，暗中似乎有贵人在指引。

绑架案让公安机关理不出任何头绪，绑匪没有提出赎金或其他任何要求，只是不停地更换移动电话卡，通话也刚好在定位确定前挂断。绑匪所做的一切，似乎只是在向外面传递一个叫董童童的女孩被绑架的消息。

办案人员在梳理最近几年的类似案件时，发现两年前绑架轮奸案的受害者父亲刘小牛失踪，这让办案人员思路清晰起来。

当年刘小牛的女儿被挟持进一辆小轿车被轮奸后，得了抑郁症自杀了。视宝贝女儿为生命的刘小牛，精神世界彻底坍塌。在女儿生日那天，生无可恋的刘小牛也选择了自杀。也许是冥冥中听到了女儿的呼救，他从死神手中挣脱了回来。被救活后的刘小牛，利用自己的职业特长，走上了精心谋划的复仇之路。

案件越来越清晰，当办案人员查出刘小牛其实就是编剧“半边兽脸”时，他们感觉大事不好，立即赶往辰州监狱。

他们来迟了一步，董海军已经成功从监狱逃了出去……

最后，董海军在刘小牛设计好的路线与情节中，成功被公安抓捕人员开枪击毙。同时，董童童毫发无损，安全地回到了家。这场精心谋划的复仇，一直在人与兽的边界叙事，最终以人性的醒悟与罪犯最后受到惩罚而结束。

水鬼

犯罪悬疑片

故事梗概

赵梗是一名前海豹突击队神枪手队员，在一次解救人质的任务中失手导致人质被杀，被迫复员回到老家白水滩镇，当了一名网约出租车司机。

白水滩是一个乡镇级小镇，因国家级水电工程白水滩水电站的开工建设，忽然间热闹起来，流动人口骤增，加上本来就是三市县交界地，治安环境复杂严峻。在这种形势下，县公安局遵照上级部门指示在白水滩成立了公安分局。

此后不久，大河里接连有尸体从河底浮上来，集镇人心惶惶，有人传言是修电站挖动镇河石惹怒了河神，沉寂多年的水鬼传说再次活跃起来。从白水滩码头不远处一具漂浮起来的女尸开始，公安分局成立了以刑侦科长宋庄为组长的专案组，展开命案侦察。随着侦察的不断深入，一个行为极其反常的出租车司机出现在侦察组的视线里。

这个人便是赵梗。

一直没有走出阴影的赵梗很少与人交流，白天睡觉，夜深才开车出门跑客。一天深夜，赵梗正躺在车里休息，一个穿着时尚的姑娘慌慌张张敲打他的车窗，寻求帮助。这个姑娘叫陈小梅。被救的陈小梅与赵梗逐渐熟悉，她后来介绍赵梗认识了在一家酒吧卖酒的李影影。深夜下班，李影影与陈小梅常会带些宵夜出来给赵梗，时间久了，一种温暖让赵梗重燃生活信心，也让他慢慢对李影影产生了感情。

那天，当赵梗发现那具女尸是陈小梅时，他立即拨打李影影的手机，却发现对方手机处于关机状态，联想到最近一段时间李影影的一些反常表现，赵梗预料到李影影可能也出事了，于是他立即暗地里展开了案件侦破和寻找、解救女友李影影的行动。随着案件深入，一起围绕工程腐败，强迫女性卖淫、欺行霸市，利用水鬼传说杀人越货的重大刑事案件浮出水面。

而此时，宋庄带着侦察小组，根据掌握的网约车这条线索追踪赵梗，却是几次扑空，感觉到对手非同一般，他便申请加大了刑侦力量。交锋中，宋庄渐渐发现对手似乎在一路引导他们走向案件深处。多年的刑侦经验告诉他，他们最初设定的侦察方向可能是错的，必须从头再来。

在一起抓捕行动中，宋庄终于将赵梗带到了审讯室。此时的赵梗，不得不将事情的真相说了出来。赵梗话里有话，暗示宋庄身边有内鬼，且是埋得很深的黑保护伞。宋庄将错就错，有意让赵梗从审讯室逃走，而且把这一消息散播出去。这一招果然奏效，犯罪团伙主动联系了赵梗，内鬼也渐渐明晰起来。

有了宋庄的暗中策应，赵梗利用在海豹突击队练就的高超本领，理清了案件脉络，步步为营，让宋庄终于走出了被动局面，顺藤摸瓜，将盘踞在白水滩的涉黑犯罪团伙一网打尽。赵梗冒着生命危险终于将李影影解救了出来，也因此走出了多年来一直留在自己心里的阴影……